冰与火之歌

A SONG OF ICE AND FIRE

卷二 列王的纷争 4 [上]

II·A CLASH OF KINGS

［美］乔治 R.R. 马丁 著

屈畅 胡绍晏 谭光磊 译

重庆出版集团 重庆出版社

Copyright ©1999 by George R.R. Martin
The Song of Ice and Fire (Book 2)
A Clash of Kings
By George R.R. Martin
Simplified Chinese Translation Copyright © 2018 by Chongqing Publishing House Co., Ltd.
This edition arranged with The Lotts Agency Ltd.through Andrew Nurnberg Associates International Limited.
All rights reserved.

本书中文简体字版通过美国 Lotts Agency 公司及安德鲁·纳伯格联合国际有限公司独家授权出版
版权所有，侵权必究
版贸核渝字（2016）第 151 号

图书在版编目(CIP)数据

冰与火之歌.4：卷二，列王的纷争.上／(美)乔治·R.R.马丁著；屈畅，谭光磊，胡绍晏译.—重庆：重庆出版社，2018.1
ISBN 978-7-229-12857-9

Ⅰ.①冰… Ⅱ.①乔… ②屈… ③谭… ④胡… Ⅲ.①长篇小说－美国－现代 Ⅳ.① I712.45

中国版本图书馆 CIP 数据核字(2017) 第 280261 号

冰与火之歌 4
【卷二】列王的纷争（上）
BING YU HUO ZHI GE 4
［JUAN ER］ LIEWANG DE FENZHENG （SHANG）

［美］乔治·R.R.马丁 著　屈 畅　谭光磊　胡绍晏 译
责任编辑：邹 禾　唐弋淄
装帧设计：谢颖设计工作室
封面图案设计：罗 烜
插图：曹 珂
责任校对：李小君

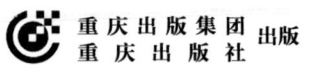

重庆出版集团 出版
重庆出版社

重庆市南岸区南滨路 162 号 1 幢 邮政编码：400061 http://www.cqph.com
重庆出版社艺术设计有限公司 制版
重庆市鹏程印务有限公司 印刷
重庆出版集团图书发行有限责任公司 发行
E-mail:fxchu@cqph.com 邮购电话：023-61520646
全国新华书店经销

开本：890mm×1230mm　1/32　印张：10.375　字数：244 千
2018 年 1 月第 2 版　2024 年 4 月第 4 次印刷
ISBN：978-7-229-12857-9
定价：42.00 元

如有印装问题，请向本集团图书发行有限公司调换：023-61520678

版权所有　侵权必究

序幕

彗星的尾巴划过清晨，好似紫红天幕上的一道伤口，在龙石岛的危崖绝壁上空汩汩泣血。

老学士独自伫立在卧房外狂风怒吼的阳台上。信鸦长途跋涉之后，正是于此停息。两尊十二尺高的石像立在两侧，一边是地狱犬，一边是长翼龙，其上洒布着乌鸦粪便。这样的石像鬼为数过千，蹲踞于瓦雷利亚古城高墙之上。当年他初抵龙石岛，曾因满城狰狞的石像而局促不安。随着时光流逝，他已日渐习惯，如今他视它们为老友，三人并肩，惴惴不安地凝望天幕。

老学士向来不信预兆，话虽如此，但活到这把年纪，克礼森还真没见过如此璀璨的彗星，更没见过这番混杂鲜血、烈焰与落日的骇人颜色。他不禁怀疑自己的石像鬼朋友可曾目睹过，毕竟它们早在他到来之前便已安居于此，而在他身殁之后亦将长存。如果石像会说话就好了……真是荒唐。他倚靠雉堞，手指摩擦着粗糙的黑石表面，下方恶浪袭岸。会说话的石像鬼？天际的预兆？我老了不中用了，难道这就是老来疯？难道一辈子辛苦挣来的智慧，就这么和青春一并逃窜无踪了么？思及他在旧镇学城所受的训练，颈上戴的锁链，他的学士生涯，现在却满脑子迷信宛如农汉，情何以堪？

可是……可是……如今这颗彗星连白天都清晰可见，而苍白泛灰的蒸汽不断自城堡后方龙山的地热口升起，就在昨天早上，有只白鸦从旧镇带来他早已预期却始终恐惧的信息：夏日已尽。凶兆纷起，再否认下去只是自欺欺人。但这一切究竟预示着什么呀？他简直泫然欲泣……

"克礼森师傅，有人造访。"派洛斯轻声道，仿佛不愿打扰克礼森的沉思。他若知道此刻老学士脑中的愚蠢思想，恐怕就会大喊吧。"公主想看看白鸦。"由于她的父亲已经称王，向来讲究礼数的派洛斯便改口称她为公主。即便他父王的领土只是汪洋中的一座孤岛，但毕竟是个国王。"她的弄臣也跟来了。"

老学士转身，背离晓色，一手扶住翼龙石像。"扶我坐下，然后请他们进来。"

派洛斯挽着他的手，引领他进入书房。克礼森年轻时也曾步履轻盈，但如今年近八旬，双腿早已孱弱不稳。两年前他摔坏了一边臀骨，之后没有完全康复。去年他的健康状况持续恶化，旧镇的学城便送来了派洛斯，刚好赶在史坦尼斯下令封锁龙石岛的前几天……名义上是协助他处理日常事务，但克礼森很清楚这意味着什么：他死之后，派洛斯将取而代之。对此他并不介意，总得有人接过自己的棒子，只是没想到这么快……

他让年轻人把自己安置在书桌边，桌上堆满了书籍纸张。"带她进来吧，别让公主久等。"他虚弱地挥挥手，催促徒弟赶快行动，他自己早已是个无力匆促的人了。他的手满是皱纹斑点，在干薄如纸的皮肤下，几可见密布的血管和干枯的骨骼。这双手如今竟这般颤抖，它们曾经是多么灵巧、多么稳健啊……

小女孩跟着派洛斯进来，羞怯一如往常。在她身后拖步轻跳、古怪横行的，则是她的弄臣。他戴着一顶老旧锡桶做的玩具头盔，头盔顶端捆了两根鹿角，上面挂着牛铃，随着他的蹒跚脚步而发出不同声响：铿啷当、碰咚、铃铃、嗑啷啷。

"派洛斯，是谁一大早来拜访我们啊？"克礼森问。

"师傅，是我和阿丁。"她天真无邪的蓝眼睛朝他直眨，只可惜她的脸蛋并不漂亮。这孩子不仅有她父亲突出的方下巴，而且很不幸地继承了她母亲那双耳朵。除此之外，她年幼时曾感染灰鳞

病，险些丧命，后虽逃过一劫，却留下可怕的残缺：半边脸颊直到颈部下方，皮肤全部僵硬坏死，表面干裂，层层剥落，夹杂着黑灰斑点，抚触起来宛如硬石。"派洛斯说可以让我们看看白鸦。"

"当然可以。"克礼森回答。他怎么忍心拒绝她？难道她失去的还不够多吗？她名叫希琳，就快满十岁了，而她是克礼森学士所见过最哀伤的孩子。她的哀伤是我的耻辱，老学士心想，另一个我失职的永恒烙印。"派洛斯师傅，有劳你把鸟儿从鸦巢里带过来给希琳公主看。"

"这是我的荣幸。"派洛斯是个谦恭有礼的年轻人，年方二十五，却严肃得像个六旬老翁。假如他多些幽默感、多些活力就好了，此地就缺这个。阴沉之地需要愉悦，而非肃穆。龙石岛是海中孤寂的堡垒，地势乃是湿冷荒原，终年为暴风恶水环绕，背后又有火山烟影，阴沉自不在话下。但职责所趋，学士便必须毅然前往，所以十二年前克礼森随公爵来到龙石岛，为之效命，尽忠职守。然而他从未真心爱过龙石岛，也始终没有找到归属感。近来，红袍女每每妖魅般浮现梦中，使他骤然惊醒，却惶惶不知身在何处。

弄臣转过他那肤色不一、花纹满布的头，看着派洛斯爬上高耸的铁梯攀向鸦巢，头盔上的铃铛随之作响。"海底下，鸟儿生鳞不长羽，"他说。喀啷啷啷。"我知道，我知道，噢噢噢。"

即便以弄臣的标准而言，补丁脸依旧是个失败的角色。很久很久以前，或许他能轻易引来哄堂大笑，但大海夺走了他的能力，同时也夺走了他大半神智和所有记忆。他体态肥软，时而莫名地抽搐颤抖，时而连话都说不清。这小女孩是现在唯一还会被他逗笑的人，大概也只有她在乎他的死活。

一个丑陋的小女孩和她可悲的弄臣，再加上我这个油尽灯枯的老学士……谁听了都会为我们三人掬一把同情泪。"孩子，过来陪我坐坐。"克礼森招手示意她靠近,"天才刚亮,你应该在被窝里睡得香甜,怎么会跑来找我呢?"

"我刚做了噩梦,"希琳告诉他,"我梦见龙要吃我。"

克礼森学士记得小女孩长年噩梦缠身。"我不是跟你说过吗?"他温柔地说,"巨龙死绝了,再也无法复生。孩子,现在这些都是石雕。在很久很久以前,我们这座岛是强大的瓦雷利亚自由堡垒最西边的前哨站。建造这座城堡的是瓦雷利亚人,虽然他们的伟大技艺业已失传。为抵御外侮,他们在要塞的每个城墙交会处都筑起塔楼。瓦雷利亚人刻意将这些塔楼雕凿成恶龙形状,好让城堡看来更加骇人。他们之所以舍弃普通的城垛,而改用千百尊狰狞石像,也是为了这个目的。"他伸出自己斑驳干瘦的手,轻轻握了一下她粉嫩的小手。"所以啰,没什么好怕的。"

希琳却不为所动。"那天上飞的又是什么东西?上次黛拉和梅翠丝在井边说话,黛拉说她听到那个红衣服的女人跟妈妈说那是'龙息'。假如龙会呼吸,那不就是它们活过来了吗?"

这该死的红袍女,克礼森学士苦涩地想,难道成天在母亲耳边进谗言还不够,现在竟连小女儿的清梦也不肯放过?他一定要把黛拉好好训诫一番,警告她不许再危言耸听。"好孩子,天空中的东西叫彗星,就是有尾巴的星星。它迷失在天空里,不久就会消失不见,我们一辈子都不会再看到它,你等着瞧吧。"

希琳勇敢地点点小脑袋,"妈妈说白鸦代表夏天要结束了。"

"我的好公主,的确如此。白鸦只会从旧镇的学城飞来。"克礼森的手指轻抚颈间颈链,颈链由不同金属串接而成,分别代表他在不同领域获得的成就。学士颈链是学城的标记,是他那组织的象征,多年前他英气勃发、深感骄傲地戴着它,如今却日觉沉重,冰冷的金属紧贴着皮肤。"它们属于渡鸦,比同类高大,也聪明得多,生来就接受训练,负责传递最重要的信息。白鸦带来的消息

说，学城已召开'枢机会'，根据王国各地学士所做的天象观测和报告，宣告长夏的终结。这个夏季长达十年两个月又十六天，是人们记忆中时间最长的一次。"

"天会变冷吗？"希琳生长于夏日，自然不知严寒为何物。

"早晚会的，"克礼森答道，"倘若诸神慈悲，或许还会赐给我们一个温暖的秋季和丰盛的收获，好让我们为即将来临的寒冬做好准备。"民间普遍认为长夏之后的冬季将更为漫长，但老学士觉得没必要吓唬女孩。

补丁脸摇响铃铛。"海底下天天是夏天哟！"他吟诵起来，"美人鱼发梢有海草，银色海草织礼服，我知道，我知道，噢噢噢！"

希琳咯咯直笑，"我也想要一件银色海草织的礼服。"

"海底的雪往上下，"弄臣又说，"雨干得像枯骨哟。我知道，我知道，噢噢噢！"

"真的会下雪吗？"女孩问。

"会的。"克礼森回答。虽然我希望多年以后才开始下雪，而且不要持续太久。"瞧，派洛斯这会儿可不把鸟儿带来了么？"

希琳高兴地叫出声来，就连克礼森也承认这只鸟确实难得一见。它羽白似雪，身形大过雀鹰，晶亮的黑眼珠证明它并非白子，而是货真价实、血统纯正的白鸦。"过来。"他出声召唤，白鸦振翅飞起，灵窜入空，翅膀啪啪作响地飞过房间，停歇在他身畔的书桌上。

"我去帮您准备早餐。"派洛斯道，克礼森点点头。"这是希琳公主。"他告诉白鸦，鸟儿白色的头上下摆动，好像在鞠躬似的。"公主！"它嘶声叫道，"公主！"

女孩张大了嘴。"它会说话耶！"

"会几句，我不是说过吗？这些鸟儿很聪明。"

"聪明鸟儿聪明人,聪明的傻瓜弄臣。"补丁脸说,叮叮当当,"噢,聪明的聪明的聪明的傻瓜弄臣!"他唱起了歌,"影子来跳舞啊,大人,跳舞啊大人,跳舞啊大人!"他一边唱,一边单脚站立,然后又换另一只脚。"影子来居住啊,大人,居住啊大人,居住啊大人!"每唱一句,他就扭一次头,鹿角上的铃铛响个不停。

白鸦厉声尖叫,振翅飞离,停在通往鸦巢的楼梯铁栏上。希琳似乎越发显得瘦小了。"他一天到晚唱这个,我叫他别唱了,可他不肯,我好害怕啊。叫他别唱了吧。"

你要我怎么叫他别唱呢?老人暗忖,曾经,我有机会让他再也唱不了歌,可……

当年,只因雷加王子无姐妹可娶,老国王伊里斯·坦格利安二世——他那时还不像后来那么疯癫——便派史蒂芬公爵渡海物色王子妃人选。至今依然令人怀念的史蒂芬公爵,便是在狭海对岸的瓦兰提斯找到了当时年纪尚幼的补丁脸。"这是我所见过最杰出的弄臣,"就在公爵徒劳无功、准备动身回国的前两周,他写信给克礼森,"他年纪虽小,却手脚灵活,活像只猴子;他头脑机灵,即使与宫中廷臣相比也毫不逊色;他不仅会变戏法、说谜语、耍魔术,还可以用四种语言引吭高歌。我们已经为他赎得自由,打算带他一道回来。劳勃一定会喜欢上他,等日子一久,或许史坦尼斯也能从他那儿学到欢笑。"

想到那封信,克礼森不禁悲从中来。史坦尼斯终究没有习得笑容,补丁脸这孩子则根本没有教他的机会。一场突如其来的暴风雨,证明了"破船湾"之称果真名副其实,公爵的双桅帆船"傲风号"驶进城堡视线范围时,他的儿子就站在城墙上,眼睁睁看着父亲的船撞上暗礁,然后被海水吞噬。超过一百名的桨手和船员,就这么和史蒂芬·拜拉席恩公爵夫妇一道葬身海底。船难之后,有很

长一段时间，每次潮水涌来，都会在风息堡下的海滩留下一具具肿胀的尸体。

男孩在第三天被冲到岸上。当时，克礼森学士与其他人一同来到岸边，协助辨认死者。他们发现弄臣时，他浑身赤裸，净白的皮肤因泡水起了皱纹，沾满潮湿的沙粒。克礼森原以为又是一具尸首，可当乔米握住他的脚踝，准备把他拖上运尸马车时，男孩却坐起身子，用力咳出海水。乔米直到临终，都还坚持那时补丁脸的皮肤是黏腻而冰冷的。

弄臣在迷失海中的两天究竟是如何活下来的，谁也解释不出。海边的渔民老爱说有美人鱼教他如何在水中呼吸，借此换取他的精种。补丁脸自己则什么也没说。他们在风息堡下找到的孩子完全变了个样，身心俱碎，连语言能力都几乎消失，遑论史蒂芬公爵信上所说的聪慧机灵。然而看到那张弄臣脸，男孩的身份却又毋庸置疑，因为瓦兰提斯自由贸易城邦习惯在奴隶和仆役脸上刺青，而他从头皮到脖颈均布满红绿相间的格子。

"我看这可怜虫是疯了，这样下去，不仅他自己受苦，对别人也没好处。"当年的风息堡代理城主老哈柏特爵士说，"你所能做的最仁慈的事，就是给他一杯罂粟花奶，让他毫无痛楚地一觉睡去，从此了结。若他还有几分脑筋，一定会感激你的。"然而克礼森坚决反对，最后他的意见终于获胜。至于补丁脸有没有从这个胜利中得到任何欢愉，他不敢说，即便在事隔多年的今日，他依旧不知道。

"影子来跳舞喔，大人，来跳舞喔大人，来跳舞喔大人，来跳舞喔大人！"弄臣继续唱，一边摇头晃脑，铃声叮当响。碰咚！叮叮当！碰咚！

"大人！"白鸦厉声叫道，"大人！大人！大人！"

"随他去唱吧，"学士对惊惶的公主说，"你别放在心上。说不定他明天想起别的歌,你就再也不会听见这首了。"史蒂芬大人信上不是写了吗?他可以用四种语言引吭高歌……

派洛斯走进来,"师傅,请恕我打扰。"

"你忘了我的燕麦粥啊。"克礼森十分诧异。这不像派洛斯啊。

"师傅,戴佛斯爵士昨晚回来了。厨房里都在谈论这事,我想立刻让您知道。"

"戴佛斯……你说昨晚上是吗?现下他人在哪里?"

"在陛下那里,他们彻夜共商大计。"

若是从前,无论何时,只要事情紧急,史坦尼斯公爵一定会叫醒他,要他列席旁听,提供谏言。"怎么没通知我?"克礼森抱怨,"应该叫醒我的。"他从希琳掌中抽出手指。"殿下,请您原谅,但我要和您父亲陛下谈谈。派洛斯,麻烦你扶我一把,城堡里的楼梯实在太多了。我总觉得他们每晚还多添了两级,好像专为找我麻烦。"

希琳和补丁脸跟着两人出了房门,但女孩很快便对老人的缓步慢行感到不耐,便快步跑到前面,弄臣亦步亦趋跛行在后,头顶牛铃发狂似的响个没完。

克礼森沿阶登上海龙塔的盘旋楼梯,深觉城堡对身体孱弱的人委实极不友善。史坦尼斯公爵此刻应是在"石鼓楼"上的图桌厅里。石鼓楼是龙石岛的主堡,每逢暴风雨来临,它那古老的墙垣内部便会轰隆回响,因而得名。欲达该处,他们必须经过走廊,通过筑有守护石像鬼的黑铁大门,穿越中、内两道城墙,继而登上克礼森不愿细数的层层阶梯。年轻人一次可踏两级,然而对一个臀伤未愈的老人来说,每踏一步都是酷刑。但史坦尼斯公爵毕竟不会移尊就教,老学士只有忍受这一切磨难,再怎么说,有派洛斯在旁扶持,他已十分感激。

他们沿着长廊缓缓行去，经过一排高大拱窗，视野可将外院、外城墙及对面渔村尽收眼底。院子里，弓箭手正随着"搭箭！拉弓！放！"的号令朝箭靶射击，箭声飕飕，仿如群鸟展翅。卫兵在城墙通道上大步巡逻，透过一个个石像鬼间的缝隙，他俩向外窥探驻扎城畔的军队。只见营火炊烟袅袅，晨空雾气迷蒙，三千战士坐在自家主人的旗帜下吃早餐。越过占地广大的军营，便是船舶拥挤的港口，过去半年来，任何驶进龙石岛视线范围内的船只都被扣留下来。史坦尼斯公爵的旗舰"怒火号"乃是一艘有三百支桨的三层甲板战船，可在周遭许多大腹便便的武装商船和货船的包围下，竟显得渺小了。

石鼓楼外的守卫一眼便认出两位学士，挥手放他们过去。"你等在这里，"进去之后，克礼森对派洛斯说，"我最好自己去见他。"

"师傅，接下来还有好长一段路。"

克礼森微微一笑，"我会不知道吗？这些楼梯我不知爬了多少回，都可以一个个叫出名字了。"

然而才到半途，他就后悔起自己的决定。他停下脚步，喘口气，也稍稍缓和臀部的痛楚。这时，他听见靴子踩在石头上的声音，迎面下楼的正是戴佛斯·席渥斯爵士。

戴佛斯身子很瘦，相貌平庸，寒微的出身显而易见。他的肩头垂着一件饱经海水盐渍浸蚀的绿披风，早因长期日晒而褪了颜色。披风之下是棕色的外衣和长裤，正好搭配他的棕眼棕发，他颈项间还用皮带挂着一个破旧小皮袋。他的小胡子已经白丝密布，伤残的左手戴了一只皮手套。他一见克礼森便停下脚步。

"戴佛斯爵士，"学士开口，"您几时回来的？"

"今早上天亮之前。我最喜欢的时刻。"据说"短指"戴佛斯夜间行船的本领世上无人能及。在史坦尼斯公爵封他为骑士之前，他是七国上下最恶名昭彰，却也最刁钻难测的走私者。

"情况如何？"

对方摇摇头，"就和您事前警告过的一样，学士先生，他们不愿为他举兵，因为他们并不爱戴他。"

当然不愿意，克礼森暗想，他们永远也不会愿意。他坚强、能干又正直……唉，可惜就是正直得过了头……但这里人手不够，怎么也不够啊。"你和他们全都谈过了吗？"

"全部？没有，只和那些愿意接见我的人。这些世家贵族同样不喜欢我，在他们心目中，我永远都是'洋葱骑士'。"他左手一紧，粗短的指头向内握拳。史坦尼斯砍掉了他左手四指的末端指节，仅有拇指例外。"我在古利安·史文和老庞洛斯的桌边吃过饭，塔斯家则同意和我半夜里在树林秘密会面。至于其他人——哎，贝里·唐德利恩下落不明，有人说他已死。卡伦大人投靠蓝礼，这会儿已是彩虹护卫里的橙衣卫了。"

"彩虹护卫？"

"蓝礼的御林铁卫，"这位前走私者解释，"但这七个人不穿白衣，而是各有代表色。洛拉斯·提利尔是他们的队长。"

一个威风八面、衣着耀眼的全新骑士团，正是蓝礼·拜拉席恩会感兴趣的玩意儿。他从小便喜欢鲜明色彩、华丽衣料以及各种游戏。"你看！"他会一边大叫大笑，一边飞奔过风息堡的厅堂。"你看！我是飞龙！"或者"你看！我是个巫师！"或者"你看你看！我是雨神耶！"

当年那个满头黑发，眼里洋溢笑意，天不怕地不怕的小男孩，如今已长大成人。二十一岁的他，却依旧游戏人间。你看，我是国王！克礼森哀伤地想，蓝礼啊蓝礼，我亲爱的孩子，你可知你在做什么？就算你知道，你会在乎吗？这世上除了我之外，还有没有人为他着想？"贵族们拒绝的理由是什么？"

"这个嘛,有人口气婉转,有人则出言不逊。有的借故推托,有的满口承诺,还有的净是撒谎。"他耸耸肩,"到头来,还不都是些空话?"

"你一点希望也没给他?"

"除非你要我也撒谎,而这种事我是不会做的。"戴佛斯道,"对他,我只说实话。"

克礼森学士犹记得风息堡之围解除后,戴佛斯受封骑士那天的情景。当年史坦尼斯仅率少数守备队,在提利尔和雷德温联军的重重包围下,硬是坚守城池近一年之久。那时连海路也被青亭岛的雷德温家封锁,日夜有飘扬着酒红旗帜的战船监控。风息堡内的马匹早被吃光,猫狗也烹食殆尽,守军只剩树根和鼠肉可吃。就在一个乌云密布、月黑风高的晚上,走私者戴佛斯借着夜色掩护,冒险穿越雷德温舰队和破船湾的险恶暗礁。他的小船有黑帆黑桨以及漆黑船身,船舱里满载洋葱和咸鱼,虽然不多,却已足够守军继续支撑到艾德·史塔克率兵支援,解了风息堡之围。

史坦尼斯公爵赐给戴佛斯风怒角的肥沃土地,一座小城堡,以及骑士身份……但他同时昭示,为弥补多年来的走私行径,对方必须失去左手所有的末端指节。戴佛斯屈了,不过他的条件是史坦尼斯亲自动手,他认为其他人没资格。公爵挑了一把切肉用的屠刀,切得干净利落。事后,戴佛斯选了"席渥斯"这个姓氏作为他的新家族名号,并以灰底上的黑船作为家徽——船帆上还画了一颗洋葱。这位前走私者老爱鼓吹史坦尼斯公爵帮了他一个大忙,省下他许多修剪指甲的时间。

不,克礼森心想,他这样的人决不会给出虚伪的希望,也决不会掩饰残酷的事实。"戴佛斯爵士,即便对史坦尼斯大人这样的人,真相依旧可能是苦口良药。他只想要军容壮盛地回到君临,击垮他的敌人,取回他应得的地位。可现在……"

"如果他带着这一点人马回君临,那就是找死。他兵力不够,我跟他说过了,可你也知道他的脾气。"戴佛斯举起戴着皮套的手,"要他能屈能伸,恐怕得等我的手指先长回来。"

老人叹口气,"你已经尽力了,换我去试试吧。"他虚弱地继续往上爬。

史坦尼斯·拜拉席恩公爵的厅堂是一个宽阔的圆形房间,墙壁由黑石砌成,上无装饰。厅内有四扇高大窄窗,面向东西南北四方。大厅中央有一张用巨木板雕刻而成的大桌——图桌厅正是因此而得名——这是伊耿·坦格利安在征服战争以前下令建造的。"地图桌"长过五十尺,最宽处约为长度的一半,最窄处不到四尺。伊耿的木匠依照维斯特洛大陆的形状,锯出一个个海湾和半岛,整张桌子没有一处平直。桌面上描绘了伊耿那个时代的七大王国,所有的河川山脉、堡垒城市、湖泊森林……巨细无遗,泛着累积近三百年的亮漆光泽。

整个大厅仅有一张座椅,经过精心设计,正好对应维斯特洛外海龙石岛的所在,并位于隆起的高台之上,可将桌面一切尽收眼底。坐在椅子上的人穿着紧身皮背心和棕色粗羊毛长裤,克礼森一进门,他便抬起头。"老头子,我就知道,不管有没有叫你,你一定会来。"他话中不带丝毫感情,向来如此。

龙石岛公爵史坦尼斯·拜拉席恩蒙诸神恩宠,乃是铁王座的合法继承人、维斯特洛七大王国的统治者。他生得肩膀宽阔,四肢健壮,面容紧绷,皮肤经烈日长期曝晒,坚硬如铁。"坚毅"是人们最常用来形容史坦尼斯的词,而他的确不负其名。虽然他还不到三十五岁,头上却只剩一排黑色细发,宛如王冠的影子,环绕在双耳之后。他的哥哥,也即先王劳勃,在生命的最后几年留起了胡子。克礼森学士虽没有亲眼目睹,却听人说那是一大把粗厚的黑胡子。史坦尼斯却同时把胡子修得又短又齐,像是蓝黑的影子,覆

盖住他的方下巴和两颊的凹陷颧骨，仿佛欲借此表示回应。一双浓眉之下，他的眼睛就像两道伤口，深蓝有如黑夜汪洋。再怎么滑稽可笑的弄臣，遇上他那张嘴也会徒劳无功，那是一张生来与皱眉、怒容和严辞峻令为伍的嘴，它苍白、细薄而紧绷，早已忘却如何微笑，更不知开怀为何物。夜深人静之时，克礼森学士偶尔还会幻想自己听见相隔半个城堡之遥的史坦尼斯公爵磨牙霍霍之声。

"若是从前，你会叫醒我的。"老人说。

"从前的你还年轻，现在的你又老又病，需要睡眠。"史坦尼斯永远学不会花言巧语，不知掩饰谄媚，他有话便说，从不管别人的感受。"反正我知道你早晚也会自行打听戴佛斯带回的消息，你向来如此，不是吗？"

"我要是不打听，如何能辅佐你呢？"克礼森说，"我上楼途中遇到戴佛斯。"

"我看他都说了吧？我该把那家伙的舌头和手指一起砍掉。"

"那他就没法当个好特使了。"

"他本来就不是什么好特使。看来风息堡属下众诸侯不肯为我举兵，他们不喜欢我，而我举兵的正当理由对他们来说无足轻重。胆子小的想躲在城墙后面，等着见风转舵；胆子大的则已投效蓝礼麾下。蓝礼！"他愤恨地吐出这个名字，仿佛是舌头上的毒药。

"过去这十三年来，令弟一直担任风息堡公爵，这些诸侯是宣誓效忠他的封臣——"

"他的？"史坦尼斯打断他，"照理说，他们应该是我的封臣。我从没开口要过龙石岛，我根本不想要这鬼地方。我拿下此地，是因为劳勃的敌人盘踞于斯，而他命令我将之扫平。我为他建立舰队，打败敌人，完全尽了做弟弟的本分——蓝礼也应该这样对我才对——可后来呢，你看劳勃怎么感谢我？他任命我为龙石岛公爵，却把风息堡的领地和税赋都给了蓝礼。三百年来，风息堡一直是拜拉席恩家族的世袭产业，照理说，劳勃登上铁王座，就该换我统治才对。"

这段陈年往事伤他很深，如今益发明显，因为眼下，这成了他事业的致命伤：龙石岛虽然历史悠久，固若金汤，但旗下仅有少数小贵族，他们管辖的外岛领地多石崎岖，人烟稀少，根本不足以提供史坦尼斯所需的兵力。即便加上他从狭海对岸自由贸易城邦密尔和里斯等地雇来的佣兵，驻扎城外的部队总数依旧完全不足以和兰尼斯特家族对抗。

"劳勃固然待你不公，"克礼森学士谨慎地回答，"然而在当初，他也有他的考虑。龙石岛自古以来就是坦格利安家族的根据地，他需要强有力的人来统治这里，而蓝礼那时只是个孩子。"

"他现在就不是了？"史坦尼斯愤怒的大喊在空荡的厅堂里回荡，"还是个想顺手牵羊、从我头上偷走王冠的孩子。蓝礼凭什么贪图王位？平日上朝，他只会和小指头开玩笑，到了比武大会，他就穿上那套漂亮铠甲，被武艺高强的人击落马下，这就是我弟弟蓝礼的事迹总和，而他竟觉得自己该当国王！我问你，我究竟造了什么孽，这辈子要和这样的兄弟为伍？"

"我无法为诸神作答。"

"依我看，这些日子来，你没法作答的事可多了。蓝礼的学士是谁？说不定我该把他找来，看他的建言会不会有用。我弟弟决定窃取我的王冠时，你觉得这位学士说了些什么？而你这位同仁给了我那叛徒弟弟什么建议？"

"陛下，我相信蓝礼大人并未征求他人的建议。"史蒂芬公爵的幼子长成了一个有勇无谋的人，往往未经思考，便冲动行事。在这一点，以及其他许多地方，蓝礼像极了他的长兄劳勃，而与史坦尼斯判若云泥。

"'陛下'？"史坦尼斯悻悻地重复，"你拿国王的称谓来消

遭我,可我这算是哪门子国王?龙石岛,还有狭海里的几颗石头,这就是我的王国!"他走下高椅台阶,站在地图桌前,拉长的影子迤洒在黑水湾口,以及如今君临所在的那片树林上。他伫立沉思,望着他亟思获得,明明近在咫尺,却又遥不可及的国度。"今晚我要宴请诸侯,虽然他们寥寥无几,不过就赛提加、瓦列利安和巴尔艾蒙这几个人,也都不是什么能干角色,但我兄弟留给我的只有这些了。除此之外,那里斯海盗萨拉多·桑恩会带来我近来欠款的账单,密尔人摩洛叙会谈论海潮和秋季风向,目的是要我小心谨慎,桑格拉斯大人则会虔诚地以七神之名诵唱祝祷。再之后呢,赛提加会要我说明到底哪些风息堡诸侯决定加入,瓦列利安则会威胁我,除非立刻出兵,否则就班师回家。我到底该怎么对他们说?我到底该怎么做?"

"陛下,您真正的敌人是兰尼斯特。"克礼森学士回答,"假如您们兄弟俩能并肩作战——"

"我绝不跟蓝礼妥协,"史坦尼斯回答,语气不容任何辩驳。"除非他放弃称王。"

"那就不和他结盟,"学士让步了,他的主人个性刚硬,自尊心强,一旦下定决心,便再无回旋余地。"其他人同样能助您一臂之力。艾德·史塔克的儿子已经自立为北境之王,身后有临冬城和奔流城所有兵力支持。"

"他不过是个毛头小子,"史坦尼斯道,"而且同样僭越称王,难道你要我坐视王国分崩离析?"

"半个王国总比没有好,"克礼森说,"更何况您若是肯帮那孩子报了父仇——"

"我凭什么要帮艾德·史塔克复仇?他对我来说什么也不是。哼,劳勃是很爱他,这我清楚,他常说他们'情同手足',这句话我不知听过多少遍。他的手足是我,不是奈德·史塔克,但你从他对我的态度绝对看不出来。我为他坚守风息堡,眼睁睁地看着忠心部属一个接一个饿死,而梅斯·提利尔和派克斯特·雷德温却在城外大吃大喝。劳勃可有感谢我?没有!他感谢的是史塔克,感谢他在我们只剩老鼠和野菜果腹的时候率兵解围。我奉劳勃之命,为他建造一支舰队,以他之名攻下龙石岛,他可有握着我的手,说一声'老弟啊,干得好,要是没有你,我还真不知该怎么办呢'?没有!他反而怪我让威廉·戴瑞带着韦赛里斯和那个小婴儿逃走,好像我有办法阻止他们似的。我在朝中为他卖命十五年,协助琼恩·艾林治理国家,好让劳勃吃喝嫖赌。结果琼恩死了以后,我哥哥可有任命我为首相?没有!他反而千里迢迢跑去找好朋友奈德·史塔克,将这份荣耀双手奉上。结果呢,事实证明对这两人都没好处。"

"陛下,请息怒。"克礼森学士温和地说,"纵然您过去遭受种种不公,然而逝者已矣,倘若您和史塔克家能齐心协力,未来仍然大有可为。除此之外,您还有其他盟友可资利用,可否考虑和艾林夫人合作呢?既然太后谋害了她丈夫,想必她亟欲为他复仇。她有个幼儿,也是琼恩·艾林的继承人,假如您将希琳许配给他——"

"那小鬼体弱多病,"史坦尼斯公爵反对,"这点连他父亲都清楚,所以才要我把他带来龙石岛做养子。当几年侍从或许对他有好处,只可惜那该死的兰尼斯特女人抢先一步,毒死了艾林大人。现在莱莎把他藏在鹰巢城里,我可以向你保证,她是死也不会和那小鬼分开的。"

"既然如此,您就把希琳送去鹰巢城吧,"学士敦促,"龙石岛太阴郁,本不适合孩子成长。让她的弄臣陪她一道去,这样她身边好歹有张熟悉面孔。"

"熟悉归熟悉,却也可怕得紧。"史坦尼斯皱眉思索,"不过……或许值得一试……"

"身为七大王国的合法君主,难道得向寡妇和篡夺者摇尾乞怜

吗?"一个女人的声音突然传来,语气尖锐地发问。

克礼森学士转身一看,忙低头致意。"夫人。"他嘴上这么说,心里却气恼自己竟没听见她进来。

史坦尼斯公爵眉头一皱,"我何时跟人摇尾乞怜了?我决不会,女人,你给我搞清楚。"

"陛下,听您这么说,我很欣慰。"赛丽丝夫人几乎和她丈夫一般高,身形削瘦,脸庞尖细,双耳突出,鼻子的轮廓锐利,上唇生了好些汗毛。她每天必拔,时常抱怨,却还是长个没完。她的双眼色浅,嘴形严峻,声音锐利如鞭。此时,只听她厉声说道:"艾林夫人本应向你效忠,史塔克家、你弟弟蓝礼等人亦然,因为依照天上真主意旨,你是他们唯一的主君。既然如此,若向他们恳求协助,甚或为此讨价还价,岂不有失尊严?"

她说的是天上"真主",而非"诸神"。显然那红袍女已经彻底掳获了她的心,使她背弃了七国新旧诸神,转而信奉他们称作"光之王"的神灵。

"你的真主意旨留着自己用吧。"史坦尼斯公爵说,他并不若妻子那般对新教狂热。"我要的是军队,不是祝福。你有没有藏起来的军队啊?"他的话中不带感情。史坦尼斯向来不擅与女性相处,连和自己妻子也不例外。前往劳勃的君临朝廷担任重臣期间,他把赛丽丝和女儿一并留在龙石岛。他的家信不多,探视更少,每年履行一两次婚姻义务,但从中得不到任何喜乐。他曾衷心盼望有个儿子,却始终未能如愿。

"我的兄弟、叔伯和表亲们有军队,"她告诉他,"佛罗伦家族会为你而战。"

"佛罗伦家的兵力至多两千,"史坦尼斯对七国每家诸侯的实力都了若指掌,"更何况,夫人,恐怕我对他们没你那么有信心。佛罗伦家的领地离高庭太近,我看你伯父不敢与梅斯·提利尔作对。"

"还有一个办法，"赛丽丝夫人靠过来，"陛下，请您看看窗外，高挂天际的正是您期待已久的预兆：它鲜红如火，正如真主的烈焰红心，这就是他的旗帜——也是您的！您看看它，像龙焰般飘扬于苍穹之上，而您正是龙石岛之主啊。陛下，这意味着您的时代已经来临，无须怀疑。您命中注定，将扬帆驶离这座孤岛，横扫千军，就像当年的征服者伊耿一样。如今，只消您一句话，光之王的力量就是您的了。"

"光之王会给我多少军队？"史坦尼斯又问。

"要多少有多少，"他的妻子回答，"首先从风息堡、高庭及其旗下所有诸侯的兵力开始。"

"这和戴佛斯报告的情况不一样，"史坦尼斯道，"你说的这些人早已向蓝礼宣誓效忠，他们爱的是我那风流倜傥的弟弟，正如他们当年爱戴劳勃……他们对我素无好感。"

"话是没错，"她回答，"但若蓝礼一命归天……"

史坦尼斯眯眼盯着妻子瞧，最后克礼森终于忍不住了。"您千万不能这么想。陛下，无论蓝礼做了什么荒唐事——"

"荒唐事？我看是叛国大罪吧。"史坦尼斯转向妻子，"我弟弟年轻力壮，掌握大军，身边更有他那群彩虹骑士。"

"梅丽珊卓已从圣火中预见他的死期。"

克礼森大惊失色，"这是谋害亲弟啊……大人，此事邪恶卑鄙，令人发指，简直无法想象……求您务必听取我的建言。"

赛丽丝夫人上下打量他一番，"老师傅，敢问您要给他什么建言？若他向史塔克家卑躬屈膝，又把我们的女儿卖给莱莎·艾林，又如何能赢回半壁江山呢？"

"克礼森，你的建议我已经听过了，"史坦尼斯公爵道，"现在我听听她的。你退下吧。"

克礼森学士弯动僵硬的关节，微微屈膝，缓步离去。在走出房间的过程中，他始终感受到赛丽丝夫人盯着他后背的目光。好不容易回到梯底，他已经快直不起身子了。"请你扶着我。"他对派洛斯说。

克礼森安然返回居室后，便遣走年轻助手，跛着脚走上阳台，站在石像鬼间，凝视汪洋。萨拉多·桑恩手下的一艘战船正航经城堡，船壳条纹斑斓，划桨起落，穿破灰绿浪花，稳健前进。他目送它消失于陆岬后方，心想：若我的诸多恐惧也这么容易消失，那就好了。他活了这么大把年纪，最后竟要目睹如此悲剧吗？

作学士的一旦戴起颈链，便需放弃生儿育女的权利。然而克礼森却时常觉得自己像个父亲，自从怒海夺去史蒂芬公爵的性命后，劳勃、史坦尼斯和蓝礼……便像他的三个儿子，由他一手抚养长大。莫非他失职太甚，如今必须目睹儿子们自相残杀？他不能容许这种事发生，绝对不能。

问题的核心在于那名女子，不是赛丽丝夫人，是另外那个。下人们都不敢直呼其名，乃称她为"红袍女"。"我倒不怕，"克礼森对他的地狱犬雕像说，"就是她，梅丽珊卓。"来自亚夏的梅丽珊卓是个女术士，是个缚影士，同时也是光之王拉赫洛的女祭司。拉赫洛乃圣焰之心，是影子与烈火的神。不，梅丽珊卓的种种疯狂行径绝不能散播到龙石岛之外。

与晨间的明亮相较，他的房间此刻显得昏暗而阴沉。老人伸出颤抖的双手，燃起一根蜡烛，走到他位于通往鸦巢楼梯下的工作室里。各式药膏、药水和药材整齐罗列于架上，他从最上层一排由矮陶瓶所盛装的药粉后面找出一个与小指头差不多大小的靛蓝玻璃瓶，稍加摇晃，瓶内便传出声响。克礼森吹开表面灰尘，将瓶子拿回桌边。他瘫坐在椅子上，打开瓶盖，倒出内物。那是十来颗种子大小的结晶，滚过他原本正在阅读的羊皮纸。烛光照映之下，它们闪闪发亮，有如宝石，色泽深紫，让老学士觉得自己仿佛从没真正见识过这种颜色。

喉际颈链越发沉重，他用小指指甲轻触其中一颗结晶。如此微小的东西，却有掌控生死的能力。结晶由某种植物制成，该植物只生长于半个世界外的玉海诸岛。叶片需经长期放置，随后浸泡于石灰水、糖汁以及某些产自盛夏群岛的珍贵香料中，之后丢弃叶片，在药水中加入灰烬，使其浓稠，然后静置结晶。其过程缓慢而艰难，所需配料价格昂贵，极难寻求。知道配方的仅包括里斯的炼金术士，布拉佛斯的"无面者"……以及他所属的学士组织，可这种东西是不能在学城之外讨论的。大家都知道学士颈链中的银片代表医疗之法——然而大家却往往假装忘记，懂得医疗之法的人，也同样懂得杀人之术。

克礼森已不记得亚夏人如何称呼这种叶子，也不记得里斯毒剂师给这种结晶取的名字，他只知道它在学城里被命名为"扼死者"，将它放进酒里溶化后，会使饮者喉部肌肉剧烈缩紧，导致气管阻塞。据说受害者面部往往呈现出与结晶相同的紫色，与噎死的症状如出一辙。

就在今天晚上，史坦尼斯公爵将宴请诸侯和他的夫人……以及亚夏的红袍女梅丽珊卓。

我必须先休息，克礼森学士对自己说，天黑之后，我必须精力充沛，手不能颤抖，勇气不能衰退。此事虽然可怕，却是迫不得已。假如天上真有诸神，想必他们会原谅我的。近来他的睡眠状况很差，午睡片刻应该有助于回复体力，面对即将来临的磨难。他虚弱地走到床边，然而当他闭上双眼，却依旧见到彗星的炽烈红光，栩栩如生地在他的黑暗梦境中闪亮。就在他睡着前的一刻，他意识模糊地想：或许这是我的彗星，一个染血凶兆，预示着即将来临的谋杀……是的……

待他醒来，天已全暗。他的卧房漆黑一片，他全身每个关节都隐隐作痛。克礼森头晕脑涨，勉力坐起，抓住拐杖，颤巍巍地下了床。都这么晚了，他心想，他们竟没通知我！每逢宴会，他都受邀参加，坐在盐罐旁，离史坦尼斯公爵很近。啊，公爵的脸浮现眼前，不是现在的他，而是他儿时的脸孔，那个永远站在冰冷阴影里，看着阳光照在哥哥身上的男孩。无论他做了些什么，劳勃永远抢先一步，而且做得更好。可怜的孩子……为了他，我一定要赶快行动。

老学士在桌上找到结晶，将之从羊皮纸边拔起。克礼森没有传闻中里斯毒剂师爱用的空心戒指，但他宽松的长袍袖子里倒是缝了各式大小口袋。他将"扼死者"结晶藏进其中一个口袋，开门喊道："派洛斯，你在哪里？"无人应答，他便拉高音量再喊，"派洛斯，快来帮我！"仍然没有回应。怪了，年轻学士的寝室就在螺旋梯的中间，一定听得到的。

最后，克礼森只好叫唤仆人。"快点！"他吩咐他们，"我睡过头了。现在晚宴已经开始……酒也喝过了……怎么没叫醒我呢？"派洛斯学士到底怎么了？他实在不明白。

他必须再一次穿越长廊。夜风锐利，充满海洋的气息，刮过高窗，传出低语。龙石岛城墙上火炬摇曳，城外的营地里篝火熊熊，仿如满天星星坠落凡尘。天际彗星依旧红光熠熠，其势恶毒。学士连忙安慰自己：以我的年纪和睿智，实在不该怕这种东西。

通往大厅的门是一只石雕巨龙的大口。走到门外，他遣走仆人，决定独自进去，才不会显得虚弱。于是克礼森拄着拐杖，勉力爬上最后几级石阶，来到入口的龙牙下。两名守卫打开厚重的红门，噪音和强光顿时穿出，克礼森走进巨龙的庞然巨口。

在刀叉碗盘的碰撞和席间的低声交谈中，他听见补丁脸正唱着："……跳舞啊大人，跳舞啊大人！"牛铃响叮当。这正是他早

21

上唱的那首可怕曲子。"影子来居住啊，大人，居住啊大人，居住啊大人！"下方的席位上坐满了骑士、弓箭手和佣兵队长，他们撕下大块黑面包沾鱼汤吃。任何可能破坏宴席格调的高声谈笑、恣意喧哗，在大厅里都找不到，因为史坦尼斯公爵不允许此种行径。

克礼森朝高起的平台走去，那里是诸侯和国王的座位。他远远绕路避开补丁脸，可是弄臣跳舞摇铃正在兴头上，既没看到也没听见他靠近。结果补丁脸单脚站立，换脚的时候，一头栽到了克礼森身上，撞开他的手杖，两人连滚带爬跌在草席上。众人哄堂大笑，这无疑是一幅十分滑稽的景象。

补丁脸半趴在他身上，那张五颜六色的小丑脸紧贴着他，头上的鹿角牛铃盔却没了踪影。"海底下你若跌倒，会往上掉！"他大声宣布，"我知道，我知道，噢噢噢！"小丑咯咯笑着滚到一边，弹跳起身，然后跳了一小段舞。

为表示风度，老学士露出虚弱的微笑，挣扎想起身，然而臀部剧痛不止，一时之间他真怕又把骨头给摔碎了。这时，有一双健壮的手伸到他两腋，扶他起来。"谢谢你，爵士先生。"他啜嚅着，转头想看看是哪位骑士伸出援手……

"老师傅，"说话的人是梅丽珊卓夫人，她声音低沉，有着玉海地区独特的悦耳口音。"您要小心啊。"她一如往常，从头到脚全是红色，身上一件亮如明焰的滑丝长礼服，袖子很长，上衣有切口，露出里面颜色更深的血红衬衣。她的喉际有一条比任何学士颈链还要紧的红金项圈，嵌了一颗大红宝石。

她的头发，也并非红发男人常呈现的橙色或草莓色，而是磨亮的深红铜色，在火炬照映下闪闪发亮。就连她的眼睛也是红色……但她的皮肤却白皙滑嫩，毫无瑕疵，好似鲜奶油；她的身形优雅苗条，高过多数骑士，胸部丰满，腰身纤细，一张心形脸蛋。男人的视线一旦停在她身上，便很难移走，即便老学士也不例外。许多人

称赞她美丽,但其实她并不美丽。她血红,可怖,血红。

"夫人……谢……谢谢你。"

"您年纪大了,走路可千万要当心。"梅丽珊卓恭敬地说,"长夜黑暗,处处险恶啊。"

他知道这句话,那是她宗教里的一句祷词。没关系,我也有自己的信仰。"只有小孩子才怕黑。"他对她说。另一边,补丁脸也继续唱起那首歌,"影子来跳舞啊,大人,跳舞啊大人,跳舞啊大人!"

"这可真奇了,"梅丽珊卓道,"你们一个是聪明的傻子,另一个却是愚蠢的智者。"她弯下腰,捡起补丁脸掉落地面的头盔,扣在克礼森头上。锡桶滑下双耳,牛铃轻声作响。"学士先生,我看这顶王冠正好配得上您的颈链。"她宣布。周围的人跟着哄笑不停。

克礼森抿紧嘴唇,强忍怒火。她以为他年老力衰,一无是处,但在今晚结束以前,她就会见识到他的厉害。老归老,他可是个出身学城的学士。"我不需宝冠,只求真相。"他告诉她,说着自头上摘下小丑盔。

"世界上有些真相,旧镇里是没有教的。"梅丽珊卓红衣一甩,转身走回高台餐桌,史坦尼斯国王夫妇便坐在那里。克礼森把鹿角锡桶盔还给补丁脸,随后跟上。

派洛斯学士坐在他的位子上。

老人不禁停下脚步,睁大眼睛。"派洛斯学士,"最后他终于开口,"你……你怎么没叫醒我?"

"陛下要我让您休息,"派洛斯倒还知道脸红,"他说无须惊动您。"

克礼森环顾四周,众多骑士、队长和诸侯一言不发地坐在位子上。坏脾气的赛提加伯爵已经上了年纪,披风上缀有红榴石雕成的螃蟹。英俊的瓦列利安伯爵选择了海绿色的丝质上衣，装饰喉际的白金海马正与他一头亮金长发相衬。巴尔艾蒙伯爵是个肥胖的十四岁男孩，全身裹着层层紫天鹅绒衣服，镶有白海豹皮装饰。亚赛尔·佛罗伦爵士虽穿了狐皮大衣，仍旧不能改变他的平凡相貌。笃信七神的桑格拉斯伯爵脖颈、腕部和手上都戴了月长石。至于来自里斯的萨拉多·桑恩船长，则是一身大红缎子礼服和金饰珠宝。唯有戴佛斯爵士衣着俭朴，一件褐色上衣，绿羊毛披风。也唯有戴佛斯和他四目相交，眼带悲悯。

"老头子，你病得太重，不中用了。"这听起来像是史坦尼斯公爵的声音，但不可能啊，怎么可能？"从今以后，改由派洛斯学士来辅佐我。反正从你无法登上鸦巢那天起，信鸦早就交他管理。我可不想让你因为帮我做事而送命。"

克礼森学士眨眨眼睛。史坦尼斯，国王陛下，我可怜的、郁郁寡欢的孩子，我始终没有得到的儿子，你千万不能这么做，难道你不知我有多么照顾你，为你而活着，难道你不知不管发生了什么，我依旧对你疼爱有加吗？是的，对你疼爱有加，比对劳勃，甚至对蓝礼还要深，因为你最缺乏爱，你最需要我。但他说出口的却是："遵命，陛下。不过……不过我肚子很饿，可否请您给我一个位子？"让我坐在你身边，好好守着你……

戴佛斯爵士从长凳上站起来，"陛下，如果学士愿意坐在我旁边，我会深感荣幸。"

"好吧。"史坦尼斯公爵转过头去跟梅丽珊卓说话，她坐在他右边，是地位最高的贵宾。赛丽丝夫人坐在他左边，脸上闪过一抹耀眼但脆弱的笑容，好似她佩戴的首饰。

距离太远了，克礼森看着戴佛斯爵士的位子，木然地想。前走私者和主桌中间隔了一半的诸侯。要把"扼死者"放进她的杯子，我必须靠近些，可该怎么做呢？

当老学士缓缓绕过桌子，朝戴佛斯·席渥斯走去时，补丁脸正在手舞足蹈。"在这儿咱们吃鱼！"弄臣把一条鳕鱼当权杖挥舞，开心地向大家宣布，"在海里面咱们被鱼吃！我知道，我知道，噢噢噢！"

戴佛斯爵士往长凳旁边挪动，空出位子来。"今晚我们都该穿上小丑服，"克礼森学士坐下时，他口气沉重地说，"因为我们即将去办的事，实在是只有傻子才干得出来。红袍女从她的火堆里预见了我军胜利，所以史坦尼斯不顾兵力差距，打算立刻出兵。恐怕还没等她闹完，我们就会见识补丁脸曾经经历的奇遇了——在海底。"

克礼森把手伸进袖子取暖，隔着羊毛，感觉到结晶隆起的硬块。"史坦尼斯大人。"

史坦尼斯从红袍女那边回过头，但赛丽丝夫人却抢先开口："是史坦尼斯'陛下'。学士先生，您太没分寸了。"

"他年纪大了，脑筋不清楚。"国王没好气地说，"克礼森，怎么了？有话快说。"

"既然您决定渡海出征，还请您务必和史塔克大人及莱莎夫人同心协力……"

"我绝不和他们为伍。"史坦尼斯·拜拉席恩道。

"正如光明绝不与黑暗为伍。"赛丽丝夫人握住他的手。

史坦尼斯点点头，"兰尼斯特家僭越为王，史塔克家意图窃取我半壁江山，舍弟则夺走于法归我所有的封地臣属。他们都是大逆不道的叛徒，皆为我的死敌。"

我失去他了，克礼森绝望地想。如果他能想办法在不知不觉的情况下接近梅丽珊卓……只需与她的酒杯短暂接触。"您是令兄劳勃合法的继承人，是七大王国真正的统治者，安达尔人、洛伊拿人和先民的国王，"他绝望地说，"即便如此，倘若孤军奋战，胜利终将无望。"

"谁说他孤军奋战?"赛丽丝夫人道,"光之王拉赫洛乃是圣焰之心,影子与烈火的真主,也是他最有力量的盟友。"

"迷信神灵太不可靠,"老人坚持,"何况该神在此毫无威能可言。"

"谁说的?"梅丽珊卓转过头,喉际的红宝石反射光芒,一时之间仿如彗星红光。"学士先生,您这样满口胡言,恐怕该再戴上那顶王冠才是哟。"

"没错,"赛丽丝夫人同意,"补丁脸的帽子很适合你,老头。快把它戴上,我命令你。"

"海底下没人戴帽子!"补丁脸说,"我知道,我知道,噢噢噢!"

史坦尼斯公爵的眼睛被浓眉的阴影所遮蔽,他嘴唇紧闭,下巴无声地蠕动。他生气的时候,总会这样磨牙。"傻子,"最后他咆哮道,"你听见我夫人的话了,快把你的帽子拿给克礼森。"

不,老学士心想,这不是你,不是你的作风,你向来公正,虽然严厉却不至残忍,从来不会,你从不知道什么是嘲弄,就像你永远也不懂得欢笑。

补丁脸跳着舞,靠过来,牛铃响个不停,喀啷啷、叮叮、喀吟喀啷喀吟喀啷。学士静静坐着,任由弄臣为他戴上鹿角桶。因为桶子重,克礼森禁不住低头,铃铛就叮当响起来。"我看啊,日后他若想发表意见,干脆也唱出来好了。"赛丽丝夫人道。

"女人,你不要得寸进尺!"史坦尼斯公爵说,"他是老人家,何况他跟了我半辈子。"

我到死都会跟着您,我亲爱的大人,我可怜的、孤单寂寞的孩子,克礼森想着,突然有了主意。戴佛斯爵士的酒杯正在他面前,装了半杯的酸红酒。他从袖中摸出一颗结晶硬块,紧扣于拇指和食

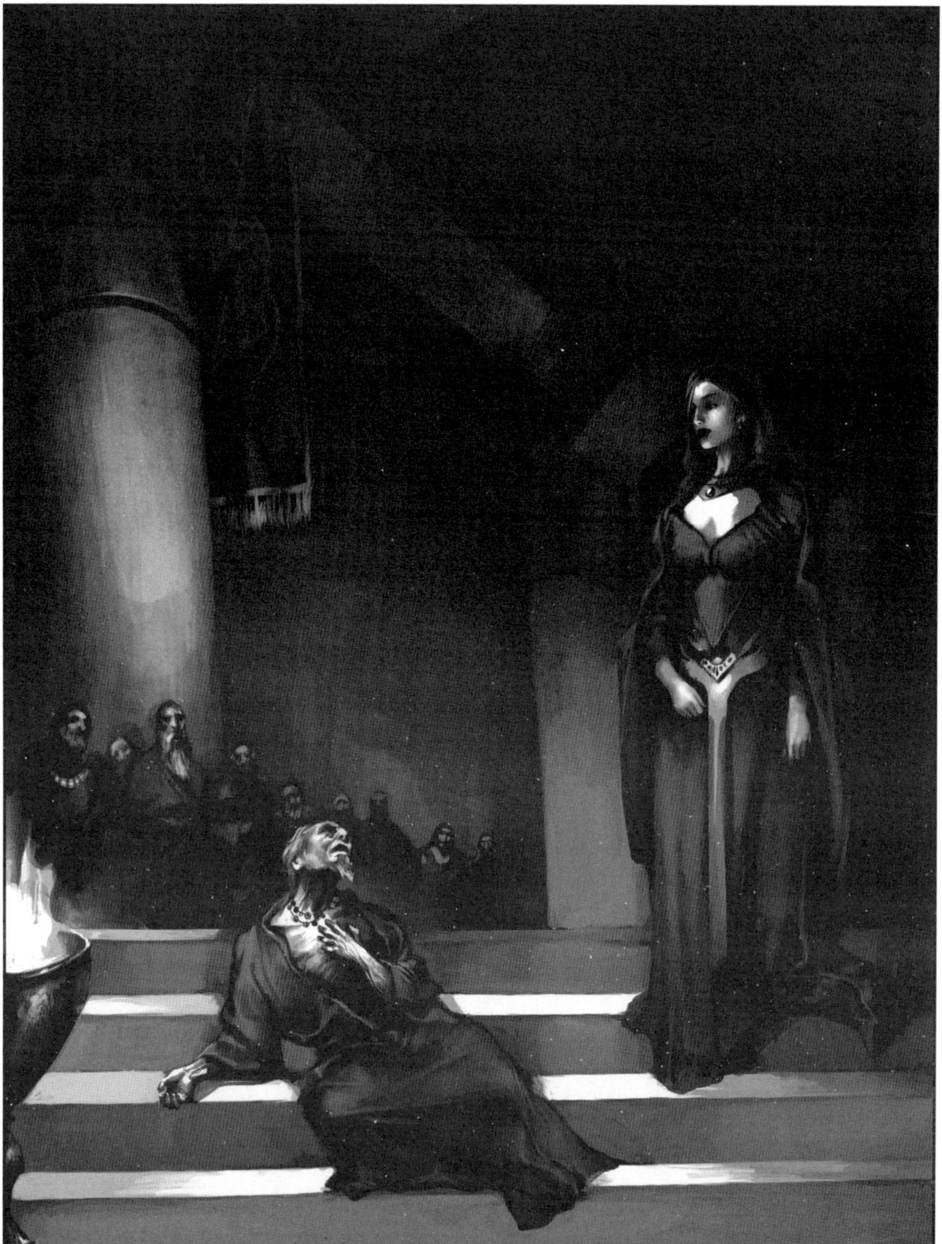

指之间，伸手去拿酒杯。我必须动作自然，流畅敏捷，绝不能在这个节骨眼上失手，他暗自祈祷。总算诸神保佑，只一眨眼工夫，手中之物便消失不见。他的双手已多年没有如此稳健，这般流利了。只有戴佛斯瞧见了，但除此之外没有别人，他非常笃定。于是他手握酒杯，站起身来。"或许我真是老糊涂了。梅丽珊卓夫人，您可愿意同我喝一杯？让我们借此荣耀您的真主光之王，喝这一杯，向他的威能致敬，您说好么？"

红袍女打量着他，"好吧。"

他可以感觉到，此刻所有人的目光都集中在自己身上。离开长凳时，戴佛斯用那被史坦尼斯公爵削短的手指抓住他的袖子，"你这是做什么？"他悄声道。

"我非这么做不可，"克礼森学士回答，"为了国家，更为了我们大人的灵魂。"他甩开戴佛斯，一滴酒洒在草席上。

她走下高台餐桌来会他，两人成为众目所集的焦点，但克礼森眼中只有她一个人：血红眼睛，血红长袍，血红宝石，还有那噘起淡淡微笑的血红嘴唇。她伸出手，握住他拿酒杯的指头，皮肤滚烫，像在发烧。"学士先生，把酒倒掉还来得及。"

"不，"他嘶哑地低语，"绝不。"

"也罢。"于是来自亚夏的梅丽珊卓自他手中接过酒杯，仰头深吸一大口。当她将杯子还给他时，里面还剩小半杯。"该你了。"

他的双手颤抖不止，但他强作镇定。学城的学士绝不能害怕。这酒尝起来很酸，喝完他松开手指，任由空杯落地碎裂。"大人，他在此依旧是有能的。"那女人说，"圣火将保护信徒，涤尽一切邪恶。"在她喉际，那颗血红宝石正闪闪发光。

克礼森试图应答，声音却卡在喉咙里。他努力想吸进空气，结果只咳出细得吓人的嘶声。他的脖子仿佛被钢铁般的手指紧紧勒住，最后他双脚瘫软，无力地跪下，但他仍旧摇着头，否认她，否认她的力量，否认她的魔法，否认她的神灵。鹿角上的牛铃纷纷脱落，傻子，傻子，傻子，而红袍女面带怜悯，看着他倒下。她那双血红血红的眼睛里，烛焰狂舞。

艾莉亚

以前在临冬城,大家老爱叫她"马脸艾莉亚",她本以为没有比这更难听的绰号了,没想到后来孤儿"绿手"罗米竟叫她"癞痢头"。

她的头摸起来的确像是生了癞痢。那时她被尤伦拖进巷子,原以为就要没命,结果那糟老头只是按住她,用匕首割掉她头发。她记得微风吹动一撮撮脏兮兮的棕发,刮过石板地,朝父亲遇害的圣堂飞去。"我只带男人和小子,"尤伦咆哮道,锐利的刀刃刮过她的头皮。"所以不要动,小子!"等他剃完,她头顶只剩一小撮一小撮的乱发。

然后他告诉她,从现在起,直到她回临冬城为止,她就是没爹没娘的男孩阿利。"出城容易,上路以后就难讲了。你的路还很长,和你作伴的都不是什么好东西。这回我弄到三十个人,老的少的全都要去守长城,他们可不像你那私生子哥哥。"他摇摇她,"艾德大人让我自己去牢里挑人,那下面没啥贵族少爷之流。这群人有一半连想都不想就会把你交给太后,以换来特赦和几个铜板。另一半人也会这么做,可他们会先操你几次再说。所以你小心一点,没事水别喝太多,撒尿最麻烦了,要撒就自个儿到林子里撒。"

如他所说,离开君临果真不难。守在城门口的兰尼斯特士兵把每个人都拦下来盘查,但尤伦跟其中一个打声招呼,他们便挥手让马车过去了,根本没正眼瞧艾莉亚一下。他们要找的是出身高贵的首相千金,而非骨瘦如柴、头发剃光的小男孩。艾莉亚没有回头,她好希望黑水湾洪水暴涨,冲走全城,把跳蚤窝、红堡和大圣堂通通冲走,把里面的人也全部冲走,尤其是乔佛里王子和他母亲。但她心里知道这是不可能的,更何况珊莎还在城里,要是被冲走怎么办?想到这里,艾莉亚便决定专心想临冬城就好了。

尤伦也弄错了一点,如厕并不是最麻烦的,最麻烦的是绿手罗米和热派。他俩都是孤儿,尤伦在大街上找了好些个孤儿,因为他向他们保证加入守夜人就能填饱肚子,还有鞋子可穿。其余的人是囚犯。"守夜人需要的是有能力的人,"出发时他对他们说,但"既然只有你们这种货色,也只好将就将就。"

可尤伦从地牢里找来的那些囚犯几乎都是成人,包括小偷、盗猎者和强奸犯等等。其中有三个是从黑牢里挖出来的,大概连他都怕,因为他把他们手脚全铐住,关在马车上,并发誓直到抵达长城为止,都不会放他们出来。其中一个没了鼻子,脸上只剩一个凹洞;另一个是肥胖的光头,牙齿尖利,脸上生满流脓面疱,眼神好似并非人类。

他们驾着五部马车从君临出发,车上装满长城所需的补给品:兽皮和布匹,生铁条,一笼信鸦,纸墨书籍,一捆酸草叶,大批油罐,以及成箱的药品和香料。几队犁马负责拉车,尤伦还买来两匹战马,以及五六头驴子给男孩子骑。艾莉亚骑不到马,不过骑驴子总比坐马车好得多。

成年人对她不理不睬,但她和其他男孩相处时就没这么好运了。她比队伍里面年纪最小的孤儿还要小两岁,更别提她长得又瘦又小。罗米和热派把她的沉默解读为害怕、蠢笨,甚至当她是聋子。"你们瞧癞痢头身上那把剑,"有天早上,当他们缓步穿越果园和麦田时,罗米突然这么说。他因偷窃被捕之前,原本是个染匠学徒,两手直到肘部都是绿的。他们笑起来跟驴叫差不多。"我说癞痢头这种阴沟鼠哪儿来的剑啊?"

艾莉亚愤恨地咬紧嘴唇，看着马车前方尤伦那身褪色的黑斗篷，下定决心不去跟他哭诉。

"说不定他是个小侍从哟，"热派插上一句。他母亲生前是个面包师，从前他就成天推着她的手推车，沿街叫卖"热派啊热派！热腾腾的派啊！""是不是哪家老爷的小跟班？"

"他才不是啥跟班咧，你瞧他那副德行。我敢跟你赌，那根本不是真剑，八成是锡做的玩具。"

艾莉亚痛恨他们拿缝衣针开玩笑，"这是城里铁匠精钢打的剑啦，大笨蛋！"她从鞍背上转身斥责，怒视着他们。"你们最好给我闭嘴！"

几个孤儿怪叫了几声，"你从哪儿弄来这东西的啊，癞痢脸？"热派很想知道。

"是癞痢头，"罗米纠正，"八成是偷的。"

"我才没有！"她大喊。缝衣针是琼恩·雪诺送她的。叫她癞痢头也就算了，但她绝不允许他们骂琼恩是小偷。

"如果是偷的，那咱们可以把剑抢走，"热派说，"反正本来就不是他的。我倒很想有这么一把剑哩。"

罗米怂恿他："去啊，去抢啊，你抢给我看！"

于是热派一踢驴子，骑上前来。"喂，癞痢脸，把剑给我拿来！"他的头发色如稻草，一张肥脸被太阳晒得蜕皮。"反正你又不会用！"

我当然会用！艾莉亚想说，我用它杀了一个像你一样的胖小子，我一剑戳进他的肚子，他当场就死了，你要是再来惹我，我把你也杀了。她不敢这么说，尤伦不知道马僮被杀的事，她很怕他知道后会怎么做。艾莉亚确定这群人里面一定有杀人犯，至少那三个被铐起来的铁定杀过人。但话说回来，太后又没有搜捕他们，所以那不一样啦。

"你看你看，"绿手罗米又开始驴叫，"我敢跟你赌，他要哭啦！癞痢头，你想不想哭啊？"

昨晚上睡觉时她的确哭过，因为梦见了父亲。早上醒来她眼眶红肿，泪水已干，现在就算要她的命，也无法再挤出一滴眼泪。

"他要尿裤子啦！"热派预测。

"你们不要欺负他。"那个一头粗乱黑发、骑在后面的男孩发了话。罗米给他起了个绰号叫"大牛"，因为他成天擦拭一个牛角头盔，却从来不戴。不过罗米可不敢惹大牛，因为他不仅年纪较长，生得又特别结实，胸膛宽厚，手臂强壮。

"阿利，你最好把剑拿给热派哦，"罗米说，"热派想要得很咧。他以前把一个男孩活活踢死哪，你要不给他，我敢跟你赌，你也会被活活踢死的。"

"是啊，我把他揍倒在地，踢他老二，一直踢一直踢，踢到他死为止喔！"热派吹牛道，"我把他踢得稀烂，他的两粒都被我踢破流血了，老二变成黑色。好了，把剑给我拿来！"

艾莉亚从腰间抽出练习用的木剑，"这把你拿去吧。"她不想惹事，便这么对热派说。

"那只是棍子啦！"他骑得更近，伸手去抓缝衣针的剑柄。

艾莉亚咻地一声，挥棍打中他驴子的屁股，驴子哀嚎一声，猛地弓背跃起，把热派摔到地上。她没有犹豫，立刻翻下坐骑，伸棍朝他肚子一戳，正想爬起的热派闷哼一声，又跌坐下来。然后她舞起一阵棍雨，扫过他的面庞和鼻子，发出树枝折断一样的喀喀声，热派鼻血直流，号哭起来，艾莉亚见状停手，旋身找到骑在驴背上瞠目结舌的绿手罗米。"你也要剑吗？"她大吼一声，但他显然不想要，只是慌忙举起染绿的双手挡住脸，尖叫着要她滚开。

这时大牛喊道："小心后面！"艾莉亚连忙转身，热派已经站了起来，手中握着一颗尖利的大石头。她等他出手，身子一低，石

头便从头上飞过,接着她朝他冲去。他举手,她便打手,接着是脸颊、膝盖。他伸手抓她,但她闪到旁边,举起棍朝他后脑勺敲了下去。他扑倒在地,随即又爬起身,跟跄地追过来,涨红的脸上全是鲜血和污泥。艾莉亚摆出水舞者的姿势,等他靠近之后,猛地往前一刺,正中他双腿之间。用力之重,她相信若是用真剑,大概会从他屁眼中间穿出去。

等尤伦把她拉开,热派已经整个趴在地上,裤子又脏又臭,哭着说艾莉亚一直打他一直打他一直打他。"够了!"黑衣人咆哮着扒开她的手指,夺走木剑,"你想杀了那白痴不成?"罗米等人开始告状,但老人对他们说,"全部给我闭嘴!不然看我怎么修理你们。再给我闹事,我就把你们绑在车后面,一路拖回长城!"他啐了一口,"尤其是你,阿利!你跟我过来,小鬼,快点!"

大家全都看着她,就连那三个铐在马车后面的人也不例外。那个胖子喀嚓一声阖上尖牙,发出嘶声,但艾莉亚不理他。

老人拖着她,远离大路,走进树林里,一路咒骂,喃喃自语:"早知道我就把你留在君临。你到底听不听话,小鬼?"每次他说"小鬼"二字,都几乎在吼,以确定她能听见。"把裤子脱下来。快点,这里别人看不到!快脱!"

艾莉亚愤恨不平地照办后,他又说:"站到那里,靠着那棵橡树。对,就这样。"她双臂环抱住树干,脸颊紧贴粗糙的树皮。"你叫吧,你给我大声叫。"

我才不叫,艾莉亚倔强地想,然而当尤伦一棍打中她暴露的大腿时,她还是忍不住尖叫出声。"知道痛了?"他说,"再试试这个!"木棍咻地一声,艾莉亚又是一声惨叫,同时紧紧抓住树干,才没倒下去。"再来!"她紧紧抓住,咬住嘴唇,听见木棍呼啸而至,害怕得全身一缩。这一下,痛得她整个人跳将起来,疯狂地大叫。我不哭,她心想,我绝不哭,我是临冬城史塔克家族的人,我们的家徽是冰原狼,冰原狼不会哭的。她感觉到细微的血丝流下左脚,她的大腿和脸颊都痛得要命。"你现在给我听好,"尤伦说,"下次你再拿棍子对付你的兄弟,我就用加倍的力气修理你。你听到了没有?现在把裤子穿好。"

他们才不是我的兄弟,艾莉亚一边拉起裤子一边想,但她知道自己最好不要说出来。她两手笨拙地翻弄着皮带和系绳。

尤伦看着她,"还痛?"

止如水,她想起西利欧·佛瑞尔的话,便这么告诉自己。"有一点。"

他啐口唾沫,"热派那小子痛得可厉害了。小妹妹啊,杀你父亲的不是他,也不是小偷罗米,揍他们无法让他活过来的。"

"我知道。"艾莉亚闷闷不乐地说。

"可有件事你还不知道,结果本不应该是那样。那天,我把马车都打点好了,正要出城,结果有人带个小鬼来找我,还给我一袋钱币和一个口信。他要我别管小鬼是什么来历,然后说艾德大人准备穿上黑衣,要我再等等,带他一起走。不然你想我怎么会在那儿?不料却出了岔子。"

"是乔佛里干的!"艾莉亚倒抽一口气,"该杀了那家伙!"

"早晚会有人去杀,但不会是我,也不会是你。"尤伦把木剑丢还给她,"车上有些酸草叶,"他们朝大道走去,"你去弄两片嚼嚼,不会痛得那么厉害。"

酸草叶的确管点用,可是嚼起来十分恶心,而且把她的唾沫变得像血一样。即便如此,那天接下来她还是只能走路,第二天也一样,再过去那天也是,因为大腿实在痛得没法骑驴子。热派的情形更惨,尤伦得挪动好些木桶,腾出车上的空间,好让他躺在一袋袋的麦子上,只要车轮碰上石头,他就开始呜咽。绿手罗米根本没事,但他躲着艾莉亚,躲得远远的。"每次你一看他,他就全身发

抖喔。"大牛告诉她。她走在他的驴子旁边,听了没吭声,看来还是别跟人说话比较安全。

当晚,她在硬土地上铺了薄毯子,望着天际的大红彗星。彗星虽然漂亮,却也很吓人。大牛把彗星叫做"红剑",因为他说看起来像一把刚从锻炉里取出来的火红宝剑。艾莉亚歪歪头,看出了剑的形状,但她看到的不是新打好的剑,而是父亲那把瓦雷利亚巨剑、泛着波纹的寒冰,剑带血红,正是艾德公爵被御前执法官伊林爵士斩首示众后流下的鲜血。事情发生时尤伦不准她看,可在她想来,父亲死后的寒冰就是彗星这个样子。

最后她终于入眠,梦见了家园。通往长城的国王大道蜿蜒经过临冬城,尤伦答应在那里放她,并不让人知晓她真实的身份。她好想再见到母亲,还有罗柏、布兰和瑞肯……不过她最想念的还是琼恩·雪诺。她真希望这条路能先到长城,再去临冬城,这样一来,就可以让琼恩弄乱她的头发,叫她:"我的小妹"。她会告诉他:"我好想你",而他也会同时说出一模一样的话,异口同声,一如往常。她真的很想这样,很想很想很想。

珊莎

乔佛里国王命名日的那天早上,阳光明媚,时有清风。珊莎站在塔楼窗边,看着大彗星的长尾巴,透过疾走流云,昭然可见。这时,亚历斯·奥克赫特爵士前来护送她去比武会场。"你觉得这颗彗星代表着什么?"她问。

"这是上天派来荣耀您的未婚夫的,"亚历斯爵士立时回答,"你看,它闪着光辉,在陛下的命名日划过天际,好似诸神为他举起了旗帜,以示尊崇。老百姓都把它叫做'乔佛里国王彗星'。"

他们想必是如此告诉乔佛里的,至于实情如何,珊莎可不敢确定。"我听下人把它叫做'龙尾星'。"

"是啊,乔佛里国王的宝座就是以前龙王伊耿的位子,他的城堡也是由伊耿的儿子所建筑。"亚历斯爵士道,"他是真龙的继承人——深红又是兰尼斯特家族的颜色,这也是一个象征。依我之见,彗星定是上天送来宣告乔佛里国王陛下登基的,它预示着他终将击败敌人,赢得最后胜利。"

真的吗?她不禁暗想,诸神真会如此残酷吗?眼下乔佛里的敌人包括她自己的母亲,还有哥哥罗柏。父亲已经死于国王令下,难道接下来就要轮到罗柏和母亲了吗?彗星是红色的没错,可乔佛里不只是兰尼斯特家的人,他也是拜拉席恩家族的后代呀,而他们的标志是金底黑鹿,诸神怎不给小乔一颗金色的彗星呢?

珊莎骤然阖上窗子,转身背离窗边。"小姐,您今天真漂亮。"亚历斯爵士说。

"谢谢你,爵士先生。"珊莎知道乔佛里要她出席比武大会以

示贺意，便特别精心打扮过。她穿了一袭淡紫色礼服，戴着乔佛里送的月长石发网。礼服袖子很长，掩饰了她手上的瘀伤，那也是乔佛里的"礼物"——他一听说罗柏自立为北境之王，气得发狂，便派柏洛斯爵士来揍她。

"我们走吧？"亚历斯爵士伸出手，她挽起来，随他走出房间。假如珊莎非得从御林铁卫里选一个作跟班，她宁愿是他。柏洛斯爵士脾气暴躁，马林爵士冷酷无情，曼登爵士那双怪异的死人眼总教她不舒服，普列斯顿爵士则一副当她弱智小鬼的神情。只有亚历斯·奥克赫特爵士彬彬有礼，会真诚地和她说话。有次乔佛里命令他打她，他居然还表示抗议，后来他虽然还是打了，但出手比马林爵士和柏洛斯爵士轻得多。他好歹为她求过情，其他人遇上这种情形，都是绝对服从……当然，猎狗例外。可小乔都叫另外五人打她，从不叫猎狗动手。

亚历斯爵士有淡褐色的头发，脸长得也不难看。今天他的白丝披风用一片金叶扣在肩头，外衣胸前则用闪亮的金线绣了一棵枝叶繁茂的橡树，看起来十分潇洒。"在您看来，今天会由谁胜出呢？"他们一边手挽着手走下楼梯，珊莎一边问。

"当然是我。"亚历斯爵士微笑着回答，"只可惜这种胜利不足挂齿。这只是小场面、小比试，参加者不超过四十人，其中还包括侍从和自由骑手。把毛头小子打下马一点也不光彩。"

上次比武大会可就不一样了，珊莎心想。那是劳勃国王特别为她父亲举办的，当时全国各地的达官贵人和英雄武士竞相涌至，互相较劲，而君临全城居民也都到场观看。她至今仍记得当时的空前盛况：河岸布满帐篷，骑士的盾牌各自悬挂在营帐门口，一长列丝质三角旗随风飘扬，精钢刀剑和镀金马刺闪着耀眼阳光。比武那几天，号角长鸣，马蹄轰隆，入夜之后则是宴席大开，弦歌不辍。那是她一生中最灿烂的日子，如今却恍如隔世。劳勃·拜拉席恩已不在人间，她的父亲则被视作叛国贼，斩首于贝勒大圣堂前的讲坛上。现在国内三王各据一方，三叉戟河彼岸战火炽烈，君临城中则挤满了来自各方、走投无路的人，难怪他们只能在有厚厚城墙庇护的红堡里为乔佛里举办比武竞技。

"你觉得太后会出席吗？"每次有瑟曦在场约束儿子，珊莎总觉得比较安全。

"恐怕不会，小姐。重臣们正在开会，说是有要紧事。"亚历斯爵士压低声音，"泰温大人率兵朝赫伦堡前进，不愿照太后的命令领军至此。太后她可是气坏了。"这时一队身披红披风、头戴狮纹盔的兰尼斯特卫士从旁经过，他立即噤声。亚历斯爵士虽好说闲话，却知要提防隔墙有耳。

木匠在城堡外庭筑起了看台和竞技场，但其规模的确小得可怜，而前来观赏的人群还只稀稀落落坐了个半满。观众多半是穿着金袍子的都城守备队或披深红披风的兰尼斯特卫士，到场的贵族男女为数极少，只有那几个还留在宫里的人：脸如死灰的盖尔斯·罗斯比伯爵就着一条粉红丝巾咳个没完；坦妲伯爵夫人被两个女儿——文静但迟钝的洛丽丝和毒舌的法丽丝——夹在中间；黑皮肤的贾拉巴·梭尔遭到放逐，原本便无处可去；艾弥珊德小姐还是个小婴儿，躺坐在乳母膝上。据说她不久便要嫁给太后的某个堂弟，如此兰尼斯特家族才好接收她的封地。

国王坐在一顶深红天篷下的阴影里，一只脚随随便便地跷在雕花木椅的扶手上。弥赛拉公主和托曼王子坐在他后面，桑铎·克里冈则站在皇家包厢后方守卫，双手按着剑柄。他身披御林铁卫的雪白披风，用镶珠宝的别针系在宽阔的肩头。雪白的披风与他棕色的粗布外衣和镶钉皮背心有些不相称。"珊莎小姐到。"猎狗一见到她，便简短地宣布。他的声音粗得像是锯木头，因为半边脸和喉咙都有烧伤，一讲话嘴巴就不住扭曲。

弥赛拉公主听见她的名字，害羞地对珊莎点了个头。胖胖的小王子托曼却热切地跳了起来，"珊莎，你听说了吗？今天我要下场比武喔！"托曼不过八岁，看到他不禁令她想起自己的小弟弟布兰。他们两人同年，但布兰此刻人在临冬城，半身不遂，幸好性命无恙。

珊莎愿意付出任何代价，换取和他重聚的机会。"我为您对手的性命担心。"她庄重地对托曼说。

"他的对手是稻草人儿。"小乔说罢起身。国王今天身披镀金战甲，胸前雕着一头怒吼雄狮，好似随时准备投身战火。他今天满十三岁，发育良好，个头极高，有着兰尼斯特家族特有的金发碧眼。

"陛下。"她屈膝行礼。

亚历斯爵士也鞠了个躬，"陛下，请您准我先行告退，我要着装准备下场。"

乔佛里唐突地挥手示意他退下，目光却没离开珊莎。他把她上上下下打量一番，"我很高兴你戴了我送的宝石发网。"

看来国王今天打算扮演英雄的角色，珊莎松了口气。"感谢陛下厚爱……更谢谢您的赞美。陛下，希望您命名日开心愉快。"

"坐吧，"小乔指指身旁的空位，命令道，"听说了没？那乞丐王死了。"

"谁？"一时之间珊莎好怕他指的是罗柏。

"韦赛里斯，'疯王'伊里斯最后一个儿子。自我出生以来，他就在周游各大自由贸易城邦，自称是国王。哼，母亲说多斯拉克人终于帮他加冕，不过用的是熔掉的黄金。"他笑道，"你不觉得很可笑吗？火龙可是他的家徽呢，这就好像你那叛徒老哥被狼杀死一样。说不定等我逮着他以后，就真把他丢去喂狼。我有没有跟你说过，我准备跟他当面决斗啊？"

"陛下,我会乐于关注。"我可是求之不得呢。珊莎保持冷静而有礼的口吻,然而乔佛里还是眯起眼睛,想判断她是否有嘲弄之意。"您今天会下场比试吗?"她连忙问。

国王皱起眉头,"母亲大人说这样不妥,因为这场比武大会是为了给我庆祝才举办的。可我要真是下场,准会摘下优胜,好狗,你说是不是啊?"

猎狗的嘴角抽搐了一下,"跟这路货色打?那还用说。"

他是父亲那场比武大会的冠军,这点珊莎可没忘。"大人,那您今天会参加吗?"她问他。

克里冈的语音充满不屑,"他们不配。这场比武根本是蚊蝇打架。"

国王哈哈大笑,"哟,我的狗儿叫起来可真吓人。我看干脆叫你跟今天的冠军决斗好了,至死方休。"乔佛里最喜欢逼人互斗至死。

"那你就要少一个骑士了。"猎狗本人始终没有接受骑士宣誓。他的哥哥是个骑士,而他极端痛恨他哥哥。

一阵号角声突然响起,国王坐回椅子上,并牵起珊莎的手。若是从前,此举定会让她心脏狂跳,然而在她乞求他网开一面、宽恕她父亲之后,他竟然下令将父亲斩首示众,所以如今他的碰触令她憎恶,但她知道自己不能显露出来,于是强作镇定。

"御林铁卫的马林·特兰爵士!"司仪高喊。

马林爵士从西边进入比武场,一身亮白金缕铠甲,骑一匹乳白色战马,灰色的马鬃飞扬,背后长长的披风宛如白雪大地,一根十二尺长枪擎在手中。

"青亭岛雷德温家族的霍柏爵士!"司仪唱名。霍柏爵士骑着黑色骏马自东边进场,马儿披着酒红和蓝色相间的饰服,他的枪上也系了同样色彩的布条,盾牌上则有葡萄串家徽。雷德温家这对

双胞胎和珊莎一样，都是太后强留的宾客。她很好奇，到底是谁出的主意，让他们参加乔佛里的比武大会。应该不是自愿的吧，她心想。

司仪一声喝令，两名参赛者立刻平握长枪，脚踢马刺，冲了上去。围观的卫士们和看台上的贵族男女中传出吆喝，两个骑士在赛场中央交手，木屑飞溅，钢铁交鸣。不到一秒内，白枪和花枪相继爆成碎片。霍柏·雷德温受到强烈撞击，在马背上晃了晃，但总算没有落马。他们各自在比武场尽头掉转马头，抛下断枪，自侍从手中接过新的。霍柏爵士的双胞胎兄弟霍拉斯·雷德温爵士为兄弟叫好。

两人再度交手，但这次马林爵士转移枪尖，直刺霍柏爵士胸膛，打得他从马背上直飞出去，重重地摔落地面。霍拉斯爵士连忙跑去扶起被痛击的兄弟，嘴里咒骂个没完。

"打得真烂。"乔佛里国王表示。

"红土望石盔城的巴隆·史文爵士！"司仪的喊声再度传来。巴隆爵士的头盔上饰有一双宽大的白翅膀，盾牌上则绘了黑白天鹅互斗的图案。"史林特家族的莫洛斯，赫伦堡杰诺斯伯爵的继承人！"

"瞧他那副驴样！"小乔高声怪叫，声音之大，半个场子都能听见。莫洛斯只是个侍从，还是个刚当上的侍从，连拿枪举盾都有困难。珊莎知道，长枪是骑士的武器，而史林特家出身低贱。杰诺斯伯爵本来只是都城守备队的司令官，近来才被乔佛里擢升为赫伦堡领主和朝廷重臣。

他最好从马上摔下来，在大家面前丢脸，她苦涩地想，我希望巴隆爵士杀了他。乔佛里宣判她父亲死刑，斩首之后，正是杰诺斯·史林特将艾德公爵的首级连发抓起，高举示众，而珊莎只能在旁啜泣哀嚎。

莫洛斯的黑盔甲上镶了细致的金色涡形花纹，外罩黑金相间的格子披风。他盾牌上画有血淋淋的长枪，那是他父亲挑选的家徽。然而他似乎不知该把盾牌放哪里才好，只会盲目地催马向前，结果巴隆爵士不经意地一枪便戳中他盾心纹章。莫洛斯慌忙扔掉长枪，试图保持平衡，可惜还是失败。这少年摔下马时一只脚卡在马镫上，被狂躁的战马一路拖到场子尽头，脑袋不断在地上碰撞。乔佛里见状高声嘲笑，珊莎却大惊失色，不知诸神是否听见了她复仇的祈祷。最后大家总算把莫洛斯·史林特解下马，发现他虽浑身是血，人还活着。"托曼，我们帮你挑错对手了。"国王对弟弟说，"这家伙比稻草人差劲得多。"

接下来换霍拉斯·雷德温爵士出场，他的表现比双胞胎弟弟出色，击败了一位老骑士。这名老骑士的坐骑装饰着银色狮鹫服装，以蓝白条纹为底，虽然气势十足，实力却与外表很不相称。"真是差劲透了。"

"我不是跟你说过？"猎狗道，"这是蚊蝇打架。"

国王开始无聊了，珊莎紧张起来，于是她垂下视线，决定不论发生什么事，都要保持安静。当乔佛里·拜拉席恩心情糟糕时，任何无心之言都可能使他勃然大怒。

"罗索·布伦，于贝里席大人麾下效劳的自由骑手！"司仪高喊，"霍格德家族的红骑士唐托斯爵士！"

自由骑手当即出现在比武场西边，他个子很小，身穿凹痕累累的铠甲，上无任何装饰，可他的对手却不见踪影。等了一阵，总算有一匹栗子色的骏马跑出来，一身大红丝绸随风飘动，然而唐托斯爵士不在上面。又过了一会儿，唐托斯爵士方才脚步踉跄地赶到，一边咒骂，一边追着他的马，他全身上下除了胸甲和羽饰头盔外一丝不挂。他的双腿肤色苍白，细瘦伶仃，那话儿恶心地前后晃动。观众席上立时喝起倒彩。唐托斯爵士抓住坐骑的缰绳，想要爬上马

背，但马儿不肯站定不动，而骑士喝得酩酊大醉，光溜溜的脚始终踩不到马镫。

此时观众已经笑得前仰后合……唯独国王例外。乔佛里眼中正是当日他在贝勒大圣堂前宣判艾德·史塔克公爵死刑时的那种神情。下面的红骑士唐托斯爵士终于决定放弃，重重坐在泥地里，摘下羽饰头盔。"我认输！"他大叫，"给我点酒喝吧！"

国王霍地起身，"去窖里搬一桶来！我要看他淹死在里面。"

珊莎倒抽一口气，"不行！您不可以这样！"

乔佛里转过头，"你说什么？"

珊莎简直不敢相信自己刚才说的话。她疯了吗？竟然当着众廷臣的面对他说"不"？她没打算开口的，可……虽然唐托斯爵士又醉又蠢又没用，但他没有恶意啊。

"你说我'不行'？你是不是这样说的？"

"我……"珊莎说，"我只是觉得……如果您在您的命名日杀人……会带来厄运的，陛下。"

"你骗人，"乔佛里道，"既然你这么在乎他，我干脆让你们俩一起淹死算了！"

"陛下，我在乎的不是他，"字句拼命从她口中涌出，"您要淹死他或砍他的头都行，可是……如果真要杀，也请您明天再杀……千万不要在今天啊，今天是您的命名日。我不忍心见您招来厄运……就算国王，这样做也会惹来厄运的啊……歌手们都这么说……"

乔佛里锁紧双眉。她看得出，他知道自己在说谎，看来免不了又要遭殃了。

"这女孩说得没错，"猎狗粗声道，"俗话说命名日播下的种子，一整年都会结果。"他语气平淡，仿佛一点也不担心国王相信与否。莫非真有此说？珊莎其实根本没听过，只是为了逃避惩罚而信口胡诌的。

乔佛里怏怏不乐地在椅子上动了动,朝唐托斯爵士摆摆手。"把他带走!我明天再杀他,这蠢才。"

"他的确是个蠢才啊,"珊莎说,"您真是英明睿智,一眼就看了出来。这种蠢才应该拿去当弄臣,而不是做骑士,对不对?您应该给他穿上小丑装,叫他耍把戏,他不配死得干净利落。"

国王端详她半晌,"或许你没有母亲说的那么笨。"他提高音量,"唐托斯,你听见小姐的话了吗?从今天起,你就是我的新弄臣,快去换上小丑装,跟月童睡在一起。"

唐托斯爵士刚与死亡擦肩而过,这时酒全醒了,他从地上爬起来:"感谢陛下。还有您,小姐,谢谢您。"

两名兰尼斯特卫士把他带了下去,司仪进到包厢。"陛下,"他问,"您要我召一名新对手与布伦作战呢,还是换下一组人上场?"

"统统不要。这些人是蚊蝇,不是骑士。今天若非是我的命名日,我会把他们全部处死。比武大会到此为止,叫他们统统滚出我的视线!"

司仪听罢,恭敬地鞠了个躬,不过托曼可没这么好打发。"我本来要跟稻草人对打的!"

"改天再说。"

"可我想上场!"

"我才不管你想什么。"

"妈妈说我可以上场的!"

"她说过。"弥赛拉公主也附和。

"'妈妈说',"国王模仿弟弟的口气,"少孩子气啦!"

"我们是小孩子,"弥赛拉理直气壮地表示,"本就应该孩子气。"

猎狗哈哈大笑,"这下你可辩不过她了。"

乔佛里认输了,"那好,反正我弟弟再怎么也不会比刚才那些家伙差。来人,把矛靶拿出来,托曼等不及想当蚊蝇呢。"

托曼高兴地叫了一声,摆动肥胖的双脚跑开去准备着装。"祝你好运!"珊莎对他说。

于是他们在比武场另一头设起一个矛靶,并为王子的小马备妥马鞍。托曼的对手是一个孩童高度的皮革战士,里面填满稻草,站在一个旋转轴上,一手拿盾,另一手握着布垫钉头锤。有人还在假人头上绑了一对鹿角。珊莎记得乔佛里的父亲、故王劳勃,生前头盔上也有两根鹿角……乔佛里的叔叔蓝礼公爵也是,他是劳勃的幼弟,如今成了叛徒,自立为王。

两个侍从合力把王子扣进他那雕饰华丽的银红小盔甲里,头盔顶端有一大束红羽,盾牌上兰尼斯特的怒吼猛狮和拜拉席恩的宝冠雄鹿相对嬉闹。侍从扶他上马,红堡的教头艾伦·桑塔加爵士走上前,递给托曼一柄银质钝面长剑,剑刃是叶子形状,把柄特别为八岁男孩的手掌所打造。

托曼高举宝剑,"凯岩城万岁!"他用稚嫩的嗓音大喊,双脚夹住马肚,跑过硬泥地,朝矛靶冲去。坦妲伯爵夫人和盖尔斯伯爵参差不齐地喝彩,珊莎也加入应和。国王则兀自生着闷气。

托曼催小马快跑,经过假人时英勇地挥出长剑,结结实实地击中假人骑士的盾牌。矛靶转了一圈,布垫钉头锤绕回来,狠狠地敲中王子的后脑勺。托曼从马背上飞了出去,沉重地摔在地上,崭新的盔甲像一袋破铜烂铁般喀啦作响。他掉了剑,小马也离他而去,跑过城郭。四周群起哄笑,其中乔佛里国王的笑声不但最大,而且最久。

"哎哟!"弥赛拉公主大叫,跌跌撞撞地跑出包厢,奔向她的小弟。

珊莎发现自己充满一种古怪而轻率的勇气,"你应该跟她一起去,"她对国王说,"你弟弟可能受了伤。"

乔佛里耸耸肩,"那又怎样?"

"你应该把他扶起来,告诉他,他骑得很好。"珊莎克制不住自己。

"他被打下马来,跌在地上,"国王指出,"这哪叫骑得好?"

"你们看,"猎狗打断他们,"这小子挺勇敢,他准备再试一次。"

侍从们正扶着托曼再次骑上小马。如果托曼是哥哥,乔佛里是弟弟就好了,珊莎心想,我可不介意嫁给托曼。

这时,从城门楼前突然传来声响,把众人都吓了一跳。铁链嘎吱作响,闸门升起,大门也在绞链声中缓缓打开。"谁叫他们开门的?"乔佛里质问。由于城中骚动不断,红堡大门已经深锁多日。

在一阵金属碰撞和马蹄声中,一队人马骑过铁闸门。克里冈走到国王身边,一手按住长剑剑柄。来者虽然风尘仆仆,面露疲态,却高举着兰尼斯特家族的红底金狮旗。其中只有少数人是穿着红袍和盔甲的兰尼斯特士兵,更多的是自由骑手和流浪武士,甲胄各异,手握利剑……除此之外,还有仿佛从老奶妈的故事里走出来的狰狞蛮人——以前布兰最喜欢这种故事——他们身披褴褛兽皮和坚硬皮革,长发长须,有的头上手上包着染血绷带,还有的缺眼缺耳,甚至少了几根手指。

在这群人之中,骑着一匹高大红骏马,被怪异的垫高马鞍前后包住的,正是太后的侏儒弟弟,外号"小恶魔"的提利昂·兰尼斯特。他新长出的黄黑交杂的长胡子盖住了扁凹的脸,胡须纠缠不清,粗硬如铁线。他肩上飞舞着一件黑白条纹的影子山猫皮斗篷,他用左手握缰,右手悬着白丝吊带。除此之外,在珊莎看来,他和

上次造访临冬城时一样畸形:额头突出,双眼大小不一,依旧是她生平所见最为丑陋的人。

虽然如此,托曼却脚踢马刺,骑着小马快步驰过场子,口中兴奋地大喊。一名身躯高大,步伐稳健,胡须几乎遮掩住脸的野蛮人将男孩从马鞍上连人带甲抱起来,放在他舅舅旁边的地上。提利昂拍拍他的背甲,托曼喘不过气的笑声回响在城墙之间,珊莎惊讶地发现他们两人竟然是同等身高。弥赛拉跟在弟弟后面奔至,侏儒抱着她的腰转了一圈,让她开心地吱吱叫。

然后侏儒放开她,轻轻吻她额头,一跛一跛地穿过广场,朝乔佛里走来。他身后跟了两个人:一个是黑发黑眼的佣兵,举止有如追踪猎物的灵猫;另一个则是憔悴的青年,有一个眼窝是空的。托曼和弥赛拉跟在他们身后。

侏儒在国王面前单膝跪下,"陛下。"

"是你。"乔佛里说。

"是我。"小恶魔应道,"不过对舅舅和长辈讲话,理应更礼貌一点。"

"听说你死了。"猎狗说。

小个子看了大个子一眼。他的眼睛一只绿,一只黑,两眼均透着寒意。"我在跟国王说话,没空理他的恶狗。"

"我很高兴你没死!"弥赛拉公主说。

"好孩子,咱们俩倒很贴心。"提利昂转向珊莎,"小姐,我对您的遭遇深感遗憾。诸神实在残酷。"

珊莎不知该说什么才好。他真的为她感到遗憾吗?还是在嘲弄她呢?残酷的不是诸神,而是乔佛里啊。

"乔佛里,我也对你的遭遇深表遗憾。"侏儒说。

"遭遇?什么遭遇啊?"

"就忘了你父亲大人?大块头,黑胡子,特威猛,努力想一想,应该能记得。他是在你之前的国王。"

"喔,他啊?是的,很令人难过,他是被野猪杀死的。"

"陛下,这是'官方'说法吗?"

乔佛里皱起眉头。珊莎觉得自己好像该说些什么。从前茉丹修女是怎么教她的?礼貌是贵妇人的盔甲。对,就是这句。于是她穿起盔甲,开口道:"大人,关于家母逮捕您一事,我感到非常抱歉。"

"只怕很多人正为此抱歉着呢,"提利昂回答,"事情了结之前,我看有人会悔不当初……不过很谢谢你的关心。乔佛里,你母亲在哪里?"

"她和我的重臣们在开会。"国王答道,"你哥哥詹姆一直打败仗。"他愤怒地看了珊莎一眼,仿佛这都是她的错。"现在他被史塔克家抓去,我们不但丢了奔流城,连她的笨哥哥都自立为王了。"

侏儒嘿嘿一笑,"这年头什么样的人都能当国王。"

小乔不知该如何应对,但他看来十分不悦,满腹猜疑。"没错,嗯,舅舅,我也很高兴你没死。你有没有给我带命名日礼物啊?"

"有啊,就是我的聪明才智。"

"我宁愿要罗柏·史塔克的头。"小乔不怀好意地看了珊莎一眼。"托曼,弥赛拉,我们走。"

桑铎·克里冈多留了一会儿,"小个子,我劝你讲话注意一点。"警告完之后,他才大步跟着国王离开。

现在只剩下珊莎和侏儒,以及他的那群怪物。她试着想说些什么,"您的手受伤了。"最后她勉强说。

"我在绿叉河边打仗时,被你们北方人的流星锤砸到。我从马背上摔下去,才没被他打死。"他审视着她的面容,笑容变得温和

了些。"为你父亲大人哀悼,是不是?你好哀伤。"

"我父亲是叛徒,"珊莎立刻说,"我哥哥和母亲也是叛徒。"这已经成了条件反射,"我绝对忠于我所深爱的乔佛里。"

"毫无疑问,就和被狼群包围的麋鹿一样忠诚。"

"是狮子。"她不假思索地悄声说,说完不禁紧张地环顾四周,幸好附近没人。

兰尼斯特握住她的手,轻轻挤了一下。"孩子,我只是一头小狮子,而且我向你保证,我决不会欺负你。"说完他鞠了个躬,"现在,请容我告辞,我有要紧事要呈报太后和重臣。"

珊莎目送他离去。他的身体随着踏出的每一步左右剧烈摇晃,仿佛一只来自奇人异兽图中的怪物。他比乔佛里温柔多了,她心想,但太后对我不也很温柔?他毕竟是兰尼斯特家的人,是太后的弟弟,小乔的舅舅,绝非我的朋友。曾经,她全心全意地爱着乔佛里王子,对他母亲,也就是当时的王后,则是大为倾慕、全然信任,结果他们回报她的却是父亲的首级。珊莎再也不会犯同样的错误了。

提利昂

曼登·穆尔爵士一身御林铁卫的雪白制服，活像一具披着裹尸布的尸体。"太后有令：会议途中不得打扰。"

"爵士先生，我不过就一桩小事，"提利昂从袖子里取出羊皮纸，"这是我父亲泰温·兰尼斯特，也就是当今首相写的信，上面有他的印章。"

"太后不希望有人打扰。"曼登爵士慢条斯理地重复一遍，仿佛当提利昂是蠢蛋，听不懂他刚才说的话。

詹姆曾说，御林铁卫中最危险的角色非穆尔莫属——当然，除了他自己——因为这家伙面无表情，谁也料不透他心中的打算。提利昂此刻真想从他脸上看出一点端倪。倘若真要刀剑相向，此人当然不是波隆和提魅的对手，但刚一上任就宰了乔佛里的护卫，以后怎么得了？话说回来，假如就这么让他得逞，自己又有何权威可言？于是他逼自己露出微笑。"曼登爵士，我想您一定还没见过我的伙伴。这位是提魅之子提魅，他是明月山脉灼人部的'红手'将军。这位则是波隆，您应该还记得艾林大人的侍卫队长瓦狄斯·伊根爵士吧？"

"这人我知道。"曼登爵士眼色浅灰，目光异常呆滞，毫无生气。

"你知道的他，已经不存在了。"波隆浅浅一笑，出声纠正。

曼登爵士仿佛充耳不闻。

"总之呢，"提利昂轻快地说，"我真的想见见我那好姐姐，顺便把这封信传进去，爵士先生，可否请您行行好，帮我们开个门?"

白骑士无动于衷。就在提利昂忍无可忍,打算来硬的的时候,曼登爵士突然往旁边一站。"你可以进去,但他们不行。"

虽然只是小小的胜利,果实依旧甜美,他心想,他已经通过了第一道测验。提利昂·兰尼斯特推开门,走进大厅,顿时觉得自己高大起来。原本正在讨论国事的五位重臣见状纷纷停下。"是你!"姐姐瑟曦的语气中一半是难以置信,另一半则是极度嫌恶。

"我总算知道乔佛里的好礼貌是从哪儿学来的了。"提利昂停下脚步,欣赏一左一右把守大门的两只瓦雷利亚狮身人面兽雕像,流露出全然的自信。瑟曦对虚弱极为敏感,就像狗儿可以嗅出恐惧。

"你来这里做什么?"姐姐用那双漂亮碧眼审视着他,不带一丝感情。

"帮咱们亲爱的父亲大人送信。"他晃悠悠地走到议事桌边,把卷得紧紧的羊皮纸放在两人中间。

太监瓦里斯伸出那双洒了脂粉的纤纤玉手,拿起信在手中把玩。"泰温大人实在太周到了,连封蜡都像黄澄澄的金子。"瓦里斯仔细检查封印。"不论从哪方面看,都像是真的。"

"当然是真的。"瑟曦一把抢过,揭起封蜡,展开信纸。

提利昂看着她读信。此刻姐姐大大方方地端坐于王位之上——他推测乔佛里大概也和劳勃一样,甚少出席御前会议——既然如此,提利昂便也当仁不让,爬上了首相的位子。

"真是岂有此理!"最后太后总算开口,"家父派我弟弟入宫接管他的职务,他叮嘱我们视提利昂为国王之手,直到他能亲自上朝辅政为止。"

派席尔大学士捻捻他瀑布般的白胡须,若有所思地点头道:"如此说来,我们得正式欢迎他了。"

"正是，"杰诺斯·史林特是个双下巴，头顶几乎全秃，看起来活像只青蛙，一只一朝得势、自命不凡的青蛙。"大人，我们正需要您。眼下叛乱四起，天际又有凶象，城里大街小巷都在暴动……"

"杰诺斯大人，敢问这是谁的错？"瑟曦厉声道，"该由你手下的金袍卫士负起维持秩序的责任。至于你，提利昂，你上战场杀敌想必对我们更有帮助。"

他笑了，"不不不，我杀敌杀够了，还是敬谢不受的好。坐椅子，总比骑马安稳得多，更何况我宁愿端酒杯，也不要拿战斧。不是都说战场上鼓声雷动，金甲夺目，马鸣萧萧吗？唉，可惜战鼓敲得我头疼，穿盔甲都快被太阳烤焦，简直跟丰收宴会上的烤鹅没两样，至于马嘛，它们就知道四处拉屎！不过呢，我也不该抱怨，跟在艾林谷受到的盛情款待相比，鼓声、马粪和苍蝇已经没话说啦。"

小指头哈哈大笑："说得好，兰尼斯特大人，您这番话真是深得我心。"

提利昂对他微微一笑，心中想起了某把龙骨刀柄、瓦雷利亚钢刀身的匕首。咱们得尽快找个时间谈谈这事。到时不知培提尔伯爵还会不会觉得有趣。"所以，"他对众人说，"还请各位务必容我效劳，即便微不足道的小事也好。"

瑟曦把信又读过一遍。"你带来多少人？"

"总有几百个吧，多半是我自己的人。老爸说什么也不肯抽调人手，怎么说，他毕竟是在打仗嘛。"

"倘若蓝礼兵临城下，或者史坦尼斯从龙石岛渡海攻来，你这几百人有什么用？我要的是一支军队，父亲却送来一个侏儒。首相由国王选择，经重臣们同意后方能任命。乔佛里任命的是我们父亲大人。"

"而父亲大人任命了我。"

"他无权这么做，除非得到小乔的同意。"

"你想亲口质问他的话，泰温大人此刻正率军驻扎于赫伦堡。"提利昂彬彬有礼地说，"诸位大人，可否容我和姐姐私下说几句？"

瓦里斯滑溜地站起来，露出那一贯阿谀谄媚的笑容。"令姐甜美的声调想必让您倍感思念。诸位大人，我们就让他们小聚片刻如何？这动荡不安的国事待会儿再来处理也不迟嘛。"

虽然杰诺斯·史林特动作有些迟疑，派席尔大学士则步履蹒跚，但他们到底是起身了。小指头是最后站起来的。"我是不是这就去请总管在梅葛楼里为您收拾几个房间？"

"培提尔大人，感谢您的好意，不过我要住首相塔里史塔克大人先前的居所。"

小指头笑道："兰尼斯特大人，您胆子可比我大多了。您总该知道咱们前两任首相的下场吧？"

"两任？你想吓唬我，为何不干脆说四任？"

"四任么？"小指头眉毛一扬。"难道艾林大人之前的两位首相也在塔里遭遇不测？恐怕我当时年纪还小，没有多加留意。"

"伊里斯·坦格利安的最后一任首相在君临城陷时被杀，我怀疑他根本还来不及搬进塔里，前后不过只当了十四天的首相。他之前那位呢，则是被活活烧死。再往前嘛，有两位被剥夺了领地和头衔，死于流放途中，死时身无长物，一贫如洗，还自觉走运呢。我相信家父是最后一位从君临全身而退的首相。"

"真有意思。"小指头道，"我越听越觉得睡地牢比较安全。"

说不定你会如愿以偿哟，提利昂心想，但他嘴上却说："我听说勇气和愚蠢往往只有一线之隔。无论首相塔受了什么诅咒，但愿我这小个子可以逃过它的魔掌。"

杰诺斯·史林特哈哈大笑，小指头嘴角微扬，派席尔大学士则面色凝重地点点头，随两人出去了。

"父亲大老远派你来，希望不是让你来给我们上历史课。"旁人离去后，姐姐开口嚷道。

"你不知道我有多思念你那甜美的声调。"提利昂对她叹道。

"你不知道我有多想用滚烫的钳子把那太监的舌头拔出来。"瑟曦回击。"父亲昏了头不成？还是说信是你伪造的？"她把信又读一次，越看越气恼。"他为什么把你丢给我？我要他本人过来。"她握拳揉烂泰温公爵的信。"我是乔佛里的摄政太后，我对他下达了王家谕令！"

"结果他不理你，"提利昂指出，"他重兵在握，自然有恃无恐。反正他也不是第一个违抗你的人，对吧？"

瑟曦嘴唇一抿，面露怒色。"假如我说这封信是假的，叫他们把你扔进地牢，我保证，没人敢违抗我。"

提利昂很清楚自己此刻如履薄冰，稍有失足，便会万劫不复。"的确，"他亲切地赞同，"尤其是我们那握有大军的父亲。可是，我亲爱的好姐姐，我这么千里迢迢、不辞辛劳地跑来帮你的忙，你何苦把我扔进地牢呢？"

"我不要你来帮倒忙，我只命令父亲奉旨上朝。"

"是么？"他平静地说，"你想要的是詹姆。"

姐姐自以为精明老练，然而提利昂自小与她一同长大，早把她的个性摸得一清二楚，读她脸上的表情就跟读自己喜爱的书一样容易，此刻他读出的是愤怒，恐惧，还有绝望。"詹姆他——"

"——是我亲哥哥。"提利昂打断她，"只要你支持我，我向你保证，我会让詹姆平安归来，毫发无伤。"

"这怎么可能？"瑟曦质问，"史塔克家那小鬼跟他娘可不会

忘记我们砍了艾德大人的头。"

"的确,"提利昂同意,"可你手上依旧握有他两个女儿,对吧?我看见那个姐姐和乔佛里一起在广场上。"

"那是珊莎,"太后说,"我对外宣称她妹妹那个野东西也在我手上,但事实并非如此。劳勃死的时候,我派马林·特兰爵士去抓她,可她那该死的舞蹈老师从中作梗,她便借机脱逃,此后再没人见过。那天城里死了很多人,我看她八成也没命了。"

提利昂原本打算以两个史塔克女孩作为交换筹码,如今只剩一个,也只好将就。"跟我说说,咱们这几位重臣朋友是怎么回事。"

姐姐朝大门口瞄了一眼。"他们怎么了?"

"父亲似乎不喜欢他们。我动身时,他还说:如果把这几个家伙的头砍下来,插上枪尖,跟史塔克大人的首级并排挂在城墙上,不知是什么光景。"他朝桌子对面倾身。"你肯定他们靠得住吗?你信任他们吗?"

"我谁也不信任,"瑟曦斥道,"但我需要他们。父亲认为他们心怀不轨?"

"不妨说,他是这么怀疑吧。"

"凭什么?他知道什么内情?"

提利昂耸耸肩。"他知道你儿子虽然才当国王没几天,闯出的祸却已经多得数不完,由此可见,一定有人把乔佛里给教坏了。"

瑟曦审视了他一眼。"小乔不缺忠言良谏,可他性子本就固执,现在当了国王,更觉得自己应该随心所欲,不愿任人摆布。"

"任谁戴了王冠,脑筋都会不清楚。"提利昂表示同意。"艾德·史塔克这件事……真是乔佛里的意思?"

太后皱眉道:"我仔细叮嘱过他,按计划他本该网开一面,让史塔克穿上黑衣。如此一来,不但永绝后患,和他儿子议和也不是没有可能。结果乔佛里认为自己有责任让观众看场好戏，我能怎么办?他当着全城居民的面说要砍艾德大人的头，杰诺斯·史林特和伊林爵士更是急不可捺，乐得照办，完全没过问我一声！"她握紧拳头。"这会儿总主教骂我们先是瞒着他，接着又用鲜血玷污贝勒大圣堂。"

"没错，"提利昂道，"这么说来，这位史林特'大人'有份啰?告诉我，究竟谁出了这么个妙主意，把赫伦堡封给他，又任命他为朝廷重臣?"

"小指头安排的。我们需要史林特的金袍军。当时艾德·史塔克正与蓝礼密谋夺权，他还写信给史坦尼斯，表示愿将王位拱手相让。我们差点就要全盘皆输。现在看来，虽然化险为夷，却也赢得惊险，若非珊莎跑来找我，说出她父亲的计划……"

提利昂大感意外。"真的?是他亲生女儿说的?珊莎一直是个温柔有礼的好孩子啊。"

"这小丫头情窦初开，只盼能和乔佛里在一起，叫她做什么都愿意。没料到他竟砍了她父亲的头，还把这称为'手下留情'，这下她的爱情梦可破灭了。"

"哈，陛下他赢得爱戴的方式可真是独树一帜。"提利昂咧嘴笑道，"将巴利斯坦·赛尔弥爵士从御林铁卫中革职，想必也是乔佛里的意思?"

瑟曦叹道："乔佛里想找人为劳勃的死负责，瓦里斯便提议拿巴利斯坦爵士开刀，这也没什么不好，一方面，詹姆得以指挥御林铁卫，并跻身朝廷重臣，另一方面，小乔也有了喂狗的骨头。他很喜欢桑铎·克里冈。我们本打算赏给赛尔弥一点封地，一座塔堡，那一无是处的老头子本不配这种待遇。"

"我听说史林特手下两个金袍子想在烂泥门逮捕他，结果被这一无是处的老头子给宰了。"

姐姐一脸不悦,"杰诺斯该多派些人去,他的办事能力实在不如预期。"

"巴利斯坦·赛尔弥爵士是劳勃·拜拉席恩的御林铁卫队长,"提利昂刻意提醒她,"当初伊里斯·坦格利安的七铁卫中,只有他和詹姆存活在世。老百姓说起他,就像'镜盾'萨文和'龙骑士'伊蒙王子再生一般。倘若他们看到'无畏的'巴利斯坦与罗柏·史塔克或史坦尼斯·拜拉席恩并肩作战,你觉得他们会作何感想?"

瑟曦别过头去,"我没想到这一层。"

"父亲却想到了,"提利昂道,"所以才派我来,终止这些荒唐闹剧,让你儿子乖乖听话。"

"小乔连我的话也不爱听,他更不会听你的。"

"这可未必。"

"他为什么要听你的?"

"因为他知道'你'绝不会伤害他。"

瑟曦眯起双眼,"如果你认为我会任由你欺负我儿子,那你就是病得无可救药了。"

提利昂叹了口气,像以前一样,她完全抓不住重点。"乔佛里跟着我就和跟着你一样安全,"他向她保证,"但如果让他感觉到威胁,就会比较容易听话。"他执起她的手。"再怎么说,我们毕竟姐弟一场,不管你承不承认,你的确需要我;你儿子想要保住那张丑陋的铁椅子,他也需要我。"

对于他竟然出手碰她,姐姐似乎大感惊讶。"你向来很机灵。"

"不过就一点小聪明嘛。"他嘻嘻笑道。

"这么说来,倒是值得一试……不过,提利昂,你可别搞错,我接纳你,但你只是名义上的御前首相,实际上是我的助手。你采取任何行动之前，都必须把计划和意图事先同我商量。未经我的同意，不得擅自行动，清楚了吗？"

"哎，一清二楚。"

"你同意吗？"

"那当然，"他撒个谎，"亲爱的姐姐，我任你差遣。"但只在我需要的时候。"好啦，现在既然我们目标一致，彼此就不该再有秘密。你说乔佛里下令杀害艾德大人，瓦里斯赶走巴利斯坦，小指头找来史林特，那么琼恩·艾林又是谁杀的？"

瑟曦抽回手。"我怎知道？"

"鹰巢城里那个伤心的寡妇似乎认为是我下的手，我实在不明白，她如何得出这个结论？"

"你想找明白人，那也绝不是我。艾德·史塔克这蠢才把同样的罪名扣到我头上，他暗示艾林大人怀疑……唉，或者说坚信……"

"你和咱们的好詹姆相亲相爱？"

她甩了他一记耳光。

"你以为我和老爸一样瞎了眼？"提利昂揉揉脸颊，"你和谁上床不干我的事……只是你对一个弟弟张开双腿，却不肯对另一个照此办理，好像不太公平哟。"

她又甩了他一记耳光。

"温柔点，瑟曦，我不过开开玩笑。说实话，我宁愿找个漂亮妓女玩玩。我真不明白，除了能欣赏自己的倒影，詹姆究竟看上你哪一点。"

她再甩他一记耳光。

虽然两颊发红，火辣作痛，他还是微笑道："你再打下去，我可会生气喔。"

这话教她住了手。"你想怎样？"

"我有好些个新朋友，"提利昂说，"你绝不会喜欢。你是怎么杀掉劳勃的？"

"那是他自找的，我们只是送他早点上路。蓝赛尔一见劳勃紧追野猪不放，便拿烈酒给他。那酒虽是他最喜欢的酸红酒，却是加过度的，比平常喝的烈上三倍，结果那酒鬼爱死了。其实他只要有心，什么时候都可以停下来不喝，可偏偏一袋喝完又叫蓝赛尔再拿一袋。其余的部分让野猪帮我们办成了。提利昂，那场晚宴你真该在场，我这辈子没吃过这么美味的野猪肉——蘑菇和苹果烧的，满嘴胜利的滋味。"

"姐姐，说真的，你实在是天生作寡妇的料。"提利昂倒还挺喜欢劳勃·拜拉席恩那粗声粗气的莽汉……毫无疑问，部分原因是由于姐姐恨他入骨。"你打够了么，我可要先告辞了。"他扭动双腿，笨拙地从椅子上爬下来。

瑟曦皱眉，"不准走。我要知道你打算怎么救出詹姆。"

"等我想明白了，自然会告诉你。计谋就像水果，需要时间酝酿才会成熟。现在嘛，我打算骑马到街上晃晃，熟悉熟悉城里的状况。"提利昂把手放在门边的狮身人面兽头上。"我走之前，还有一事相告。请你无论如何千万别让珊莎·史塔克出岔子，若是两个女儿都保不住，那你的詹姆可就真麻烦了。"

出了议事厅，提利昂向曼登爵士点头致意，穿过长长的拱顶大厅。波隆跟了上来，提魅之子提魅则不见踪影。"咱们的红手将军跑哪儿去啦？"提利昂问。

"他想四处瞧瞧，他们族里的人不习惯在厅里干等。"

"希望他别要杀了什么宫中要人才好。"这些提利昂自明月山脉中的聚落带下来的原住民虽以自己的方式誓死效忠于他，却也心高气傲，脾气火暴，一旦有人出言不逊，无论是否有意，必定刀剑相向。"想办法把他找到，顺便确定其他人都有地方住有东西吃。

我要他们驻在首相塔下的军营里,切记别让总管把石鸦部和月人部放在一起,哦,告诉他,灼人部要有独立的营房。"

"你上哪儿去?"

"我回破铁砧。"

波隆肆无忌惮地嘿嘿笑道:"需不需要护送啊?听说街上挺危险哪。"

"我会叫上姐姐的侍卫队长,顺便提醒他,我也是不折不扣的兰尼斯特。这家伙大概忘了自己效忠的对象是凯岩城,而非瑟曦或乔佛里。"

一小时后,在十来个肩披深红披风,头戴狮纹盔的兰尼斯特卫士护送下,提利昂骑马出了红堡。由闸门下经过时,他注意到悬挂在城墙上的人头,虽然浸过沥青,却早已腐烂发黑,不堪辨识。"维拉尔队长,"他叫道,"明天以前,将这些头取下来,交静默修女会清洗。"虽然把首级和身体重新配对困难重重,但该做的还是得做。即便战时,有些规矩也必须遵守。

维拉尔显得犹豫。"陛下说要把叛徒的头挂在城墙上,直到最后三根空枪也插上人头为止。"

"让我猜猜,一个是罗柏·史塔克,另外两个是史坦尼斯大人和蓝礼大人,对不对?"

"是的,大人。"

"维拉尔,我外甥今年不过十三岁,麻烦你牢牢记住。明天我就要这些头拿下来,否则其中一根空枪就会有东西可挂,你懂我的意思吗,队长?"

"是,大人,我会亲自监督。"

"很好。"提利昂双腿一夹,策马前奔,让后面的红袍卫士自行跟上。

他对瑟曦说打算熟悉一下城里的情形,并不全然是撒谎。提

利昂·兰尼斯特一点也不喜欢眼前的景象：君临的街道向来是熙来攘往，人马喧腾，但此刻却充满了他从未见过的危险。纺织街边，一具尸体躺卧水沟，全身赤裸，正被一群野狗撕咬，却无人在意。两两成对的金袍卫士随处可见，他们穿着黑环甲，在大街小巷巡逻，铁棍从不离手。市集里满是衣着破烂，变卖家产的人，有人肯出价他们就卖……却几乎没有卖肉菜的农夫，少数几个摆出食物的摊位要价竟高达一年前的三倍。有个小贩沿街叫卖串在肉叉上的烤老鼠。"新鲜老鼠哪！"他高声喊着，"新鲜老鼠哪！"新鲜的老鼠当然比腐烂的老鼠要可口，可令人心惊的是，那些老鼠看起来竟比屠夫卖的肉更诱人。到了面粉街，提利昂只见家家店门都有守卫站岗，他不禁心想：看来在非常时期，花钱雇佣兵都比面包来得便宜。

"莫非没粮食运进城？"他对维拉尔说。

"少得可怜，"侍卫队长承认，"河间地区战事连连，蓝礼大人又在高庭兴兵作乱，西、南两条大路都被封锁了。"

"我那亲爱的姐姐有何应对之道？"

"她正逐步恢复国内治安，"维拉尔向他保证，"史林特大人将都城守备队的人数增加到以前的三倍，太后则派了一千名工匠兴建防御工事。石匠负责加厚城墙，木匠制作上百的巨弩和投石车，制箭匠忙着造箭，铁匠则锻造刀剑，炼金术士公会也愿意提供一万罐野火。"

提利昂一听这话，略感不安地在马鞍上动了动。他很高兴瑟曦并未置身事外，但燃烧剂着实不牢靠，一万罐这种东西足以把君临烧成灰烬。"我姐姐哪有钱买这么多？"劳勃国王死后给王室留下巨额债务，这已经不是秘密，而炼金术士又绝非大公无私。

"大人，小指头大人总有办法弄到钱。他规定进城的人都得缴税。"

"嗯，行之有效。"提利昂嘴上轻描淡写，心里却想：聪明，好个既聪明又残酷的办法。成千上万的人为了躲避战事，纷纷逃往君临，以为这里比较安全。他在国王大道上亲眼见到汹涌人潮：母亲带着小孩，忧虑的父亲则用贪婪的眼神盯着他的坐骑和马车。等这些人抵达城外，一定会散尽家财，换取高耸的城墙以为屏障……但他们若知道野火这回事，或许就会重新考虑。

高挂破铁砧招牌的旅店位于城墙的视线范围内，靠近诸神门，他们早上就是从此处进城。一进庭院，便有个小男孩跑来扶提利昂下马。"带你的人回城堡，"他对维拉尔说，"我今晚在此过夜。"

侍卫队长有些犹豫。"大人，这里安全吗？"

"这个嘛，我告诉你，队长，今儿早上我从这里离开时，里面已经住满了黑耳部的山民。跟齐克之女齐拉住在一起，没人能保证安全。"说完提利昂跛着脚朝大门走去，留下一头雾水的维拉尔。

他挤进旅店大厅，一阵欢笑便迎面袭来。他认出齐拉的嘶声大笑和雪伊银铃般的轻笑。女孩坐在炉边，正就着一张圆木桌啜饮葡萄酒，身旁是三个他留下来保护她的黑耳部众，还有一个背向他的胖子。他以为是旅店老板……但当雪伊叫出提利昂的名字，来客却立刻起身。"亲爱的大人，真高兴见到你。"太监脸上扑了粉，嘴角挂着一抹温软的微笑，装腔作势地说。

提利昂绊了一跤。"瓦里斯大人？没想到会在这里遇见你。"异鬼把这家伙抓去吧！他怎么这么快就找到他们？

"如有打扰之处，还请您见谅。"瓦里斯说，"我突然想来瞧瞧您这位年轻小姐。"

"年轻小姐，"雪伊重复一遍，玩味着这几个字。"大人，您只说对了一半，我只是年轻。"

十八岁，提利昂心想，你才十八岁，还是个妓女，但脑筋转得

快，在床上灵活得像只小猫，一双乌黑发亮的大眼睛，一头柔顺滑溜的黑秀发，还有一张又甜又软又饥又渴的小嘴……这都是属于我的！你这太监真可恶！"瓦里斯大人，我看打扰的人是我。"他勉力顾及礼节，"刚才进门时，您似乎正有说有笑。"

"瓦里斯大人称赞齐拉的耳朵，说她一定杀了很多人，才能得到这么漂亮的颈链。"雪伊解释。听她称呼瓦里斯"大人"令他很气恼，因为那是她枕边细语时所用的语气。"但齐拉说杀人的都是懦夫。"

"勇者会留敌人一命，让他将来有机会洗清耻辱，凭本事赢回耳朵。"齐拉是个皮肤黝黑的瘦小女人，脖子上挂着一条恐怖的项链，提利昂找机会数过，不多不少，足足用四十六只风干起皱的耳朵串连而成。"只有这样，才能证明自己无所畏惧。"

雪伊笑道："接着大人又说如果他是黑耳部的人，大概别想睡觉了，否则梦里全都是只剩一只耳的人。"

"我倒没这个困扰，"提利昂说，"我很怕敌人，只好把他们通通杀光。"

瓦里斯嘻嘻笑道："大人，您要不要同我们喝两杯？"

"我就喝一点吧。"提利昂在雪伊身边坐下。他很清楚整件事意味着什么，可惜齐拉和女孩似乎不懂。瓦里斯此行是来传达讯息的，他说："我突然想来瞧瞧您这位年轻小姐"，实际的意思却是：你想把她藏起来，可我不但知道她是谁，还知道她在哪里，现在我不就找上门了？他很纳闷究竟是谁出卖了自己，旅店老板，马厩小厮，城门守卫，还是……他手下的人？

"每次回城啊，我都爱走诸神门。"瓦里斯一边为大家斟酒，一边告诉雪伊，"城门楼雕刻得真漂亮，每回见了都教我掉眼泪。那些眼睛……真是栩栩如生，你说是吧？仿佛注视着你从闸门下走过。"

"大人，这我就没留意了，"雪伊回答，"既然您这么说，明儿一早我专门去瞧瞧。"

你就省省力气吧，小宝贝。提利昂一边想，一边晃着杯中的酒。他才不在乎什么狗屁雕刻，他吹嘘的是自己那双眼睛。他话中的意思是：他正密切监视着我们，我们刚一进城，便已被他掌握了动向。

"出门的话要多留心啊，好孩子，"瓦里斯说，"君临最近不怎么安全。我虽对这里的街巷了如指掌，可要我像今天这样孤身一人，手无寸铁，还差点不敢来呢。唉，眼下时局危殆，法外凶徒四处横行，手中刀剑冰冷，心地更是冷酷无情啊。"这话的意思是：既然我可以孤身一人，手无寸铁地来到这里，其他人当然更可以手提刀剑找上门来啰。

雪伊却只笑笑，"他们要敢骚扰我，就等着少只耳朵，被齐拉轰出去吧！"

瓦里斯听了放声怪笑，仿佛这是他这辈子所听过最有趣的事，然而当他转头面对提利昂时，眼中却毫无笑意。"您这位年轻小姐真是和蔼可亲得很，换作是我，我会非常小心地照顾她。"

"我正打算这么做。谁要敢对她不利——哎，可怜我个子这么小，实在不够格当黑耳部人，也不好妄称勇敢。"听到了吧，死太监？我也会玩这套，你要是敢动她一根汗毛，我就要你的命。

"我就不打扰你们了。"瓦里斯起身，"大人，我想您一定累坏了，我只想表示欢迎之意，让您知道，我很高兴您回来。朝廷正急需着您。您看到那颗彗星了没？"

"我个子矮，眼睛可没瞎。"提利昂道。在国王大道上，彗星几乎占据了半面天空，完全遮蔽了新月的光芒。

"街上的老百姓称之为'红信使'，"瓦里斯道，"他们说这颗彗星宣示着新王现世，并警告随之而来的血与火。"太监搓搓扑

过粉的双手,"提利昂大人,我走之前,可否给您猜个谜语?"他没等对方回答,"三位地位显赫之人坐在一个房间,一位是国王,一位是僧侣,最后一位则是富翁。有个佣兵站在他们中间,此人出身寒微,亦无甚才具。每位显赫之人都命令他杀死另外两人。国王说:'我是你合法的君王,我命令你杀了他们。'僧侣说:'我以天上诸神之名,要求你杀了他们。'富翁则说:'杀了他们,我所有的金银珠宝都给你。'请告诉我——究竟谁会死,谁会活呢?"说完太监深深一鞠躬,踩着软底拖鞋,匆匆离开旅店大厅。

他离开之后,齐拉哼了一声,雪伊则柳眉一皱,"活下来的是富翁,对不对?"

提利昂若有所思地啜着酒,"可能是,也可能不是,我想得视那个佣兵而定。"他放下酒杯,"走吧,我们上楼。"

他们同时起步,可到头来她却得在楼梯顶端等他,因为她那一双腿纤细敏捷,他却是两腿奇短,发育不良,走起路来痛得要命。但当他上楼时,她却笑吟吟地揶揄他:"有没有想我啊?"她边说边牵起他的手。

"想得发疯。"提利昂承认。雪伊身高仅过五尺,但他依旧得抬头仰望……好在看的是她,他倒不在乎,因为她实在太可爱了。

"等您住进红堡,您会一天到晚想我的。"她领他进房,一边说。"尤其是您孤零零一个人睡在首相塔的冷床上的时候。"

"可不是嘛。"提利昂恨不得能带她同去,却被父亲大人明令禁止。泰温公爵很明白地命令他:"不准你带那个妓女入宫",带她进城已是他违抗的最大限度。她必须了解,他所有的权威都来自于父亲。"你不会离我太远,"他保证,"你会有一栋房子,还有守卫和仆人,我一有机会就来找你。"

雪伊把门踢上。透过结雾的窄窗玻璃,他分辨出坐落于维桑尼亚丘陵顶的贝勒大圣堂,但真正吸引提利昂的却是眼前另一番景象。雪伊弯身，抓住外衣裙摆，上拉过头，脱下丢到一旁。她从不穿内衣。"那您可就别想休息啦，"她边说边站到他面前，一手搁在屁股上，浑身赤裸，肌肤粉嫩，委实秀色可餐。"您一上床就想着我，然后硬起来，却没人帮你解决，最后连觉也睡不着，除非——"她露出提利昂最喜欢的邪恶微笑，"——哎哟，我说大人啊，难不成首相塔是手淫塔吗？"

"把嘴巴闭上，过来亲一个。"他命令她。

他尝到她唇上余留的酒香，感觉到她小而坚挺的双乳贴上自己胸膛，她灵动的指头朝他裤带移动。"我的狮子，"他暂停接吻，以脱下自己的衣服时，她说，"我亲爱的大人，我的兰尼斯特巨人。"提利昂把她推向床上，当他进入她体内时，她的尖叫声大得足以吵醒坟墓里的圣贝勒，指甲则在他背上留下一道道疤痕，但他觉得没有任何疼痛能比这更愉悦。

笨蛋，完事之后，两人躺在凹陷的床垫上，盖着乱成一团的被单，他心里暗想，你这笨蛋侏儒，难道永远也学不乖吗？妈的，她是个婊子，她爱的是你的钱，不是你的老二。你难道忘了泰莎？然而，当他的手指轻轻滑过她一边乳头，乳头立即变硬，他可以清楚地看见自己激情时在她胸部留下的咬痕。

"大人，如今你成了御前首相，有什么打算呢？"当他捧起那团温暖诱人的软肉，雪伊问。

"我打算做点瑟曦绝对料想不到的事，"提利昂在她粉颈边轻声呢喃，"我要……主持正义。"

布兰

布兰喜欢窗边坚硬的石坐椅,远胜温暖舒适的羽床毛毯。躺在床上,四壁朝他压迫而来,沉重的天花板悬在头顶;躺在床上,卧室是他的牢房,临冬城是他的监狱。然而在窗外,广大的世界依旧呼唤着他。

虽然他不能行走,不能攀爬,不能打猎,不能像以前一样拿木剑练习,但他可以"看"。他喜欢坐在窗前,看着远方钻石形玻璃窗棂里的蜡烛和炉火逐一点燃,照遍临冬城的塔楼和厅堂;他也喜欢听冰原狼群对着星空歌唱。

近来,他时常梦见狼。*他们把我当成兄弟,在对我说话啊*,每当他听见冰原狼的叫声,便这么告诉自己。他几乎能听懂它们的话……并非全懂,也非真懂,好像就差那么一点……仿佛它们歌唱的语言他曾经通晓,只是暂时遗忘。大小瓦德怕它们,然而史塔克家人体内流的是奔狼的血液,老奶妈说过的。"虽然每个族人身上的狼血并不等量。"她还告诫。

夏天的叫声绵长而哀戚,充满悲伤与思慕,毛毛狗则较具野性。它们的嚎叫回荡在广场上、厅堂里,充溢全城,好似有大群冰原狼盘踞临冬城,而不只区区两只……原本的六只,如今只剩下这两个。他们也在想念兄弟姐妹吗?布兰很想知道,他们是在呼唤灰风和白灵,呼唤娜梅莉亚和淑女的鬼魂吗?他们是否也希望兄弟姐妹们早日回家、重新团聚呢?

"谁知道狼想些什么?"当布兰向罗德利克·凯索爵士问起狼嚎的原因时,他这么回答。布兰的母亲大人南下之前,任命罗德利克爵士为代理城主,因此他身负重任,无暇闲话。

"他们在呼唤自由。"法兰表示,他是临冬城的驯兽长,和他管的猎犬一样对冰原狼没好感。"它们不喜欢被关起来,这能怪谁呢?野东西本该待在野外,而不是圈在城里。"

"它们想打猎。"大厨盖奇一边把板油块丢进大汤锅,一边说,"狼的嗅觉比人灵敏得多,他们八成是闻到猎物的气味了。"

鲁温学士却不这么认为:"狼时常对月长嗥,他们现在是对着那颗彗星叫。布兰,你看它有多亮?他们想必把彗星当成了月亮。"

布兰把这番话告诉欧莎,她听了却哈哈大笑。"你们家学士还没那两只狼聪明,"女野人说,"有些事灰老头忘了,他们可记得很清楚。"听她这么一说,他不禁全身发抖,连问她彗星所代表的意义,她回答道,"小子,就是血与火,没什么好事。"

关于彗星的含意,先前布兰帮柴尔修士整理从藏书塔大火中抢救出来的卷轴时,也向他问起过。"那是斩杀季节的剑。"他这么回答。没过多久,白鸦便从旧镇带来秋天来临的消息,所以他说的肯定没错。

可老奶妈却不以为然,而她的年纪比谁都大。"是龙。"她边说边抬头,嗅了两下。她的眼睛已经快瞎,无法看到彗星,然而她宣称自己闻得到。"那是龙啊,孩子。"她坚持。老奶妈始终不曾称呼布兰为"王子",过去如此,现在依然。

阿多只说了两个字:"阿多",他就只会说这个。

冰原狼依旧日夜嗥叫不止。城上的守卫低声咒骂,兽栏的猎犬怒声狂吠,马儿猛踢马厩,瓦德兄弟在火边颤抖,就连鲁温学士也抱怨晚上睡不好,唯独布兰不以为意。自从毛毛狗咬伤小瓦德之后,罗德利克爵士便把两只狼关在神木林里,可是临冬城的石墙会拿声音变戏法,有时候,它们仿佛就在布兰窗户下方的广场上,有时候,他敢发誓他们有如守卫一般在城墙上来回游走。他好想看看

它们。

　　他时时注意到高挂在守卫室、钟塔以及更远处首堡上空的彗星，圆形的首堡十分低矮，石像鬼黑色的身形衬着远方紫红的天幕。曾经，布兰对这些建筑的里里外外、一砖一瓦都了若指掌，因为他全都爬过。他爬起墙来就像别的男孩跑楼梯那么轻松自如。过去，城楼的屋顶是他的秘密基地，残塔顶的乌鸦是他的知心朋友。

　　然而他却摔下楼去。

　　布兰不记得自己坠楼，但他们都这么说，所以他想应该确有其事。他差点就没命了呢。每当他见到意外发生的首堡塔顶那些历经风吹雨打的石像鬼雕像，便觉腹部奇异的一紧。如今他不能攀爬、不能行走、不能奔跑、不能练剑，曾经的骑士梦已经灰飞烟灭。

　　罗柏离城出征以前，对布兰说过：他坠楼那天，夏天长嗥不止，之后他卧病在床期间，也依旧嗥叫不息。夏天为他哀悼，毛毛狗和灰风齐声加入悲鸣。而浑身浴血的信鸦捎来父亲死讯的那天夜里，狼群仿佛也知道了。当时布兰和瑞肯正在学士的塔楼上，讨论森林之子的种种故事，夏天和毛毛狗却突然仰天长嗥，淹没了鲁温的声音。

　　而今，它们又为谁哀悼呢？莫非有人杀了那个曾是他哥哥罗柏的北境之王？莫非他私生子哥哥琼恩失足跌落长城？莫非母亲或两个姐姐出了意外？甚或别的事，就如同学士、修士和老奶妈想的那些？

　　假如我变成冰原狼，我就能懂得他们的歌唱，他满心期盼地想。在他的狼梦里，他总会飞奔登上比任何塔楼都要陡峭的冰雪峰峦，昂首立于山巅，满月临空，俯瞰一切，每次都是这样。

　　"呜呜呜！"布兰试着双手围住嘴巴，举头朝彗星呼叫，"呜呜呜呜呜呜呜呜呜呜呜呜呜呜呜呜呜呜呜！"他嚎道，声音是那么笨拙，尖锐、空洞而颤抖，这只是小男孩的号叫，绝非狼嗥。然而夏天却遥相应和，浑厚的声音盖过布兰的细微呐喊，接着，毛毛狗也加入进来。布兰再度开口，与之齐声高喊，好似一群伙伴。

喊声引来鼻子长瘤的守卫"稻草头"，他探头进房，看见布兰朝窗外怪叫，忙问："王子殿下，出了什么事？"

听他们称呼自己为"王子殿下"，布兰总觉有些不对劲，但他确是罗柏的继承人，而罗柏是当今北境之王。他转头对守卫嚎叫："呜呜呜呜。呜呜呜——呜呜呜——呜呜呜呜呜呜呜！"

稻草头板起脸，"你别叫了。"

"呜呜呜——呜呜呜——呜呜呜呜呜。呜呜呜——呜呜呜——呜呜呜呜呜呜呜呜！"

守卫退下，把全身灰衣、脖子挂着颈链的鲁温师傅给找了来。"布兰，那两只野东西还不够吵？你就别再火上浇油了。"他穿过房间，摸摸男孩的额头。"这么晚了，你快睡吧。"

"我在跟他们说话。"布兰拨开他的手。

"要不我叫稻草头抱你上床？"

"我自己能上床。"密肯在墙上钉了一排铁把手，好让布兰可以用手在房间里活动。虽然行动迟缓又辛苦，而且使肩膀痛得要命，但他讨厌被人抱来抱去。"而且，我现在不想睡。"

"布兰，人都要睡觉的，即便王子也不例外。"

"我一睡觉就变成狼，"布兰别过头，望向窗外的夜色。"狼会做梦吗？"

"我想，所有动物都会做梦，可他们和人做的梦不一样。"

"死人会做梦吗？"布兰问，心里想着父亲。在临冬城下的阴暗墓窖，一名石匠正在大理石上凿刻父亲的容貌。

"有人说会，有人说不会。"学士回答，"死人则无法表示意见。"

"那树呢？"

"树?不会……"

"它们会的!"布兰突然肯定地说,"它们会做树的梦。我有时候会梦见一棵树,一棵鱼梁木,就和神木林里那棵一样,它在呼唤我。狼梦比较好,我可以闻到东西,有时还会尝到血的味道。"

鲁温学士拉拉磨伤脖子的颈链。"你该花点时间陪陪其他孩子——"

"我讨厌他们,"布兰指的是大小瓦德,"我命令你送他们走!"

鲁温脸色凝重,"佛雷家兄弟是你母亲大人的养子,她特地送来这里,你不能赶走他们,况且这样做也不对,若我们把他们赶走,他们该去哪里呢?"

"回家去啊!就因为他们,你才不让夏天跟我在一起。"

"佛雷家那孩子可没主动申请被咬,"学士道,"我也没有。"

"是毛毛狗!"瑞肯的大黑狼性子很野,有时连布兰都怕。"夏天从不咬人!"

"你忘了吗?夏天硬生生咬掉一个人的喉咙,就在这个房间!你必须面对现实,你们兄弟在雪地里找到的可爱小狼,如今已变成危险的野兽。佛雷家那两个小孩避开它们是明智的举动。"

"我们该把大小瓦德丢进神木林,他们爱怎么当河渡口领主随便他们,这样夏天就可以回来跟我睡了。既然我是王子,为什么没人听我的话?我想骑小舞,可酒肚子根本不放我出门。"

"他做得很对,狼林里危险四伏,莫非你上次还没汲取教训?难道你想被强盗抓去,卖给兰尼斯特家吗?"

"夏天会救我,"布兰倔强地坚持,"作王子的应该有权出海航行、在狼林里猎野猪和参加长枪比武才对!"

"布兰,好孩子,你何苦如此折磨自己呢?有朝一日,你或许可以做这些，但现在你只是个八岁的孩子啊。"

"我宁愿变成狼，那样我就可以住在森林，想睡就睡，还可以去找艾莉亚和珊莎，我能闻到她们的气味，然后去救她们。罗柏打仗时我可以跟在他身边，就和灰风一样。我会用牙咬掉弑君者的喉咙，用力一撕，然后战争就结束了，大家都会回临冬城来。如果我是狼……"他嚎叫起来，"呜呜呜——呜呜呜——呜呜呜呜！"

鲁温提高音量，"要当真正的王子，就该学会接受……"

"啊呜呜呜呜！"布兰更大声地嚎叫，"啊呜呜呜呜！"

老学士投降了，"随便你吧，孩子。"他露出既悲伤又嫌恶的神情离开了卧室。

剩下布兰一人，学狼叫反而没意思了。过了一会儿，他平静下来。谁说我没欢迎他们？他忿忿不平地自言自语。我是临冬城的城主，名副其实的城主，谁都不能否认。大小瓦德刚从孪河城来这里的时候，原本吵着要他们离开的是瑞肯。他只是个四岁的小婴孩，哭闹着要爸爸妈妈，要罗柏，不要这两个陌生人。当时布兰还得负责安抚他，并欢迎佛雷家那对堂兄弟。他请他们在火炉边坐下，与大家一起用餐喝酒，事后就连鲁温师傅也称赞他表现很好。

但那是做游戏之前的事了。

这种游戏需要树干和棍棒各一，还要流水，也要大家一起喧闹。水是最重要的，两个瓦德向布兰强调，树干可以换用木板或几个石头，找树枝来代替棍棒也行，也不一定非得大呼小叫，可若没有水源，游戏便玩不成了。因为鲁温学士和罗德利克爵士说什么也不会让这群孩子跑进狼林找小溪，他们便拿神木林中的黑水池当替代。两个瓦德从没见过会冒泡的天然热水池，但他们都同意这样玩起来更有意思。

他们俩都叫瓦德·佛雷。大瓦德说孪河城中叫瓦德的人有一大批，通通是跟着他们祖父瓦德·佛雷侯爵取的名字。"在临冬城，

我们每个人都有自己的名字。"瑞肯听他们这么说,便骄傲地回嘴。

游戏进行的方式是把树干放在水面上,然后一个玩家手持木棍站在上面,扮作河渡口领主,每当其他玩家靠近,他就说:"我乃河渡口领主,来者何人?"被问的玩家得编出一套说词,说明自己的来历,以及为什么该让他过河。领主可以命令他们赌咒发誓或回答问题,但他们不一定得说实话,只有所发的誓具有约束力,除非他们在誓言中说"也许"。所以这游戏的诀窍就是趁河渡口领主没注意的情况下说"也许",然后就可以试着把领主打进河里,自己来当掌管河渡口,可一定要说了"也许"才行,否则就判犯规出局。而当领主的人只要高兴,随时可以把人打进水中,也只有他能用棍子。

实际玩起来,大家几乎不停地在推挤、扭打和落水,以及大声争吵某人到底有没有说"也许"。大部分时间,小瓦德都是河渡口领主。

他虽是小瓦德,可长得又高又壮,生了一张红脸和一个圆滚滚的大肚子。大瓦德脸尖,身材瘦小,比他矮了足足半尺。"他比我大五十二天,"小瓦德解释,"刚出生时长得比我大,可我长得快。"

"我们是堂兄弟,不是亲兄弟。"小个子的大瓦德补上一句,"我是杰莫斯之子瓦德,我父亲是瓦德大人第四任夫人所生的儿子。他是梅里之子瓦德,他的祖母是瓦德大人的第三任夫人,克雷赫家的。所以虽然我年纪比较大,可在继承顺位上他排我前面。"

"你只比我大五十二天而已,"小瓦德不服气,"况且孪河城根本就没我俩的份啦,笨蛋。"

"谁说没有?"大瓦德宣称,"不过叫瓦德的可不只我们两个,史提夫伦爵士有个孙子叫黑瓦德,继承顺位排行第四。还有个红瓦德，那是艾蒙爵士的儿子。还有个私生子也叫瓦德，但他根本没资格继承封地，他是瓦德·河文，不是瓦德·佛雷。此外还有几个女孩叫瓦姐。"

"还有提尔啦，你每次都忘记提尔！"

"他姓'瓦提尔'，不是瓦德。"大瓦德轻快地说，"而且他排我们后面，所以无关紧要。反正我本来就不喜欢他。"

罗德利克爵士安排他们住进琼恩·雪诺以前的房间，因为琼恩进了守夜人军团，再也不会回来了。布兰很生气，因为这让他觉得佛雷两兄弟仿佛要占据琼恩的位置。

玩游戏时，他在旁边羡慕地看着大小瓦德与厨房小弟"芜菁"，以及乔赛斯的两个女儿班蒂和席拉争闹。大小瓦德要布兰当裁判，负责判定他们有没有说"也许"，可他们一开始玩，就完全把他丢在了一边。

叫喊和水声很快引来了更多小孩：狗舍小妹帕拉，凯恩的儿子卡伦，以及二汤姆——他父亲胖汤姆与布兰的父亲都死于君临。过不多久，他们便都全身湿透，沾满泥泞了。帕拉从头到脚都是褐泥，发际还有青苔，笑得喘不过气。自从浑身浴血的信鸦带来父亲死讯，布兰便没听过这么多欢笑。要是我两脚完好，一定把他们通通打落水中，他苦涩地想，有我在，谁都别想当河渡口领主。

最后，瑞肯也闻声跑进神木林，毛毛狗紧随其后。他看到芜菁和小瓦德扭打着争抢木棍，结果芜菁脚一滑，扑通一声摔进水里，双手乱挥。瑞肯随后大喊："换我！换我了！我要玩！"小瓦德挥手让他过去，毛毛狗也准备跟上。"毛毛别去，"弟弟命令，"这游戏狼不能玩，你跟布兰待在一起。"狼乖乖照办……

……没想到小瓦德木棍一挥，结结实实打中瑞肯的肚子。布兰还不及眨眼，黑狼便一跃扑过木板，水中随即泛起血色，大小瓦德惨叫着要闹人命，瑞肯坐在泥泞中大笑，阿多则跌跌撞撞地跑过来

叫道:"阿多!阿多!阿多!"

奇怪的是,从那之后瑞肯却喜欢上了大小瓦德。他们没再玩河渡口领主的游戏,但玩了很多别的——美女与怪兽、猫捉老鼠、进我的城堡等等。瑞肯带着大小瓦德一起去厨房掠夺馅饼和蜂蜜,绕着城墙疯跑,丢骨头喂狗舍的小狗吃,并在罗德利克爵士锐利的目光监视下一同练习木剑。瑞肯甚至还带他们去过地底的墓窖,石匠正在那里雕刻父亲的塑像。"你没这个权利!"布兰听说以后,朝弟弟尖叫。"那是我们家的地方!史塔克家的地方!"可瑞肯根本不理。

卧房的门突然打开,鲁温师傅手拿一个绿罐子走进来,欧莎和稻草头跟他一道。"布兰,我帮你调了一帖安眠药。"

欧莎伸出削瘦的双手抱起他,以女人来说,她个子算是很高,而且力气极大,毫不费力地就把他抱上了床。

"喝下这个,你就不会做梦了。"鲁温学士一边取出塞子,一边说,"它会让你睡得香甜,一夜无梦。"

"真的?"布兰好希望是真的。

"真的,快喝吧。"

布兰喝了。药水浓浊,但加了蜂蜜,所以容易吞咽。

"明天早上,你就会觉得好多了。"鲁温朝布兰微笑,拍拍他肩膀,离开了。

欧莎留了一会儿,"又做狼梦了?"

布兰点点头。

"小子,你用不着勉强自己。我看过你跟心树讲话,说不定这是诸神想要回答呢。"

"真的吗?"他喃喃道,觉得有点昏沉。欧莎的脸越来越模糊,变成灰色。睡得香甜,一夜无梦,布兰想。

然而当黑暗吞没他时,他又回到了神木林,正在青灰色的哨

77

兵树和古老扭曲的橡树下无声游走。我又能走了！他兴奋地想。他隐约知道这是一场梦，但即便在梦里行走，也比现实中的卧室、墙壁、天花板和房门好得多。

林间很暗，但彗星在为他引路，所以他的步履踏实。他用四只完好而矫健的脚走着，感觉到脚下的大地，落叶的轻响，厚重的树根和坚硬的磐石，还有层层的腐殖质。这样的感觉真棒。

他的脑中是各种气味，充满生命，令人陶醉：温泉池中绿色烂泥的臭味，脚掌下腐壤的浓郁香气，还有橡树上的松鼠。闻到松鼠，他想起了鲜血温热的味道，想起了骨头在齿间碎裂，满嘴唾液的感觉。不到半天前，他才吃过东西，然而死肉不过瘾，即便那是鹿肉。他可以听见松鼠在头顶吱吱喳喳，飞速快跑，安全地藏在树梢，他们兄弟所到之处，它们不敢下来。

他也能闻到弟弟的气味，熟悉的气味，和他那一身黑毛一样，浓烈而朴实。弟弟正充满怒意地绕着高墙跑跳。他绕啊绕，白天也绕晚上也绕，从不疲累，不断寻找……寻找猎物，寻找出路，寻找母亲，寻找他的兄弟姐妹……他找啊找，却怎么也找不到。

树林后面就是高墙，用没有生命的人类岩石堆叠而成，围绕着这片小树林。高墙虽然灰纹斑驳，遍布青苔，却坚实而高峻，再大的狼也无法跳过。石山中唯一的几个洞被冰冷的铁条和碎木堵住，弟弟每经过一个洞，就会停下来怒露尖牙，但阻隔依旧。

被关进来的头一天晚上，他也做过同样的事，但他发现这没用。咆哮开不了路，绕着墙跑无法把墙推走，抬脚在树上作记号也不能把人赶开。世界缩小到只剩这一小块被高墙围绕的树林，可在那之外，人类岩石所筑成的巨大灰洞依旧耸立。临冬城，一个声音突然传来，使他想了起来。在高如天空的人造绝壁之外，真正的世界在呼唤。他必须回应，否则必死无疑。

艾莉亚

他们黎明即起,经过森林、果园和平整的农地,穿越小村落、拥挤市镇,以及建筑坚固的庄园,赶路直到黄昏。入夜之后,他们扎营休息,就着"红剑"的光进餐。成年人轮班值守。透过树林,艾莉亚常瞥见其他旅人的营火晃动。夜间的营火似乎越来越多,白天里国王大道上的人潮也日渐汹涌。

不分昼夜,人们源源不绝地出现,有老有少,有大有小,有赤脚的女孩,还有怀抱婴儿的妇人。有人驾着马车,或是坐在牛拉的板车上颠簸行进,但更多的人骑乘动物:犁马、小马、骡子或驴子,只要能走能跑能打滚的都行。有个女人牵着一头奶牛,并把她的小女儿放在牛背上。艾莉亚看见一位铁匠推着轮车,车上装了他的全套工具:铁锤、火钳,甚至还有铁砧。没过多久,她又见另一人推着轮车经过,不过躺在里面的却是两个用毛毯包裹的小婴儿。多数人徒步,肩膀扛着家当,脸上挂着疲惫而警戒的神情。他们都向南去,朝着君临的方向,只有极少数人愿意跟北上的尤伦一行搭两句话。她不知为何无人与他们同路。

旅人们多少都带着武器,匕首、短刀、镰刀和斧头,艾莉亚时而还看到有人佩剑。还有的人把树枝削成棍棒,或做成粗手杖。他们经过时,这些人往往会摸着武器,把视线停留在马车上,但最终还是相安无事。马车上的东西再好,一次对付三十个人还是不好办。

用你的眼睛看,西利欧说过,用你的耳朵听。

某天,一个疯女人在路边对他们尖叫:"笨蛋!他们会把你们杀光的！笨蛋！"她瘦得像稻草秆，眼神空洞，双脚染血。

翌日清晨，有个油腔滑调的商人骑着一匹灰母马，在尤伦面前停下，表示愿用四分之一的价值买下马车和上面所有的货品。"我说朋友啊，外面在打仗，他们抢了你东西可是不会给钱的，还不如把东西卖给我。"尤伦扭扭他的驼肩膀，别过头去，啐了一口。

同一天，艾莉亚发现路边有个小土堆，专用来埋葬小孩，这是他们上路以来见到的第一座坟墓。软泥堆上放了一颗水晶，罗米本想据为己有，但大牛要他别打搅死人。再往前走十里，普雷德发现了一整排新挖的坟墓。从那之后，他们每天都会发现新坟。

有天夜里，艾莉亚突然惊醒，只觉一种莫名的恐惧。头顶，"红剑"与千颗繁星装饰着夜空。她虽听得见尤伦沉闷的鼾声，营火的哔啪，甚至远处驴子的骚动，却觉得夜晚奇特地宁静，仿佛全世界都屏住了气息。这种静谧使她禁不住发抖，抓紧缝衣针，她才继续睡去。

第二天早上，普雷德没有醒来，艾莉亚方才明白，昨晚没听见的是他的咳嗽。于是他们也挖了个坟，把这位佣兵埋在他昨晚入睡的地方。入土之前，尤伦先把他身上值钱的东西都扒了下来。有人要了他的靴子，有人拿了匕首，锁甲和头盔也各归新主。尤伦特地把他的长剑交给大牛，对他说："看你这双胳膊，大概可以学学用这个。"有个叫塔柏的男孩在普雷德的尸体上洒了把种子，这里以后便会长出一棵橡树，标记他葬身之地。

当天傍晚，他们在村庄稍事休息，住进一个外墙爬满常春藤的旅店。尤伦数数钱包里的铜板，决定让他们吃一顿热餐。"咱们还是老规矩，晚上睡外面；不过这儿有间澡堂，你们要是想抹点肥皂洗个热水澡，就自己动手。"

虽然艾莉亚全身又酸又臭，味道跟尤伦一样难闻，她却不敢去洗。唉，住在她衣服里的好些东西可是从跳蚤窝一路跟着她呢，

现在把它们淹死也太说不过去。塔柏、热派和大牛加入到排队洗澡的行列，他们在澡堂前停下来，其他人则全部挤进旅店大厅。尤伦还叫罗米拿了几大杯酒给那三个死囚，他们手脚上铐，被拴在车后面。

之后，洗澡和没洗澡的人都凑在一起吃热腾腾的猪肉派和烤苹果，旅店老板还额外请大家喝了一杯啤酒。"我有个弟弟也穿了黑衣，不过那是好多年前的事了。他本是个跑堂小弟，聪明得很哪，可惜有天他被人瞧见从大人桌上偷胡椒。唉，他就喜欢那味道，也就偷了那么一小撮，但马尔寇爵士是个严厉的人。你们长城那儿可有胡椒？"看尤伦摇头，老板便叹气，"可惜了，林克就好这口。"

艾莉亚一匙一匙地吃着热烘烘的派，不时小口啜饮杯中的啤酒。记得父亲以前偶尔会让他们喝一杯啤酒，珊莎喝了每次都会扮鬼脸，说葡萄酒比这好多了，但艾莉亚挺喜欢啤酒的味道。想到珊莎和父亲，她又难过起来。

旅店里都是往南走的人，大家一听说尤伦他们朝北去，顿时不屑之声四起。"走不出几步你就会回头，"老板发誓，"往北是不成的，田野给烧了大半，留下来的人全躲在庄园里。无法无天的家伙早上刚走一茬，晚上就又来一批。"

"对咱们都没差，"尤伦倔强地强调，"管他徒利还是兰尼斯特，跟守夜人都没关系。"

徒利大人是我外公啊，艾莉亚想。对她来说当然有关系，但她咬紧嘴唇，继续默默静听。

"不只徒利和兰尼斯特，"店主人说，"还有打明月山脉来的野蛮人，你倒是去跟他们说说理看。史塔克家的人也有份，听说他们的年轻主子来了，就那短命首相的儿子……"

艾莉亚坐直身子，竖耳倾听。他说的该不会是罗柏吧？

"我听说那小子骑着狼打仗咧！"有个手拿酒杯的黄发男子接

口。

"鬼扯。"尤伦啐了一口。

"那个人可是亲眼看见的,他跟我发誓,那匹狼大得跟马一样。"

"哈德,发誓顶屁用!"店老板说,"你成天发誓要还钱,老子可连半个铜板都没见着咧!"大厅里众人哄笑一团,黄发男子的脸全红了。

"这年头,连狼都不好过,"一个脸色蜡黄,身上绿披风沾满旅途风尘的男子发话,"神眼湖那一带啊,狼群的胆子大得跟什么似的,管他牛、羊还是狗,见了就咬,连人都不怕。晚上若是进到林子里,可会送命哦!"

"哎,还不都是道听途说?是真的才有鬼!"

"我表妹也跟我说有这么回事,她可不是乱说闲话的主儿。"一名老妇人说,"她说有这么一大群狼,总共几百只,通通都是杀人魔鬼,领头的是只母狼,简直就像是从第七层地狱里来的怪物!"

母狼?艾莉亚晃着啤酒,满腹思量。神眼湖离三叉戟河近吗?她真希望自己有张地图。她就是在三叉戟河附近放走娜梅莉亚的。她并不想这么做,但乔里说别无选择,假如带着小狼一起回去,她便会因咬伤乔佛里而被杀,即使乔佛里被咬是活该也一样。他们大声叫骂了好半天,还扔了石头,最后是艾莉亚亲自丢中她,冰原狼才不再尾随。她现在大概不认得我了吧?艾莉亚心想,就算认得,也一定会恨我的。

穿绿披风的男人接着说:"我还听说啊,有次这只母老虎走进一个村庄……那天正好赶集,到处都是人,我告诉你,它就这么大摇大摆地走进去,一口把个婴儿从他母亲怀里叼走。这事后来给慕顿大人知道了,他们父子几人发誓要宰了它,于是带着一群猎狼

犬，一路追到母狼的窝，结果咧，一伙人差点全部送命，那群狗一只都没回来，一只都没有。"

"那只是谣言！"艾莉亚脱口而出，根本来不及阻止自己，"狼才不吃小婴儿！"

"你懂个屁啊，小子？"穿绿披风的人说。

她还没想到如何回答，尤伦已经抓住她的手，"这小鬼醉啦，就这么回事！"

"我才没喝醉，它们不吃小婴儿……"

"小鬼，出去……你给我乖乖待在外面，直到学会大人说话的时候闭上嘴巴，"他用力把她朝通往马厩的边门推，"快给我出去！顺便提醒马房小弟喂咱们的马儿喝水！"

艾莉亚浑身僵硬地走出去，气得要命。"它们不吃小婴儿！"她喃喃自语，边走边踢石子，石子滚到马车下停住。

"小子，"一个友善的声音传来，"可爱的小子。"

是被铐住的人中的一个在对她说话。艾莉亚小心翼翼地朝马车走去，一手按上缝衣针的剑柄。

犯人举起空酒杯，锁链喀啦作响。"某人想多喝一杯，某人戴着沉重的手铐，口很渴的。"三人中属他最年轻，个子纤细，面容清秀，嘴上总挂着微笑。他头发一边红一边白，因为被关在牢里，加上长途跋涉，显得又脏又乱。"某人也想洗个澡。"见到艾莉亚看他的目光，他又说，"某男孩可以多个朋友。"

"我有朋友了。"艾莉亚说。

"我可没看到。"没鼻子的那个人说。他生得又粗又壮，一双手大得吓人，手臂、双脚和胸膛上都长满黑色体毛，连背上也不例外。看到他，艾莉亚不禁想起以前在插图书上见过的盛夏群岛的猩猩。由于他脸上那个洞，教人很难一直注视他。

秃头的那个突然张嘴，像只大白蜥一样嘶声怪叫，把艾莉亚吓了一跳，转头一看，她吃惊地发现他张大嘴朝她吐舌头，可那东西不像舌头，倒像块割下的烂肉。"不要这样！"她冲口便道。

"在黑牢里，某人无法选择同伴。"红白头发的英俊犯人说。他讲话的语气不知怎的，竟让她想起西利欧，很像又很不像。"这两个人，他们没有礼貌。某人必须请求原谅。你叫阿利，对不对？"

"他叫癞痢头，"没鼻子说，"一头一脸生着癞痢的瘦小鬼。小心啊，罗拉斯人，小心他拿棍子揍你！"

"阿利，某人必须为他的同伴感到羞愧。"英俊犯人说，"此人很荣幸是贾昆·赫加尔，从罗拉斯自由贸易城邦而来。早知道他就不离家了。此人两个被囚禁的同伴出身低贱，他们是罗尔杰"——他拿酒杯朝那个没鼻子的人挥了挥——"和'尖牙'。"尖牙又朝她嘶嘶怪叫，露出一口锉尖的黄牙。"某人必须要有名字，不是吗？尖牙既不会说话，也不会写字，但他的牙齿非常利，所以某人叫他尖牙，他听了就会笑。你喜欢我们吗？"

艾莉亚连忙从马车旁退开，"不喜欢！"他们伤害不了我，她对自己说，他们都被铐上了。

他把酒杯倒过来，"某人会哭泣。"

无鼻的罗尔杰咒骂了一声，将酒杯朝她扔来。虽然他戴着手铐，行动不便，但若不是艾莉亚躲跳及时，沉重的锡杯很可能正中她的头。"你这小王八蛋，还不快给我们拿酒来！快去！"

"你别吵啦！"艾莉亚努力思索西利欧若是碰上这种事会怎么做。她抽出练习木剑。

"你过来啊！"罗尔杰说，"你过来我就拿那根棍子插你屁眼，活活干死你！"

恐惧比利剑更伤人。艾莉亚逼自己朝马车靠过去，一步比一步艰难。猛如狼，止如水。这些词句在她脑中响起，西利欧一定不会害怕。她继续靠近，直到几乎可以伸手触碰车轮，这时尖牙突然站

起，伸手要抓她，铁铐被弄得吭啷作响。由于镣铐的关系，他的手够不到她，只能在离她脸半尺的空中挥舞。他嘶声怪叫。

她挥棍打他，狠狠地、准确地打在他一对小眼之间。

尖牙惨叫一声，连忙后退，接着使尽全身力气拉扯铁链，链子滑行、扭动、拉紧，艾莉亚听到大铁环紧扯着马车老旧的车板，木头吱吱作响。他那一双惨白巨手拼命想抓她，手臂上血管爆凸，但始终不能挣脱，最后他往后倒下，血从脸颊上破掉的水泡里流出。

"某男孩很勇敢，但不理智。"自称贾昆·赫加尔的人表示。

艾莉亚慢慢退离马车，突然有人伸手摸她肩膀，她立刻旋身，再度举起木剑，幸好来的是大牛。"你要干嘛？"

他防卫性地举起双手，"尤伦叫我们不准靠近那三个人。"

"我才不怕他们！"艾莉亚说。

"那你就是笨蛋，我可怕死了。"大牛的手落到佩剑柄上，罗尔杰看了哈哈大笑。"我们快离开吧。"

艾莉亚拖着脚步，任大牛带她绕到旅店前，罗尔杰的笑声和尖牙的嘶叫如影随形地跟着他们。"要不要来练习打架？"她问大牛。她实在想找个什么来出气。

他吓了一跳，朝她眨眨眼。几撮浓密的黑发滑下，遮住他深邃的蓝眼睛，刚从澡堂出来，头发还是湿的。"我会伤到你的。"

"不可能。"

"你不知道我力气有多大。"

"你不知道我动作有多快。"

"阿利，这是你自找的喔。"他抽出普雷德的长剑，"这把剑虽是粗钢打造，却是真剑喔。"

艾莉亚抽出缝衣针，"这把剑是好钢打的，比你的还真。"

大牛摇摇头，"如果我砍到你，你能保证不哭吗？"

"你答应不哭我就答应。"她身子一侧，摆出水舞者的姿势，但大牛没动，只朝她背后看。"怎么了？"

"金袍子来了。"他面色一凛。

不可能！艾莉亚心想。可她一回头，果真看见六个身穿黑环甲，肩披金披风的都城守卫骑马自国王大道而来。其中一个是军官，穿着黑釉胸甲，上面缀了四个金碟子。他们在旅店前停下。用你的眼睛看，西利欧的声音仿佛在向她低语。她的眼睛看到马鞍下的白汗沫，显然马儿全速狂奔了好长一段。止如水，她拉着大牛的手，躲到一丛高大的开花树篱后。

"怎么了？"他问，"你干嘛啊？放开我！"

"静如影。"她小声说，一边拉他蹲下。

几个尤伦监管的人正坐在澡堂前，等着进浴盆洗澡。"喂，你们几个！"一名金袍卫士喊道，"你们是不是去加入黑衫军？"

"可能吧。"一人谨慎地回答。

"小子，你以为咱们不想吃你们这碗饭啊？"老雷森说，"听说长城可冷着咧。"

金袍子的军官下了马，"我接到命令，要找一个男孩——"

尤伦从旅店里走出来，捻着纠结的黑胡子，"是谁要找男孩？"

其他金袍卫士也陆续下马，各自站在坐骑旁。"我们干嘛躲起来？"大牛小声问。

"他们要抓的人就是我。"艾莉亚小声告诉他。他的耳朵里都是肥皂的味道。"你不要吵。"

"老头，要他的人是当今太后，不干你的事。"军官边说边从腰间抽出缎带，"看，这是太后陛下的御印和授权状。"

篱笆后，大牛难以置信地摇着头。"阿利，太后抓你做什么？"

她打了他肩膀一下，"你安静啦！"

尤伦摸摸上了金黄封蜡的授权状，"嘿，这玩意儿真漂亮，"

他啐了一口,"不过啊,这孩子现在是咱守夜人的人,不论他从前在城里干过啥事儿,全都一笔勾销啦。"

"老头,太后可没兴趣听你发表意见,我也没有。"军官说,"这孩子我要定了。"

艾莉亚开始考虑要不要逃走,但她知道骑驴跑不过骑马的金袍子,况且她已经厌倦了逃跑。马林爵士来抓她时,她逃过,后来父亲被杀,她又逃了一次。假如她是个真正的水舞者,就应该拿着缝衣针出去把他们通通杀光,再也不逃避任何人。

"你谁也别想带走,"尤伦倔强地说,"这是有王法规定的。"

金袍卫士拔出一把短剑,"这就是王法!"

尤伦看着刀刃,"王法个屁,不过是把剑。刚巧我也有一把。"

军官微笑道:"你这笨老头,我有五个人。"

尤伦啐了一口,"我有三十个。"

金袍子们哈哈大笑,"就凭这种货色?"一个断了鼻梁的大个子说,"谁先上?"他边喊边抽出武器。

塔柏从稻草堆里拾起一根草叉,"我!"

"不,我!"胖胖的石匠凯杰克大叫,一边自他从不离身的皮围裙里拿出铁锤。

"我!"库兹从地上站起来,手里握着剥皮用的短刀。

"咱们哥俩好!"寇斯拉开长弓。

"我们全部一起上!"雷森说罢抓起他那根粗长的硬拐杖。

道柏光溜溜地从澡堂里走出来,抱着一团衣服,一看外面情形,立刻把手上东西全丢下,只剩他的匕首。"是不是要打?"他问。

"应该是。"热派急忙趴在地上找石头丢。艾莉亚简直不敢相

87

信眼前所见。她恨死热派了！他为何甘愿为她冒生命危险？

断鼻似乎仍觉得他们很可笑，"吓吓，你们这群大姑娘快把石头棍子丢下，免得被打屁股哟。知不知道剑该握哪边啊？"

"我知道！"艾莉亚绝不能让他们像西利欧一样为自己牺牲性命，绝不行！她手握缝衣针，挤过树篱，摆出水舞者的姿势。

断鼻放声大笑，军官上下打量她一番。"把剑收起来，小妹妹，我们不想伤害你。"

"我不是女孩！"她气得大喊。他们是怎么搞的?骑了大老远来抓她，现在她就站在面前，却只顾着笑话她。"我就是你们要的人。"

"他才是我们要的人。"军官举起短剑朝大牛指了指，他也走上前来，跟她并肩站立，手中握着普雷德的廉价武器。

军官犯了一个错误：他不该让视线离开尤伦，即使只是一刹那。转眼工夫，黑衣弟兄的剑已经贴上了军官的喉咙。"你谁都不许带走，否则我就切开你喉咙，瞧瞧里面长什么样。少来吓我，告诉你，店里头还有我十几个弟兄。如果我是你，我会赶紧扔开手上那把菜刀，屁股坐上那边的小肥马，然后他妈的给我逃回城去。"他啐了一口，然后把剑用力地戳了一下。"快点！"

军官手指一松，短剑落入尘土。

"这东西咱们就替你保管，"尤伦说，"长城守军永远需要好刀剑。"

"算你狠，这次不跟你计较，我们走！"金袍卫士纷纷收起刀剑，翻身上马。"老头，你最好赶紧夹着尾巴跑回长城去，否则下次给我碰上，我把这狗杂种和你的人头一起带走！"

"哼，阵仗我见得多了，你吓唬谁呢?"尤伦边说边用剑面一拍军官的马屁股，让它快步朝国王大道奔去。军官的手下急忙跟上。

等他们跑出视线范围，热派开始欢呼，没想到尤伦看来更加光火，怒道："笨蛋！你以为他会罢手吗？下次他可不会这么客气，不会给我看他妈的授权状啦。把还在洗澡的人都叫出来，咱们这就上路。赶一个晚上，看能不能拉开一点距离。"他拾起军官遗落的短剑，"谁要？"

"我！"热派大叫。

"不准拿去对付阿利。"他剑柄在前交给男孩，然后朝艾莉亚走来，但他说话的对象却是大牛。"小鬼，看来太后想要你咧。"

艾莉亚糊涂了，"她抓他做什么？"

大牛眉头一皱，"那她抓你干嘛？你只是只阴沟鼠！"

"哼，你也不过是个私生子啊！"难道他是假装私生子？"你本名叫什么？"

"詹德利。"他的口气不太确定。

"我不知道别人抓你们俩干什么，"尤伦道，"总之他们别想得逞。两匹战马就给你们骑，一见金袍子就给我往长城跑，就当有只龙在后面追。你们放心，他们不关心我们的。"

"可你除外，"艾莉亚指出，"刚才那个人说要你的人头。"

"哼，这个嘛，"尤伦说，"要我脑袋搬家，我倒欢迎他试试看。"

琼恩

"山姆?"琼恩轻声唤道。

空气里弥漫着陈年积灰和腐朽纸张的味道。在他面前是一座座高大的木书架,顶端没入黑暗,架上堆满了皮面装订的书册,以及一箱一箱的古老卷轴。在房间某处有一盏油灯,微弱的黄光从书堆中渗透出来。这里到处都是老旧纸张,为防万一,琼恩吹熄了手中蜡烛,跟随灯光,在拱形天花板下的狭窄过道里穿梭。他一身黑衣、一头黑发、一张长脸,一双灰眼,仿佛是黑暗中的阴影。他连双手都戴着黑色鼹鼠皮手套:右手是因为灼伤未愈,左手则是因为手套戴一边显得很可笑。

山姆威尔·塔利弓着背,坐在一张嵌进石墙壁龛里的桌子边。光线便是来源于悬挂在他头顶的一盏油灯。他听见琼恩的脚步声,抬起头来。

"你整晚都在这儿?"

"啊?"山姆似乎很惊讶。

"你没来和我们吃早餐,你的床也没有睡过的痕迹。"雷斯特认为山姆弃营逃跑,但琼恩不相信。当逃兵总还需要一点勇气,而山姆是连那点勇气也没有的。

"已经早上了吗?在这下面没法知道时间。"

"山姆,你真是傻得可爱。"琼恩道,"我跟你保证,等我们只有又冷又硬的地面可睡,你就会想念床的感觉了。"

山姆打个呵欠,"伊蒙师傅派我下地窖来帮司令大人找地图,我没想到……琼恩,你看这些书,从没见过这么多!有好几千本

呢!"

他环顾四周,"临冬城的藏书室也有百来本书。找到地图了吗?"

"有啊有啊,"山姆挥舞他肥如香肠的手指,指着面前桌上散乱的书籍和卷轴。"起码有十几种。"他展开一张羊皮纸,"这上面的墨水虽然已经褪色,但你还是可以看出绘图者标示的野人聚落,还有一本书……我放哪儿了?刚刚还在读。"他推开几张卷轴,找出一本积满灰尘、封皮腐烂的书。"就是这本,"他语带虔敬地说,"一个姓雷德温的游骑兵写的,讲述的是他从影子塔一路到冰封海岸的凄凉岬的旅行经过。上面虽然没有日期,但他提到北境之王多伦·史塔克,所以这一定是在征服战争以前完成的。琼恩,他们和巨人作战呢!雷德温甚至和森林之子有过贸易往来,这些全记在书里面。"他小心翼翼地用一根手指翻页,"你看,他画了地图……"

"山姆,或许你也可以把我们这次巡逻的经过写下来。"

他本意是鼓励,却说错了话,山姆此刻最不需要别人提醒的就是从明天起他们将面对的命运。他随手翻动一些卷轴,"地图还很多,如果给我时间……这里乱成一团,不过我有办法把一切都整理妥当,我知道我能行,但那得花上好多时间……唉,说真的,起码要好些年才行。"

"恐怕莫尔蒙没法等那么久,"琼恩从箱子里抽出一束卷轴,吹掉上面厚厚的灰尘,展开的时候,卷轴竟有一小角从他指间剥落。"你瞧,这张快碎了。"他看着褪色的字迹皱眉。

"轻一点。"山姆绕过桌子,从他手中接过卷轴,像是对待受伤动物似的捧着。"重要的书籍记录在需要时常被誊抄。这里最老的书说不定被抄过五六十次呢。"

"哎,可这张没什么好抄的。二十三桶盐渍鳕鱼,十八罐鱼油，一桶腌……"

"这是张货物清单，"山姆说，"或是买卖的收据。"

"谁管六百年前的人吃多少鳕鱼啊？"琼恩不禁纳闷。

"我就会，"山姆小心翼翼地把卷轴放回原本的箱子，"从账目里，你可以学到很多，真的，我不骗你。比方说，你可以从中得知当时守夜人军团有多少人，过着什么样的生活，吃些什么东西……"

"他们吃的还不就是食物？"琼恩道，"他们的生活和我们有什么两样？"

"那你可就错了，琼恩，这里处处是宝藏哪。"

"你说是就是吧。"琼恩半信半疑。所谓的"宝藏"，应该是指黄金、白银和珠宝，决非灰尘、蜘蛛和腐烂皮革吧？

"我是说真的！"胖子激动得冲口而出。他年纪比琼恩大，依法已经成年，可他怎么看都还像个孩子。"我找到鱼梁木上人面的绘画，一本关于森林之子语言的专著……还有连学城都没有的作品，比如古瓦雷利亚流传下来的卷轴，千年之前的学士所做的季节变化记录……"

"书又不会跑，等我们回来再看也不迟嘛。"

"那也要我们回得来……"

"熊老这次挑的两百个弟兄都是经验丰富的老手，其中更有四分之三是游骑兵，况且'断掌'科林还会从影子塔带一百弟兄来跟我们会合。就算待在角陵你父亲大人的城堡里，也不会比这更安全了。"

山姆威尔·塔利勉强挤出一丝哀伤的笑容，"我在父亲的城堡里本来也不怎么安全。"

诸神对人的种种残酷捉弄，莫不以此为甚，琼恩不禁想。迫不及待想参加这次长征的派普和陶德必须留守黑城堡，需要面对鬼影森林的,却是山姆威尔·塔利。他是个自承懦弱的人,肥胖无比,胆子奇小,骑马舞剑样样不行。可熊老打算随军携带两笼信鸦,以便沿途将讯息送回城堡,而伊蒙学士双眼已盲,身子又太过羸弱,无法与他们同行,只好由他的事务官代替。"山姆,我们需要你照顾信鸦,我自己也需要你帮忙照着葛兰,确保他小心一点。"

山姆的下巴抖了抖,"又不是只有我能照顾信鸦,换你或葛兰也行,这事谁都做得来。"他的声音里带着一丝绝望,"我可以教你怎么弄,你也识字,帮莫尔蒙大人写信不会比我差。"

"我是熊老的事务官,我得跟在他身边,照顾他的坐骑,帮他搭帐篷,没时间照顾鸟儿的。山姆,你发过誓,已经是守夜人的一员了。"

"守夜人不该害怕,对不对?"

"我们谁不害怕呢?要有人不怕,那他一定是傻子。"过去这两年来,有太多游骑兵下落不明,其中也包括琼恩的叔叔班扬·史塔克。他们在森林里找到叔叔的两名手下,均惨遭杀害,尸首更在寒夜中死而复生。琼恩一想起这事,灼伤的手指便不由自主地抽搐起来。至今他依旧会在梦中看到尸鬼奥瑟,看到那双燃烧的蓝眼和黑冷的双手,但这些可不能对山姆提起。"我父亲对我说过,不必为恐惧而羞耻,重要的是如何去面对。走吧,我帮你拿地图。"

山姆快快不乐地点点头。书架摆放得非常紧密,彼此间隔很窄,仅容一人通行。走出地窖,便来到被弟兄们称为"虫道"的隧道,蜿蜒曲折的虫道位于地下,连接着黑城堡的堡垒和塔楼。夏日之际,除了老鼠横行,鲜少有人使用虫道,可到冬天就大不一样。当积雪深达五十尺,夹杂冰霜的北风呼啸而至时,联系黑城堡各处的唯有这些通道。

那样的日子就快到了吧,他们爬出地窖时,琼恩想着。他已经在伊蒙学士那儿亲眼目睹了报告夏日终结的使节——一只来自学城、通体雪白,和白灵一样沉静的信鸦。他在童年时代见识过冬天的景象,不过大家都说那个冬天既非苦寒,更不漫长。这次可不一样,他打骨子里感觉得到。

等他们登上级级陡峭石梯,走回地面,山姆已经像铁匠的风箱一样气喘吁吁。迎面一阵劲风,吹得琼恩的斗篷噼啪作响。白灵趴在谷仓的篱笆墙下睡觉,当琼恩走近,它便一跃而起,跟在他们身后,毛茸茸的白尾巴竖得笔直。

山姆眯眼朝长城望去。城墙巍然耸立,俨然如一座七百尺的冰封绝壁。琼恩时而觉得长城似有生命,自有其心绪变换。冰壁的颜色随着光线移动而改变,有时是河流冻结的深蓝,有时是堆积陈雪的污白,若有流云蔽日,则又黯淡下来,成了凹凸山石的浅灰。长城向东西两面延伸,直至视线尽头,其庞然之势,使得墙下的木造堡垒和石砌塔楼都显得微不足道。它,就是世界的尽头。

而我们却要越墙北进。

晨空中飘着几朵浅灰薄云,但在云层之外,依旧可见那淡红的线条。黑衣弟兄们把这颗天际的流浪星叫做"莫尔蒙的火炬",半开玩笑地说这一定是天上诸神特地送来,指引老人穿越鬼影森林的。

"这彗星好亮,白天都看得见。"山姆举起一叠书遮眼。

"别管彗星了,熊老要的是地图。"

白灵跑到前面。少了去鼹鼠村妓院挖宝醉酒的游骑兵,早晨的黑城堡显得十分空旷。连葛兰都去了。派普、霍德和陶德为庆祝葛兰初次出任务,决定付钱买女人帮他完成初次。琼恩和山姆也在受邀之列,不过对山姆而言,妓女和鬼影森林是差不多同样可怕的东西,琼恩则没那个念头。"你们要怎样随便,"他对陶德说,"我可是发过誓的。"

经过圣堂时,他听见里面传来高声吟唱的圣歌。战争来临前

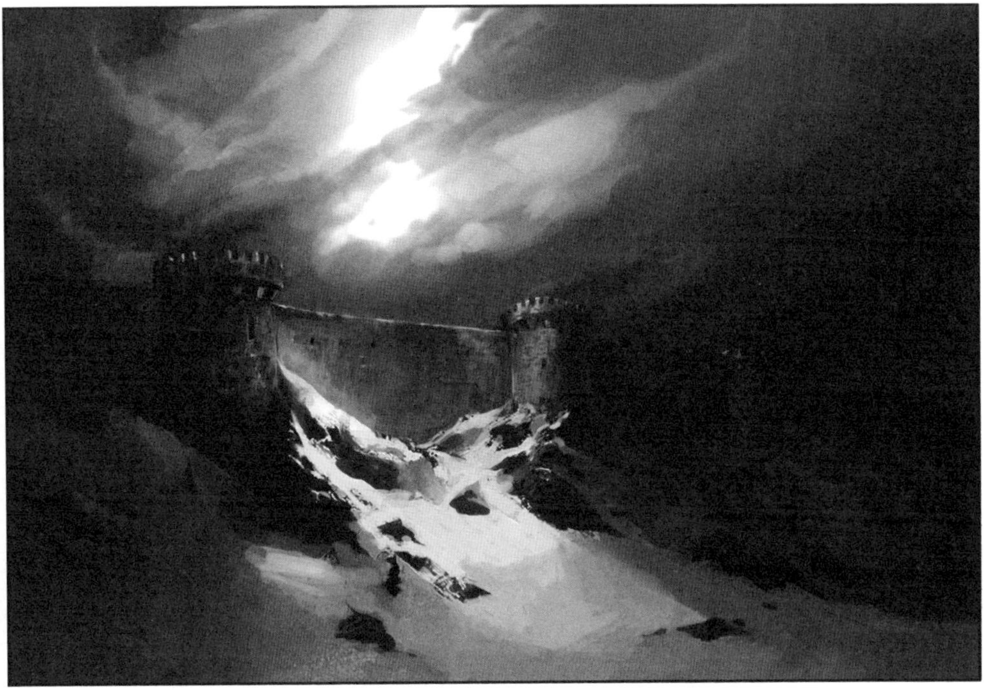

夕，有人想干妓女，有人想求神灵，琼恩不知道之后哪边会比较满意，只是圣堂和妓院一样对他没有吸引力。他所信仰的诸神以荒野为宗庙，那里的鱼梁木伸展着苍白如骨的枝干。七神在长城外没有力量，他心想，但我的神却等着我呢。

兵器库外，安德鲁·塔斯爵士正在操练昨晚刚到的新兵。人是康威带来的，他和尤伦等人一样，行走七国各地，专司为长城守军招募人手。这群人中包括一个拄木杖的灰胡子老头，两个看起来像兄弟的金发男孩，一个脂粉味重的青年，身穿脏污的缎子外衣，还有一个衣着破烂、有只木头假腿的人，以及一个自以为厉害、不住傻笑的愚汉——安德鲁爵士正在矫正他的错误想法。跟前任教头艾里沙·索恩爵士相比，安德鲁温和了许多，不过被他操练下来，照样浑身带伤。一见有人挨打，山姆就皱起眉头。琼恩·雪诺倒是很专注地看他们过招。

"雪诺，你觉得他们如何？"唐纳·诺伊站在兵器库门边，上身赤裸，围着一条皮围裙，左手的断肢也裸露在外。虽然诺伊大腹便便，胸膛宽阔，鼻子扁塌，下巴长满黑须，委实不怎么好看，但琼恩见到他却很高兴，因为事实证明，武器师傅是个好朋友。

"他们一身夏天的味道，"琼恩一边说，一边看着安德鲁爵士朝对手冲锋，将其撞翻在地。"康威从哪儿找来这些人？"

"海鸥镇附近某个领主的地牢里，"铁匠回答，"一个强盗，一个理发匠，一个乞丐，两个孤儿，还有个小男妓。我们得靠这种货色来守护王国。"

"他们能行，"琼恩朝山姆会心一笑，"我们不也一样？"

诺伊把他拉近，"你哥哥的事，听说了没？"

"昨晚听说的。"康威和那群新兵把新闻带来北方，昨晚全大厅谈论的都是这个。琼恩还不确定自己是什么感觉。罗柏当了国王？那个从小和他一起玩耍打架、一起喝下生平第一杯酒的哥哥？可哺育我们的不是同一个母亲的奶水,所以如今罗柏会用镶珠宝的酒杯啜饮夏日红,而我会跪在某条不知名的小溪边,吮吸捧起的融雪。

"罗柏一定能当个好国王。"他虔诚地说。

"是吗?"铁匠直勾勾地盯着他,"小子,我也希望如此。以前我对劳勃也是这么期望。"

"听说他的战锤就是你打的。"琼恩想起来。

"没错,我曾是他的手下,拜拉席恩家族的部属,风息堡的铁匠和武器师傅,直到我少了这条胳膊。我还记得史蒂芬大人被大海卷走前的音容笑貌,他那三个儿子打从出生命名起,我就看着他们长大。我告诉你——劳勃戴上那顶王冠后,整个人就变了。有些人生来就该打仗,和剑一样,若把它们挂起来,只等着生锈吧。"

"他那两个弟弟呢?"琼恩问。

武器匠沉吟片刻,"如果说劳勃是真钢,那史坦尼斯就是纯铁,又黑又硬又坚强,却也容易损坏,和铁一样,弯曲之前就会先断掉。至于蓝礼嘛,他像是闪闪发光的亮铜,看起来漂亮,实际却不值几个钱。"

罗柏又是何种金属呢?琼恩不敢问。诺伊从前是拜拉席恩家的人,恐怕他认为乔佛里才是合法的国王,罗柏则是叛徒一个吧。在守夜人的弟兄间,有个不成文的规定,决不能对这种事做深入讨论。长城守军来自七国各地,不论一个人发过多少誓,旧爱和亲情终究难以泯灭……这点琼恩自己便深有体会。就连山姆也有困惑:他的家族宣誓效忠高庭,而高庭的提利尔公爵如今支持蓝礼。所以最好别多谈这些,守夜人军团是不偏不倚的。"莫尔蒙大人等着我们呢。"琼恩说。

"那我就不耽搁你们了,快去找熊老吧。"诺伊拍拍他肩膀,微笑道,"雪诺,从明天开始,愿诸神与你们同在,把你叔叔给我找回来,听到了没?"

"嗯，一定！"琼恩向他保证。

居所被烧后，莫尔蒙总司令便改驻国王塔。琼恩把白灵留在门口的守卫处。"又要爬楼梯，"他们一边上楼，山姆一边抱怨，"我最讨厌楼梯。"

"哎，好在森林里没有楼梯。"

他们刚进书房，便被乌鸦一眼发现。"雪诺！"它厉声叫道。莫尔蒙原本正在谈话，"你们花的时间可不少，"他推开桌上吃剩的早餐，清出空间。"放这里，我等会儿看。"

索伦·斯莫伍德是个体格结实的游骑兵，下巴的线条不明显，嘴巴更是埋藏在一小撮胡子下。他原本和艾里沙·索恩交好，因此对琼恩和山姆素无好感，只冷冷地看了他们一眼。"依我之见，"他毫不理会刚来的两人，继续对莫尔蒙说，"总司令应该坐镇黑城堡，负责统筹管理。"

乌鸦拍拍黑翅膀，"我！我！我！"

"等哪天你当上总司令，爱怎样便怎样。"莫尔蒙对游骑兵道，"但依我之见呢，一来我还没翘辫子，二来弟兄们也没推举你取代我的位子。"

"现在班扬·史塔克和杰瑞米爵士都死了，我就是首席游骑兵。"斯莫伍德固执地说，"应该由我来指挥出击。"

莫尔蒙无动于衷。"班是我派出去的，在他之前我还派了威玛爵士，我可不想把你也送出去，然后坐在这儿干等，直等个昏天黑地才终于放弃希望，判定你也弃尸荒野。"他指出。"还有，在我们确定史塔克死亡之前，他依旧是首席游骑兵。就算他真死了，也该由我来指派继任者，轮不到你作主。好啦，少浪费我时间，我们天一亮就得出发，你没忘吧？"

斯莫伍德立正，"是，大人。"出去的时候，他朝琼恩皱了皱眉头，仿佛在责怪他。

"首席游骑兵?"熊老的视线停在山姆身上,"我还不如让你当算了!就有人这么厚颜无耻,竟然当着我的面嫌我老,比不上他啦!小子,我看起来老吗?"莫尔蒙的头发早已逃离他那遍布老人斑的头皮,却在他的下巴重新集结,一大丛毛茸茸的灰胡几乎遮住了胸部。他用力一捶胸膛,"我看起来虚弱吗?"

山姆张开嘴,却只发出一点可怜的尖声,他向来很怕熊老。"当然不,大人,"琼恩赶忙接话,"您强壮得像……像……"

"雪诺,少来哄我,你很清楚我不吃这套。来,让我瞧瞧地图。"莫尔蒙粗鲁地翻看起地图,每张都只看一眼,咕哝一声。"你只找到这些?"

"我……大——大——大人,"山姆结巴起来,"还……还有很多,可——可——可是……那里很……很乱……"

"这些都太旧了。"莫尔蒙抱怨,他的乌鸦也厉声应和,"旧了!旧了!"

"聚落的位置或许会改变,但丘陵和河流的方位是一样的。"琼恩指出。

"这倒是。塔利,乌鸦挑好了没?"

"伊——伊——伊蒙师傅打——打——打算今晚再——再——再挑,喂——喂——喂完它们之后。"

"我要他最好的鸟儿,不仅聪明,还要够强壮。"

"强壮!"他的乌鸦一边整理羽毛,一边叫,"强壮!强壮!"

"若是我们全被宰了,我得让继任者知道我们死在哪里,怎么个死法。"

此言一出,山姆威尔·塔利顿时吓得说不出话来。莫尔蒙往前靠去,"塔利,从前我还只有你一半年纪的时候,我母亲跟我说,如果我张开嘴巴傻站着,黄鼠狼可能会误以为我嘴巴是它老巢,

然后一溜烟钻进喉咙去。所以，你有事就赶快说，否则小心黄鼠狼。"他粗鲁地挥手示意他退下，"你走吧，我忙得很，没空听你胡扯。我想学士那儿应该有工作等着你。"

山姆吞吞口水，向后一退，连忙快步离去，还差点绊倒在草席上。

"这小子真像看起来那么蠢吗？"他走之后，司令开口问。"蠢！"乌鸦埋怨莫尔蒙没等琼恩回答，"他父亲大人在蓝礼国王的朝臣中颇有分量，我本有心派他……算了，叫这个蠢话连篇的胖小子去见蓝礼，恐怕没好结果。我请亚耐尔爵士去好了，他比较沉稳，况且他母亲还是绿苹果佛索威家的人。"

"大人，可否容我问一句，您向蓝礼国王所求何事呢？"

"小子，我跟每个国王要的东西还不都一样？士兵、战马、刀剑、盔甲、谷物、乳酪、酒类、羊毛、钉子……守夜人军团一点不挑剔，别人给什么，咱们照单全收。"他的手指在粗木桌面上敲打，"假如风向顺遂，艾里沙爵士在一个月内便会抵达君临，但小毛头乔佛里会不会理睬他，这我可就不敢说了。兰尼斯特家对咱守夜人没好过。"

"但索恩带了尸鬼的手，可以提起他们的注意。"那是一件恶心的东西，颜色惨白，长了黑色的手指，装在罐子里还扭个没完，仿佛依旧有生命。

"我倒希望咱们还有一只，好让蓝礼也瞧瞧。"

"戴文说长城外什么都有。"

"得了吧，'戴文说'。上回他出巡逻，还说什么看到十五尺高的巨熊。"莫尔蒙哼了一声，"从前有人说我老妹找头熊当情人，这比那还离谱。虽然这是个死人会走路的世界……唉，就算这样，一个人还是该相信自己的眼睛。我亲眼见过死人走路，但我可没见什么巨熊。"他审视琼恩良久，"不过我们谈的是手，你的手还好吧？"

"好多了。"琼恩脱下鼹鼠皮手套给他看。从手掌到肘部，疤痕遍布，斑驳的红嫩皮肤虽仍不便伸缩，但已经逐渐愈合。"还有点痒，但伊蒙师傅说这是好现象，他给了我一种药膏，让我带着路上涂。"

"用长爪方便吗？"

"没问题，"琼恩伸出手指，依学士吩咐的方式握拳然后张开。"伊蒙师傅要我每天这样活动，就能保持指头灵敏。"

"伊蒙眼睛虽然瞎了，脑袋可清楚得很。希望诸神保佑，让他再活个二十年。你知道，他原本可能当上国王吗？"

琼恩大吃一惊，"他只对我说过他的父亲是国王，可……我以为他不是长子。"

"他的确不是。他的祖父是戴伦·坦格利安，即国王戴伦二世，就是他将多恩领并入王国。他依协议娶了一位多恩公主，而她为他生了四个儿子。伊蒙的父亲梅卡是其中的幼子，而伊蒙则是梅卡的三子。注意，虽然斯莫伍德把我说得老朽不堪，但这些都是在我出生之前很久的事。"

"听说他的祖父为他取名伊蒙，是为了纪念龙骑士伊蒙王子。"

"没错，人们不是常说伊蒙才是戴伦国王真正的父亲，而不是'庸王'伊耿四世么？可是呢，咱们的伊蒙生来便没有龙骑士的武艺。他老说自己动作慢，只有脑筋转得快。难怪被他祖父送去学城，当时他才九、十岁吧，我想……他在继承顺位中排在第九或第十。"

琼恩知道伊蒙师傅早已年逾百岁，要将这位身体孱弱、肌肉萎缩、满脸皱纹、双目失明的老人，想成与艾莉亚同龄的小男孩，实在很古怪。

莫尔蒙续道:"当伊蒙的大伯,也就是王位继承人,在一次比武大会上意外身亡时,他还在埋首书堆呢。他大伯本有两名子嗣,可没过多久便相继死于春季大瘟疫。戴伦国王也同时染病去世,因此王位传给了戴伦的次子伊里斯。"

"'疯王'伊里斯?"琼恩糊涂了,伊里斯是劳勃之前的国王,距今应该没这么久啊。

"不,那是伊里斯一世。劳勃推翻的是二世。"

"这是多久以前的事啊?"

"我看总有八十年了吧,"熊老道,"说不确切,当时我都还没出生,伊蒙却已造好了大半颈链。伊里斯依照坦格利安家的传统,娶了妹妹为妻,之后又统治了十多年。伊蒙则宣誓成为学士,随后离开学城,去为某个贵族服务……直到他的伯父过世,且未留下子嗣。铁王座由是传给了戴伦国王最后一个儿子,即伊蒙的父亲梅卡。新王将儿子们通通召回宫中,他本打算让伊蒙担任重臣,可伊蒙不愿篡取理当属于大学士的地位,因而拒绝了。他去了长兄的城堡,选择为他服务,那一位也叫戴伦。可是呢,这个戴伦不久也没了命,身后只留有一个弱智的女儿。如果我没记错,他好像是逛妓院染了梅毒。王国接下来的继承人是次子伊利昂。"

"'魔鬼'伊利昂?"琼恩知道这个人,"自以为成龙的王子"是老奶妈的故事里特别恐怖的一个,小弟布兰最爱听了。

"正是,不过他称自己为'明焰'伊利昂。某天晚上,他喝过了头,居然灌下一罐野火,并对朋友夸口说野火可以使他成龙,所幸诸神有眼,只让他成为死尸一具。他死后不到一年,梅卡国王也在对抗盗匪头目的战事中阵亡。"

琼恩对王国历史并非一无所知,这都要拜鲁温学士所赐。"那一年召开过大议会。"他插话,"全国诸侯决定放弃伊利昂王子年幼的儿子和戴伦王子的女儿,而把王冠交给伊耿。"

"你只说对了一半。他们本将王冠悄悄地献给伊蒙,却也被他悄悄地拒绝了。他告诉他们:诸神托付给他的使命是服侍,而非统治,他发下誓言,就决不背弃,纵然总主教愿意赦免他也不行。嗐,只要头脑健全的人都不愿让伊利昂的后代坐上王位,而戴伦的女儿不仅低能,更非男性,最后不得已,只好改立伊蒙的弟弟为王——这就是伊耿五世,老王的四子的四子,他们叫他"不该成王的王"。伊蒙深知自己倘若继续留在朝中,难免被反对伊耿的人士利用,于是他来到长城,再未离去,而让他的弟弟,他的侄子,他的侄孙一个接一个统治国家,复又死去,直到詹姆·兰尼斯特结束了龙族国王的血脉。"

"国王!"乌鸦嘎嘎怪叫,振翅飞过书房,停在莫尔蒙肩上。"国王!"它摇头晃脑地又叫一声。

"它好像很喜欢这个词。"琼恩微笑道。

"这个词容易说,更容易讨人喜欢。"

"国王!"鸟儿又叫。

"我想它希望您也有顶王冠,大人。"

"国内现在有三个王,而我还嫌多了两个咧。"莫尔蒙伸出手指,弹了一下乌鸦的下巴,但视线自始至终没有离开琼恩·雪诺。

他觉得事有蹊跷,"大人,您为何告诉我伊蒙师傅的事?"

"不为什么,"莫尔蒙动动身子,皱紧眉头,"你哥哥罗柏如今是北境之王,你和伊蒙有了共同之处,你们都是国王的兄弟。"

"不仅如此,"琼恩说,"我们也都发过誓。"

熊老响亮地哼了一声,乌鸦也飞起来,拍拍翅膀绕着房间转。"倘若每个背誓者都发配来守长城,我就不愁人手不够了。"

"我早知道罗柏有朝一日会统治临冬城。"

莫尔蒙吹一声口哨,鸟儿又飞回来,歇在他手上。"领主和国王,这是两回事,"他从口袋里掏出一把玉米,喂给乌鸦。"他

们会给你哥哥罗柏穿上五颜六色的绫罗绸缎，你却得一辈子黑衣黑甲；他会娶漂亮公主为妻，膝下儿孙成群，而你不仅永远无法结婚，更别想生儿育女；罗柏高高在上，统治四方，你却只有做牛做马的份；别人骂你是'乌鸦'，却会尊称他为'陛下'；他不管干下何等无聊事，一律被诗人吹捧上天，而你即便立下丰功伟业，也注定默默无闻。假如这些对你一点都不造成困扰，琼恩……那你就是个天大的骗子。你知道，我说的没错。"

琼恩站起来，全身紧绷犹如弓弦，"如果这些真能对我造成困扰，我这个私生子又该怎么办？"

"你觉得呢？"莫尔蒙问，"身为私生子，你该怎么办？"

"继续困扰，"琼恩道，"但坚守誓言。"

凯特琳

在凯特琳·史塔克眼中，儿子罗柏新铸的王冠，宛如一顶重担，沉沉地压在他头上。

冬境之王的古老王冠早在三百年前托伦·史塔克向征服者伊耿臣服时便已失传。他把王冠献给了伊耿，而伊耿对之如何处置，无人知晓。今天，凭着霍斯特公爵手下铁匠的优良手艺，罗柏的王冠正如故事中形容的那样，宛如史塔克先王：青铜铸造的冠冕，上刻先民的符文，九根长剑形状的黑铁尖刺挺立其中。这顶王冠没有黄金、没有白银、没有珠宝装饰，唯有钢铁和青铜，沉暗而坚硬，正是对抗严寒的冬之金属。

他们在奔流城的大厅里静待囚犯。她见罗柏把王冠往后推，安放在蓬厚的棕发上。没过多久，他又往前拉，接着转了转，好像这能让他戴得更舒服。戴王冠不是件容易事啊，凯特琳边看边想，对一个年仅十五的孩子而言，尤其如此。

等犯人带入，罗柏便命取剑。奥利法·佛雷剑柄在前，递了上去，儿子抽出宝剑，横放于膝，示威的意图非常明显。"陛下，这就是您要的人。"徒利家的侍卫队长罗宾·莱格爵士高声宣布。

"兰尼斯特！见了国王还不快快跪下？"席恩·葛雷乔伊大喝，罗宾·莱格爵士把囚犯按倒。

他丝毫没有狮子的模样，凯特琳暗忖。这位克里奥·佛雷爵士的母亲是泰温·兰尼斯特的妹妹吉娜夫人，但兰尼斯特家著名的美貌和金发碧眼他半分都没遗传到，他反而继承了父亲艾蒙·佛雷爵士——瓦德·佛雷老侯爵的次子——的体征，生得一头纤细棕发，

下巴短小,脸形削瘦,一双眼睛苍白无色、水汪汪的,还眨个不停。或许是由于见光的关系吧,奔流城下的地牢阴暗潮湿……近来又格外拥挤。

"克里奥爵士,起来吧。"儿子的声音虽不若乃父那么冰冷,却也不像十五岁的孩子。是战争,迫使他提早成年。横放膝上的那把剑映着晨光,锋刃微微闪亮。

然而使克里奥·佛雷爵士焦虑的并非宝剑,而是那头冰原狼。儿子将它取名为"灰风",它的身躯大如猎鹿犬,身无赘肉,毛色烟黑,眼瞳宛若熔金。他缓步向前,踱到被俘的骑士身边嗅了嗅。大厅里所有人都能闻到恐惧的气息。克里奥爵士是在呓语森林一役中被俘的,是役灰风咬断了五六个敌兵的咽喉。

骑士踉跄站起,慌忙后退,引得几名围观者哈哈大笑。"谢谢您,大人。"

"叫'陛下'!"外号"大琼恩"的安柏伯爵怒叱。罗柏的北方诸将中,属他嗓门最大……也最为忠诚勇猛,至少他自己这么坚持。他是尊她儿子为北境之王的第一人,自然容不下任何对自己新王的不敬之举。

"陛下,"克里奥爵士连忙改口,"请您原谅。"

此人并不勇敢啊,凯特琳心想,说真的,他比较像佛雷家的人,而非兰尼斯特。换作他表哥"弑君者",想必是另一番态度。他们绝对无法逼詹姆·兰尼斯特爵士那张俏嘴吐出陛下二字。

"我把你从牢里放出来,是要你帮我送信到君临,给你表姐瑟曦·兰尼斯特。你将打着和平的旗帜,并且我会派出三十名得力手下随行护送。"

克里奥爵士显然松了口气,"我很乐意替陛下送信给太后。"

"但你要知道,"罗柏说,"我可没放你自由。你的祖父瓦德大人率佛雷全族上下归顺于我,你的堂兄弟和叔舅们更在呓语森林之战中英勇奋斗，可你却选择为狮子旗而战。既然如此，你就是兰尼斯特家的人，而非佛雷。我要你以骑士之名誉立誓，一旦将信送达，不日即携带太后的答复返回此地，继续作俘虏。"

克里奥爵士立刻回答："我在此立誓。"

"你的话，大厅里每个人都听见了，"凯特琳的弟弟艾德慕•徒利爵士警告对方。由于父亲病危，现在由他代表奔流城和三河诸侯发言。"若你去而不返，举国上下都会唾弃你出尔反尔的行径。"

"我这个人说到做到。"克里奥爵士倔强地回答，"请问要我带什么口信？"

"我的和平条件。"罗柏手握长剑，站了起来，灰风立刻跑回他身边。整个大厅寂静无声。"你去对太后摄政王说，只要她同意我的条件，我就收起这柄剑，结束彼此的纷争。"

凯特琳瞥见大厅后方，高大而憔悴的瑞卡德•卡史塔克伯爵推开一排守卫，默默地走了出去。其他人则一动不动。对这些骚动，罗柏不予理会。"奥利法，拿信来。"他下令。侍从取走长剑，递上一卷羊皮纸。

罗柏展开信纸，"第一，太后必须释放我的两个妹妹，并让她们经由海路，从君临安全返回白港。我在此宣告，珊莎与乔佛里•拜拉席恩的婚约正式解除。一俟我收到代理城主的通报，确定她们已安然抵达临冬城，我便会立刻释放太后的两位表弟，侍从威廉•兰尼斯特和你弟弟提恩•佛雷，并护送他们安全抵达凯岩城，或是任何她要求的地方。"

凯特琳•史塔克真希望能读出隐藏在每张脸庞、每双皱起的眉头和每对紧抿的嘴唇之后的心绪。

"第二，立即归还先父遗骸，我们将遂先父所愿，将他安葬于临冬城的墓窖，让他和兄妹们一同长眠于地下。追随他死于君临的

卫士们的遗体也必须归还。"

活人南下，枯骨北归。奈德说得没错，她心想，他属于临冬城，他一再重复，可我听进去了吗？不，我对他说：你一定要去，去作劳勃的首相，这不仅是为了我们家族，更是为了我们的孩子……都是我的错，我一个人的错……

"第三，家父的巨剑'寒冰'必须送来奔流城，交于我手。"

她看向弟弟艾德慕·徒利爵士，他站在一旁，用拇指勾着剑柄，面色凝重如石。

"第四，太后必须晓谕其父泰温公爵释放自绿叉河之役中俘虏的我方骑士和领主。他照办之后，我也会立刻释放所有在呓语森林和奔流城之战中扣押的人质。詹姆·兰尼斯特爵士除外，我会留着他，以确保他父亲表现良好。"

她审视着席恩·葛雷乔伊促狭的微笑，心中纳闷那代表着什么。这位青年的神色总像在享受什么秘密的玩笑，凯特琳向来不喜欢这种调调。

"最后，乔佛里国王和摄政太后必须公告全国，放弃对北境和三河地区的统治权。从今往后，我国与其不再有任何瓜葛，而是一个自由独立的王国，与古时无异。我国领土包括颈泽以北所有史塔克家族的封地，以及三叉戟河及其支流流经的地区，西起金牙城，东迄明月山脉。"

"北境之王万岁！"大琼恩·安柏高喊，挥舞起猪腿般粗大的拳头。"史塔克万岁！史塔克万岁！北境之王万岁！"

罗柏卷起羊皮纸，"韦曼学士已经画好地图，上面标示着我国主权范围，我们会让你带上一张去交给太后。泰温大人必须立即自我国边界内撤军，并停止种种烧杀劫掠。摄政太后母子不能向我的子民抽取税收、索讨贡赋或征求劳役，必须立即解除我国领主与骑士向铁王座、拜拉席恩家族或兰尼斯特家族所立下之各种效忠、誓言、抵押、债务及义务。此外，在双方同意的名单中，兰尼斯特家应挑选十名出身显赫的贵族，前来奔流城作为和平的担保。我将依据他们的身份地位，以贵宾之礼相待。只要对方信守条约，我将每年释放两名人质，并护送他们安然返家。"罗柏把卷轴丢到骑士脚边，"这就是我的条件。如果她接受，我就给她和平，若是她不接受，"——他吹声口哨，灰风立刻咆哮趋前——"我就让她再尝尝呓语森林的滋味。"

"史塔克万岁！"大琼恩再次大喊，此时其他人也齐声附和，"史塔克万岁！史塔克万岁！北境之王万岁！"冰原狼往后甩头，放声长嗥。

克里奥爵士脸上血色尽失，"我会把您的信件带给太后，大——陛下。"

"很好。"罗柏说，"罗宾爵士，让他饱餐一顿，换上干净衣物，明天天明时分出发。"

"遵命，陛下。"罗宾·莱格爵士答道。

"那么，今天的会议到此为止。"罗柏转身离去，灰风紧随在后，在场骑士及诸侯纷纷屈膝下跪，奥利法·佛雷快步跑到前面开门。凯特琳姐弟也一同跟出去。

"你表现得很好。"在大厅后的走廊上，她对儿子说，"但放狼吓唬人不是国君应有的举动，倒像小孩子把戏。"

罗柏搔搔灰风耳根。"母亲，你没见他刚才什么表情？"他微笑着问。

"我只看到卡史塔克大人走了出去。"

"我也看到了。"罗柏双手摘下王冠，交给奥利法。"把它拿回卧室。"

"陛下，我这就去办。"侍从即刻离去。

"我敢打赌，今天在场的有不少人和卡史塔克大人看法相

同。"弟弟艾德慕表示,"如今兰尼斯特军像瘟疫般四散在我父亲的领土各处,烧杀劫掠,无恶不作,怎么可以和谈?我再重申一次,应该立刻进军赫伦堡。"

"我们兵力不够。"罗柏怏怏地说。

艾德慕坚持己见:"难道我们坐守城中,士兵就会增多吗?我们的部队正日渐削弱。"

"这是谁的责任?"凯特琳斥责弟弟。当初正由于艾德慕坚持,罗柏才同意让河间诸侯在他加冕之后便即离开奔流城,回去防守各自的领土。马柯·派柏爵士和卡列尔·凡斯伯爵率先离去。杰诺斯·布雷肯伯爵紧随其后,临走时发誓夺回烧成废墟的家堡并安葬死者。眼下,就连杰森·梅利斯特伯爵也暗示要返回海疆城,诸神保佑,该城可是至今未遭战火波及啊。

"你总不能要求我的河间诸侯枯坐城中,无所事事,活活看着自己的领地惨遭掠夺,子民被屠杀吧?"艾德慕爵士道,"但卡史塔克大人是北方人,他若是离开,对我们震动会极大。"

"我会跟他谈谈,"罗柏说,"他两个儿子战死在呓语森林,他不愿和杀子仇人和谈,谁能怪他呢?……换作是我……"

"死再多人也无法让你父亲或瑞卡德大人的儿子起死回生。"凯特琳道,"我们必须和谈——你若睿智的话,还应多给对方一点甜头。"

"再给他们甜头,我就要噎死了。"儿子胡须的颜色比头发更红。罗柏似乎觉得留胡子可以让自己看起来更威猛,更有王者风范……也更成熟。但不管有没有胡子,他终究只是个十五岁的男孩,他对复仇的渴望并不亚于瑞卡德·卡史塔克,说服他提出和平条件已非易事,遑论条款优厚与否。

"瑟曦·兰尼斯特绝不会同意用你两个妹妹来交换她两个表亲,你很清楚,她要的是她弟弟。"这话她说了好几遍,但凯特琳发现作国王的远不如作儿子的听话。

"我不能释放弑君者,就算我想放也放不了,我的诸侯绝不会同意。"

"你的诸侯拥护你登基为王。"

"也同样可以夺走我的王位。"

"假如你的王冠能换得艾莉亚和珊莎平安归来,那真是谢天谢地。想想看,你手下多少诸侯巴不得将兰尼斯特在牢里就地正法,万一他在狱中有个三长两短,别人一定认为——"

"——他是罪有应得。"罗柏接口。

"那你妹妹呢?"凯特琳尖锐地反问,"她们也是罪有应得?我向你保证,倘若弟弟出了意外,瑟曦必定会血债血——"

"兰尼斯特不会死。"罗柏道。"未经我允许,没人能和他交流。他有食物和饮水,还有干净的稻草床,照说他根本没资格过这么舒服。但我决不放他走,即便为了艾莉亚和珊莎也不行。"

凯特琳突然发觉儿子正"低头"看她。是战争使他飞速成长,还是他们放在他额上的王冠使他心骄气傲?凯特琳扪心自问。"你怕与詹姆·兰尼斯特在战场上重逢,是不是?"

灰风出声咆哮,仿佛察觉了罗柏的怒意。艾德慕·徒利连忙出手,兄弟似地拍拍凯特琳的肩膀。"凯特,别这样,这孩子做得没错。"

"不准叫我'孩子'!"罗柏旋身面对舅舅,把满腔怒气都往可怜的艾德慕身上发泄,天知道对方只是想帮他解围。"我即将成年,而且我是国王——爵士先生,我是你的国王。我郑重声明:我不怕詹姆·兰尼斯特。我既然打败过他一次,再来一次也无不可。只是……"他拨开遮眼头发,摇了摇头,"我本想拿弑君者去交换父亲,可……"

"……可换你妹妹就不行?"她冰冷地低语,"你妹妹不够重

要,是不是?"

罗柏没有回答,但他眼里有受伤的神色。那是一双徒利家族的蓝眼睛啊,是她的遗传。她伤害了他,但他实在太像他父亲,因此不肯承认。

我这是在干什么?她对自己说。诸神在上,我到底怎么了?他不就是尽力想当个好国王吗?这些是我都知道,这些是我日夜所见,可是……我已经失去了奈德,失去了我生命的基石,若是连女儿也没了,我受不了……

"我会为妹妹们尽最大努力,"罗柏说,"只要太后还有一丝理智,她就会接受我的条件。否则,我将让她后悔她的决定。"他显然不愿继续这个话题。"母亲,您真的不肯去李河城居住?您应当远离前线,同时多多了解佛雷大人的女儿们,等战争结束,便可为我挑选妻子。"

他不要我,凯特琳虚弱地想,看来做国王的果真不能有母亲啊,何况我还总说些不中听的话。"罗柏,你长这么大,中意瓦德大人哪个女儿可以自己决定,用不着我帮忙。"

"那您和席恩一起走罢。他明天动身,首先协助梅利斯特押送部分战俘去海疆城,随后搭船前往铁群岛。你也可以找条船,如果风向顺遂,不出一月便能返回临冬城。布兰和瑞肯需要你。"

而你不需要?"你外公的时日所剩不多,只要他还活在世上一日,我就要留在奔流城守着他。"

"我是国王,我可以命令你走。"

凯特琳不理他,"我再说一遍,我希望你把席恩留在身边,派别人去派克岛。"

"和巴隆·葛雷乔伊周旋,派谁比他儿子更合适呢?"

"杰森·梅利斯特,"凯特琳提议,"泰陀斯·布莱伍德,史提夫伦·佛雷,换谁都成……唯独席恩不行。"

儿子在灰风身旁蹲下，拨弄冰原狼的毛皮，借此逃避她的目光。"席恩为我们立下不少功劳，我跟你说过他在狼林里从野人手中拯救布兰的事。而一旦与兰尼斯特家和谈不成，我就必须得到葛雷乔伊大王的长船舰队。"

"想得到他的舰队，最好的办法就是把他儿子留作人质。"

"他已经作了半辈子人质。"

"那不是没有原因的。"凯特琳说，"巴隆·葛雷乔伊这种人不可信任。别忘了，虽说仅仅为期一季，可他毕竟曾自立为王。哪天他瞅准机会，说不定又会再度作乱。"

罗柏起身，"我不跟他计较这个。我是北境之王，满足他的愿望，让他当铁岛之王又如何？只要他助我击败兰尼斯特，我很乐意将王冠奉上。"

"罗柏——"

"我决定派席恩。日安，母亲。灰风，我们走。"罗柏快步离去，冰原狼亦步亦趋。

凯特琳只能目送他离开，那是她的儿子，也是她的主君，好奇怪的感觉啊。想当初在卡林湾，她叮嘱他要"发号施令"，如今他果然照办。"我去看看父亲，"她唐突地说，"艾德慕，跟我一起来吧。"

"戴斯蒙正在训练新募的弓箭手，我得去讲两句。晚些时候再去看他。"

晚些时候他说不定就不在人世了，凯特琳心想，却没有说出口。弟弟宁可上战场，也不愿进病房。

垂危父亲的病房位于主堡，穿越神木林是去那里的捷径。神木林里长满青草、野花、榆树和红木，浓密的叶片依然贪恋着枝干，对两周前白鸦带来的消息浑然不觉。枢机会虽已宣布秋季的到来，但诸神似乎还不愿把这个消息告诉清风和密林，为此凯特琳深觉感

激。秋天，是个让人惧怕的季节，只因凛冬的阴影徘徊在前。一个人，无论睿智还是驽钝，都无法判断这次秋收会不会是今生最后的农获。

城堡顶层的房间里，奔流城公爵霍斯特·徒利卧病在床，床位朝东，腾石河和红叉河汇流处尽收眼底。凯特琳进来时，他正在熟睡，他须发皆白，色泽竟和羽毛床褥无异，那曾经魁伟的身躯，如今已被逐渐扩散的死亡之气消磨得又瘦又小。

床边，静坐着她的叔叔黑鱼，他依然穿戴着锁甲，一身斗篷风尘仆仆，长靴蒙尘，满是干泥。"叔叔，你回来了，罗柏知道吗？"布林登·徒利爵士掌管罗柏的侦察部队，等于是他的耳目。

"还没有。我一进马厩，听说国王正在主持朝政，就直接过这里来了。我想我的消息应该私下报告给陛下。"黑鱼一头灰发，身形瘦长，动作精准，他刮得干净的脸上满是皱纹和风霜痕迹。"他情形如何？"他问，她知道他问的不是罗柏。

"还是老样子。学士给他喝安眠酒和罂粟花奶止痛，所以他大部分时间都在睡。他吃得太少，似乎一天天虚弱下去了。"

"说过话没？"

"有……可越来越没条理。他常说起自己的悔恨，说起没完成的任务，还有过世很久的人和陈年往事。有时候他连季节都分辨不清，甚至把我当成我母亲。"

"他一直想念她。"布林登爵士答道，"你和你母亲很像，从颧骨就看得出，还有下巴……"

"你记得比我清楚，都是好久以前的事了。"她在床边坐下，伸手拂开一小撮垂落父亲脸庞的华发。

"每次我出城，都不知道回来时他是不是还活着。"虽然父亲当年和弟弟争执不下，但两人的感情依然十分紧密。

"好在你们和好了。"

他们静坐半晌,最后凯特琳抬起头:"你有消息告诉罗柏?"霍斯特公爵呻吟一声,翻过身去,仿佛听见了他们的谈话。

布林登站起来,"到外面说吧,别吵醒了他。"

她随他走上石砌阳台,阳台呈三角形,好似巨舰船首。叔叔朝天空瞄了一眼,皱眉道:"连白天都看得见,我的人唤它作'红信使'……可它带来的,到底是什么信息呢?"

凯特琳抬眼望去,彗星淡红的轨迹划过蔚蓝的天空,仿佛天神脸上一记悠长的抓痕。"大琼恩对罗柏说,这是旧神为奈德展开的复仇火旗;艾德慕则认为那是奔流城胜利的预兆——他看到一条长尾巴的鱼,蓝底透红,正是徒利家的徽章。"她叹口气。"我真希望自己也像他那般有信心。绯红,可是兰尼斯特的色彩啊。"

"那东西既不是绯红,"布林登爵士道,"也不是徒利家河泥的褐红,而是血红。孩子,那是横跨天际的一抹血迹。"

"我们的还是敌人的?"

"打仗哪有单方面流血的呢?"叔叔摇摇头,"神眼湖周围的河间地成了一片火海,四处血流成河。眼下战事南延至黑水河,往北则越过三叉戟河,几乎就要波及到李河城。马柯·派柏和卡列尔·凡斯小胜了几仗,南境的贵族贝里·唐德利恩则专心对付掠夺者,不断偷袭泰温大人派出的劫掠队,攻击后便闪电般地躲进森林。据报勃顿·克雷赫爵士大肆吹嘘杀死了唐德利恩,结果没多久他的队伍就被贝里大人骗进陷阱,最后全军覆没。"

"奈德带去君临的卫士中有一些就跟着这个贝里大人,"凯特琳想起来,"愿诸神眷顾他们。"

"倘若传闻属实,这个唐德利恩和跟随他的红袍僧挺机灵,尚足以照顾自己。"叔叔说:"你父亲麾下的诸侯可就凄惨了,罗柏实在不该放他们离开。他们四处分居,各自为战,真是荒唐啊,凯特,荒唐透顶。杰诺斯·布雷肯为保卫烧成废墟的家堡,身负重

伤，他的外甥亨德利战死沙场。泰陀斯·布莱伍德虽将兰尼斯特军逐出自己的领地，却被敌军带走了所有牲畜和粮草，只留给他鸦树空城和一片焦土。戴瑞家的部队起初进展顺利，轻易夺回了他们的城堡，可不到半月，格雷果·克里冈便率兵攻至，把守军杀个一干二净，连他们的领主也不放过。"

凯特琳听了大惊失色，"戴瑞还是个孩子啊！"

"是啊，而且是戴瑞家最后的传人。用那孩子原本可换一笔高额赎金，可对格雷果·克里冈这种疯狗来说，黄金有什么用呢？我发誓，这个畜生的头是献给全国百姓最好的礼物。"

凯特琳知道克里冈爵士恶名昭彰，但这未免也太……"叔叔，不要提起头。瑟曦把奈德的头挑在枪尖，挂在红堡墙上，任由乌鸦和苍蝇糟蹋。"到了现在，她还是很难相信他就这么走了。有时她夜里醒来，半梦半醒之间，恍惚以为他就在身旁。"克里冈不过是泰温大人的走狗罢了。"泰温·兰尼斯特——凯岩城公爵、西境守护，瑟曦太后、"弑君者"詹姆爵士和"小恶魔"提利昂的父亲，新登基的幼王乔佛里·拜拉席恩的祖父——才是真正的乱源，凯特琳如此坚信。

"很正确，"布林登爵士同意，"泰温·兰尼斯特精明着呢，他安稳地守在赫伦堡重重高墙后，拿咱们的粮食喂他的兵丁，拿不走的就烧掉。他放出的走狗不只格雷果一条，亚摩利·洛奇爵士也出马了，此外还有群科霍尔佣兵，这帮家伙性情残忍，爱把人弄成残废。我见过他们留下的景观：全村焚毁，妇女被奸淫后肢解，遭屠杀的孩子暴尸荒野，不得埋葬，任由狼群和野狗竞食……这种场面连死人都受不了。"

"艾德慕若是知道，准会气疯的。"

"那正合泰温大人的意。凯特，散播恐怖自有其目的，兰尼斯特军要激我们与之决战。"

"只怕罗柏还求之不得呢，"凯特琳焦躁地说，"困守此地，他像笼子里的猫一样极不耐烦，可以想见，艾德慕、大琼恩及其他人必定日夜力促他出战。"儿子只打了两场胜仗，一次在呓语森林偷袭詹姆·兰尼斯特，另一次是击溃包围奔流城的无主散军，但在他的诸侯们口中，他俨然已是征服者伊耿再世了。

黑鱼布林登皱起他的灰色浓眉，"这正是他们愚昧之处。我作战的首要原则，凯特——是绝不让对方称心如意。泰温大人巴不得在他选择的地点与我们决战，他希望我们朝赫伦堡进军。"

"赫伦堡。"三河流域的每位孩童都听过赫伦堡的故事。这是三百年前由"黑心"赫伦王在神眼湖边建造的巨大堡垒。那个时代，七国境内真正是七国分立，而河间地区由铁群岛的"铁民"所统治。骄傲的赫伦想拥有全维斯特洛最大的殿堂和最高的塔楼，所以他前后耗费四十年修建此城。巨大的阴影在湖边不断拔高，赫伦王的军队则四处劫掠，从邻国抢来石头、木材、黄金和工人。在采石场中，在拖木橇上，在修建那五座巨人般的高塔时，成千上万奴工力竭而死。人们冬天挨饿受冻，夏天汗流浃背，风风雨雨，劳作不息。为筹备足够的梁柱和橡木，生长三千年的鱼梁木横遭砍伐，赫伦竭尽河间全境和铁群岛的一切资源，只为达成一己迷梦。最后赫伦堡终告竣工，然而就在赫伦王进驻城中的当日，征服者伊耿也率军登陆君临。

凯特琳还记得以前在临冬城，老奶妈是怎么把这个故事说给她的孩子们听的。"赫伦王发现厚墙和高塔无法对抗巨龙，"故事总在这里结束，"因为龙会飞。"龙焰吞噬了这座怪物般的堡垒，赫伦全族尽死其间。而从此之后，获得赫伦堡的每位家族都会遭遇不幸。赫伦堡虽然固若金汤，却是个阴暗而遭诅咒的地方。

"我决不会让罗柏在那座堡垒的阴影下作战，"凯特琳承诺，"可是叔叔，我们总得采取行动，扭转局面啊。"

"而且要快，"叔叔同意，"孩子，我还没把最坏的消息告诉你。据我派往西方的探子回报，一支新军正在凯岩城集结。"

一只兰尼斯特新军，她惶惶不安。"这个消息必须立刻报告给罗柏。这支部队由谁带领？"

"据说是史戴佛·兰尼斯特爵士。"他将视线转往双河汇流处，红蓝相间的斗篷在微风中轻摆。

"又是他侄子？"凯岩城的兰尼斯特家族实在枝叶茂盛，盘根错节。

"是他堂哥，"布林登爵士纠正，"泰温大人亡妻的哥哥，所以是亲上加亲。但此人年纪已老，脑袋又向来不太好使。可他有个儿子达冯爵士，据说骁勇善战。"

"就让我们祈祷领军的是父亲，而非儿子吧。"

"不管怎样，他们暂时不构成威胁。这支军队由流浪武士、自由骑手和兰尼斯港的小巷里招募的新手组成，史戴佛爵士必须首先武装他们，训练他们，之后才敢出兵……然而我们别心存幻想，泰温大人不是弑君者，他决不会没头没脑地出击，他一定会耐心等候，直到史戴佛爵士进军后，方才离开赫伦堡。"

"除非……"凯特琳道。

"怎样？"布林登爵士询问。

"除非他迫不得已，必须离开赫伦堡，"她说，"去应付其他威胁。"

叔叔若有所思地看着她，"蓝礼大人。"

"蓝礼'陛下'。"既然要求他帮忙，便得用他自封的头衔相称。

"这倒有可能，"黑鱼露出一抹危险的微笑，"不过，他会要求回报。"

"国王要的东西都一样，"她说，"臣服。"

提利昂

杰诺斯·史林特的父亲是个杀猪匠,他笑起来也活像个切肉的屠夫。"再来点儿?"提利昂问他。

"我不反对,"杰诺斯伯爵说着递出酒杯,他的体型像个大酒桶,酒量也比得上桶子。"当然不反对。这真是红酒中的极品啊,青亭岛的?"

"多恩的,"提利昂作个手势,仆人趋前斟酒。除了几个仆人,小厅里只有他和杰诺斯伯爵。桌上点着蜡烛,四周一片昏暗。"说起来真是难得一寻,多恩酒的味道通常没这么馥郁。"

"馥郁。"青蛙脸的杰诺斯·史林特又猛灌一大口。此人喝酒从不小口浅酌,提利昂一见面就注意到了。"对,馥郁,我要说的就是这个词儿,完完全全就是这个词儿。不是我吹牛,提利昂大人,您对文字还真有一套。您说的故事更是滑稽有趣,对,就是滑稽。"

"我很高兴您这么想……但我不是什么大人,跟您没法比。杰诺斯大人,您叫我提利昂便行。"

"好啊。"他又大灌一口,酒液洒在黑色锦缎外衣前胸。他披了一件金线织成的半披风,用一根尖端釉红的小枪系住,此时已经喝得烂醉如泥。

提利昂伸手捂嘴,轻声打了个嗝。他的酒量远不及杰诺斯伯爵,只是吃得很饱。搬进首相塔后,他头一件事便是寻找城中第一名厨,并将她收进门下。这天他们的晚餐是牛尾汤;核桃、葡萄、赤茴香和碎乳酪拌夏蔬;热腾腾的螃蟹派、香料煮南瓜,还有奶油

鹌鹑，每道菜都有相应的美酒搭配。杰诺斯伯爵说他这辈子从没吃过如此美味的一餐。"等您进驻赫伦堡之后，想必这种菜色就是家常便饭了。"提利昂说。

"那是。或许我该把你这位厨子拐去帮我烧菜，你怎么说？"

"比这更微不足道的芝麻小事，都有人拿来当开战的借口呢。"说完两人哈哈大笑。"选赫伦堡当根据地，您可真有胆量。那地方既阴森，又庞大……维护起来可得花不少钱哪。更别提有人谣传那里受诅咒了。"

"一堆石头有什么好怕？"他吹声口哨，"你说我有胆量？没错，一个人非得有胆量，才能爬到我今天的地位。赫伦堡有什么不好？好得很咧！依我看，你也是个有胆量的家伙，个子虽然小了点，胆子倒是不小咧！"

"您实在太客气了。再来一杯？"

"喔，不不，不行了，我……哎，他妈的，就再来一杯吧。有胆的人要喝个痛快！"

"一点儿没错，"提利昂把史林特伯爵的杯子倒得满溢，"先前，我看了一下您对都城守备队司令接任人的推举名单。"

"他们六个都很合适，随便挑哪个都行，不过换了我，我会选亚拉尔·狄姆，他是我的左膀右臂，一等一的好手，忠心耿耿，选他你绝不会后悔。当然喽，还得先经陛下同意才行。"

"是啊，"提利昂自饮了一小口，"我倒考虑过杰斯林·拜瓦特爵士，他担任烂泥门守卫队长已经三年，从前在平定巴隆·葛雷乔伊之乱中也表现英勇，劳勃国王亲自在派克城封他为骑士。可惜，他的名字却不在您这张单子上。"

杰诺斯·史林特伯爵灌了口酒，在嘴里漱了半天才吞下去。"拜瓦特？嗨，他是很勇敢，这我没话说，可是……这家伙是个老古板，脾气怪得紧，下边的人都不喜欢他。他还是个残废，在派克打

121

仗的时候少了只手，他就因这个被封为骑士。拿手换个爵士头衔，我说呢，划不来得紧哪。"他笑笑，"依我看，杰斯林爵士太关心自己的名声啦，您还是让他待在原来的位子上得了，大——提利昂。亚拉尔·狄姆才是你要的人。"

"可我听说，城里老百姓不怎么喜欢他。"

"别人怕他，这才好办事么。"

"我还听说什么来着?说他在妓院里闯了祸?"

"那个啊，那不是他的错，大——提利昂，不是他的错。他根本没打算杀那女人，是她自找的，他早警告过她，叫她站一边去，让他履行公务。"

"话是这么说……但毕竟母子情深，他早该料到她割舍不下孩子嘛。"提利昂微笑，"来，再尝尝这乳酪，下酒真是没得比。跟我说说，你当初为何挑狄姆去办这件倒霉差事？"

"提利昂，一个好指挥官必定要知人善任。有些人适合做这个，有些人适合做那个。杀一个还没断奶的小婴儿，可不像看上去那么轻松。虽说对方只是一个烂婊子和她的野种，也不是每个人都能办成的。"

"我想也是。"提利昂回答，耳中却只听见"一个烂婊子"，脑海里想起雪伊，想起好久好久以前的泰莎，以及所有拿了他的钱，让他在体内留下种子的女人。

史林特浑然不觉地续道："凡是苦差，就要交给狄姆这种浑人去干。他么，叫做什么，就听话照办，事后一个字也不问。"他切下一块乳酪。"这的确是好东西，味道够呛。嗨，给我一把够利的匕首，一块够呛的乳酪，我就心满意足啦。"

提利昂耸耸肩，"请您尽量享用，这会儿河间地区战火不断，蓝礼又在高庭称王，好乳酪只怕很快就吃不到了。究竟是谁派你去杀那烂婊子的野种？"

杰诺斯伯爵有些警觉地看了提利昂一眼，接着笑了，拿着一块乳酪朝他挥舞。"提利昂，你这狡猾的家伙，想套我话，是吗？我告诉你，要我杰诺斯·史林特说出不该说的话，靠美酒和乳酪还不够咧。我这人啊，接了命令什么也不问，事后半个字也不说，这是我最引以为傲的地方。"

"和狄姆一样？"

"完全正确。等我去了赫伦堡，你就让他接我的班，包你满意。"

提利昂咬了一小口乳酪，这乳酪掺杂良酒，确是极品，味道的确够呛。"不管陛下让谁接班，恐怕都比不上您哟。话说回来，莫尔蒙大人也面临着同样的难题啊。"

杰诺斯伯爵一脸疑惑。"我还以为她是女的，这莫尔蒙，不就是那个找熊当情人的家伙吗？"

"我说的是她哥哥，现任守夜人军团总司令杰奥·莫尔蒙。前阵子我去长城拜访时，他正愁找不到合适人选接替自己的位子。这年头，黑衫军是越来越难找到人才了。"提利昂嘿嘿一笑，"假如他有个像您这样的厉害角色，或是咱们英勇的亚拉尔·狄姆，想必会睡得安稳一点。"

杰诺斯伯爵大喝一声："嘿，他想得倒美！"

"可不是嘛？"提利昂道，"不过世事难料啊，大人，就拿艾德·史塔克来说吧，恐怕他做梦都料不到自己会死在贝勒大圣堂前的讲坛上呀。"

"谁能料到呢？"杰诺斯伯爵呵呵笑着赞同。

提利昂也跟着笑了，"只可惜我人不在这儿，错过一场好戏。我听说，连瓦里斯都吓了一跳。"

杰诺斯伯爵捧腹大笑，笑得浑身颤抖。"那八爪蜘蛛，"他道，"人家不说他什么都知道吗？嘿嘿，可他偏不知道这事儿！"

"他从何知道呢?"提利昂的语气里渗进了第一丝寒意,"当初不是别人,正是瓦里斯说服我老姐赦免史塔克,只逼他穿上黑衣。"

"嘎?"杰诺斯·史林特有些茫然地朝提利昂眨眨眼。

"我老姐瑟曦啊,"提利昂重复了一遍,略微加重语气,免得这蠢才搞不清状况,"当今的摄政太后。"

"啊,"史林特吞吞口水,"这个嘛,呃……是国王亲自下的令,大人,是陛下他本人的意思。"

"陛下才十三岁。"提利昂提醒他。

"是啊,但他到底还是国王嘛,"史林特皱起眉头,肥厚的两颊跟着晃动不休,"是堂堂的七国之君呢。"

"哎,七大王国里总有一两个归他管,"提利昂露出一抹酸酸的微笑,"可否将您的长枪借我一看?"

"我的长枪?"杰诺斯伯爵困惑地眨眼。

提利昂指指,"你披风的钩子。"

杰诺斯伯爵犹豫地解下雕饰华丽的钩扣,交给提利昂。

"我们兰尼斯港金匠的做工比这好,"他表示,"您别介意,我觉得枪上血迹的釉彩涂得太红了点。大人,请您告诉我,是您亲手把长枪刺进他们后背,还是说,您只负责下令?"

"我只负责下令,就算再来一次,我还是会这么做。史塔克公爵是个叛国贼,"史林特头顶正中光秃的地方一片通红,他的金缕半披风从肩膀滑落到地,"这家伙想收买我!"

"但他做梦也没想到,你早被人收买了。"

史林特将酒杯往桌上一砸,"你喝醉了不成?你以为我会乖乖地坐在这里任你糟蹋我的名誉……"

"这算哪门子名誉?我不得不承认,你的确比杰斯林爵士厉害。连背后杀人都不必亲自操刀,就换来贵族封号和一座城堡。

他把金扣丢还给杰诺斯·史林特。对方霍地站起，钩扣当啷一声，从胸前滚落地面。

"我不喜欢你说话的态度，大人——不，'小恶魔'。我乃堂堂赫伦堡伯爵兼朝廷重臣，你是什么东西，有什么资格评判我？"

提利昂歪歪头，"你很清楚我是什么东西。你有几个儿子？"

"我有几个儿子干你这侏儒屁事？"

"什么？"他的怒火陡地上扬，"你敢叫我小恶魔，已经够不知好歹了。我是兰尼斯特家族的提利昂，你这猪脑袋要是能开窍，早该跪在地上感谢诸神，因为你碰上的是我，不是我父亲。我再问你一次，你到底有几个儿子？"

杰诺斯·史林特的眼里顿时有了惧色，"三……三个，大人，还有一个女儿。大人，求求你——"

"不用求我。"他滑下椅子，"我向你保证，他们不会有事。你的两个小儿子会被送到外地当侍从，倘若他们表现优异，忠贞不贰，或许某天会受封骑士，兰尼斯特家决不忘恩负义。至于你的长子，他将继承史林特伯爵的头衔，还有你那可怕的家徽。"他踢了那根小金枪一脚，让它滚过地面，"我们会帮他找块领地，他可以在那里盖城堡，虽然比不上赫伦堡，但对付着过生活却也绰绰有余。你女儿的婚事就由他安排。"

杰诺斯·史林特的脸色由红转白，"那——那……那您打算怎么……？"他的脸颊像牛油块般晃动不停。

"打算怎么处置你？"提利昂让那粗汉兀自颤抖了一会儿，方才答话，"有艘商船叫'夏日之梦'，明天一早涨潮时分就要出海，船长告诉我，这船将途经海鸥镇、三姐妹群岛和史卡格斯岛，前往东海望。等你见到莫尔蒙司令，替我向他问好，告诉他，我一直惦记着守夜人军团的需求。大人，祝你长命百岁，军旅顺遂。"

等杰诺斯·史林特明白过来，发现自己保住一条命，脸上便慢慢回复了气色。他下巴一翘,"咱们走着瞧,小恶魔,侏儒!搞不好该上船的是你呢!你觉得怎么样啊?搞不好是你要去长城咧!"他干笑两声,"你很会吓人嘛,咱们走着瞧。告诉你,我可是国王陛下的好朋友,你等着,瞧瞧乔佛里听了会怎么办,还有小指头和太后陛下的反应,让我告诉你:没错,杰诺斯·史林特有很多有权有势的朋友,我们瞧瞧是谁要搭船去长城,我跟你保证,咱们走着瞧!"

史林特像他以前当卫兵时那样扭脚旋身,大跨步穿过小厅,皮靴在石地板上踏出清响。他喀啦喀啦地步上台阶,猛地摔开门……迎面碰上一个身穿黑胸甲和金披风的人。来人身躯高大,下巴瘦长,右腕接了一只铁手。"杰诺斯。"他眼窝深陷,额头突出,一头棕灰头发,两眼炯炯有神。六名金袍卫士随着他沉默地走进小厅,杰诺斯·史林特慌忙后退。

"史林特大人,"提利昂叫道,"我想您和杰斯林·拜瓦特爵士——咱们新任都城守备队司令——应该是老交情了。"

"大人,轿子正在外面等您。"杰斯林爵士对史林特说,"请您见谅,去码头的路又远又黑,这阵子街上又不大安全。来人!"

于是六名金袍卫士架走了他们昔日的总司令,提利昂把杰斯林爵士叫到身边,交给他一张羊皮纸。"旅途遥远,史林特大人想必需人作陪。就让这六个人和他一起搭乘'夏日之梦号'出海。"

拜瓦特瞄了名单一眼,笑道:"遵命。"

"这一个,"提利昂轻声道,"叫狄姆,你去跟船长说:倘若此人在抵达东海望之前,不慎被海浪卷走,断不会有人见怪。"

"是,大人,听说最近北方洋面时有雷暴发生。"杰斯林爵士鞠躬后转身离去,披风在身后猎猎抖动。他踩在史林特的金丝披风上。

提利昂独坐桌边,浅酌剩下的多恩佳酿。仆人来来去去,清理

碟碗餐盘。他吩咐他们把酒留下。等一切收拾妥当后,瓦里斯轻步滑了进来,一身淡紫长袍,散发出薰衣草的香味。"亲爱的大人,您干得可真漂亮哟!"

"那我为何满嘴苦涩?"他伸手揉揉太阳穴,"我叫他们把亚拉尔·狄姆扔进海里,真想把你也丢进去!"

"这样做,只怕您会失望哟。"瓦里斯答道,"暴风来了又走,巨浪冲刷过头,大鱼吃掉小鱼,可我依旧好端端地在海里划水呢。让我也尝尝这酒?我瞧史林特大人挺喜欢哪。"

提利昂皱紧眉头,朝酒瓶挥挥手。

瓦里斯倒了一杯,"哎呀,像夏天一样甜美。"他又啜一口,"葡萄在我舌尖歌唱呢。"

"我还在想到底是什么噪音。叫葡萄给我安静,我的头快裂了。原来是我老姐。就算那位'忠心耿耿'的杰诺斯大人不肯直说,我也明白,是瑟曦派金袍子去了妓院。"

瓦里斯有些紧张地吃吃窃笑。没错,他早就知道。

"为什么不早说?"提利昂语带控诉地问。

"因为她是您亲姐姐嘛,"瓦里斯仿佛受了极大的委屈,泫然欲泣,"大人,这种事本来就很难启齿,我就是害怕您听了不知会有何反应。您愿意原谅我吗?"

"不愿意!"提利昂斥道,"你这家伙该死,她更该死!"他知道自己动不了瑟曦,起码现在动不了——即便他有这种想法,而他可是一点也不确定自己究竟想不想。然而坐在这里,只拿到杰诺斯·史林特和亚拉尔·狄姆这种听命行事的走狗,演一出主持正义、惩奸除恶的假戏,自己老姐却继续专权乱政,真是想了就有气。"瓦里斯大人,以后你知道什么,务必通通告诉我,不准有任何隐瞒。"

太监露出狡黠的微笑,"亲爱的大人啊,那恐怕得花老长一段时间哟。我知道的事可实在不少呢。"

"知道再多有什么用，可惜救不了这孩子。"

"哎呀，可不是嘛?其实还有另一个私生子，是个男孩，年纪稍微大一点。我已经打点过，确保他不会碰上麻烦……但我承认，我作梦也想不到连小婴儿都会遭殃。不过是出身低贱的小女孩，未满周岁，她娘又是个妓女，这哪能构成什么威胁嘛，你说是不?"

"她是劳勃的孩子，"提利昂忿忿地说，"对瑟曦而言，光这一点就够了。"

"是啊，真教人心痛。说起来，都是我不好，才会让这可怜的好孩子和她妈妈遭遇不幸。她妈妈年纪轻轻就香消玉殒，她可是深爱着我们的先王啊。"

"是么?"提利昂不知那女孩长什么样，但在他心目中的她是雪伊和泰莎的合体，"我在想，到底妓女能不能真心爱一个人?不，不要回答，有些事还是别知道的好。"他把雪伊安顿在一栋宽广的木石大宅里，拥有独立的马厩、水井和花园。他给了她众多仆人以供使唤，还买来一只盛夏群岛的白鸟与她为伴。她有了绫罗绸缎、金银珠宝，还有专门保护她的守卫，但她依旧不满足。照她说，她只想和他在一起，服侍他，帮他的忙。"你最能帮我忙的地方，就是在床上。"某天夜里，激情过后，他躺在她身边，头枕着柔软的乳房，下体有甜蜜的酸疼，对她这么说。她没有回答，但他从她的眼神里看得出，这并非她期待的答案。

提利昂叹口气，伸手要拿酒，却想起杰诺斯伯爵的事，便又把酒瓶推开去，"看来我老姐说的是实话，史塔克之死完完全全是我外甥的馊主意。"

"乔佛里国王下达命令，杰诺斯·史林特和伊林·派恩爵士负责执行，他们行动果断，毫不迟疑……"

"……好似早已知情。没错，我们已经讨论过这个可能，但现

在也拿不出证据。但总而言之，整件事情根本就是乱来。"

"那么大人，既然您现在掌握了都城守备队，想必就可以预防陛下他……乱来了?当然啦，还有太后的贴身护卫要考虑……"

"红袍卫士?"提利昂耸耸肩，"放心，维拉尔是聪明人，他知道自己效忠的对象是凯岩城，而我来这里是家父的意思，所以瑟曦不太可能拿他们来对付我……再说，他们总共也不过一百人，光我自己的手下就是他们的一倍半。如果拜瓦特如你所言般可靠，那我还有六千金袍军可用。"

"您会发现杰斯林爵士是个勇敢、正直、听话……知恩图报的人。"

"对谁知恩图报?"提利昂不信任瓦里斯，却不能否认他的利用价值。别的不说，他的确知道很多事。"倒是你，瓦里斯大人，你为何对我这么好?"他问，一边审视着对方那双柔嫩的手，那张无毛粉面，那抹谄媚浅笑。

"您是御前首相啊，我服侍的对象不就是国家、国王和您嘛?"

"你当初也是这么服侍琼恩·艾林和艾德·史塔克?"

"我尽我所能地服侍艾林大人和史塔克大人，对于他们的英年早逝，我也是哀恸欲绝啊。"

"想想我是什么感觉吧，我弄不好就要步上他们的后尘了。"

"哎，我看不会，"瓦里斯边说边杯中酒，"大人，力量这东西很奇妙。您可曾想过我那天在旅店给您猜的谜语?"

"想过一两次，"提利昂承认，"国王、僧侣和富翁——谁死?谁活?佣兵听谁的?这是个没有答案的谜语，或者说，有太多的答案，一切端视于手握利剑的那个人。"

"然而他却什么也不是，"瓦里斯道，"他没有王冠，没有金银珠宝，更没有诸神的眷顾，只有手里那把利剑。"

"那把剑具有决定生死的力量。"

"是啊……但既然真正决定我们生死的是手握刀剑之人,我们又为何假装承认国王握有力量?比如这个身强力壮、手握利剑的人,他为何必须服从乔佛里那样的小毛头,或者他老爸那种酒鬼粗汉呢?"

"因为小毛头和酒鬼可以动员其他身强力壮的人,他们也有剑。"

"既然如此,真正的力量就是这些人啰?果真如此吗?他们的剑又是从哪儿来的?他们又听谁的话呢?"瓦里斯微微一笑,"有人说知识即力量,也有人说力量源于天神,更有人说力量来自律法。然而那天,在贝勒大圣堂的台阶上,我们信仰虔诚的大主教、合法的摄政太后,以及您眼前这位见多识广的公仆却和下面随便一个鞋匠桶匠一般无能为力。您觉得到底是谁杀了艾德·史塔克?是下达命令的乔佛里,执行死刑的伊林·派恩爵士,还是……另有其人?"

提利昂歪歪头,"你是要揭开这天杀的谜底,还是想让我头痛得更厉害?"

瓦里斯微笑道:"我这不就说了吗?力量存在于人心,人相信什么是力量,什么就是力量,不多也不少。"

"这么说来,力量不过是骗人的把戏?"

"力量就像墙上的影子,"瓦里斯喃喃道,"但影子却能杀人。而且,即便是矮小人物,也能投射出硕大的影子。"

提利昂微笑道:"瓦里斯大人,说来奇怪,我发现自己越来越喜欢你了。我可能还是会杀你,不过我想自己会因此而难过。"

"我把这当作至高的赞美。"

"那你又是什么,瓦里斯?"这才是提利昂真正想知道的答案,"有些人说你是蜘蛛。"

"大人哪,蜘蛛和密探鲜少受人喜爱,我只想当个忠勤于国的

臣仆罢了。"

"也是个太监，我们别忘了这点。"

"我不敢忘。"

"人们说我是个半人，但我想天上诸神对我还算仁慈。我个子小，两脚发育不良，女人对我没兴趣……但好歹还是个男人。雪伊并非第一个跟我上床的人，有朝一日我说不定还会娶妻生子。假如诸神眷顾，我儿子会有他大伯的外表和他老爸的头脑。而你呢，没有这样的愿景作支撑。侏儒是诸神的恶作剧……太监却是凡人造的孽。瓦里斯，是谁阉了你?什么时候的事?他为什么这样做?你真正的身份又是什么?"

太监的笑容丝毫未变，但眼中却闪过某种毫无笑意的神色，"大人，您这么问真是太客气了，可我的故事既漫长又悲伤，而我们眼下还有叛国之事要讨论呢。"他从长袍袖子里抽出一张羊皮纸，"王家战舰'白鹿号'的船长打算三天后拔锚起航，带船投效史坦尼斯大人。"

提利昂叹口气，"所以，我们该拿他杀鸡儆猴?"

"杰斯林爵士自有办法让他消失，不过若是在国王面前公开审判，想必更能确保其他船长誓死效忠。"

同时也让我那好外甥无暇他顾?"就照你说的，让他见识一下乔佛里的'公义'好了。"

瓦里斯在纸上做了个记号，"雷德温家的霍拉斯和霍柏爵士贿赂了某个边门守卫，打算后天晚上溜出城，伪装成桨手，搭乘潘托斯船'逐月者号'离开。"

"那就让他们划上两三年，瞧他们喜不喜欢?"他笑道，"不妥，老姐若是失去这两位稀客，只怕会发狂。通知杰斯林爵士，逮捕受贿的守卫，并跟他解释加入守夜人军团服役的光荣。此外，在逐月者号四周加强警备，以防雷德温兄弟找到其他缺钱的门卫。"

"一切照您吩咐。"羊皮纸上又多了个记号,"您的手下提魅今天在银两街上的赌场杀了一个酒商的儿子,他指控对方作弊。"

"真的作弊?"

"噢,那还用说。"

"这样的话,城里的老实人应该感谢提魅才对。我一定让他得到国王的赏赐。"

太监略有不安地咯咯笑了两声,又在纸上做个记号,"最近各种宗教人士人满为患,天上的那颗彗星,似乎把各式各样的怪僧侣、传教士和假先知都引进了城。他们在酒馆商铺里乞讨,对路人大谈世界末日与毁灭之说。"

提利昂耸耸肩,"我瞧唯一能预期的就是伊耿登陆的三百周年纪念日快到了。哼,随他们去吧。"

"大人,他们在散播恐惧啊。"

"我以为这是你的工作。"

瓦里斯伸手遮嘴,"您这么说真是太狠心了。最后还有一件事,坦妲伯爵夫人昨晚小宴宾客,我这里有菜单和列席人名供您参考。倒酒的时候,盖尔斯大人举杯敬国王陛下,有人听到巴隆·史文爵士说:'那我们需要三个杯子。'很多人笑了……"

提利昂举起手,"够了,巴隆爵士不过开开玩笑。瓦里斯大人,我对宴会席间的闲话没兴趣。"

"大人,您不但睿智,更有度量。"那张纸消失在太监袖子里,"我们都还有很多事要忙,我就先告辞了。"

太监离开之后,提利昂静坐良久,望着眼前烛光。不知姐姐对杰诺斯·史林特遭遣一事有何反应,当然,她绝不会高兴,这可以想见,然而除了向远在赫伦堡的泰温公爵递交愤怒的控诉,估计她也没什么办法。如今提利昂不但掌握了都城守备队,一百五十个剽悍的高山族民,还要加上波隆招募的、人数正不断增加的佣兵,怎

么看他都应该安全无虞。

想必当初艾德·史塔克也是这么以为。

提利昂离开小厅时,红堡一片寂静,四下漆黑。波隆正在他的书房里等他。"史林特呢?"他问。

"杰诺斯大人明儿起早搭船去长城。瓦里斯要我相信,我把乔佛里的爪牙换成了自己的手下,可在我看来,是把小指头的人换成了瓦里斯的人,不过暂时就这样吧。"

"有个消息,提魅今天杀了——"

"瓦里斯跟我说了。"

佣兵似乎并不意外,"那笨蛋以为独眼龙比较好骗,结果提魅用匕首把他手腕钉在桌上,空手撕开了他的喉咙。他这一招很灵,把指头——"

"省省细节,一肚子美餐还在我肚子里呢。"提利昂说,"你的人,找得怎样?"

"还不错,今晚又找到三个。"

"你都是怎么找的?"

"先观察,后盘问,弄清他们作战经验的多少和说谎技巧的高低。"波隆微笑,"最后,我给他们一个杀我的机会,他们也得给我同样的机会。"

"你真的杀了人?"

"只有不中用的家伙。"

"那要有人杀了你呢?"

"他就是你需要的人。"

提利昂有点醉意,身子疲累至极。"告诉我,波隆,假如我要你去杀个小婴儿……一个才出世没多久的女孩,而且呢,哎,正在母亲怀中吃奶……你会干吗?并且什么也不问?"

"什么也不问?那不行,"佣兵搓搓食指和拇指,"我得先问价码多少。"

　　史林特大人，我要你的亚拉尔·狄姆做什么?提利昂心想，我手下这样的人还少么?他忽然既想笑，又想哭，但他最最想要的，是雪伊。

艾莉亚

与其说这是路,不如说是穿过杂草丛的两道车辙。

好处在于,由于往来人少,没有人能指出他们的去向。国王大道上人潮汹涌,到这里只有涓滴细流。

坏处呢,这路像蛇一般前后蜿蜒,有时和荒僻小径交杂缠绕,有时几乎完全消失,等他们快放弃希望,才在一两里外又复出现。艾莉亚讨厌这样的状况。附近地势并不崎岖,丘陵和梯田高低起伏,草地、树林和小溪谷点缀其间;溪谷中,水流缓慢,柳树夹岸。风景虽美,路径却非常狭窄,左弯右拐,使他们前进的速度几与爬行无异。

拖慢速度的是马车,它们载重很多,车轴嘎吱作响,隆隆行进。一天里,必须停下十几次,把卡在车辙里的轮子拉出来;要么就是临时增加拉车的牲口,以助其爬上泥泞斜坡。还有一次,在一片浓密的橡树林中,他们迎面碰上一部三人驱赶的牛车,上面堆满了柴薪,双方都无路可让,最后只好等那几个樵夫解开缰绳,把牛牵进林子,掉转车头,再把牛重新拴上,原路返回。那头牛比马车还慢,所以那天等于就这么浪费掉了。

艾莉亚忍不住频频回首,不知金袍卫士何时追来。到了晚上,一有风吹草动,她便会立刻惊醒,抓紧缝衣针的剑柄。事发至今,他们每次扎营一定会派人值守,但艾莉亚却不信任值班的,尤其是那几个孤儿。他们在君临的暗巷里或许有点用,但到这地方肯定没辄。连她自己只要"静如影",都可以悄悄摸过所有人,就着星光溜进漆黑的林子里小解。有一次正好轮到绿手罗米站岗,她便蹑手蹑脚地爬上一棵橡树，然后一树一树靠近，最后摸到他头顶上，他却毫无知觉。她本可就此一跃而下，可她知道他的尖叫会吵醒整座营地，更别提会挨尤伦一顿痛打了。

自从知道太后要大牛的脑袋之后，罗米这群孤儿便把他当特殊人物看待，他一点也不喜欢。"我没招惹什么太后！"他生气地说，"我从来就只管做好分内的活，鼓风炉、打铁、搬东西、作杂务，我想当个武器匠，可有天莫特师父要我加入守夜人，我知道的就这么多。"说完他就擦头盔去了。他那顶头盔的确漂亮，浑圆有致，面罩上留有眼缝，此外还有两大根金属牛角。艾莉亚瞧他拿着油布仔细擦拭，擦得锃亮无比，映照出熊熊营火。但他从不把头盔戴上。

"我敢跟你赌，他一定是那个叛徒的私生子。"有天晚上，罗米小声说，故意不让詹德利听见。"他是那个狼大人——在贝勒大圣堂被砍头的家伙——的种。"

"他才不是！"艾莉亚驳道。我爸只有一个私生子，那就是琼恩。她郁闷地冲进树林，真想就这么跳上马背，一路骑回家。她的坐骑是匹栗子色的母马，额上有道白斑。眼下她不仅有匹好马，自己骑术也一向高明，大可策马飞奔，再也不要看见他们——除非她愿意。可这样一来，就没有人趋前侦察，没有人殿后警戒，更没有人在她瞌睡时站岗守卫。等金袍子来逮她，她便只有孤身一人，所以还是和尤伦一行人待在一块儿比较安全。

"咱们离神眼湖不远了，"黑衣兄弟某天早上说，"但只有过了三叉戟河，国王大道才会安全，所以咱们绕湖，沿着西岸走，金袍子应该不会搜到那边。"于是在下一个车辙交会的地方，他将马车转向西行。

从此农地换为森林，村落和庄园变得更小也更分散，丘陵更高，山谷更深，食物也越来越难取得。出城前，尤伦把马车塞满了

咸鱼、硬面包、猪油、芜菁、一袋袋的青豆和大麦,还有大轮的黄奶酪,到如今却全吃完了。他们只好自立更生。尤伦派前盗猎者寇斯和库兹去队伍前方,深入林区,到黄昏时分,他们准能用树枝扛起一头鹿,或是腰上晃荡着一串鹌鹑回归队伍。年纪较小的男孩被派去捡拾沿路的黑莓,若经过果园,则得偷偷爬过篱笆,背一袋苹果回来。

艾莉亚既擅长爬树,采东西也快。她喜欢独自行动。某天她运气好,正巧撞见一只兔子。兔子褐色绒毛,生得又肥又大,一对长耳朵,鼻子掀个不停。兔子虽然跑得比猫快,但它们不会爬树,所以她用棍子把它敲了下来,拎起双耳,交给尤伦用蘑菇和野洋葱炖汤。由于艾莉亚抓兔有功,所以得了一整只腿,她便和詹德利分着吃。其他人一人一汤匙,甚至那三个死囚也有份。贾昆·赫加尔彬彬有礼地向她道谢,尖牙舔舔脏手指上的油渍,露出幸福的表情,没鼻子的罗尔杰笑道:"哟,这会儿又变成猎人啦?癞痢头癞痢脸杀兔仔哟。"

后来他们在一个名叫白荆庄的庄园田里采了几穗玉米,结果一群庄稼汉把他们团团围住,要他们付钱。尤伦瞄瞄对方手中的镰刀,丢了几个铜板出去。"要是以前啊,咱们黑衫军不论在多恩还是临冬城都会受到盛情款待,有黑衣弟兄来家中投宿,达官贵人都觉得荣幸。"他悻悻地说,"现在这些瘪三连咬两口烂苹果也要钱。"他啐了一口。

"咱们种的是甜玉米,你这臭死人的老黑鸟还不配吃咧!"一个庄汉粗声粗气地回嘴,"还不快从咱们田里滚出去!顺便把你这群人渣杂碎带走,否则咱们把你叉起来吓唬你的乌鸦同胞!"

当天晚上,他们连皮带谷烤了那些甜玉米,用几根分叉的长树枝穿过穗心,架在火上翻烤,熟了以后直接就吃。艾莉亚觉得美味极了,但尤伦却气得吃不下。他头上似乎罩着一片乌云,像他的斗篷一样又破又黑。他在营地里走来走去，口中念念有词。

隔天，寇斯在前方发现军营，便赶回来警告尤伦。"大概二三十个人，穿着锁甲和半罩盔。"他说，"有些人伤得很重，还有一个听起来快死了。他声音很吵，我就大着胆子凑过去看，只见他们身边有矛有盾，但只有一匹马，还是跛的。我看他们待在那儿好一阵子啦，臭死人了。"

"看到旗子没？"

"花斑树猫，黑黄相间，背景是泥褐色。"

尤伦折了张酸草叶，放进嘴里咀嚼。"没见过，"他承认，"不知是哪边的，两边都有可能。伤得那么重，管他是哪家，大概都会抢咱们牲口，说不定还不只如此。我看咱们还是绕路避开。"结果他们绕了好远的路，前后至少花了两天时间，但老人说这代价很划算。"等到了长城，你们有的是时间，下半辈子都得待在那儿咧，所以我看不用着急。"

再往北行，艾莉亚发现巡守农地的人员逐渐增多，有些只是静静地站在路边，对往来行人冷眼旁观；有些则骑马沿篱笆巡逻，鞍上系着斧头。还有一次，她瞥见一人蹲踞在一株死树上，手握长弓，箭袋则挂在旁边的树干上。一见他们出现，他立刻弯弓搭箭，瞄准他们，直到最后一辆马车离开视线方才松手。尤伦边走边骂："树上那家伙，你就等着异鬼来抓你好了，看你会不会哭爹喊娘叫守夜人救命，咱们走着瞧！"

一天后，道柏发现傍晚的天际有片红光，"除非是这路又转了弯，不然就是太阳在北边落坡了。"

尤伦爬到坡顶眺望，"那是火，"他对众人宣布，接着舔舔拇指，举到空中。"照现在的风头，应该会把火吹离咱们这边，不过还是注意一点。"

他们无法不注意。天色渐暗，火光却越来越盛，到最后，仿佛

整个北方全部起火燃烧。他们不时闻到烟味,然而风向一直保持固定,火势终究没有逼近。翌日天明,大火已熄,但那天晚上谁都没有睡好。

恰近正午时分,他们抵达了村落的废墟。方圆数里的田地一片焦土,房舍只剩焦黑残躯。被烧焦或遭屠杀的畜尸散布各处,身上盖满争食腐肉的鸦群,仿如游动的毛毯。它们一被惊扰便振翅飞起,嘎嘎怒叫。浓烟仍旧从远处的庄园里冒出,从这里看去,环绕庄园的栅栏颇为坚固,但事实证明根本不够。

艾莉亚踢踢马,跑到货车前面,发现墙垒的削尖木桩上插着一具具烧焦的尸体,他们双手高举掩面,似乎要挥去焚身烈焰。未到庄园,尤伦便令众人停下,嘱咐艾莉亚和其他男孩守着马车,自己带慕奇和凯杰克徒步趋前探查。他们翻过破败的大门,惊起墙内群鸦,马车里,笼内的乌鸦朝同类嘎嘎怪叫。

"我们要不要跟去?"眼看尤伦等人进去了好长一段时间,艾莉亚忍不住问詹德利。

"尤伦叫我们等。"詹德利的声音显得空洞,艾莉亚转过头,发现他已经戴上了那顶闪亮的精钢牛角盔。

最后他们总算回来了。尤伦怀抱一个小女孩,慕奇和凯杰克则抬着一个破旧棉被做的担架,上面躺着一个女人。女孩不到两岁,哭个不停,发出一种近似呜咽的声响,仿佛有什么东西卡在喉咙里出不来。她可能还不会说话,或者忘记了该怎么说。女人右手自肘部齐齐断裂,伤口血肉模糊,她眼神涣散,对周遭事物毫无反应。她可以说话,但只会一句:"求求你!"她大声地、反复地喊,"求求你!求求你!"罗尔杰觉得很滑稽,便纵声大笑,笑声从原本是鼻子的凹洞内传出,不多久尖牙也跟着笑起来,直到慕奇一阵咒骂,叫他们闭嘴。

尤伦要他们在马车上腾地方给那女人,"动作快!"他说,

"天一黑，狼群就要来了，说不定还有更糟的东西咧！"

"我好怕。"热派看着独臂女在车上抽搐，不禁喃喃自语。

"我也是。"艾莉亚承认。

他捏捏她肩膀，"阿利，我跟你说，我没踢死小男孩啦。我只帮我妈卖派而已。"

艾莉亚壮起胆子，尽量骑在马车前方，远离小女孩的啜泣，远离那女人的低语："求求你。"她想起老奶妈说的故事：从前有个英雄被邪恶的巨人囚禁在一座阴森的城堡里，他智勇双全，用计骗过巨人，逃了出去……可一出城堡，他就被异鬼抓去，全身的鲜血都给喝个干净。艾莉亚现在可算体会到他的感受了。

独臂女死于当日黄昏，詹德利和凯杰克在山坡上帮她掘了个坟，就在一棵柳树下。寒风吹起，艾莉亚仿佛听见长长的柳枝低语着"求求你！求求你！求求你"，听得她颈背汗毛直竖，差点没拔腿就跑。

"今晚不许生火。"尤伦对他们说。当天的晚餐是寇斯找到的一把野萝卜，一杯干豆，以及附近小溪的水。溪水有股怪味，罗米说上游一定有腐烂的尸体，才会是这种味道。若不是老雷森把他俩拉开，热派差点就跟他大打出手。

为填饱肚皮，艾莉亚喝了很多水。她以为自己一定没法入睡，没想到还是睡着了。待她醒来，四周一片漆黑，膀胱胀得要命。周围都是挤在一起、裹紧毛毯和斗篷、陷入沉睡的人。艾莉亚找出缝衣针，站了起来，凝神倾听。她听见一名守卫的轻微脚步，睡不安稳的人翻身的响动，罗尔杰"呼噜呼噜"的鼾声，还有尖牙睡觉时发出的怪异嘶声。从另一辆马车上传来石头和钢铁有节律的摩擦，尤伦正坐在车上，一边嚼酸草叶，一边磨他的短刀。

热派是守夜的男孩之一，"你要去哪里？"他见艾莉亚朝林子走去，便出声问。

艾莉亚朝树林含糊地挥挥手。

"不行,不准去!"热派说。自从得了那把真剑,他胆子又大了起来。虽然那剑很短,而且他用起来像是拿菜刀。"老头子说今晚大家要靠在一起。"

"我去小解。"艾莉亚解释。

"哎,到那棵树下解就好啦!"他指指,"阿利,天知道森林里有什么东西,我之前还听到狼叫呢。"

若是跟他打架,一定会惹尤伦生气。她装出害怕的模样,"有狼?真的吗?"

"我亲耳听见的。"他再三保证。

"那我不要解了。"她回去拉起毯子,假装入睡,等听见热派脚步渐远,方才翻身起来,溜进营地另一边的森林,静如影。为保险起见,她走得比往常更远,待确定四下无人之后,才解开裤子,蹲下办事。

她尿到一半,裤子落在脚踝上,却听树下传来沙沙声。热派!她惊慌地想,他偷偷跟踪我!接着,她看到树林里有眼睛映着月光,闪闪发亮。她肚子一紧,伸手握住缝衣针,也顾不上尿在自己身上,数起了眼睛:二只、四只、八只、十二只,一整群……

其中一只从树下朝她走来,露出牙齿盯着她看。她满脑子都在埋怨自己有多蠢,心想等明早大家发现她被吃了一半的尸体,热派一定会幸灾乐祸。可那只狼却突然转身,快步跑进黑暗,所有的眼睛都跟着消失了。她颤抖着解完手,穿上裤子,循着远处模糊的磨刀声回到营地,找到尤伦。艾莉亚爬上马车,坐在他身旁,浑身发抖。"有狼,"她哑着嗓子小声说,"林子里有狼。"

"是啊,那还用说。"他瞧都没瞧她一眼。

"把我吓死了。"

"是吗?"他啐了一口,"我还以为你家挺喜欢狼咧。"

"娜梅莉亚是冰原狼啦，"艾莉亚环抱身体，"和普通狼不一样的。而且她早就不见了，我和乔里拼命丢石头把她赶跑的，否则她会被太后杀掉。"说起往事，她又难过起来。"要是当初她也在城里，我敢打赌，她一定不会让他们砍我爹的头。"

"孤儿没有爹，"尤伦说，"你可别忘了。"因为酸草叶的关系，他的嘴巴看起来在流血。"不过，最可怕的狼是披着人皮的狼，比如毁村子的那些人。"

"我好想回家。"她可怜兮兮地说。她一直很努力地要表现得勇敢，猛如狼，但有时候，她觉得自己终究只是个小女孩。

黑衣弟兄从马车上那捆酸草叶里扒下一片，塞进嘴里。"小鬼，看来当初我该把你，还有其他人留在城里，城里似乎更安全。"

"我不管，我想回家。"

"我替长城守军收罗人手快三十年了，"尤伦嘴里闪着唾沫，像是血红的泡泡，"前后总共只死过三人。一个老头是生热病死的，有个城里的小鬼拉屎时给蛇咬了一口，还有个蠢货想趁我睡觉时杀我，结果这儿开了个洞。"他拿起短刀往喉咙作势一划，"三十年中死了三个。"他吐出嚼烂的酸草叶，"现在想来，坐船或许比较明智。当初只想一路上多招人，唉……换个聪明人，就搭船走了，可我呢……三十年来我都走这条国王大道。"他收起短刀，"去睡吧，小鬼，听见没？"

她努力去睡，可她躺在薄毯下时，却听见了狼嚎……还有另一个声音，比较模糊，像是风中的呓语，似乎是几声惨叫。

戴佛斯

诸神燃烧的浓烟,将晨空染得灰暗。

少女与圣母,战士与铁匠,珍珠眼瞳的老妪,镀金胡须的天父,就连被雕刻得近似动物而非人的陌客,皆已置身火海。雕像的陈年干木和其上无数层的颜料油漆发出炽烈而饥渴的红光。热气袅袅腾升,穿透冰冷空气,后方城墙上的石像鬼和石雕龙朦胧不清,仿佛隔了一层泪珠织成的帷幕。在戴佛斯看来,那些怪物似乎正在颤抖、蠢蠢欲动……

"真是造孽。"阿拉德表示,幸好他还知道放低声音。戴尔听了也低声赞同。

"别作声!"戴佛斯道,"在这里不要乱讲话。"他的两个儿子都是好人,但年纪还轻,阿拉德尤其冲动。倘若我当年没有洗手不干,如今阿拉德大概会沦落到流放长城的下场,是史坦尼斯使他免遭这种厄运,我欠他的情……

城门口聚集了数百群众,观睹焚烧七神的场面。空中的气味十分难闻。对多数人敬拜了一生的诸神做出如此大不敬行为,即便维持秩序的士兵也深觉不安。

红袍女环行火堆三次,一次以亚夏语祈祷,一次使用高等瓦雷利亚语,最后一次则用通用语。戴佛斯只能听懂末一次。"拉赫洛啊!吾人身处黑暗之中,请降临于此!"她高喊,"真主光之王,我们将这些虚伪诸神奉献于您,这七面一体的神,是您的仇敌。请取走他们,将您的光明赐予我们,因为长夜黑暗,处处险恶。"赛丽丝王后跟着复诵祷文。史坦尼斯站在她身旁,面无表情地观看。

他的胡子修得极短,撒下黑蓝色阴影,下面是坚硬如石的下巴。他的衣着较平时华丽,仿佛准备上圣堂膜拜。

龙石岛的圣堂,是当年征服者伊耿扬帆起航、征服维斯特洛大地的前夜跪地祈祷的地方,然而它没能幸免于难。后党人士推翻祭坛,拉倒神像,以战锤击碎彩绘玻璃。巴尔修士无法阻止,只有不停咒骂,然而赫柏·蓝布顿爵士领着三个儿子,前往圣堂捍卫信仰的诸神。蓝布顿一家斩杀了四名后党人士,最后才被众多士兵制服。事后,诸侯中平日性情最温和、信仰也最虔诚的冈瑟·桑格拉斯伯爵向史坦尼斯表示自己无法再支持他,于是被捕入狱,和修士以及赫柏爵士两个幸存的儿子一同坐牢。其余诸侯很快从中学到了教训。

对走私者戴佛斯而言,诸神没有特别意义,但他和多数人一样,每次出征前总会供奉战士;有船下水会敬拜铁匠;妻子有了身孕,则会向圣母祈祷。眼见诸神被焚,他觉得很不舒服,这不只是浓烟的缘故。

如果克礼森师傅健在,一定会阻止此事。谣传老人公然挑战光之王,结果因亵渎而遭天谴。然而戴佛斯知道真相,因为他亲眼见到老学士往酒杯里放了东西。一定是毒药,除此之外别无可能。他自愿喝下死亡毒酒,想为史坦尼斯除掉梅丽珊卓,但不知为何,她的神显灵庇佑。他本想自己动手杀了红袍女,可连出身学城的学士都力有未逮,他又怎么可能成功?他不过是出身跳蚤窝的走私者戴佛斯,被拔擢至高位的洋葱骑士啊。

燃烧中的诸神仿佛穿着颜色多变的烈焰长袍,由红转橙再变黄,放射出漂亮的光芒。巴尔修士曾对戴佛斯说,神像都是用船桅雕刻而成,而这些船乃是坦格利安一族的先祖从瓦雷利亚渡海逃来时搭乘的工具。几世纪来,它们被涂上层层彩漆、镀金、烫银、镶嵌珠宝。"它们越是美丽,便越能讨拉赫洛欢心。"梅丽珊卓嘱咐

史坦尼斯拉倒神像，并将之拖到城堡大门前时，曾这么说。

少女张开双臂，横躺于战士之上，像是要和他拥抱。烈焰舔着圣母的面颊，她仿佛为之颤抖，一把长剑将她穿心而过，皮革握把上火焰跃动。天父头一个被推倒，所以压在最底层。戴佛斯看着陌客的手指纠结扭曲，逐渐焦黑，终至剥落，成了亮红的炭火。赛提加伯爵离火堆较近，正剧烈咳嗽，拿着一条绣有红蟹的亚麻方巾，遮掩布满皱纹的脸庞；那些密尔人一边在火边取暖，一边谈笑风生；年轻的巴尔艾蒙伯爵面如死灰；瓦列利安伯爵则是眼看国王，不瞧那堆熊熊烈焰。

戴佛斯很想知道他心里在盘算什么。但瓦列利安这样身份地位的人，怎会对他吐露心声？瓦列利安家族别号"潮汐之王"，身负瓦雷利亚古老血统，并曾三度与坦格利安家结亲，而戴佛斯·席渥斯呢？浑身鱼腥和洋葱味。其他贵族对他也是一样态度，他无法信任他们，他们也绝不会与他推心置腹，甚至连他的孩子都瞧不起。将来我的孙子们会在比武大会上与他们的后代相互较劲，有朝一日，说不定他们的后代会和我的子孙结亲。总有一天，我的小黑船旗会如瓦列利安家的海马旗或赛提加家的红蟹旗一般高高飘扬……

一切的前提，都是史坦尼斯赢得王位。否则……

我所拥有的一切，都是他赐予的。史坦尼封他为骑士，让他与其他贵族并肩而坐，并令他放弃走私小艇、指挥战船。到如今，戴尔和阿拉德已各有船舰，马利克当上了"怒火号"的桨官，马索斯在"黑贝莎号"上为父效力，国王更将戴冯收作王家侍从，有朝一日定能受封骑士，他的两个小儿子将来也会走上同样的道路。妻子玛瑞亚成了位于风怒角的小城堡的女主人，仆人都得尊称她为"夫人"，戴佛斯还可以在属于自己的森林里猎红鹿。这些全拜史坦尼斯·拜拉席恩所赐，他付出的代价仅是几个指节。他对我的惩罚很公正，我过去一向蔑视王法，而他却赢得了我的忠诚。戴佛斯摸摸悬挂颈间的小皮袋,被砍下的指节是他的幸运符,而他眼下正需要好运。是啊,我们每个人都需要好运,尤其是史坦尼斯大人。

黯淡的火焰舐着灰暗的天空,黑烟升起,翻腾扭动。当风向转变时,围观者纷纷眨眼、流泪、揉眼。阿拉德转过头去,一边咳嗽,一边咒骂。这是后事的先兆,戴佛斯暗想,在这场战争中,还会有更多、更多的东西付之一炬吧。

梅丽珊卓一身绯红锦缎,披着血色天鹅绒长袍,眼睛和喉际的大宝石一样红艳,仿佛起火燃烧。"据亚夏古书预言,长夏之后,星辰泣血,冰冷的黑暗将笼罩世界,在这个恐怖的时刻,将有一位战士自烈火中拔出燃烧之剑,那把剑是'光明使者',英雄之红剑,持有该剑者便是亚梭尔·亚亥转世,而他将驱离黑暗。"她提高音量,使在场群众都能听见,"受拉赫洛宠爱的亚梭尔·亚亥啊!光明的战士!圣焰之子!来吧!你的剑正等着你!拔起属于你的剑吧!"

史坦尼斯·拜拉席恩像士兵上战场一样大步前进,他的两位侍从连忙跟随。戴佛斯看着儿子戴冯为国王右手戴上一只又长又厚的手套。男孩穿乳白色上衣,胸前绣了一颗烈焰红心。拜兰·法林的衣着与之相仿,他为陛下在颈间围上一袭僵硬的皮革斗篷。戴佛斯听见身后隐约传来铃声叮当。"海底下,冒烟就是冒泡泡,火有绿有蓝还有黑!"补丁脸的歌声从远方传来,"我知道!我知道!噢噢噢!"

国王咬紧牙关,举起皮革斗篷阻挡烈焰,大跨步冲进火堆。他直接走向圣母,用戴了手套的右手握住宝剑,用力一拔,将之从燃烧中的木雕上抽出,接着便快步退开。他将宝剑高举,剑身樱红,周围缠绕着碧绿如玉的火舌。卫士急忙上前,拍去国王衣上的火星。

"燃烧之剑!"赛丽丝王后高叫,亚赛尔·佛罗伦爵士等后党

人士也跟着呐喊,"燃烧之剑!燃烧啊!燃烧啊!燃烧之剑!"

梅丽珊卓将双手高举过头,"看!许诺之兆,今已实现!看,那就是光明使者!亚梭尔·亚亥已经重临人世!欢呼吧!为光明的战士!欢呼吧!为圣焰之子!"

一阵杂乱的喝彩此起彼落,此时史坦尼斯的手套却烧了起来。国王咒骂一声,把剑朝湿泥地里一插,就着大腿拍手,以熄灭火焰。

"真主啊,请将您的光明赐给我们!"梅丽珊卓高喊。

"因为长夜黑暗,处处险恶!"赛丽丝和她那一党应道。我该不该跟着喊?戴佛斯暗想,我真的欠史坦尼斯这么多?难道这个火神真成了他的信仰?他截短的手指不禁抽搐起来。

史坦尼斯脱去手套,任其掉落地面。火堆上的神像已经模糊难辨,铁匠的头在灰烬和火星中断裂纷飞。梅丽珊卓用亚夏语高声吟唱,声音如海潮般高低起伏。史坦尼斯解开灼烧的皮斗篷,静立聆听。"光明使者"插在地上,依旧闪着红光,但缠绕剑身的火舌正迅速减弱。

待咒语唱完,诸神只余焦炭,而国王的耐性也完全耗尽了。他抓住王后的手肘,送她回龙石城堡,把光明使者留在原地。红袍女留了下来,监督戴冯和拜兰·法林拿起国王的皮革斗篷,跪地包住那柄早已焦黑的长剑。好个英雄之红剑,看起来可真是一块废铁,戴佛斯心想。

只有几位贵族逗留了片刻,站在火堆的上风处低声交谈。他们一见戴佛斯望向自己,便都保持沉默。倘若史坦尼斯失势,他们势必立刻把我推翻。他与后党那群野心勃勃的骑士和小贵族格格不入,他们皈依了光之王,因而获得赛丽丝夫人——不,是王后,你忘了吗?——的宠信和保护。

等梅丽珊卓和侍从带着宝剑离去,火堆已几乎焚尽。戴佛斯带着儿子们加入人群，朝海岸和船队走去。"戴冯表现不错。"他边走边说。

"没错，他取手套时很沉着，没把它弄掉。"戴尔说。

阿拉德点头，"戴冯衣服上的徽章是怎么回事？就那个冒火的心。拜拉席恩家的标志不是宝冠雄鹿吗？"

"领主有权使用多种徽章。"戴佛斯说。

戴尔微微一笑，"父亲，就像一艘黑船和一颗洋葱？"

阿拉德踢踢卵石，"管他洋葱还是红心……都教异鬼给抓去吧！把七神这样烧掉是大不敬啊。"

"你什么时候变得如此虔诚了？"戴佛斯说，"走私者之子懂什么敬神之事？"

"父亲，我是骑士之子。这点假如您都不在意，其他人又怎么会在意呢？"

"你爹是骑士，你却不是。"戴佛斯说，"你要是继续多管闲事，就一辈子都当不成骑士。史坦尼斯是咱们合法的国王，他做什么决策，轮不到我们来指手画脚。我们帮他驾船，照他的命令行事，这样就够了。"

"说起这个，父亲，"戴尔说，"我不喜欢他们为'海灵号'准备的水桶，都是未经干燥的松木，一出海就会泄漏。"

"我的'玛瑞亚夫人号'也一样，"阿拉德道，"后党的人搜去了所有干燥木料。"

"这事我会跟陛下谈。"戴佛斯安抚他们。话由他说，总比让阿拉德去讲好。他的儿子都是优秀的战士、出色的水手，却不懂得与贵族沟通之道。他们和我一样出身低贱，只是他们刻意不愿去想。在他们眼里，我们的旗帜只有一艘随风飞驶的大黑船，他们装作看不到那颗洋葱。

戴佛斯从未见港口如此拥挤过，每座码头均有大批水手在搬运

补给，每间酒店都挤满了士兵，赌骰子、喝酒或搜寻妓女……可惜是白费工夫，因为史坦尼斯禁止在岛上嫖妓。战舰、渔船、结实的武装商船和宽底货船排列岸边，最好的泊位则被大型舰艇占据：史坦尼斯的旗舰"怒火号"在"史蒂芬公爵号"和"海鹿号"之间摇晃，旁边有瓦列利安伯爵银色船壳的"潮头岛之荣光号"和她的三艘姐妹舰，赛提加伯爵装饰华丽的"红钳号"和有着长长铁撞锤、笨重的"剑鱼号"。在外海下锚的是萨拉多·桑恩的巨型旗舰"瓦雷利亚人号"及其他二十多艘体型较小、船身彩绘的里斯舰艇。

在"黑贝莎号"、"海灵号"、"玛瑞亚夫人号"以及其他五六艘百桨等级船舰停泊的石码头尽头，那里有一间饱经风霜的小酒馆。戴佛斯略感口渴，便支开儿子，独自走向酒馆。酒馆门外蹲着一只及腰高的石像鬼，由于长年受风雨海水浸蚀，容貌早已不复辨认。它和戴佛斯是老朋友。他拍拍石像的头，喃喃自语："好运"，方才步入酒馆。

众声喧哗的厅堂尽头，萨拉多·桑恩正吃着盛在木碗里的葡萄。他一见到戴佛斯，便挥手示意对方过去。"骑士先生，来跟我坐坐，吃几颗葡萄如何？甜得很哟。"这里斯人向来油嘴滑舌，笑容满面，他的服饰更是夸张特异，闻名狭海两岸。今天他穿着银线织成的亮丽外衣，悬空袖子长得拖地，纽扣则用翡翠雕成猴子形状。他在一头纤细亮白的卷发上，戴了顶扇形的漂亮绿帽，上面饰着孔雀羽毛。

戴佛斯穿过桌凳，拉了张椅子坐下。他未封骑士之前，常跟萨拉多·桑恩打交道。里斯人自己也走私，同时他也经商、放贷，还是个恶名昭彰的海盗，自诩为"狭海亲王"。海盗只要有钱有势，照样被捧为亲王。正是戴佛斯亲自前往里斯，才将这个老滑头招来为史坦尼斯公爵效力。

"大人，您没去看他们烧神像？"他问。

"红袍僧在里斯就有座大神庙，成天烧个没完，嘴里唱着那个拉赫洛。他们的火我早看腻啦，希望咱们史坦尼斯陛下没多久也深有同感。"他仿佛完全不在意被人听到，只自顾自地吃葡萄，把籽吐唇上，再用指头弹掉。"亲爱的爵士先生，我的'千色鸟号'昨儿个进港啦，她可不是战舰哦，呵呵，是商船呢，而且才应召去了君临一趟。你真不尝尝这葡萄？听说城里的小孩都在饿肚子哪。"他拿起葡萄串，在戴佛斯面前晃了晃，微笑着说。

"我要的是麦酒，还有新闻。"

"我说你们维斯特洛人啊，就是性子急。"萨拉多·桑恩抱怨，"你倒是告诉我，干吗非得这么急？越是急着过日子，就越早进坟墓哟。"他打个嗝，"凯岩城的头子派他侏儒儿子到君临管事啦。弄不好他想利用儿子那张丑脸吓走敌人，嘎？或者想让'小恶魔'在城墙上跳舞，害咱们活活笑死，谁知道呢？不过哪，记得吗，金袍子的头头原本是个大老粗，侏儒把他赶跑了，换了个铁手骑士。"他捻起一颗葡萄，用拇指和食指捏破果皮，把果肉送进嘴里，汁液溅了一手。

一名女侍推开人群走过来，边走边捆开偷摸的手。戴佛斯点了杯麦酒，转身追问桑恩："城里防御怎样？"

对方耸耸肩，"城墙嘛，又高又厚，但是谁来守呢？他们正忙着建造投石机和喷火弩，噢，可是金袍子人少又都是菜鸟，除了他们又没别人了。只要迅速出击，像老鹰俯冲兔子一样，伟大的都城就是咱们的啦。如果风势顺畅，你们家国王明儿傍晚就可以坐上铁王座。咱们还可以把那侏儒打扮成小丑，拿枪戳他屁股，叫他替我们跳舞呢，说不定你们好心的国王还会恩准我跟美丽的瑟曦太后共度春宵哟！为了他，我可是抛下家里的妻子们好久了啦。"

"海盗，"戴佛斯说，"你哪有什么妻子，通通是妍妇，何况你出的每一份力气都有重酬。"

"我得到的只有承诺，"萨拉多·桑恩哀怨地说，"亲爱的爵士先生，我想要的是金子，并非白纸黑字啊。"他又丢颗葡萄进嘴巴。

"等我们夺下君临的国库，你就会拿到金子。史坦尼斯·拜拉席恩是七国上下最讲信用的人，他会履行诺言。"戴佛斯一边说，心里一边想：这个世界真是颠倒秩序了，竟要出身低贱的走私者来为国王的信用作保。

"这话我听他说过好多次啦，所以我跟他讲：咱们干脆马上就来大干一场。我的老友啊，时机已经成熟，比这葡萄还成熟呢。"

女侍把麦酒送了过来，戴佛斯给她一枚铜板。"就算如你所言，我们拿下了君临，"他边说边举起酒杯，"能守多久呢？泰温·兰尼斯特大人手握重兵，驻守在赫伦堡，而蓝礼大人……"

"噢，对了，说起这个弟弟嘛，"萨拉多·桑恩道，"可就不太妙喽，我的朋友。蓝礼陛下他已经动身，噢，不，在这里要说蓝礼'大人'，真对不住，这年头国王一大堆，连我的舌头都讲累了。总之这个蓝礼弟弟呢，已经带着他年轻貌美的王后，那群花草诸侯和闪亮骑士，以及大批步兵，从高庭出发啦。他正沿着玫瑰大道朝咱们刚说的这座大城而去呢。"

"他带着他的新娘一起？"

桑恩耸耸肩，"他没跟我解释原因，或许他一夜也舍不得她两腿间温暖的小穴吧，又或者他认为自己胜券在握。"

"这事一定要让陛下知道。"

"我的好爵士，我早报上去啦。虽然陛下他每次见了我就皱眉头，害我一想起要见他，就忍不住发愁。如果我改穿乞丐帮的粗衣，脸上不带笑容，你觉得他会不会喜欢我？算啦，反正我也不会那么做，我这个人言行一致，恐怕他得忍受我这身绫罗绸缎喽，否则我就带着船跑到我比较受欢迎的地方去。我的朋友，那把剑可不是

151

'光明使者'。"

突如其来的话题转变令戴佛斯觉得不适,"什么剑?"

"噢,就是从火里面拔出来的那把剑啰。我向来笑容可掬,所以人人都愿意把事情告诉我。我说一把烧烂的剑,对史坦尼斯有什么用呢?"

"那是燃烧之剑。"戴佛斯纠正。

"烧烂的剑,"萨拉多·桑恩说,"我的朋友,对此你该感到庆幸才对。你可知真正的'光明使者'如何铸成?让我来说给你听。那是一个黑暗笼罩世界的时代,为了抵抗黑暗,英雄自然要有一把英雄专用的武器,噢,而且要是前所未见的。于是呢,亚梭尔·亚亥在神殿里不眠不休地劳动了三十天三十夜,他用圣火锻造宝剑,加热、敲打、叠层,加热、敲打、叠层,噢,直到宝剑铸造完毕。可当他把剑插入水中冷却时,剑却轰的一声碎了。"

"身为英雄,他当然不能和我一样,耸耸肩膀,去找甜葡萄吃,所以他从头再来。这次他花了五十天五十夜,最后的成品比上次更精良。亚梭尔·亚亥抓来一头雄狮,准备把剑插进野兽的红心,借此冷却剑身,没想到剑还是断裂粉碎。他不仅难过,更感到悲伤,因为他终于知道该怎么做了。"

"第三次,他总共花了百日百夜铸剑,最后当圣火洗涤下,剑身成白热状时,他唤来了妻子。'妮莎·妮莎,'他对她说,'敞开你的胸膛,记住,世上我最爱的就是你。'我不知道她为什么那么听话,总之她照办了,然后亚梭尔·亚亥将冒烟的剑插进了她仍在跳动的心脏。据说就是她混杂痛楚和狂喜的呐喊,使月亮裂开了一道凹痕,但她的血液、灵魂、力量和勇气全部注入了那把剑。这就是英雄之红剑,'光明使者'的故事。"

"你听懂了没?你应该庆幸,因为陛下从火中拔出的是一把烧烂的剑。光太亮会伤害眼睛,我的朋友,火焰会四处蔓烧。"萨拉

多·桑恩吃完最后一颗葡萄，咂了咂嘴。"亲爱的爵士先生，你觉得陛下他什么时候会下令出航呢？"

"我想应该很快，"戴佛斯说，"如果他的神这么希望的话。"

"他的神？爵士老兄，难道不是你的神吗？请问洋葱骑士戴佛斯·席渥斯爵士的神是谁啊？"

戴佛斯啜了口酒，为自己争取时间。酒馆里人很多，而你可不是萨拉多·桑恩，他提醒自己，你一定要小心回答。"史坦尼斯陛下是我的神，他造就了我，他用信任来荣宠我。"

"我记住了。"萨拉多·桑恩起身，"不好意思，这些葡萄我是越吃越饿，而晚餐正在'瓦雷利亚人号'上等着我呢，今天有胡椒碎羊肉和装了蘑菇、茴香与洋葱的烤海鸥。哈，过不了多久，咱哥俩便能在君临同桌用饭了吧？就让咱们在红堡大快朵颐，然后叫侏儒唱一曲欢乐小调。你面见史坦尼斯陛下时，麻烦帮我提醒他：等到下次新月，他欠我的又得添上二万三千金龙。他该把那些雕像给我才对，那么漂亮，烧了多可惜，运到潘托斯或密尔没准能卖个好价钱。哎，如果他让我和瑟曦太后睡一晚，我就打点折。"里斯海盗拍拍戴佛斯的背，大摇大摆地走出旅店，仿佛店是他开的。

戴佛斯·席渥斯爵士在酒馆里继续坐了一会儿，一边喝酒，一边想起了一年前的往事。当时他和史坦尼斯都在君临，劳勃国王为庆祝乔佛里王子的命名日，特别举办了一场比武大会。他记得密尔的红袍僧索罗斯在团体比武时，便是挥舞着一把冒火的剑。那人的装束可真是五彩缤纷，红袍在风中抖动，手中长剑则缠绕着淡绿的火焰，但每个人都清楚那并非魔法所致。最后他的火焰果真熄灭，他也被青铜约恩·罗伊斯手中的钉头锤敲中头颅，摔下马背。

若今天这把是真的火焰剑，便称得上是足以倚赖的奇物了，但付出的代价未免也太……他想到妮莎·妮莎，脑中浮现的却是妻子玛瑞亚。她是个好心肠的女人，有些胖，乳房下垂，笑容和蔼，是全世界最好的女人。他试图想象自己把宝剑刺进她心口的画面，不禁浑身颤抖。我果然不是做英雄的料啊，他下了结论。倘若欲得魔剑必须付出如此高昂的代价，那他可办不到。戴佛斯喝干麦酒，推开酒杯，离开旅店。途中他又拍拍石像鬼的头，喃喃自语："好运。"我们都需要。

入夜后，戴冯牵着一头备好鞍的雪白骏马前来黑贝莎号，"父亲大人，"他宣布，"陛下命令您到图桌厅去见他，请您骑上这匹马，即刻出发。"

虽然看到戴冯一身漂亮的侍从装束很令他欢喜，但对这个召唤本身，戴佛斯却颇感不安。莫非他要下令出航？他暗忖。其实除了萨拉多·桑恩，还有很多船长认为时机已然成熟，应该立刻出兵攻打君临，但做走私者的首先必须具备耐心。回龙石岛的当天我便对克礼森师傅说过，我们胜利无望，而情况至今毫无改变。我们的兵力太少，我们的敌人太多，一旦我们划桨入水，便必死无疑。唉，不管怎样，还是上马去了再说。

戴佛斯抵达石鼓楼时，十几位诸侯和骑士正要离开。赛提加和瓦列利安伯爵唐突地向他点了个头，其他人则完全置之不理，倒是亚赛尔·佛罗伦爵士停步跟他说话。

赛丽丝王后的伯伯简直像个大酒桶，他双臂粗壮，腿脚弯曲，生着佛罗伦家著名的招风耳，比他侄女的更大，但那粗密的耳毛并不妨碍城中大小事情不约而同地钻进他耳中。从前，当史坦尼斯在君临担任劳勃的朝廷重臣时，亚赛尔爵士便担任龙石岛的代理城主，长达十年之久，近来则成了后党首脑人物。"戴佛斯爵士，和从前一样，真高兴见到您。"他说。

"大人，我也是。"

"我今早上注意到您了，虚伪的诸神烧起来可真令人愉悦，您说是不？"

"烧起来的确明亮耀眼。"对方固然多礼，戴佛斯却不信任他，更何况佛罗伦家族早已投靠蓝礼。

"据梅丽珊卓夫人说，有时拉赫洛会容许他虔诚的仆人自圣火中瞥见未来。今天早上，看着火堆，我似乎看到十来个身穿黄丝衣裳的美丽少女在一个伟大君王周围翩翩起舞。爵士先生，我觉得这个预兆假不了，这是我们收复君临、为陛下取回应得的王座之后，将得到的诸多荣耀之一。"

史坦尼斯对舞蹈可没兴趣，戴佛斯心想，但他不敢冒犯王后的伯伯。"我只见到火焰，"他说，"烟熏得我一直流泪。爵士先生，请您原谅，陛下还在等我。"他挤向前去，心中纳闷亚赛尔爵士为何如此大费周章。他是后党的人，可我属于国王啊。

史坦尼斯坐在地图桌前，派洛斯学士随侍在旁，两人面前堆了厚厚一叠纸。"爵士，"国王一见他进来便说，"过来看信。"

他恭敬地任意拣起一封，"陛下，这信看起来很好，只可惜我不识字。"地图和海图对戴佛斯来说不成问题，但信札和其他文件他就无能为力了。但我儿戴冯识字，他的小弟弟史蒂芬和史坦尼斯亦然。

"我忘了。"国王面露不悦之色。"派洛斯，念给他听。"

"遵命。"学士拿起一张羊皮纸，清清喉咙，"众人皆知吾乃风息堡公爵史蒂芬·拜拉席恩与其妻伊斯蒙家族的卡珊娜夫人所生之嫡子，吾在此以家族之荣誉起誓，吾所深深敬爱之兄长劳勃，亦即吾人故王，过世后并未留下嫡系后裔。盖男童乔佛里、男童托曼与女童弥赛拉实乃瑟曦·兰尼斯特与其弟'弑君者'詹姆乱伦所生之孽种。根据继承与血统的律法，吾于今日声明，吾乃维斯特洛七大王国铁王座之所有人。勤王者应立刻宣誓效忠。奉承真主明光照耀，安达尔人、洛伊拿人和先民的国王，七国统治者，拜拉席恩家族的史坦尼斯一世封印手书。"念完后派洛斯搁下信,羊皮纸轻声作响。

"改成弑君者詹姆'爵士',"史坦尼斯皱眉道,"不论此人行径为何,他终究是个骑士。除此之外,我也不明白为何要把劳勃说成'吾所深深敬爱之兄长',我跟他之间没什么感情。"

"陛下,这不过是表示敬意,无伤大雅。"派洛斯说。

"这是撒谎,把这段去掉。"史坦尼斯转向戴佛斯,"学士跟我说了,我们手上共有一百一十七只信鸦,我准备把它们用光。一百一十七只信鸦能把一百一十七封抄本带到全国各个角落,从青亭岛直到长城。我想,总有一百只可以穿越暴风、猎鹰和弓箭的袭击,总会有一百位学士将我的信带进书房和寝室,念给他们的主子听……然后不是信被烧掉,就是听者守口如瓶。诸侯们爱的是乔佛里、蓝礼,或者罗柏·史塔克,我虽是他们合法的国王,他们却会装聋作哑。所以我需要你。"

"陛下,我随时任您差遣。"

史坦尼斯点点头,"我要你驾驶黑贝莎号往北走,途经海鸥镇、五指半岛、三姐妹群岛,甚至远达白港。你儿子戴尔则开着海灵号向南,越过风怒角和断臂角,沿着多恩海岸,直到青亭岛。你们各带一箱信,每座港口、每间庄园和每个渔村都发上一封,把信钉在圣堂和旅店的门上,让识字的人都能看到。"

戴佛斯说:"恐怕没几个人识字。"

"陛下,戴佛斯爵士说得没错,"派洛斯学士道,"把信念出来效果更好。"

"好是好,却也更危险。"史坦尼斯说,"我这都是些不中听的话。"

"请派骑士给我,让他们来念,"戴佛斯说,"这样比我说什么都更有分量。"

史坦尼斯对这建议似乎很满意,"好,我就给你几个人。反正我手下有的是宁愿念信也不想打仗的骑士。安全的地方就公开行事,危险的时刻则掩人耳目,用上你所知的一切走私伎俩:黑帆、隐密海湾,等等。如果缺信,就抓几个修士,叫他们多抄几份。你二儿子我也有用,我要他驾着玛瑞亚夫人号横渡狭海,抵达布拉佛斯及其他自由贸易城邦,将这些信带给那里的统治者。我要让全世界知道我的宣言,以及瑟曦的恶行。"

你当然可以告诉他们,戴佛斯心想,但他们会信吗?他若有所思地瞥了派洛斯学士一眼。国王察觉到他的目光。"学士,去写信吧,时间紧迫,我们还需要很多信。"

"遵命。"派洛斯鞠躬离开。

国王等他离开后方才开口,"戴佛斯,你有什么话不愿在学士面前说?"

"陛下,派洛斯人很好,但每当我看见他脖子上的颈链,就忍不住为克礼森师傅哀悼。"

"老头的死难道是他的错?"史坦尼斯望着炉火,"我根本没打算让克礼森参加宴会。没错,他是惹恼了我,给我一堆糟糕的建言,但我没要他死的意思。我本想让他安养天年,那是他应得的补偿,结果"——他牙齿一咬——"结果他死了。派洛斯很能干。"

"派洛斯不是重点,这封信……我很好奇,您的诸侯对此有什么看法?"

史坦尼斯哼了一声,"赛提加断言信写得好,即使我让他去瞧我的便池,他也照样会说好。其他人只会像鹅一样点头。瓦列利安例外,他说事到如今要靠武力解决,而不是白纸黑字。这还用得着他来教我?他们全叫异鬼抓走吧,我要听听你的意见。"

"您这封信话直截了当、措辞激烈。"

"我说的可是实话。"

"没错,但您和去年一样,没有找到乱伦的证据。"

"也不是没有,但人证在风息堡,就是劳勃的私生子,那个他在我结婚之夜、在我的喜床上搞出来的私生子。狄丽娜是佛罗伦家的人,被他临幸时还是处女,所以后来劳勃公开承认了那孩子。大家叫他艾德瑞克·风暴,据说和我哥长得一模一样。我想,只要让百姓们看看他,再看看乔佛里和托曼,真相就不辩自明了。"

"可倘若他人在风息堡,又怎能让全国百姓看到呢?"

史坦尼斯用手指敲打地图桌,"这是个难题,众多难题中的一个。"他抬起眼,"关于这封信,我知道你还有看法。快说,我封你为骑士,可不是要你学花言巧语的道道儿,这些我手下那批诸侯难道还不够吗?戴佛斯,有话直说。"

戴佛斯微微鞠躬,"信的末尾,有一句话,怎么念的?奉承真主明光照耀……"

"是。"国王咬紧牙关。

"您的子民恐怕不会喜欢这句。"

"他们都像你一样?"史坦尼斯尖刻地问。

"您或许可以改成'以天上诸神与地上凡人为见证'或者'以新旧诸神之名'……"

"走私者,你倒虔诚起来了?"

"陛下,这正是我想问您的。"

"是吗?听起来你不但不喜欢我的新学士,连我新信仰的神也不喜欢。"

"我对这个光之王所知不多,"戴佛斯承认,"但对我们早上烧掉的诸神却很熟悉。铁匠长年保佑我船只平安,而圣母给了我七个身强力壮的儿子。"

"是你妻子给了你七个身强力壮的儿子,你可有向她祈祷?我们今早上烧掉的不过是些木头。"

"或许如此，"戴佛斯道，"我小时候，在跳蚤窝沿街乞讨，修士们偶尔会给我东西吃。"

"如今给你东西吃的不就是我吗？"

"您让我身居高位，而我给您的回报便是实事求是、实话实说。假如您把老百姓长久以来信奉的诸神全部推翻，硬塞给他们一个连名字都念不好的神，恐怕他们是不会爱戴您的。"

史坦尼斯倏地起身，"'拉赫洛'念起来有这么难？百姓不会爱戴我？你倒是说说看，他们什么时候爱过我了？既然如此，他们爱不爱我又有什么差别？"他走到面南的窗前，远眺月夜里的海洋。"从我亲眼目睹'傲风号'触礁沉没的那天起，我便不再信神。我指天发誓，绝不敬拜任何淹死我双亲的残酷神祇。在君临时，总主教成天对我唠叨世间一切公理正义均来自于七神，但我见到的种种'公理正义'，却都是人力所为。"

"既然您不信神——"

"——那为何又找个新神？"史坦尼斯打断他，"这话我也问过自己。我对神灵所知不多，更不想理会它们，但我知道，这个红袍女祭司握有力量。"

是啊，然而是何种力量呢？"克礼森师傅有智慧。"

"走私者，我相信他的智慧，也相信你的机灵，可这有什么用？风息堡下属的诸侯对你不理不睬，我低声下气向他们请求，得到的却是嘲笑。总之我再也不会如此窝囊，谁也别想再嘲笑我。铁王座于法应属于我，但我要如何夺得？国内有四个王，其他三个都比我有钱，兵力也都比我多，我手中只有船……还有她——红袍女。你知道吗？我手下一半以上的骑士连她的名字都不敢念，就算她除此之外别无所长，仅仅作为一个散播恐慌的女巫便已很有价值。人一胆寒便先输了一半。更何况她说不定真有本领，我打算查个清楚。"

"我告诉你，我年轻时，曾在野外发现一只受伤的苍鹰。我

159

为它细心疗养，替它取名'傲翼'。它会停在我肩上，会跟着我来来去去，还会吃我手上的食物，但它从不肯展翅翱翔。我多次带它外出打猎，然而它始终飞不到树梢之上。劳勃笑话它是'衰翼'。他自己有只矛隼叫'响雷'，从未漏掉一只猎物。某天我们的叔公哈伯特爵士要我换只鸟养，他说，继续养傲翼会让我变成笑柄，这话没错。"史坦尼斯·拜拉席恩转身背离窗户，背离南海的幽影。"既然七神连只麻雀都不曾给我，现在是我换只猎鹰的时候了，戴佛斯，换一只红色的猎鹰。"

席恩

派克城周围虽无停泊之处,席恩仍想从海上看看父亲的城堡,一如十年之前。当年劳勃·拜拉席恩的战船载他远离家园,去作艾德·史塔克的养子。那天他站在船栏边,听着船桨划水和桨官的鼓声,望着派克城在远方逐渐缩小。现在,他想看着它从眼前的海平线上升起,慢慢变大。

于是"密拉罕号"顺着他的意思驶过陆岬。船帆抖动,船长咒骂着强风、船员和贵族少爷的愚蠢想法。席恩拉起兜帽,遮挡飞溅的层层浪花,引颈望乡。

岸边全是尖石绝壁,整个城堡仿佛与之结为一体,塔楼、城墙、桥梁和悬壁有着同样灰黑石材,同样恶浪侵袭,同样暗苔攀附,同样鸟粪遍布。葛雷乔伊家族堡垒所在的角岬,曾经如剑一般地刺进海中,然而历经浪涛日夜拍打,早在千年前这块土地便已支离破碎,如今只剩三座贫瘠荒岛,以及十二根高耸巨岩,仿佛祭祀某个无名海神的圣殿支柱,怒涛则继续肆虐其间。

派克城高耸于三岛与海柱之上,与它们浑然一体,其势阴沉而不可侵犯。通往最大岛的石桥所在陆岬被高墙所阻隔,巨大的主堡便位于该岛,远处则是"厨堡"和"血堡",各自占据一座小岛。海柱上有高塔和外屋,倘若彼此距离近,便以封闭的拱形通道相连,若是距离较远,则用长而摇晃的木绳吊桥衔接。

圆形的"海中塔"自最外岛如断剑般的裂口处拔高耸起,这是城堡最古老的建筑,其下的陡峭海柱被无数浪花摧残,几被腐蚀殆尽。高塔底部有几世纪以来累积的白色盐晶,上方的楼层则爬满绿色地衣,像是盖了一层厚厚的毯子;尖锐的塔顶色呈烟黑,守夜篝火长年不绝。

父亲的旗帜在海中塔顶飘动。密拉罕号距离太远,因此席恩只看到旗帜本身,但他很清楚上面的图案:葛雷乔伊家族的金色海怪,手脚蠕动,背景墨黑。旗帜高悬于铁竿,在劲风中颤动,宛如挣扎欲飞的鸟。此地没有史塔克家冰原狼飞扬跋扈的余地,葛雷乔伊家的海怪不需寄居其阴影之下。

席恩从未见过如此慑人的景象:城堡后方天际薄云疾走,隐约可见彗星的红尾巴。从奔流城走到海疆城,梅利斯特家的人一路争论彗星的意义。这是我的彗星,席恩对自己说,把手伸进绒毛披风的口兜,摸摸油布小袋。这里有罗柏·史塔克给他的信,虽是薄纸一张,却与王冠等价。

"大人,城堡还和您印象中的一模一样吗?"船长的女儿靠着他的臂膀问。

"小了些,"席恩坦承,"大概是距离的关系。"密拉罕号是一艘来自旧镇的南方大肚子商船,载运着葡萄酒、布料和种子,准备前去交换铁矿。船长同样是个来自南方的大肚子商人,他一见到城堡下方的崎岖岩岸,便噘起厚厚的嘴唇,远远避开滩头,对此席恩颇感不悦。换作铁岛出身的船长驾驶长船,一定会沿着峭壁,穿过横跨主堡与城门楼之间的桥梁,然而这个肥胖的旧镇佬既无那种技术,也没有够格的船员,更没有勇气尝试这样的行为。于是他们保持在安全距离之外航经派克城,席恩只能远远眺望。即便如此,密拉罕号还费了好一番工夫才没撞上礁石。

"这里一定常刮大风。"船长的女儿说。

他笑道:"岂止风大,还湿冷得紧。老实讲,这是个很艰苦的地方……但我父亲大人曾说,艰苦的地方才养得出坚毅的人,而坚毅的人将统治世界。"

过了一会儿，脸色变得像海水一样青的船长走过来向席恩打躬作揖，问道："大人，我们可否立即入港？"

　　"可以。"一抹浅笑拂过席恩嘴唇。他不过靠点黄金，便使这旧镇佬厚颜无耻地卑躬屈膝。若当初在海疆城等他的是艘铁岛长船，这趟旅途肯定大不相同。只是铁岛船长个个心高气傲，难以使唤，见了贵族也不会大惊小怪。铁群岛是个小地方，没有什么大世面，长船则比岛更小。俗谚云"每个船长都是自己船上的国王"，也难怪这里被称为"万王之地"。一旦你看过自己的王在船栏边拉屎，或在暴风雨中面色发青，便说什么也没法向他们下跪了，遑论奉若神明，所以每个船长都必须强硬。几千年前，"血手"乌伦王说过：淹神造人，人造王冠。

　　如果他乘坐长船，横跨大洋的时间也会减半。老实说，密拉罕号根本是个行动困难的大澡盆。若是碰上暴风雨，他可不想待在这艘船上。不过话说回来，席恩也没什么好抱怨的，起码他到了家，也没淹死，何况旅途中还有其他"娱乐"。他伸手搂住船长的女儿，"抵达君王港再通知我，"他对她父亲说，"我们回房去。"他领着女孩朝船尾走去，留下她敢怒不敢言的父亲。

　　其实这原本是船长的房间，但他们自海疆城起航之后，便交由席恩使用。船长的女儿并没有一并交他"使用"，而是自己听话地上了他的床。一杯酒，几句甜言蜜语，她便乖乖就范。对他来说，这女孩嫌胖了点，皮肤和燕麦一样斑斑点点，不过她的乳房握在手里很舒服，况且本来还是个处女。照说以她的年龄不应如此，席恩稍觉奇怪。他相信船长对此一定大为不满，可眼看那家伙一边强忍怒火，一边对他卑躬屈膝，脑子里总打着事成后高额赏金的算盘，却也是妙事一桩。

　　席恩脱掉湿斗篷，女孩说："大人，回故乡一定很高兴吧？您离家有几年了？"

"差不多十年。"他告诉她,"当初我被送到临冬城当艾德·史塔克养子时,只有十岁。"名义上是养子,实际则是人质。他当了半辈子人质……如今总算重获自由,再度掌握自己的生命,再也不需被史塔克家颐指气使。他把船长的女儿拉近,亲亲她耳朵,"把斗篷脱了吧。"

她垂下眼睛,突然害羞起来,但还是照办了。被海水浸湿的外套从她肩头滑落到甲板,她对他微微一鞠躬,露出不安的微笑。她笑的时候看起来实在有些笨,但他本不指望女人聪明。"过来,"他对她说。

她靠过去,"我还从未去过铁群岛呢。"

"那是你运气好。"席恩抚弄着她的头发,头发又黑又滑,只可惜饱经风吹雨打,有些打结。"铁群岛环境严苛,地形崎岖,既无舒适生活,也无前途可言。活着的时候日子很难过,死亡与你形影不离。人们晚上喝酒寻乐之际,都是在比谁过得凄惨,是和大海搏斗的渔夫呢,还是想从贫瘠土地里刨出一点作物的农人。老实讲,最可怜的要数矿工,他们成天在黑暗中卖命,到头来都为了什么?铁、铅还有锡。难怪古代铁民要外出劫掠。"

笨女孩似乎没听进去,"我可以跟您一同上岸,"她说,"如果您要我的话……"

"你是可以上岸,"席恩搓揉她的乳房,"但恐怕不能跟我一起。"

"大人,我可以在您的城堡里做事。我会洗鱼、烤面包和搅奶油,父亲说我做的胡椒螃蟹汤没人比得上。您可以安排我在厨房做事,我可以煮胡椒螃蟹汤给您喝。"

"晚上就帮我暖床?"他伸手去解她胸衣的蕾丝,动作熟练而灵巧。"要在以前,我是有可能抓你回家,逼你作我老婆,无论你愿不愿意。这对古代铁民而言真是家常便饭。所谓男子汉,既要有

和他同为铁岛人的'岩妻',也要有'盐妾',就是从外面抢回来的女人。"

女孩睁大双眼,却不是因为他裸露了她的胸部。"大人,我愿当您的盐妾。"

"恐怕那都是过去的事,"席恩的手指绕着她的乳房转,慢慢地朝那颗肥大的棕色乳头靠近。"如今我们再不能拿火把提长剑,乘风破浪随心所欲。现在我们得安心翻地,和其他人一样撒网捕鱼,有点腌鳕鱼和燕麦粥撑过严冬,就算好年生啦。"他张口含住她的乳头,咬得她颤声吸气。

"如果您要的话,可以再把东西放进去。"他一边吸,她一边在他耳际细语。

等他吸完抬头,刚才含住的地方已成暗红。"我要教你一点新东西。把我裤子解开,用嘴巴取悦我。"

"用嘴巴?"

他伸出拇指,轻轻拂过她厚实的双唇,"小宝贝,这张嘴巴生来就是要这么用的。如果你想当我的盐妾,就该乖乖听话。"

她起先有些羞怯,但以一个如此蠢笨的女孩来说,进步得很快,令他十分满意。她的口腔和小穴一样又湿又软,而且这样一来他便不需听她无聊的蠢话。要生在从前,我大概真会收她做盐妾吧,他一边想,一边伸手拨弄她纠结缠绕的头发。但那都是过去的事了,那时我们仍然遵循古道,以战斧而非锄头谋生,不论财宝、女人或光荣,一律强取豪夺。挖矿是外地抓来的俘虏该做的事,种田捕鱼这些窝囊勾当亦然,铁岛人绝不亲自动手。战争才是铁民的正当职业,淹神造人,便是要他们奸淫掳掠,用鲜血、烈焰和欢歌开创新天新地,并用之镂刻名姓。

然而龙王伊耿烧死了"黑心"赫伦,断绝古道,并将赫伦的王国交给软弱的河间人,把铁群岛变成大一统国度中毫不起眼的一摊死水。然而故往那些腥红色的故事依旧在群岛各处的流木篝火和冒烟壁炉边流传,尤其在派克城高大的石砌厅堂里。席恩父亲的名号之一便是"掠夺者之首",而葛雷乔伊家族的族语则傲然宣称"强取胜于苦耕"。

巴隆大王之所以举兵叛乱,实为恢复古道,而不只是出于称王虚荣。劳勃·拜拉席恩在好友艾德·史塔克助阵之下,为重现古道的希望画下一个血淋淋的句点。如今两人均已不在人世,取而代之的是毛头小鬼,而当年征服者伊耿所创建的国度,业已分崩离析,残破不堪。时机已然成熟,席恩心想,一边任船长的女儿忙着上下吸吮,就在今季,就在今年,就在今天,而我就是最佳人选。他不怀好意地暗笑,心想待会父亲听了不知会是什么表情:他是家中的老幺,多年的人质,可巴隆大王做不到的事,却被他办成了。

高潮如暴风骤雨般突如其来,她惊慌地想抽开,却被席恩抓头发按住。事后她爬到他身边,"大人可还满意?"

"还不错。"他对她说。

"尝起来咸咸的。"她低声道。

"像海?"

她点头,"大人,我一直很喜欢海。"

"我也是。"他边说边漫不经心地搓揉她的乳头。此话不假,对铁群岛的子民而言,海洋象征着自由。他本已忘记这些感觉,直等密拉罕号扬帆驶离南海疆城,又不自禁地重复忆起。是那些声音,让他想了起来:木材和绳索的嘎吱,船长的吆喝,风吹船帆的绷紧声响,每一种都如自己心跳那么熟悉,那么令人安心。我要记住它们,席恩暗自发誓,我绝不再远离大海。

"大人,就带我一起走吧。"船长的女儿哀求,"我不求进您的城堡,我可以留在附近的镇上,做您的盐妾。"她伸手去抚摸他脸颊。

席恩·葛雷乔伊挥开她的手，爬下卧铺。"我属于派克城，你属于这里。"

"这里我没法待了。"

他系上裤带，"为什么？"

"我父亲，"她对他说，"大人，等您一走，他便会处罚我，他会打我骂我。"

席恩从架上取回斗篷，旋身披上。"作父亲的都是这副德行。"他用银钩扣上披风，"你去跟他说，他应该高兴才对。我干了你那么多次，你不怀孕也难。能生下国王的私生子，这可不是人人都有的荣幸。"她一脸蠢样地看着他，于是他丢下她走出去。

密拉罕号正缓缓绕过一个林木茂盛的陆岬。长满松树的峭壁之下，十几只渔船正忙着收网。大商船离它们远远的，作"之"字形移动。席恩走到船首，以求更好的视野。他首先看到波特利家族的城堡，小时候这座堡垒是木材和篱笆搭建而成，但劳勃·拜拉席恩一把火将城堡烧了个干净，沙汶伯爵后来用石头重建。如今这座小小的方形堡垒坐落在山丘上，淡绿色旗帜悬挂在矮胖塔楼的顶端，上面绣着成群银鱼。

在小城堡看起来不太可靠的保护之下是名为君王港的渔村，码头停满船只。他上回见到的君王港是浓烟密布的废墟，崎岖岩岸边布满长船余烬和舰艇残骸，宛如死去海怪的尸身，房舍也仅存断垣残壁和冷却烟灰。十年过后，战争的痕迹几不复见。村民用旧石筑起新屋，割下草皮搭建屋顶。码头边盖了一间新旅店，足足有旧时的两倍大，一楼用石砖砌成，二、三楼则是木头材质。旁边的圣堂始终没有重建，只剩当初的七角基底，看来劳勃·拜拉席恩的怒火已经彻底坏了铁岛人对新神的胃口。

席恩对船的兴致远胜过对神。在不计其数的渔船桅杆中，他瞥见一艘泰洛西的商船正在卸货，旁边停靠着一艘笨拙的伊班小船，船壳全用沥青涂成黑色。除此之外，还有为数甚多的长船，至少五六十艘，停在港外的海中，或是搁在北边的鹅卵石岸上。部分船上的标志来自附近岛屿，像是温奇家族的血月旗，古柏勒头领的条纹黑号角，还有哈尔洛家族的银色镰刀。席恩在其中找寻叔叔攸伦的"宁静号"，却没看到那艘狭长红船的恐怖帆影。父亲的"泓洋巨怪号"倒是停在码头，船首前方有一根海怪形状的巨大灰色铁撞锤。

难不成巴隆大王早已料到他的来历，所以早早召集葛雷乔伊家族下属的诸侯？他不禁再度伸手探进披风，摸摸油布袋。除了罗柏·史塔克，没人知道这封信的内容。他们非常谨慎，不敢将此等要事交给信鸦。然而巴隆大王也不是省油的灯，儿子多年在外，偏选此刻归家，他很可能猜到此行意图，并预做准备。

想到此处他有些不悦，父亲的战争早已结束，而且徒劳无功。现在该是席恩出头的时候了——这是他的计划，也将是他的荣耀，未来的王冠也该是他的。可是，假如长船舰队已开始集结……

他转念一想，这或许只是防患于未然，预先采取防御行动，以免战火蔓延至此。人一老，本就容易提心吊胆，父亲的确老了，指挥铁岛舰队的二叔维克塔利昂也是。大叔攸伦另当别论，可"宁静号"此刻似乎不在港中。这样最好，席恩对自己说，如此一来，我便可以尽早出兵。

密拉罕号逐渐朝陆地靠近，席恩在甲板上焦躁不安地来回踱步，频频扫视岸边。他原本便不期望巴隆大王亲自驾临，但父亲总会派人来接他吧。总管"臭嘴"西拉斯，波特利头领，甚至"裂颚"达格摩。如果能再看到达格摩那张狰狞的老脸一定很棒。再怎么说，他们总不至于对他此行一无所知啊。罗柏自奔流城送出了七只信鸦，后来他们发现没有长船来海疆城迎接，杰森·梅利斯特判定罗柏的信鸦没把消息带到，便又派出自己的。

然而他却不见任何熟悉面孔,没有前来护送他从君王港进驻派克城的荣誉护卫,只有老百姓来来往往。码头工人从泰洛西商船上推酒桶下船,渔民叫卖当日的鱼货,小孩则奔跑嬉闹。一名穿着海蓝色长袍的淹神僧侣领着两匹马,沿碎石海岸缓缓而行,在他上方,一个妓女自旅店窗户探头出来,朝路过的伊班水手招呼。

好些君王港的商人已经聚集在码头上等船进港,密拉罕号刚拴缆绳,他们便高声叫问起来。"咱们从旧镇来!"船长朝下喊,"带了苹果、橘子、青亭岛的葡萄酒、盛夏群岛的羽披风,一匹密尔蕾丝,小姐们用的镜子,还有一对旧镇造的木竖琴,货真价实!"船板嘎吱嘎吱地降下,轰的一声压上码头。"我还把你们的少主给带回来啦!"

君王港商人一脸茫然,呆头呆脑地瞪着席恩,他这才明白他们根本不知道自己是谁。他颇觉恼怒,塞了一枚金龙币到船长手里。"叫你的人把我的行李搬下去。"不等对方回话,他便大步跨下船板。"旅店老板!"他高声道,"我要马!"

"是的,大人。"那人答道,却连个躬也没鞠。他已经忘了铁岛人有多么胆大包天。"我这儿刚好有一匹可用。大人,您去哪儿?"

"派克城。"这蠢才竟然还没认出他。早知道他该穿那件胸前绣了海怪家徽的上好外衣才对。

"那您得赶紧上路,才能在天黑前到派克城哟。"旅店主人说,"我让我家小鬼跟您一道去,帮您带路。"

"不用麻烦你儿子。"一个低沉的声音喊道,"你的马也免了。我来带侄子回去。"

说话的人正是他刚才看到牵马沿岸行走的僧侣。此人一靠近,四周百姓纷纷屈膝跪下,席恩听见店主人低声说:"'湿发'来了。"

僧侣生得高瘦，一双敏锐的黑眼睛，还有个鹰钩鼻，身上穿着灰蓝绿三色相间的袍子，正是大海的颜色，象征着淹神。他腋下用皮带挂了一个水袋，及腰的黑色长发和从不修剪的胡子中缀满了干海草。

席恩似乎想起了什么。巴隆大王向来少给儿子写信，偶有几封也语气唐突，但有次他的确提及自己幼弟在暴风雨中被卷入海里，后来被安然冲回岸上，接着便投身神职。"伊伦叔叔？"他不敢确定。

"席恩侄儿，"僧侣回答，"你父亲大人吩咐我来接你。走吧。"

"叔叔，稍等。"他朝密拉罕号转身，"我的行李！"他命令船长。

一名水手取来他那把紫杉木长弓和箭筒，提着他上好衣服的则是船长的女儿。"大人，"她红了眼眶。他接过衣袋，她作势抱他，当着她自己的父亲、他的僧侣叔叔和岛上居民的面！

席恩巧妙地避开去，"谢谢你。"

"求求您，"她说，"大人，我是真心爱着您啊。"

"我得走了。"叔父已沿码头走开老远，席恩连忙三步并作两步跟上。"叔叔，我没想到是您。经过这十年，我本以为父亲母亲会亲自来接我，或者派达格摩率荣誉护卫来。"

"你没资格质疑派克岛掠夺者之首的命令。"僧侣的语气冷冷冰冰，完全不像席恩印象中那个人。伊伦·葛雷乔伊本是他最亲切的叔叔，个性玩世不恭，开朗爱笑，喜好音乐、美酒和女人。"至于达格摩，'裂颚'奉你父亲之命前往老威克岛，召唤斯通浩斯和卓鼓两家。"

"这是为什么？长船为什么在此集结？"

"长船集结还会为什么？"先前叔叔把两匹马拴在岸边的旅店

前。他们一走到那里,他便转身面对席恩。"好侄儿,你跟我说实话,你是不是信了狼仔们的神?"

事实上席恩很少祈祷,但这种事可不能在僧侣面前谈,即使是亲叔叔。"奈德·史塔克信的是棵树。不,我才不屑史塔克的神。"

"很好。跪下。"

地上满是石头和泥泞,"叔叔,我——"

"我叫你跪下!怎么,你该不会成了个绿地少爷吧,太尊贵了?"

席恩跪下来。他此行有更重要的目标,说不定还需要伊伦助他一臂之力。为了王冠,裤子上多点泥巴和马粪也值得,他心想。

"低头。"叔叔举起水袋,打开塞子,将里面的海水朝席恩当头倒下。海水浸湿了他的头发,从额头流进眼睛,自双颊淋下,渗进他的披风和外衣,淌到背上,宛如一条冰冷小河直下背脊。海盐刺痛了他的眼睛,他只能拼命忍住不叫出声。唇上,他尝到海洋的味道。"让您的仆人席恩如您一般自海中重生!"伊伦·葛雷乔伊吟诵,"给予他海盐的祝福,给予他坚石的祝福,给予他钢铁的祝福。侄儿,你可还记得祷词?"

"逝者不死。"席恩想了起来。

"逝者不死,"叔叔应道,"必将再起,其势更烈。起来吧。"

席恩站起身,眨眼忍住泪水。叔叔一言不发地塞上水袋,解开马缰,骑了上去。席恩也跟着做。两人离开旅店和码头,经过波特利头领的城堡,进入岩石丘陵。僧侣一句话也没再说过。

"我半辈子远离家园,"最后席恩忍不住了,"岛上是不是变了很多?"

"男人从大海捕鱼在土地耕作然后死掉,女人躺在鲜血与苦痛的床铺上挤出短命的孩子。日升月落,风潮依旧,诸岛便是神所创造的模样。"

我的老天,他真是变了一个人,席恩心想。"姐姐和母亲还住在派克?"

"不。你母亲现在跟她妹妹住在哈尔洛岛,她为咳嗽所苦,而那里的气候不那么恶劣。你姐姐则奉你父亲之命,乘'黑风号'到大威克岛传信去了。不过你放心,不用多久她就会回来。"

席恩一听便知黑风号是阿莎的长船,他已有十年不见姐姐,但对她至少还有这点了解。想来真有趣,她为自己的座舰取了这样的名字,而罗柏·史塔克则有只叫"灰风"的狼。"史塔克家是灰色,葛雷乔伊家是黑色,"他微笑着喃喃自语,"但两家似乎都喜欢风。"

对此僧侣没有表示意见。

"叔叔,那您呢?"席恩问,"当年我离开派克城时,您还没出家。我常常想起您站在桌子上,手拿装麦酒的角杯,放声高唱古代掠夺战歌的样子。"

"那时我还年轻,爱慕虚荣。"伊伦·葛雷乔伊道,"大海洗去了我的愚昧和虚妄。侄儿,过去的我已经淹死了,他的肺里灌满海水,鱼儿吃掉了他眼睛上的鳞。当我再次站起,眼睛便看得清楚了。"

他不只是性情乖张,简直是疯了!席恩比较喜欢记忆中那个伊伦·葛雷乔伊。"叔叔,父亲他为何集结军队和舰船?"

"等你到了派克城,他自然会告诉你。"

"我现在就想知道他的计划为何。"

"从我这里,你不可能知道。我们奉命绝不可说与外人。"

"连我也不行?"席恩勃然大怒。他带过兵打过仗,曾与国王一同捕猎,在比武大会中赢得优胜,并和黑鱼布林登、安柏家的大

琼恩并肩作战,参与呓语森林大捷,睡过的女人多得记不清,小叔竟然还把他当成十岁小孩!"如果父亲有意出兵,我一定要知道。我可不是'外人',我是派克和铁群岛的继承人!"

"这个嘛,"叔叔说,"还不一定。"

这句话像是一记火辣辣的巴掌。"还不一定?我的哥哥们全死了,父亲大人就剩我这一个儿子!"

"还有你姐姐。"

阿莎!他有些不知所措,她比席恩大三岁,但是……"除非男性直系血亲断绝,否则女人没有继承权!"他大声强调,"我警告你,谁也别想抢走我的权利!"

叔叔哼了一声,"小子,你胆敢'警告'侍奉淹神的人?我看你忘本忘得可真彻底。如果你以为你父亲会把铁群岛拱手让给史塔克,那就大错特错。现在给我闭嘴,路还很长,没工夫听你像鸟鹊一样叽叽喳喳!"

席恩强自按捺怒火,闭起嘴巴。原来如此,他心想,他们以为我在临冬城住了十年,就变成史塔克家的人了吗?艾德公爵虽让他和自己的儿女一起成长,但席恩始终不是他们的一分子。全城上下,从史塔克夫人到最低贱的厨房小弟,都知道他是用来确保他父亲"表现良好"的人质,并都如此待他。就连那私生子琼恩·雪诺所受的待遇都比他好。

艾德公爵每每试图扮演父亲的角色,然而席恩总提醒自己,对方正是为派克城带来血腥杀戮,并迫使他远离家园的人。小的时候,他一直活在史塔克的严峻面容和那把恐怖巨剑的阴影中,他对妻子则更是疏离而猜疑。

至于他们的儿女,年纪小的几与婴儿无异,只有罗柏和他的异母弟弟琼恩·雪诺稍长,能引起他注意。那私生子性情阴沉,对任何冷落均十分敏感,尤其嫉妒席恩的高贵出身和罗柏对他的重视。

对罗柏本人，席恩倒有几分感情，一种对弟弟的感情……不过这话最好别说出口。看来在派克城里，战争的伤痛仍未止息。他不该感到意外，诸岛活在过去，因为现实太严苛也太痛苦，令人难以承受。更何况父亲和叔叔们都老了，年老贵族就是这副德行，至死牢记陈年旧账，不忘记任何纠葛，更无宽容可能。

梅利斯特家正是如此。从奔流城到海疆城的路上，他与他们为伴。派崔克·梅利斯特是个还不错的伙伴，两人对女孩、美酒和放鹰狩猎有相同的兴趣，可老杰森伯爵眼见自己继承人和席恩越来越要好，便把派崔克拉到一边，提醒他不要忘本。他们的家堡海疆城正是为防守海岸，抵御铁民劫掠而建——尤其是提防派克岛的葛雷乔伊。城中的"洪钟塔"因塔上的巨大青铜钟而得名，古时每当长船出现在西方洋面，他们便会敲响警钟，呼叫村镇居民和田里农人速速入城避难。

"也不想想三百年来总共就敲过一次。"翌日，派崔克拿一罐青苹果酒来找席恩，一边喝一边把父亲的教诲告诉他。

"就我老哥突袭海疆城那次。"席恩说。此役杰森伯爵在城下斩杀了罗德利克·葛雷乔伊，并将铁岛掠夺者赶回海里，"如果你父亲认为我因此而对他怀有敌意，那他显然不认识罗德利克。"

说完两人哈哈大笑，然后快马加鞭去找一个和派崔克相好的磨坊少妇。*现在和我同行的是派崔克就好了*。管他是不是梅利斯特家的人，跟他作伴总比眼前这个曾是伊伦叔叔的怪老僧有趣得多。

他们越行越高，进入荒凉的岩石丘陵。很快大海便消失在视线之外，但潮湿的空气中盐味依然强烈。他们缓缓前进，经过一片牧场，以及一座废弃的矿坑。眼前这个伊伦·葛雷乔伊信仰虔诚，不爱说话，所以两人几乎一语不发。席恩实在按捺不住。"临冬城现在由罗柏·史塔克当家。"他开口。

伊伦继续骑，"新狼换旧狼，有何差别？"

"罗柏已与铁王座决裂,自封北境之王。岛外到处都在打仗。"

"学士的信鸦飞过咸水汪洋,迅如飞石。这是又冰又冷的旧闻。"

"叔叔,这意味着新日子即将来临。"

"每天太阳升起,都是新日子的来临,和旧日子却也差不多。"

"我在奔流城听到的可不是这样,人人都说红彗星象征新纪元到来,它是诸神的信使。"

"是预兆没错,"僧侣表示同意,"不过是来自我们的神,而非他们的诸神。那是一个燃烧中的火炬,与我族古时所持者无异。那是淹神自海中带来的火炬,预示着即将高涨的海潮。此刻我们自当集结船队,让刀剑和烈火降临人世,一如他过去所作所为。"

席恩微微一笑,"完全同意。"

"对神而言,你的意见就如暴风中的一滴雨。"

老头子,这滴雨有朝一日会成为一方霸主。席恩已经受够了叔叔的阴郁,于是他脚踢马刺,快步前驱,脸上挂着微笑。

接近日落时分,他们抵达派克城下,城墙如一道黑石新月连缀两边峭壁,中间是城门楼,两边各有三座方形高塔。席恩仍旧能辨认出当年劳勃·拜拉席恩的投石机所炸出的伤痕。被毁的南塔业已重建,用了淡灰石材,尚未被地衣覆盖。当年劳勃便从这里攻破城堡,挥舞着手中战锤,跨越乱石和尸体,杀将进来,奈德·史塔克跟在他身旁。那时席恩远远从海中塔望着这一切,至今仍时时梦见火炬熊熊,听到城楼崩塌的轰然巨响。

城门大开,生锈的铁闸早已升起,城墙上的卫兵用陌生的眼光打量着回家的席恩·葛雷乔伊。

过了外围石墙,便是广达五十亩的陆岬,连亘海天。马厩和狗舍都位于此,还有一些外屋。成群猪羊各自挤在圈里,城里的狗则四处奔跑。南边是悬崖,以及通往主堡的宽阔石桥。席恩翻身下马,听见熟悉的浪涛拍岸声。一名马厩小厮过来牵走他的坐骑。两个骨瘦如柴的小孩和几名农奴呆呆地望着他,但完全不见父亲踪影,也没有任何他儿时记忆里的人物。回家竟是碰上这样的场面,真是既黯然又辛酸啊,他心想。

僧侣没有下马,"叔叔,您不留下来过夜,和我们共进晚餐吗?"

"我的任务是把你带来,现在你来了,我便要回去为淹神服务。"伊伦·葛雷乔伊掉转马头,缓缓从铁闸门满是泥泞的尖刺之下穿过,骑了出去。

一名身穿平凡灰布裙服的驼背老妪小心翼翼朝他走来,"大人,我奉命带您到房间休息。"

"谁的命令?"

"是您父亲大人的命令,大人。"

席恩脱下手套,"所以你还真认得我。为什么我父亲没有来迎接我?"

"大人,他在海中塔里等您。请您先稍事休息。"

我还嫌奈德·史塔克冷漠呢。"你又是谁?"

"海莉亚,我为您父亲大人管理城堡。"

"总管是西拉斯才对吧?大家叫他'臭嘴'。"即便现在,席恩都还记得老头口中的酒臭。

"大人,他五年前就死了。"

"魁伦学士呢?他人在哪儿?"

"长眠于海底。现在照顾信鸦的是温达米尔。"

我好像成了这里的陌生人啊,席恩心想,明明什么都没变,却又好像什么都不一样了。"那就带我去房间吧,女人。"他命令。

她僵硬地鞠个躬，领着他穿过陆岬，走到桥边。这里总算和记忆中相符：老旧的石桥因浪花而滑溜，爬满地衣，脚下的怒涛有如凶猛巨兽，带着盐味的海风贴紧衣服。

过去他想象自己回家的情景，脑中浮现的总是海中塔里他以前那间舒适卧房，没想到老妇却带他进了"血堡"。这里的厅堂较为宽敞，装潢也较佳，但还是一样湿冷。分给席恩的套房屋顶极高，竟因阴暗的关系看不到天花板，里面寒气袭人。倘若他不知"血堡"正因这组套房而得名，对此的印象可能会好些。千年以前，某个河流王所有的儿子全部在此惨遭屠杀，他们熟睡时被活活砍成碎片，再送回大陆给他们父亲。

至于葛雷乔伊家的人，虽从未在自家城中遭他人谋害，但兄弟阋墙是常有的事，好在他的哥哥们全都死了。他嫌恶地环顾四周，并非因为怕鬼，只因墙上的壁毡长满青霉，床垫凹陷、闻起来有霉味，灯心草席则老旧而开裂。这些房间已有多年不曾使用，透着彻骨的湿意。"给我弄缸热水，赶紧给炉子生火。"他吩咐老妪，"记得把其他房间的火盆也点燃，多少能驱走些寒意。还有，看在诸神的分上，赶快找个人把这些破草席都清掉。"

"是，大人，就照您的意思。"她连忙逃走。

过了一会，他们果真照他的要求弄来热水。虽然水温不高，很快就变凉了，而且还是海水，但洗去旅途风尘已然足够。他一边看着两名奴工燃起火盆，一边脱去沾满尘土的衣裳，准备换装去见父亲。他挑了柔韧的黑皮靴，银灰色的羊毛软裤，胸前绣有葛雷乔伊家金色海怪的黑天鹅绒外衣，又在脖子上戴了一串细金链，腰间系上一条漂白的皮带，再配上一把短刀和黑金剑鞘的长剑。他抽出短刀，用拇指测试刀锋，又从腰袋里拿出磨刀石擦了几下。他对自己保养武器的习惯颇感自豪。"在我回来以前，把房间弄暖和，铺好新席。"他取出一双有金线涡形装饰的黑丝手套戴上，同时警告奴工。

席恩经由一条封顶石砌走廊回到主堡,脚步回音应着下方不休的怒涛。海中塔位于一座歪曲的海柱上,欲达该处,需经三座桥梁,且一桥比一桥窄。最后一座桥仅以木材与绳索做成,在海风吹拂下摇晃不止,仿若活物。席恩才走到一半,心便似跳了出来。遥远的下方恶浪袭岸,激起层层水花。小时候他可以快步跑过此桥,即使夜半时分也行。小孩子天不怕地不怕,他的怀疑悄声说,成年人则不然。

门是灰色的木料,上面镶了铁钉。席恩发觉它从内拴上,便握拳敲门,谁知木屑竟刺穿手套,扎得他忍不住咒骂。木头潮湿长霉,铁钉早已锈蚀。

过了半晌,有个身穿黑铁胸甲和圆形头盔的卫兵开了门,"你就是那个儿子?"

"滚开,否则要你好看!"那人往旁边站开。席恩爬上蜿蜒的楼梯来到塔顶,发现父亲正坐在火盆边,身穿发霉的海豹皮连身长袍,从下巴到脚都包在里面。铁岛之王听见石阶上的脚步声,便抬头看他唯一在世的儿子。他比席恩印象中要渺小得多,瘦削不堪。巴隆·葛雷乔伊一向很瘦,如今更仿佛被神灵放进大锅,煮干了全身每一寸肌肉,仅余肤发。他体瘦如柴,一副硬骨架,而那张脸简直就像用燧石凿出,唯独一双黑眼十分锐利。父亲的头发历经岁月和海风摧残,成了冬日大海的灰色,其间缀了几朵白浪,未经扎理,垂过肩头。

"九年了?"最后巴隆大王开口。

"十年。"席恩回答,脱下被刺破的手套。

"你被他们带走时是个孩子,"父亲说,"现在呢?"

"我已长大成人,"席恩答道,"我是您的亲生骨肉,也是您的继承人。"

巴隆大王哼了一声,"这我可不敢确定。"

"我会让您确定。"席恩向他保证。

"你说十年?史塔克那家伙养你的时间和我一样长,你现在更成了他的使节。"

"不。"席恩道,"艾德大人已死,他被兰尼斯特家的太后斩首示众。"

"史塔克和那个砸破我城墙的劳勃,他们两个都死了。我发过誓一定要亲眼见他们进坟墓,现在果真如愿以偿。"他皱起眉头,"可遇上湿冷天气,我的关节还是会痛,和他们在世时没两样。所以到头来这有什么意义呢?"

"当然有意义,"席恩走上前,"我带来一封信——"

"是奈德·史塔克教你穿成这样?"父亲眯起眼睛,打断他的话,"他喜欢你穿天鹅绒和丝衣服,当他的乖女儿?"

席恩只觉血气上涌,"我才不是他女儿!您不喜欢我的衣服,我换就是。"

"非换不可。"巴隆大王甩开皮袍,站起身来。他没有席恩印象中那么高。"你脖子上戴的东西——用金子还是用铁换来?"

席恩摸摸金链,他竟然忘了。那是好久以前的事了啊……依照古道,女人可以花钱买装饰品打扮自己,然而战士所穿戴的饰品,必得从自己杀死的敌人身上夺来,所谓"付铁钱"是也。

"席恩,你脸红得跟闺女一样。我再问你一遍:你付的是金子,还是铁钱?"

"是金子。"席恩坦承。

父亲伸手抓住项链猛力一扯,差点没把席恩的脖子扭断,幸好链子先掉。"我女儿的爱人是把斧头,"巴隆大王说,"我绝不准我儿子打扮得跟个婊子似的!"他把项链丢进火盆,断链滑入燃烧的炭火。"果不出我所料,青绿之地上你养尊处优,史塔克家把你变成跟他们一个样！"

"你错了，奈德·史塔克是囚禁我的狱卒，而我体内仍然流着海盐与钢铁的血脉。"

巴隆转过身，伸手到火盆上取暖。"话虽如此，史塔克家那小鬼可把你当成训练有素的信鸦，乖乖带着他的小纸条来见我。"

"这绝非什么纸条，"席恩道，"他开的条件是我提议的！"

"这么说来，小狼很听你话，是不是？"巴隆大王似乎颇觉有趣。

"没错，他听我的。我和他一起打猎，一起练剑，一起吃饭，一起打仗，我已经赢得了他的信赖，他把我当作哥哥一样，他——"

"住口！"父亲指着他的脸，"不准你在这里，在派克城中，在我的面前说你是他'哥哥'，你真正的哥哥就是被这个人的父亲杀的，难道你忘了你的亲哥哥罗德利克和马伦？"

"我什么也没忘。"老实讲，哥哥根本不是奈德·史塔克所杀。罗德利克在海疆城死在杰森·梅利斯特伯爵手里，马伦则葬身于崩塌的南塔之中……不过倘若命运使他们碰上史塔克，想必他也会毫不迟疑地杀了他们吧。"哥哥们的样子我记得很清楚。"席恩坚持，他当然记得罗德利克酒后赏他的耳光，以及马伦恶毒的嘲弄和无休无止的谎言。"我同时还记得，我的父亲原本是个国王。"他拿出罗柏的信，向前一推。"信在这里……陛下，请您过目。"

巴隆大王揭去封蜡，展开羊皮纸，那双黑眼来回扫视。"所以这小鬼想要再给我一顶王冠，"他说，"只要我帮他除掉敌人。"他的薄唇露出一抹微笑。

"罗柏现下正准备攻打金牙城，"席恩道，"攻陷之后，他只需一天时间便可穿越丘陵。泰温大人的军队目前驻于赫伦堡，完全与西部隔绝，弑君者则被关在奔流城。西境只剩史戴佛·兰尼斯特

爵士和他那群刚募集的新兵与罗柏作对。史戴佛爵士会将兵力部署在罗柏和兰尼斯港之间,也就是说,我们若从海上进犯,兰尼斯港将无力反抗。倘若神灵眷顾,我们很可能在兰尼斯特军尚未发觉前便拿下凯岩城。"

巴隆大王哼了一声,"从没人能攻陷凯岩城。"

"除了我们。"席恩微笑道。多么美妙!

可惜父亲没笑,"罗柏·史塔克让你回来就为了这个?要你说服我同意他的计划?"

"这是我的计划,不是罗柏的。"席恩骄傲地说。没错,接下来的胜利也会是我的,还有最后的王冠。"如果您同意,我将亲自领军。待我军自兰尼斯特手中拿下凯岩城,请您将之赐给我作为奖赏,我将在那里建立根据地。"有了凯岩城,他便能吞并兰尼斯港和西部富庶的黄金领地,那将是葛雷乔伊家族从未有过的财富与荣耀。

"就凭这几个字,你的胃口倒不小。"父亲又把信读过一遍,"这狼崽子可没提奖赏的事,他只说你代表他,要我乖乖听话,派出舰队和大军为他作战,然后给我一顶王冠。"他抬起燧石般的眼睛,直视儿子。"他会'给'我一顶王冠。"他复诵一遍,语气尖锐了许多。

"那只是措辞不佳,实际上——"

"实际上就是这个意思。那小鬼要'给'我一顶王冠,既然是给的,就可以再收回去。"巴隆公爵手一挥,把信丢进火盆,正好落在项链上。羊皮纸四角卷起,发黑,起火燃烧。

席恩简直不敢相信,"你疯了吗?"

父亲反手便是一记耳光,"注意你的言辞。这里可不是临冬城,我也不是罗柏那小毛头,你没资格对我这样说话。我是派克岛掠夺者之首,海盐王与磐岩王,海风之子,我不需任何人施舍

181

王冠，我付出铁钱，亲自夺取，就和五千年前的'血手'乌伦一样。"

席恩后退几步，远离父亲突如其来的暴怒口吻。"那你就去拿吧！"他吼道，脸颊隐隐作痛。"你就自封铁岛之王吧，没人会理睬你……等战争结束，胜利者只会看到一个头戴木冠的蠢老头，傻笑着站在海边！"

巴隆大王哈哈大笑："不错，起码你不是懦夫，同样地我也不蠢。你以为我召集舰队是为了好看?我打算用刀剑与烈焰打出一片江山……但不是从西部，更不能照着小鬼国王罗柏的意思。凯岩城太坚固，何况泰温大人精明无比。对，我们是可能攻下兰尼斯港，但绝对守不住。我属意的是另一颗果实……或许没那么甜，可一样成熟番透，高挂枝头，无人摘采。"

是哪里呢?席恩刚想开口，却蓦然得到了答案。

丹妮莉丝

多斯拉克人称彗星为"西拉克·魁亚",意为"泣血之星"。老人们窃窃私语说这是恶兆,但丹妮莉丝·坦格利安早在火葬卓戈卡奥当晚便已见到此星,她的小龙也在那时苏醒。这是真龙回归的使节,她充满感动地仰望夜空,一边告诉自己,这是天上诸神为我派来的指路星。

然而当她说出心中打算,女仆多莉亚却畏惧地说:"卡丽熙,那里是红土荒原啊。骑马民族都知道,那是个荒凉恐怖的地方。"

"彗星所指的方向,就是我们前进的路途。"丹妮坚持……但事实上,他们也只有这条路可走。

她不敢向北,因为那会进入有"多斯拉克海"之称的辽阔草原,而他们遇上的头一个卡拉萨便会将她残破不堪的队伍吞噬殆尽,战士会被尽数诛杀,余人将沦为奴隶。河流以南的"羊人"之地同样不可行,她的队伍实在太弱,连面对那支不好战的民族都无法抵挡,而拉札林人没有任何理由善待他们。她考虑过沿河朝东南方的下游走,去弥林、渊凯和阿斯塔波等港口。但拉卡洛提出警告:波诺的卡拉萨正是朝着那个方向,驱赶着数千奴隶,准备去奴隶湾沿岸如脓包般滋生的奴隶市场中贩售。"我何惧波诺?"丹妮反问,"他从前是卓戈的'寇',对我向来客气。"

"对您客气的是波诺寇,"乔拉·莫尔蒙爵士说,"波诺卡奥会杀了您。当初正是他最先离弃卓戈,一万战士追随于他,而您只有一百人。"

不,丹妮心想,我只有四名战士,其余都是老弱妇孺和没绑辫子的小孩。"我有龙。"她指出。

"他们刚刚孵化,"乔拉爵士道,"亚拉克弯刀一挥,就要了他们小命。其实波诺大概会据为己有,龙蛋比红宝石值钱,活生生的龙更是无价之宝。全世界就这么三只,女王陛下,任何人见了都会垂涎三尺。"

"他们是我的。"她强硬地说。缘于她的信念和渴求,经由她夫君、她尚未出世的儿子和巫魔女弥丽·马兹·笃尔的死,他们方才来到人世。他们诞生时,丹妮亲身走入烈火,而他们自她肿胀的胸乳上吸吮奶水。"只要我活着,谁也别想抢走他们。"

"若遇上波诺卡奥,只怕您自己都活不长。遇上贾科卡奥或其他人也一样。您不能和他们走在一起。"

莫尔蒙被丹妮任命为第一个"女王铁卫"……既然他的意见和预兆相符,那她的方向也就明确了。于是她召集子民,骑上银马。她的头发已在卓戈的火葬堆里焚尽,所以女仆为她戴上"赫拉卡"——卓戈在多斯拉克海上捕杀的白狮——的毛皮,骇人的狮首正好形成兜帽,遮盖她的光头,狮皮则成了天然披风,从肩头垂下背部。那只乳黄色的龙偎在她身边,伸出黑色利爪,深深陷进狮鬃,尾巴则缠绕她的手臂。乔拉爵士一如往常,骑马不离左右。

"我们跟随我的彗星。"丹妮对她的卡拉萨说。命令一旦下达,便不再有人反对。他们本是卓戈的子民,如今都是她的人。他们称她为"不焚者"和"龙之母",她的话语,便是他们的律法。

他们夜间骑行,白昼则躲在帐篷内避开烈日。没过多久,丹妮便领会到多莉亚所言不虚,这里果真是不毛之地。他们不得不沿路留下已死和垂死的马匹,因为波诺、贾科和其他人抢走了卓戈最好的牲口,只留给丹妮老瘦病弱、跛脚、虚弱和坏脾气的畜生。留下来的人也是同样状况。他们并不强壮,她告诉自己,所以我必须展现力量,不能害怕,不能示弱,不能疑虑。无论我心里有多恐惧,

在他们面前,我必须以卓戈的卡丽熙之姿出现。她觉得自己比十四岁的实际年龄苍老许多,如果说她曾经是个孩子,那段岁月已告结束。

行至第三天,便有人倒下。一位有着蒙昧蓝眼,牙齿掉光的老人,力竭落马,无法起身,一小时后断了气。血蝇围绕尸体,将他的恶运传给世人。"他的时辰已到,"女仆伊丽宣布,"任何人都不该活得比自己的牙齿更久。"余人纷纷赞同。丹妮吩咐他们杀死一匹虚弱濒死的马儿,好让死者骑着进入夜晚的国度。

两天之后的晚上,又有一名女婴丧命。她母亲痛苦的哀嚎持续终日,而众人无能为力。这可怜的孩子年纪太小,还不能骑马。她不能进入夜晚的国度那无止无尽的黑色草原,她必须再度投胎。

红色荒原中草料难寻,饮水更少。这是一片干枯而荒凉的土地,有低矮的丘陵和饱经风蚀、贫瘠无比的原野。他们越过干如枯骨的河床,马匹赖以维生的是褐黄坚韧的恶魔草,它们丛生于岩石下、枯树底。丹妮派斥候趋前探查,但他们既没找到水井,也未发现甘泉,唯有枯浅凝滞、曝于烈日的苦水池。而越是深入荒原,找到的池子便越来越小,池与池之间的距离越来越长。假如这片由岩块,砂石和红土构成的无垠荒野上也有神明,那他们必定严厉而无情,对祈雨之祷不闻不问。

酒最先喝完,之后没多久,马王们喜爱尤胜蜜酒的发酵马奶也见了底,接着是面包和肉干。由于派出的猎人找不到猎物,他们只好靠死马的肉充饥。死亡接踵而至,虚弱的孩童、满脸皱纹的老妇、病患、弱智和冒失鬼……一一被残酷的大地夺去性命。多莉亚日渐憔悴,眼窝凹陷,原本柔顺的金发变得稻草般脆弱。

丹妮和别人一样忍饥受渴。她的乳汁已经干涸,乳头干裂流血。她一天一天瘦下去,最后仿如一根粗短坚硬的棍子,然而她担心的是那三条小龙。她的父亲在她出生前便已遇害,英勇的哥哥雷加亦然；母亲在暴风肆虐的寒夜将她带到人间，自己则因难产而亡；温和的威廉·戴瑞爵士以他自己的方式疼爱着她，却在她幼时身染绝症；后来，哥哥韦赛里斯，卓戈卡奥，她的日和星，还有她那未出世的儿子，也全都被诸神夺去。我绝不让他们抢走我的龙，丹妮发誓，绝不会。

从前在潘托斯，她在伊利欧总督的宅院里见过在墙边潜行的小猫，骨瘦如柴，她的龙现在就和它们差不多……可是张开翅膀就不同了，他们翼展是身长的三倍，每一只翅膀都是一片半透明的精巧皮肤，色彩斑斓，紧致地张在长长的细骨之间。倘若仔细观察，你会发现幼龙的身躯基本由脖颈、尾巴和翅膀组成。他们好小啊，她一边用手给他们喂食，心里一边想。其实应该说是"试图"喂食，因为小龙不肯吃东西。他们一见血红的马肉片，便嘶叫吐气，鼻子喷出热气，就是不肯进食……后来，丹妮想起小时候韦赛里斯说过的话。

只有巨龙和人类享受熟食，他这么说。

于是她吩咐女仆把肉烤焦，小龙见状立刻急切争食，头像蛇一般窜动抢夺。从此，只要肉是烧过的，他们便每日吞下数倍体重的分量，终于渐渐茁壮。丹妮对他们光滑的鳞片颇感惊奇，龙鳞还会散发热气，到了寒冷的夜里尤其明显，仿佛全身都在冒烟。

每天傍晚，当卡拉萨拔营出发时，她都会挑一只龙骑负在肩。另外两只则关进一个木条笼子，挂在伊丽和姬琪的坐骑之间。她俩紧跟在后，丹妮决不容许他们离开自己的视线，也唯有如此，才能令他们平静下来。

"伊耿的龙取了远古瓦雷利亚神祇的名讳，"某天早上，经过整夜跋涉，她对自己的血盟卫说，"维桑尼亚的龙名叫瓦格哈尔，雷妮丝的是米拉西斯，伊耿自己骑着'黑死神'贝勒里恩。据说瓦格哈尔呼出的气息温度极高，可以融化骑士铠甲，并把铠甲里的人

活活烤熟。米拉西斯能连人带马一口吞下,至于贝勒里恩……它吐出的火焰如它的鳞片一般漆黑如夜,双翼的阴影足可遮住繁华市镇。"

多斯拉克武士有些不安地看着孵化不久的小龙。其中最大的一只浑身黑亮,黑鳞上穿插着猩红条纹,与翅膀和角的色泽遥相呼应。"卡丽熙,"阿戈小声说,"那就是贝勒里恩,他投胎转世了。"

"吾血之血,或许如你所言,"丹妮郑重地说,"但他既获新生,自当有个新名。我要以被诸神夺走的亲人为他们命名。绿色的那只就叫雷哥,因为我英勇的哥哥便是死在绿叉河畔。白金相间的那只取名韦赛利昂,韦赛里斯虽然残酷、软弱又胆小,但他终究是我哥哥。他的龙将为他完成心愿。"

"黑色的这只呢?"乔拉·莫尔蒙爵士问。

"黑色的,"她说,"叫卓耿。"

小龙固然日渐强壮,她的卡拉萨却不断萎缩。大地越趋荒凉,连恶魔草都逐渐稀少,马儿一匹匹倒下,逼使她的部分子民徒步前进。多莉亚得了热病,病情急速恶化。她的嘴唇和手都长了血泡,头发大把脱落,直到某天傍晚她连上马的力气都没了。乔戈说他们必须抛下她,或者把她绑在马鞍上。然而丹妮记得那天晚上,在多斯拉克海,正是这位里斯女孩教给她性爱的奥秘,使卓戈与她水乳交融。于是她打开自己的水袋喂多莉亚喝水,用湿布为她擦额头,握着她颤抖的双手直到她断气,方才允许卡拉萨继续前进。

一路不见人迹。多斯拉克人开始畏惧私语,认为彗星将他们带进不名炼狱。某天早上,众人在饱经风蚀的黑色乱石堆中扎营,丹妮去找乔拉爵士。"我们迷路了吗?"她问,"这片荒原到底有没有尽头?"

"有的。"他疲惫地回答,"女王陛下,我见过商人画的地图。虽然少有商旅从此地通过，但在遥远的东方，确有伟大的王国，充满奇观的城市，例如夷地、魁尔斯、阴影旁的亚夏……"

"我们能活着走到吗？"

"我不敢对您隐瞒，这条路的艰苦实在超乎想象。"骑士脸色发灰，显然筋疲力竭。他和卓戈卡奥的血盟卫决斗当晚所受的臀伤始终未能痊愈，她发现他每次上马都痛得皱眉，骑在马上也十分虚弱。"继续前进或许会走向毁灭……但我可以确定，如果我回头，一切就都完了。"

丹妮轻轻吻了他的脸颊，见他露出笑容，她感到非常振奋。即便为了他，我也必须坚强起来，她沉重地想，他只是一介骑士，而我却是真龙血脉。

他们找到的下一个池子，池水滚烫，充满硫黄的臭味，然而他们水袋已空，别无选择。多斯拉克人用瓶罐盛水，待水降温后饮用。臭味并未因此而稍减，不过水就是水，而他们实在口渴难耐。丹妮绝望地看着远方的地平线。他们的人数已经减少了三分之一，红色荒原却依旧无边无际。难道这颗彗星是为了嘲笑我而生的吗？她抬头看着天际的伤痕，心里想，难道我横越半个世界，目睹巨龙重生，最后却要与他们同葬酷热荒漠？她不相信。

翌日清晨，他们来到一块四处皲裂的红土平原，方欲扎营，斥候骑马飞奔回报。"卡丽熙！前方有一座城市！"他们大喊，"白如明月，美若少女。离此只有一个小时骑程！"

"带我去看。"她说。

当那座城终于出现在眼前，白墙白塔在气幕后闪亮，美得让丹妮认为这只可能是海市蜃楼。"这是什么地方？"她问乔拉爵士。

被放逐的骑士虚弱地摇摇头，"女王陛下，我不知道，我没来过这么靠东的地方。"

远方的白墙象征着静养和安全，他们可以疗伤养病，重新整

顿，丹妮此刻想要的莫过于飞奔向前，但她却转头对血盟卫们说："吾血之血，请你们趋前探问这座城市的名讳，以及我们将受到何种迎接。"

"是，卡丽熙！"阿戈说。

血盟卫们须臾便回，拉卡洛翻身下马，他的奖章腰带上挂着丹妮送给他的血盟之礼：一把亚拉克巨弯刀。"卡丽熙，那是一座死城。它无名无神，城门残破，唯有狂风和苍蝇穿梭街市。"

姬琪颤声道："神灵一旦离去，恶鬼便会在夜间外出猎食，这种地方最好避开，大家都知道。"

"大家都知道。"伊丽附和。

"我可不知道。"丹妮一夹马肚，当先穿越古城的残破拱门，沿着静默的街道跑去。乔拉爵士和她的血盟卫紧随其后，其余的多斯拉克人也缓缓跟上。

不知这座城究竟荒废了多久，但从远处看来美丽绝伦的纯白城墙，近来才发现是断垣残壁。城内狭小巷道错综复杂，建筑彼此倾扎，它们的正面没有开窗，毫无特征，放眼望去，一片惨白。所有东西都是白色，仿佛这里的居民对色彩毫无概念。他们踏过阳光曝晒的塌屋残墟，到处都是褪色的烧痕。行经某个六巷交会之所，丹妮看到一个空荡荡的大理石基座。看来多斯拉克人来过，或许那个失落的雕像此刻正在维斯·多斯拉克，和其他抢走的神像为伍。说不定她自己便常常骑马经过，只是漠然不知。在她肩上，韦赛利昂嘶嘶叫唤。

他们在一座毁坏已久的宫殿遗迹里扎营，宫殿广场风沙肆虐，恶魔草丛生于路石之间。丹妮派人搜寻遗迹，有些人虽然不大情愿，但依旧领命而去……没过多久，一名身上有疤的老人连蹦带跳地跑回来，脸上堆满笑容，怀里抱着一堆无花果。果子虽小，又有些萎缩，但她的子民个个贪婪地伸手抢夺，相互推挤，把果子塞进嘴里，满足地咀嚼。

其余搜索者陆续回报，他们在深宫的秘密花园里找到了果树园。阿戈带她去到一个长满藤蔓的庭院，藤上垂挂着粒粒小绿葡萄。乔戈则发现了一口井，井水冰凉而洁净。除此之外，他们还找到了骨头，未经埋葬的骷髅，惨白而破损。"鬼魂，"伊丽喃喃道，"这是可怕的恶鬼啊！卡丽熙，我们不能待在这里，这是他们的地盘。"

"我不怕鬼，我的龙比鬼魂更有力量。"重要的是这里有无花果，"你跟姬琪去帮我找点干净的沙子，我要洗澡。别再说蠢话了。"

丹妮回到阴凉的营帐，一边在火盆上烤马肉，一边思量之后的计划。这里的食物和饮水充足无虞，也有草料可让马儿恢复体力。如果每天都能在这样的地方醒来，流连于花园树荫之中，品尝无花果，啜饮清凉水，那该有多好？

待伊丽和姬琪带回几瓶白沙，丹妮脱去衣服，让她们为自己擦拭身体。"卡丽熙，您的头发慢慢长回来了。"姬琪边说边刷她背上的沙。丹妮伸手摸摸头顶，感觉着新长出的短发。多斯拉克男人将长发结成油亮长辫，除非败阵，绝不修剪。*或许我也该这么做*，她心想，*这样才能提醒大家，卓戈的力量与我同在*。卓戈卡奥到死都没剪过头发，没几个人有这般能耐。

营帐另一边，雷哥展开绿色双翼，振翅飞起半尺，然后摔落在地毯上。它一坠地，便愤怒地甩动尾巴，仰头尖叫。*如果我有翅膀，也会想飞吧*，丹妮心想。古代的坦格利安王族每每骑乘巨龙远赴沙场。她试图想象骑在龙背上遨翔天际会是怎样的感觉。应该就像站在高山巅峰，只是比那更好，全世界都在脚下延展。如果我飞得够高，就能看到七大王国，还可以伸手触摸彗星。

伊丽打断她的白日梦，告诉她乔拉·莫尔蒙爵士在外求见。

"叫他进来。"丹妮吩咐,刚被沙擦过的皮肤还有些刺痛。她披上狮皮,赫拉卡的体型比丹妮大得多,所以毛皮遮住了所有该遮住的部位。

"我带了一个桃子给您。"乔拉爵士边说边跪下。桃子小得可以藏进她掌心,并且有些过熟,可她才咬了一口,便因甜美的果肉而差点叫出声来。她慢慢地吃,一口一口,细嚼慢咽。乔拉爵士解释说,这是在西面城墙附近的一个花园里摘来的。

"这里有果品,有井水,还有凉荫,"丹妮两颊都是黏黏的桃子汁,"诸神带我们来到这里,真是太好了。"

"我们应该在此休养生息,"骑士提议,"弱者在红色荒原活不久。"

"我的女仆说这里有鬼魂。"

"鬼魂,随处可见,"乔拉爵士轻声说,"无论走到哪里,他们都不离不弃。"

是啊,她想着,韦赛里斯、卓戈卡奥、我儿雷戈,他们无时无刻不和我在一起。"乔拉,你很清楚我的那些鬼,那你的呢?"

他的面色十分平静,"她叫琳妮丝。"

"是你妻子?"

"我的第二任妻子。"

提起她来他很伤心,丹妮看得出,可她想知道真相。"就只有这些?"狮皮从她一边肩膀滑落,她伸手拉好。"她漂亮吗?"

"漂亮极了。"乔拉爵士的视线从她肩膀抬到她的脸,"我第一次见到她,真以为是女神下凡,'少女'现世,可我的出身远不及她高贵。她是统辖旧镇的雷顿·海塔尔伯爵的小女儿,指挥您父亲御林铁卫的'白牛'是她的叔祖。海塔尔家族历史悠久,家财万贯,而且十分骄傲。"

"他们忠贞不贰。"丹妮说,"我想起来了,韦赛里斯说过,海塔尔家是少数一直忠于我父亲的臣属。"

"没错。"他同意。

"令尊替你求得了婚事?"

"不,"他说,"我们的婚事……陛下,此事说来话长,而且很无趣,我还是别说的好。"

"反正我无事可做,"她道,"就请说吧。"

"遵命,我的女王。"乔拉爵士眉头一皱,"我的故乡……您必须先知道这点,才能了解其他。熊岛虽然漂亮,可是地处偏远。想象一下那种景象,盘根错节的老橡树和参天古松,开花的山楂林,灰石长满青苔,小河流贯陡丘,水流清冽。莫尔蒙家族的厅堂乃是用巨大圆木筑成,外围有土篱环绕。除了少数佃农,我的子民都住在海边,以捕鱼为生。卡丽熙,熊岛位于遥远的北国,那里的冬天有多严酷,绝非您所能想象。"

"虽然如此,熊岛我却也住得惯。我从不缺女人,我和许多渔妇以及农家女都有关系,不论婚前还是婚后。我成婚很早,新娘是父亲挑的,她是深林堡葛洛佛家的女孩。我们结婚……大约有十年,她面貌平庸,但个性不差。我想我后来也算是爱她吧,虽然我们的关系比较像尽义务,而非真感情。为替我生下传人,她先后三次流产,最后一次始终没有康复,不久便去世了。"

丹妮轻轻握住他的手,挤了挤他的指头。"我为你感到遗憾,真的。"

乔拉爵士点点头,"没多久,我父亲加入黑衫军,我便成了熊岛领主。前来提亲的人很多,我还没做出最后决定,巴隆·葛雷乔伊大王便起兵与'篡夺者'作对,而奈德·史塔克召集封臣前去助好友劳勃一臂之力。最后的决战乃是在派克城下展开,当劳勃的投石机将巴隆国王的城墙砸开一条缝后,一个密尔来的武僧当先冲了进去,我也不落人后。为此,我受封骑士。"

"为庆祝胜利,劳勃发布诏令,在兰尼斯港外举行比武大会。我就是在那里认识了琳妮丝。她当时只有我一半年纪,偕同父亲专程从旧镇赶来观看自己的兄弟比武。我的视线离不开她。一时冲动,我恳求她赐予我信物,让我为她而战。我作梦也不敢妄想她会答应,然而她却一口同意了。"

"卡丽熙,我的武艺不输任何人,但我们北方人向来不擅比武竞技。只是臂上绑了琳妮丝信物的我,完全变了个样。长枪比试一场接着一场,我频频大胜而归,杰森·梅利斯特大人被我挑落马下,'青铜'约恩·罗伊斯也非我敌手。莱曼·佛雷爵士和他的弟弟霍斯丁爵士、河安大人、'壮猪'、就连御林铁卫的柏洛斯·布劳恩爵士也不例外,通通被我击败坠马。最后一场比试,我与詹姆·兰尼斯特九度交手,不分胜负,最后劳勃国王把优胜桂冠判给了我。我为琳妮丝戴上爱与美的后冠,完全沉浸在美酒与荣耀中。我醉了,当天晚上便去向她父亲提亲。我原本担心会遭到毫不留情的拒绝,没想到雷顿大人却答应了婚事。于是我们在兰尼斯港成婚,婚后那两周,我是全世界最幸福的男人。"

"只有两周?"丹妮问。连我和卓戈共度的幸福时光都比他长啊,啊,我的卓戈,我的日和星。

"从兰尼斯港乘船返回熊岛,恰好需要两个星期。琳妮丝对我的老家大失所望,觉得太冷太湿又太偏僻,我的居城也不过是个木造长厅。我们没有化装舞会,没有默剧表演,也没有奢华晚宴。要等上好几年,才有一个歌手前来演唱,而且岛上连一个金匠都没有。每一餐对她都是煎熬,因为我的厨师除了烤肉煮汤,所知相当有限,而琳妮丝很快就吃腻了鱼和鹿肉。"

"我活着,只希望见她开心,所以我大老远从旧镇聘来一个新厨子,又从兰尼斯港找来一位竖琴手。金匠、珠宝匠、服装师,她要什么我都成全,却怎么也不够。熊岛盛产野熊和木材,此外的资源却相当匮乏。我造了一艘大船，与她航至兰尼斯港和旧镇，四处参加节庆和宴会，有一次甚至远达布拉佛斯，我在那里借了巨款。当初我是以比武冠军的身份赢得了她的欢笑和芳心，因此我为了她继续参加比武大会，然而魔力不再，我竟再也没有赢过。每次落败，便意味着一匹战马和一套盔甲的损失，必须花钱赎回，或重置新品。这样的开销我实在受不了，最后终于坚持回家去，但回家之后情况却越来越糟。我付不出厨子和竖琴手的薪水，而琳妮丝一听说我有意典当她的珠宝，便暴跳如雷。"

"后来……我做了好些羞于启齿的事，一切都是为了钱，以留住琳妮丝的珠宝、竖琴手和厨师。终于，我失去了一切。当我听说艾德·史塔克正赶往熊岛，已完全丧失了荣誉心，不敢留下来接受制裁，便带着她流亡海外。我告诉自己：只要我们真心相爱，一切都不重要。我们逃往里斯，我在当地把大船卖了，换得黄金资用生活。"

他的语气悲痛莫名，丹妮实在不愿逼他继续，但她想知道最后的结果。"她就是在那儿去世的？"她温柔地问。

"对我来说是。"他说，"不到半年，我的金子就花光了，不得已当了佣兵。当我在洛恩河畔与布拉佛斯人作战时，琳妮丝搬进了贸易王子崔格·欧莫伦的豪宅。据说她现在是他最宠幸的爱妾，连他的正室都要畏惧三分。"

丹妮骇然。"你恨她吗？"

"爱恨交加。"乔拉爵士回答，"女王陛下，请容我告退，我很累。"

她准他离开，但当他掀起帐幕时，她忍不住唤他，问了最后一个问题："你这位琳妮丝夫人长得什么样？"

乔拉爵士哀伤地笑了笑，"唉，她跟您倒有几分神似呢，丹妮莉丝。"他深深一鞠躬，"好好睡吧，我的女王。"

丹妮浑身发抖，连忙伸手拉紧狮皮。她长得像我?这解释了她先前莫名的预感。他想要我，她恍然大悟，他爱我就像爱她，不是骑士对女王之爱，而是男人对女人的感情。她试图想象自己躺在乔拉爵士怀中，亲吻他、取悦他，让他进入自己体内的情景，然而徒劳无功。每当她闭上眼睛，他就变成了卓戈。

卓戈卡奥是她的日和星，是她最初，或许也是最后的爱人。巫魔女弥丽·马兹·笃尔信誓旦旦地声称她这辈子再也无法生育，谁想要这样的妻子呢?又有哪个男人比得上至死发辫未剪，如今以群星为卡拉萨，奔驰在夜晚国度的卓戈呢?

听乔拉爵士说起熊岛种种，她感到话中的乡愁。他永远也得不到我，但有朝一日我会让他衣锦还乡，恢复声誉，至少这点我能做到。

那天夜里，没有鬼魂扰她清梦。她梦见与卓戈结婚当晚，两人并肩飞奔的情境。但梦中的他们骑的不是马，而是龙。

翌日清晨，她召来三位血盟卫。"吾血之血，"她对他们说，"我需要你们相助。请你们各挑三匹马，要最强壮最健康的，能载多少食水，就载多少，然后出城探查。阿戈朝西南，拉卡洛往正南，乔戈则跟着西拉克·魁亚继续向东南方走。"

"卡丽熙，您要我们去找什么?"乔戈问。

"什么都好，"丹妮回答，"去找其他的城市，活城或死城。去找商旅和人迹，去找河流、湖泊和咸水汪洋。查出荒原的尽头，以及荒原之外的景象。等我再次出发，我绝不再盲目前进，我不但要明确目的地，还要知道抵达该处的捷径。"

于是他们领命离去，发际铃铛轻声作响。丹妮则带着她那一小群追随者在这个他们称为"维斯·托罗若"，意思是"枯骨之城"的地方安顿下来。日夜交替，女人在死者的花园里采集果实，男人则喂养马匹，修补鞍辔、马镫和蹄铁。孩童在曲折的巷道中漫游，发掘出古老的青铜钱币和紫色的玻璃片，还有手把如蛇的石瓶。曾有一名妇人被红蝎蜇伤，但除她之外无人丧命。马儿逐渐茁壮，在丹妮的亲自照料下，乔拉爵士的伤也慢慢愈合。

拉卡洛首先归来。据他报告，红色荒原不断向南延伸，尽头是毒水之滨的贫瘠崖岸。毒水与此地间只有滚滚红沙，饱经风蚀的岩块，以及长满尖刺的植物。他发誓，自己曾行经巨龙的遗骸，黑色的龙口大得可以容他骑马穿过。除此之外，什么也没发现。

随后丹妮交给他十二名壮丁，命他们翻掘广场地面，挖出下面的泥土。既然恶魔草能在石板夹缝间存活，那么除去石块后，其他植物想必也可以在此生长。他们找到了好多井，因此水源不虞匮乏，只要播下种子，便可使广场焕然一新。

第二个回来的是阿戈。他誓言西南地区烈日炎炎，一片荒漠。他找到了两座城市的遗迹，和维斯·托罗若相比，除了规模较小，并无太大差异。其中一座城周围有生锈铁枪环绕，枪尖挂着骷髅，所以他不敢冒进，但他仔细探索了另外一座死城。他向丹妮展示了在里面发现的一个铁手环，上嵌一个大如拇指的火红蛋白石，浑然天成，未经雕琢。此外他还找到一些卷轴，不过多半干燥脆弱，所以阿戈没有带回来。

丹妮向他道谢，然后派他负责修复城门。既然古代有天敌能横越荒漠，毁灭这些城市，他们自有可能再度来犯。"若敌人来袭，我们必须做好准备。"她宣布。

乔戈迟迟未归，丹妮日日担心他的下落。就在众人业已绝望时，他却骑马自东南返回。阿戈派去守城的卫兵率先看到他，立时高喊出声。丹妮即刻亲自登城。是真的，乔戈回来了，可是他并非独自一人。三个奇装异服的陌生人跟在他身后，骑着比任何马都高的驼背丑物。

他们在城门前停住，抬头仰望城上的丹妮。"吾血之血！"乔

戈喊,"我去了伟大的魁尔斯城,这三个人跟我一道回来,他们想要亲眼见您。"

丹妮注视着城门下方的陌生人,"我就在这里,要看自便……但请先报上名来。"

白皮肤蓝嘴唇的男子用粗嘎的多斯拉克语说:"吾乃大男巫俳雅·菩厉。"

鼻子上镶有珠宝的秃头男子用自由贸易城邦的瓦雷利亚方言道:"鄙号札罗·赞旺·达梭斯,身列魁尔斯十三巨子。"

戴着木漆面具的女人用七大王国的通用语说:"我是阴影之地的魁晰,我们为寻龙奔波。"

"远在天边,"丹妮莉丝·坦格利安对他们说,"近在眼前。"

琼恩

根据山姆找到的古老地图,这里叫白树村,但在琼恩眼中,此地实在算不上什么村庄:四栋单以石块砌成,没刷砂浆的单房屋子,业已倒塌,环绕着空空的羊圈和一口井。房舍的屋顶铺着草皮,窗户则用破烂的毛皮遮盖。房屋上方有一棵高大畸形的鱼梁木,暗红的叶子,苍白的枝干。

这是琼恩·雪诺毕生所见最大的一棵树,树干宽近八尺,枝叶繁茂扩张,将整个村落都笼罩于下。但真正令他不安的并非树的体积,而是树上那张脸……尤其是那张嘴。那并非一条简单的横向切割,而是一个锯齿状的空洞,大小足以吞下一只羊。

但灰烬里的东西不是羊骨,不是羊的头颅。

"一棵古树。"莫尔蒙坐在马鞍上,皱紧眉头。"古树!"他的乌鸦站在他肩膀上出声赞同,"古树,古树,古树!"

"它蕴涵着力量。"这股力量连琼恩都能感觉到。

一身黑甲的索伦·斯莫伍德在树干旁下马,"瞧瞧这张脸,难怪当初人类刚到维斯特洛时见了会惧怕,连我都想操起斧头把这鬼东西砍掉。"

琼恩道:"我的父亲大人相信面对心树,任何人都无法欺瞒,因为旧神在此无所不知。"

"我父亲也这么坚信。"熊老说,"去,把那个骷髅头拿给我瞧瞧。"

琼恩听令下马。他背后斜挂长爪,包着黑皮革剑鞘。长爪是一把一手半用的长柄剑,是熊老为感谢琼恩救他一命而特意相赠。别

人总爱笑话这是"杂种拿的杂种剑"。剑柄专门为他重新打造,圆球用淡色白石雕成狼头形状。剑刃本身则是瓦雷利亚钢,古老、轻盈且锋利。

他蹲下来,伸出戴着手套的手探进树洞口。里面满是干涸的红色树汁,被火烧得焦黑。他在骷髅头下又看到另一个比较小的头骨,下巴开裂,半掩于灰烬和碎骨中。

他将头骨拿给莫尔蒙,熊老双手举起,望进骷髅空洞的眼窝。"野人会烧掉他们的死者,这事我们早就知道。唉,只可惜以前还有人迹可寻的时候,没有问问他们为何这么做。"

琼恩·雪诺想起尸鬼死而复生,苍白的死人脸上一双蓝眼闪闪发亮。他很清楚野人为何烧掉死者,琼恩心照不宣地想。

"若是骨头会说话就好了,"熊老咕哝,"这家伙可以告诉咱们不少事:他怎么死的?谁烧了他?为什么要烧?野人都跑哪里去了?"他叹口气,"传说森林之子能和死者交谈,可惜我不能。"他把骷髅头掷回树洞,扬起一阵灰烬。"给我仔细搜寻这几间房屋。'巨人',你上树看看。把猎犬带过来,或许这次留下的踪迹比较新鲜。"但他的口气对后者却颇不以为然。

每间屋子都派出两人搜查,以免有所遗漏。琼恩和消沉的艾迪森·托勒特配在一组,他是个满头灰发的侍从,瘦得像杆长枪,大伙儿都叫他"忧郁的艾迪"。"死人会走路还不够可怕?"他们一边穿过村庄,他一边对琼恩说,"这会儿熊老竟还要他们讲话?我敢担保,他们说不出什么好话。再说了,谁知道骨头会不会撒谎?为什么人死了就会变诚实变聪明呢?我看死人八成挺无聊,一肚子牢骚——嫌泥地太冷啦,我的墓碑应该要大一点啦,为什么他身上长的虫比我多啦……"

琼恩得躬身才能走进低矮的门楣,屋内是扎实的泥地,没有任何家具,也无居住痕迹,只是屋顶排烟口下有少许炭灰。"真不是个住人的地方，"他说。

"我出生的房子就跟这差不多，"忧郁的艾迪表示，"那还算黄金岁月咧，之后就开始过苦日子了。"艾迪看着屋角的干稻草堆，渴望地说，"给我全凯岩城的金子，也不比在床上睡一觉。"

"你说，这是床？"

"比泥地软，头上又有屋顶，当然是床。"忧郁的艾迪嗅了嗅，"我闻到大便的味道。"

味道很淡，"应该干掉很久了，"琼恩说。屋子似乎废弃了一段时间，他跪下来，伸手拨弄稻草堆，看看下面是否有所隐藏，接着又沿墙仔细搜索。一无所获。"这儿什么也没有。"

他原本就不预期会有所发现，白树村是他们北行以来经过的第四个聚落，每个地方的情形都一样，居民早已带着少得可怜的家当和所有的牲口悄然离去。而这些村庄又没有任何遭受攻击的迹象，只是单纯地……空无一人。"你觉得他们到底碰上了什么？"琼恩问。

"一定是我们想象不到的倒霉事，"忧郁的艾迪说，"哎，要我想象其实不难，但我瞧还是算了。知道倒霉还不够惨？胡思乱想干嘛？"

他们从屋里出来时，两只猎犬正在门旁闻闻嗅嗅。其他的狗儿则在村里四处搜寻，管狗的齐特冲它们高声咒骂，他讲话总少不了几分脾气。天光透过鱼梁木的红叶洒落下来，把他脸上的疗子照得通红。当他看到琼恩，便眯起眼睛，他们彼此素无好感。

其他几间屋也空荡荡的。"不见啦！"莫尔蒙的乌鸦叫着飞上鱼梁木枝头，俯瞰他们，"不见啦，不见啦，不见啦！"

"一年前还有野人住在白树村。"索伦·斯莫伍德穿着杰瑞米·莱克爵士的闪亮黑甲和浮雕胸铠，模样比莫尔蒙更华贵。他的厚披风边沿镶着貂皮，钩扣则是交叉银锤——莱克家族的标记。那

原本是杰瑞米爵士的披风……然而尸鬼夺走了杰瑞米爵士的性命，而守夜人军团向来不浪费任何东西。

"去年劳勃在位，国内相安无事，"负责指挥斥候，长得十分壮硕的贾曼·布克威尔评道，"这一年变化可真大。"

"有件事没变，"马拉多·洛克爵士坚持，"野人越少，麻烦越少。不管他们有什么下场，我都不觉得可惜，反正尽是些土匪和杀人犯。"

琼恩头顶的红叶传来一阵飒飒声，两根枝干向侧旁分开，一个小个子松鼠般灵活地在枝干间游移。贝德威克身高不到五尺，但一头灰发却暴露了他的年龄。其他游骑兵戏称他为"巨人"。他站在大伙儿头上的树干分叉处说："北边有水源，可能是个湖。西面有几座丘陵，但不高。除此之外啥都没啦，诸位大人。"

"我们今晚可以在此扎营。"斯莫伍德提议。

熊老抬起头，透过鱼梁木的苍白枝干和红叶搜寻天光。"不行，"他说，"巨人，还有几小时天黑？"

"大概三小时，大人。"

"那我们继续北行，"莫尔蒙作了决定，"走到湖边，在那里扎营，说不定还能弄点鱼加菜。琼恩，拿纸笔来，我早该给伊蒙师傅写信了。"琼恩从自己鞍袋里找出羊皮纸、羽毛笔和墨水，递给总司令。莫尔蒙字迹潦草地写道：白树村，第四个村落，无人，野人已离开。"去找塔利，叫他把信送出去。"说完他将信递给琼恩，接着一吹口哨，他的乌鸦便从树上飞下，停在马头上。"玉米！"乌鸦点头提议，马儿嘶叫两声。

琼恩翻上坐骑，掉转马头，快步离去。鱼梁巨木树荫之外，守夜人军团的弟兄们站在较小的树下，照料马匹、嚼食渍牛肉条、撒尿、搔头或是相互交谈。当继续前进的命令传达下来，众人便停止谈话，纷纷上马。贾曼·布克威尔的斥候率先出发，前锋纵队由

201

索伦·斯莫伍德率领,接下来是熊老指挥的主力部队,跟着是马拉多·洛克爵士的辎重队和驮马队,殿后的是奥廷·威勒斯爵士。人员一共两百,马匹则有三百。

近来,他们白昼沿着狩猎小径和溪流河床——弟兄们通常戏称其为"游骑兵之路"——前进,逐渐深入极北的太古荒野。入夜后则在星空下扎营,抬头可见彗星。黑衣弟兄们初离黑城堡时,精神振奋,一路谈笑风生,但近来似乎被林间的寂静所感染,渐渐沉默下来。嬉闹日渐稀少,脾气却愈见暴躁。谁也不肯承认自己害怕——再怎么说,他们可都是守夜人军团的汉子——但琼恩能感觉出那种不安。四个空无一人的村落,到处不见野人踪迹,动物们也逃窜无踪。就连经验老到的游骑兵也承认,鬼影森林从未像现在这么鬼影幢幢。

琼恩一边骑马,一边摘手套,让灼伤的手指透透气。它们难看死了。他忽然想起自己以前常用它们拨乱艾莉亚的头发。他那干巴巴的小妹啊,不知现在过得怎么样。想到此生很可能无法再拨弄她的头发,他不禁有些感伤。于是他开始一张一阖地活动手指,若是让使剑的右手僵硬笨拙下去,那他就完了。长城之外,剑是人存活之本。

山姆威尔·塔利和其他事务官在一起,正忙着饮马。他需要照料三匹马:除了自己的坐骑,还外加两匹驮马,它们各带一个铁丝和柳条编成的大鸟笼,里面装满渡鸦。一见琼恩走近,鸟儿便纷纷拍翅,透过笼栅朝他尖叫,有几只的声音实在很像人类的语言。"你教它们说话?"他问山姆。

"只教了几个字,有三只学会了说'雪诺'。"

"听着鸟尖叫我的名字已经够奇怪了,"琼恩说,"更何况黑衣弟兄最不想听的就是雪。"在北方,雪往往意味着死亡。

"你们在白树村发现什么没有?"

"骷髅、骨灰和空房。"琼恩把卷起的羊皮纸递给山姆,"熊老要你把信寄给伊蒙。"

山姆从笼中抓出一只鸟,为它顺顺羽毛,绑好信,然后说:"勇敢的鸟儿,回家,回家。"渡鸦嘎嘎叫了两句莫名的语言回应他,然后山姆朝空中一抛,鸟儿便拍动翅膀,穿过树梢飞上天际。"真希望它能带我一起走。"

"你还这么想?"

"嗯,"山姆说,"是啊,不过……我已经没那么害怕了,真的。头天晚上,每当我听见有人起来出恭,都以为是野人偷摸进来要割我喉咙。我生怕自己眼睛一闭就再没机会睁开,可是……嗯……到天亮还是没事。"他勉强挤出一丝笑容,"我胆子虽小,却并不笨。我骑马骑得脚破皮,躺在地上睡得腰酸背痛,可我现在已经不怕了。你瞧,"他试图向琼恩展示自己的手掌有多沉稳。"这几天,我一直在研究地图。"

世事实在难料,琼恩心想,两百勇士离开长城,其中唯一没有越来越怕的竟是山姆这个众所皆知的懦夫。"我看你是块当游骑兵的料,"他玩笑道,"再隔几天,你就会想学葛兰的样,当个侦察兵了。怎么,要不我去跟熊老建议?"

"你千万不要!"山姆拉起他那件大黑斗篷的兜帽,步履蹒跚地爬上马背。他的坐骑是头大犁马,行动缓慢又笨拙,但也只有它能负担他的重量,游骑兵的战马可不行。"我本希望今晚能在村子过夜,"他失望地说,"能在屋里睡觉该有多好。"

"就那几间屋也不够啊。"琼恩也上了马,冲山姆笑笑,然后策马离去。队伍已经行动起来,所以他远远绕过村庄,避开拥挤的人流,反正白树村他也看够了。

白灵突然从矮树丛里蹿出,吓得马儿连忙前脚跃起,躲了开去。白狼跑到离队伍很远的地方觅食,但相比斯莫伍德派去收集食物的人，它的运气也好不了多少。森林里和村落一样空荡荡的，某天晚上，戴文在营火边告诉他，"我们队伍庞大。"琼恩对他说，"猎物大概早被行军的噪声吓跑了吧。"

"他们是被吓跑的，至于被啥东西，我可就不敢说了。"戴文道。

琼恩待马儿平静下来，白灵也脚步轻快地跟到旁边，便继续追赶莫尔蒙。司令正在绕行山楂丛。"鸟儿放出去了？"熊老问。

"是的，大人。山姆在教鸟儿说话呢。"

熊老哼了一声，"他会后悔的。这些该死的东西成天吵个没完，却没半句管用。"

他们静静骑了一段，后来琼恩道："如果我叔叔之前也发现这些村落没有人——"

"——他便会想办法找出原因，"莫尔蒙替他把话说完，"我看有什么人或什么东西不希望这消息传出去。哎，等科林跟我们会合，这就是支三百人的军队。不管是什么敌人，咱们可没那么好对付。我们会找到他们的，琼恩，我向你保证。"

或许，是他们找到我们，琼恩暗想。

艾莉亚

晨光下的河流宛如一条闪亮的蓝绿缎带。沿岸浅滩芦苇丛生，艾莉亚看到一条水蛇快速游过河面，身后激起涟漪。头顶上，一只老鹰慵懒地盘旋飞行。

此地看似平静……没想到寇斯却瞥见一个死人。"那里！芦苇里面！"他指给艾莉亚看。那是一具士兵的尸体，四肢扭曲，全身浮肿，湿透的绿斗篷挂在一根腐木上，一群小银鱼聚在一起争食他的脸。"我就说有死人嘛！"罗米表示，"水喝起来味道就不对。"

尤伦一见尸体，便啐道："道柏，瞧瞧他身上有什么东西可拿。锁甲、小刀或几个铜板，有什么拿什么。"他一踢马刺，骑进河中，但马儿在软泥里寸步难行，而且芦苇之后的河水更深，尤伦只得气呼呼地掉头，马儿膝下全部沾满褐泥。"这里过不了河。寇斯，你随我往上游走，看看有没有渡口。渥斯、格伦，你们两个去下游。其他人在这里等，记得要派守卫。"

道柏在死人腰带上找到一个皮包，里面有四枚铜币和一小束用红缎带扎起来的金发。罗米和塔柏脱了衣服，涉水嬉戏，罗米捞起泥巴朝热派丢去，边扔边喊："泥派！泥派！"马车后的罗尔杰忽而破口大骂，忽而语出威胁，甚至命令他们趁尤伦不在放他自由，但没人理他。库兹用空手抓鱼，艾莉亚在旁边观看，只见他站在浅池，止如水，鱼一游近，手便像灵蛇一般蹿出。看起来比抓猫简单多了，毕竟鱼没有爪子。

出去的人到中午才回。渥斯回报下游半里处有座封顶木桥，可惜被人烧了。尤伦从那捆酸草叶里剥下一片。"马载我们过河应该没问题，驴也能过，但马车就不成了。西北两边都有浓烟，八成又在烧火，我想还是待在河这边比较安全。"他拾起一根长树枝，在泥地上画了个圈，然后往下画了一条线。"这是神眼湖，河流向南。咱们在这儿。"他在圆圈下表示河流的那条线旁戳了个洞。"我原本打算从西面绕过湖，现在没办法啦。朝东走又会回到国王大道。"他把树枝移到圆圈和线的交会处。"印象中，这附近有个小镇。庄园是石造的，小贵族的产业，虽然只是个塔楼，但好歹有人防守，说不定还有一两个骑士。咱们沿河往北走，天黑以前应该就会到。他们一定有船，到时候咱们就把值钱东西都卖了雇一艘。"他拿着树枝从圆圈底部画到圆圈上方。"若是诸神保佑，咱们可以顺风渡过神眼湖，前往赫伦镇，"他把枝尖插进圆圈顶端，"在那里购买新的坐骑，或干脆借住赫伦堡。那儿是河安伯爵夫人的地盘，她向来是咱守夜人的朋友。"

热派睁大双眼，"赫伦堡闹鬼啊……"

尤伦啐了一口，"去你妈的闹鬼。"他把树枝扔在烂泥地上。"出发！"

艾莉亚想起老奶妈以前说过的赫伦堡故事：邪恶的赫伦王躲在重重高墙之后，但伊耿放出飞龙，将整座城堡变成一片火海。老奶妈说许多"火灵"至今仍在焦黑的塔楼里出没，时而，人们上床睡觉前还好端端的，翌日却成了被焚尽的尸体。艾莉亚并不相信真有此事，就算有，也是好久以前的事了。热派真笨，如今住在赫伦堡里的才不是鬼，而是骑士。等到了那里，艾莉亚便可以向河安伯爵夫人宣告自己的真实身份，然后会有骑士护送她安全返家。这是骑士的职责：他们立誓护佑他人，尤其是妇女。说不定河安伯爵夫人还会收留那哭个不停的小女孩呢。

河边小径无法和国王大道相比，不过倒也可以接受，因为马

车总算是走得顺当了。日落前一小时,他们见到了第一座房舍。那是一间舒适的小茅屋,四周是麦田。尤伦趋前招呼,但无人回应。"可能是死了,不然就躲了起来。道柏、雷,跟我来。"三人进茅屋搜索。"锅盆都不见了,也没看到钱。"他们回来时,尤伦喃喃道,"牲口也一只不剩,我看八成是跑啦,搞不好还跟咱们在国王大道上照过面。"还好,最起码这里的房屋和田地没被烧掉,附近也没有死尸。塔柏在屋后找到一座花园,人们拔了几颗洋葱和萝卜,又装了一袋甘蓝菜,方才继续上路。

再走一小段,他们先是瞥见一栋老树环绕的林务官小屋,屋外堆着整齐待劈的木柴,之后又看到河面上以十尺长竿筑成的破烂高屋,全都空荡荡的。片片农地被他们越过,阳光照耀下,田里的大麦、小麦和玉米结实累累,但既无人在树下纳凉休息,也无人拿着镰刀往来收割。最后,小镇终于映入眼帘:一间间白色房舍散布在庄园墙外四周,还有一间木瓦屋顶的大圣堂,领主的塔楼坐落在西边的小丘……但全镇空无一人。

尤伦骑马观察,胡子眉毛皱成一团,"情况不妙,"他说,"没办法,咱们先进去瞧瞧,瞧仔细了,看看有没有藏人。说不定他们留下了船,或是可以用的武器。"

黑衣人留下十个人看守马车和啼哭不休的小女孩,将其余人分成四组,一组五个,分头搜索小镇。"招子睁大点,看仔细,听清楚了。"他再三告诫,方才独自骑马前去塔楼,搜寻领主及其守卫们的踪迹。

艾莉亚和詹德利、热派及罗米同组,组内还有又矮又胖的大肚子渥斯,他以前在船上划过桨,算是这群人里最像水手的人,所以尤伦指派他带着他们到湖边找船。策马经过寂静的白色房舍时,艾莉亚手臂上起了鸡皮疙瘩。想起之前他们找到哭泣女孩和独臂女子的焚毁庄园,这座空无一人的小镇同样教她害怕。为什么这里的居

207

民要抛下一切,逃离家园?他们究竟是被什么吓跑的?

夕阳西垂,房屋洒下长长的黑影。突然"啪啦"一声,吓得艾莉亚立刻伸手去拔缝衣针,但那不过是窗板被风吹动的声音。经过之前的开阔河岸,小镇的封闭空间令她十分不安。

所以当艾莉亚从房屋和树林的缝隙间看见前方的湖泊时,她立刻催马跑过渥斯和詹德利,冲上岸边多石的草地。在落日余晖的照映下,平静的湖面闪闪发光,有如一大片铜箔。她这辈子从没见过这么大的湖,看不到边际。左边湖面上有栋大旅店,建筑在厚重的木桩上。右边则有一座长长的码头伸入湖中,更往东去还有其他码头,活像从镇上伸出的木指头。但放眼望去,只有一艘倒置的划艇,被遗弃于旅店下的礁石上,船底都烂穿了。"他们都走了。"艾莉亚沮丧地说。这下该怎么办?

"那儿有间旅店,"罗米等人赶上来,"店里会不会有食物剩下?或是酒?"

"我们去瞧瞧!"热派提议。

"少给我动歪脑筋!"渥斯斥道,"尤伦叫我们来找船。"

"船都被开走了。"不知怎的,艾莉亚知道就算把全镇掘地三尺,也找不到第二艘船。她灰心地爬下马,在湖边跪下。湖水轻拍双脚,几只萤火虫飞了出来,小小的亮点在半空闪烁。绿色的湖水温暖得一如热泪,却没有咸味,尝起来是泥土、植物和夏天的味道。艾莉亚把脸伸进水中,洗去旅途尘土和汗水。抬头时,小水滴滑下脖颈,流进衣服,感觉很是舒服。她真想脱光衣服,在这温暖的湖水里游泳,像只粉红色的小水獭一样悠游其间。说不定她可以就这样游回临冬城呢!

渥斯喊着要她帮忙找寻,于是她让马沿岸吃草,自己探头进船屋和货棚里搜索。他们找到一些船帆、几堆钉子、几桶硬焦油,还有一只刚产下一窝小猫的母猫,但偏偏没有船。

待尤伦和其他人返回，小镇已经黑得像夜晚的森林。"塔里没人，"他说，"领主要不去打仗，要不就是带着老百姓逃到安全的地儿去了，谁也说不准。镇上没马也没猪，但我们能加点菜，我在镇上看到一只走丢的鹅，几只鸡，神眼湖里还有不少鱼。"

"船都被开走了。"艾莉亚报告。

"咱们可以把划艇的船底给补上。"寇斯道。

"那也只能载四个人。"尤伦说。

"我们有钉子，"罗米指出，"而这附近多的是树，我们可以自己造船。"

尤伦哔道，"染布小子，你什么时候学会造船啦？"罗米一脸茫然。

"我们可以做个大木筏，"詹德利提议，"做木筏并不难，我们用长竿子撑船过湖。"

尤伦想了想，"湖太深，撑不过去，不过如果沿着岸边的浅水区走……马车就得留下。说不定这样也好，我晚上睡觉时想想。"

"晚上可以住旅店吗？"罗米问。

"咱们住庄子，把大门闩上。"老人说，"外面有石墙围绕，会睡得安稳一点。"

艾莉亚忍不住了。"我们不该留在这里！"她脱口而出，"这里的村民一个都没留下，他们都跑光了，连他们的主人也跑了！"

"阿利怕啰！"罗米怪笑着宣称。

"我才不怕！"她回嘴，"但这里的居民都很害怕！"

"聪明小子。"尤伦说，"是啊，这儿正在打仗，他们没别的选择。我们不一样，守夜人从不介入任何纷争，所以谁都不会把我们当敌人。"

可也没人把我们当朋友，她想，但这次没把话说出口。罗米和其他人正盯着她瞧，她可不想让人觉得自己是胆小鬼。

庄园大门镶满铁钉，里面有两根小树般粗的铁门闩，地上有插门闩的洞，门上则有金属托架。门闩穿过托架后，呈一斜十字形。待他们彻底搜查完庄园内部，尤伦对大家宣布：这里虽不是红堡，却胜过泰半乡下土垒，睡个一晚应该没问题。围墙用未经粉刷的粗石砌成，高约十尺，雉堞内有木制走道。庄园北面有扇侧门。此外格伦还在老旧的木谷仓里发现一条曲折狭窄而潮湿的暗道，埋藏在稻草堆下。他沿通道进到地底，爬了好长一段，最后从湖边走出。尤伦叫他们拉辆马车压住暗门，确保不会有人由此摸进来。所有人被他分为三班守夜，他还派塔柏、库兹和凯杰克去荒废的塔楼，负责由高处警戒。库兹带了一支猎号，遇险即可吹响。

他们把马车和牲口都弄进来，然后关上大门。谷仓看来摇摇欲坠，内里却大得足以容纳镇上大半的牲畜。村民危急时的避难所更大，那是一栋低矮狭长的石砌建筑，上覆茅草屋顶。寇斯从侧门出去，把那只鹅抓了回来，此外还带来两只鸡。尤伦同意他们生火煮饭。庄内有个大厨房，可惜所有的锅碗瓢盆全被带走了。詹德利、道柏和艾莉亚抽到煮饭的签。道柏叫艾莉亚去拔鸡毛鹅毛，詹德利去劈柴。"为什么不让我劈柴？"她问，但没人理她。于是她只好气呼呼地拔着鸡毛，尤伦则坐在对面板凳上，用磨刀石磨他的短刀。

晚餐煮好之后，艾莉亚吃了一根鸡腿和一点洋葱。大家都没多说话，连罗米也没吭声。饭后，詹德利独自走到一边去擦拭头盔，脸上一副神游天外的表情。小女孩依旧啼哭不止，可热派一拿鹅肉喂她，她立刻大口吞下，然后睁大眼睛索要。

艾莉亚抽的是第二班守夜，所以她先到避难所里找了个稻草垫休息。然而她睡不着，便问尤伦借了块磨刀石，磨起了缝衣针。西利欧·佛瑞尔曾说：钝剑如跛马。热派蹲在她身旁的草垫上看她磨剑。"你打哪儿弄来这么好一把剑啊？"他开口问，一见她的眼神，赶忙防卫性地举手，"我又没说你偷东西，我只想知道你从哪儿弄

来的，就这样而已。"

"我哥哥给我的。"她低声说。

"我不知道你还有个哥哥呢。"

艾莉亚停下工作，伸手到衬衫下抓痒。稻草里有跳蚤，但她已经不以为意了，"我们家很多男孩子的。"

"真的?他们比你大还是比你小?"

我真不该说话，尤伦不是要我闭上嘴巴吗?"都比我大，"她撒谎，"他们有很多很大的宝剑，他们教我如何去杀找我麻烦的人。"

"我随便问问，不想找麻烦，"热派说罢离开。艾莉亚独自一人蜷在草垫上，她可以听见避难所远端小女孩的哭声。她肯静下来就好了，她怎么老是哭个没完?

她一定是睡着了，虽然她根本不记得是怎么合上眼的。在梦中，她听见一只狼的嗥叫，声调恐怖，把她立刻惊醒。艾莉亚在草垫上坐起身子，心脏怦怦狂跳。"热派，快醒醒!"她摇晃着起身。"渥斯!詹德利!你们没听见吗?"她穿上一只靴子。

她周围的大人小孩听了纷纷行动，从床垫上爬起来。"怎么了?"热派问。"听见什么啊?"詹德利想知道。"阿利做噩梦了吧!"另一个人说。

"没有，我真的听见了!"她坚持，"有狼在叫!"

"阿利满脑子都是狼，"罗米讥笑她。"随它们去叫，"詹德利说。"它们在外头，咱们在里面，"渥斯也同意。"从没听说狼会攻打庄园，"热派道，"而且我啥也没听到。"

"是狼在叫!"她对他们大喊，同时套上另一只靴子。"一定出事了!有东西来了!快起来啊!"

众人还来不及笑话她，声音便穿过黑夜，轰然而至——这并非狼嗥，而是库兹的猎号，示意危险来临。转眼间，所有的人都忙着穿衣服，抓起各种武器。号角声再度响起，艾莉亚朝大门跑去，她飞奔过谷仓时，尖牙猛地一扯铁链，贾昆·赫加尔则自马车后喊道："小子！好小子！打仗了，流血了？小子，把我们放了，某人可以作战！小子！"她没理会他，继续往前跑，这时，她已经听见了墙外的马蹄声和喊叫。

她跌跌撞撞地跑上雉堞走道，可胸墙有些高，而艾莉亚又矮了点，她脚踩着墙上的凹洞，才勉强能从墙头看出去。一时之间，她以为镇上满满的都是萤火虫，接着才明白那是大队人马，手持火把，在房舍间来回奔跑。她看到一个茅草屋顶起火燃烧，橙色的酷热火舌舔舐黑夜。又有一处着火，此起彼落，很快四周便成了一片火海。

詹德利爬上来站在她身边，他已经戴上了头盔。"来了多少人？"

艾莉亚试着去数，但他们移动太快，只见飞抛的火把在夜空中旋转。"一百，"她说，"或者两百，我不知道啦！"透过熊熊的烈火噼啪声，她听见人的喊叫。"他们马上就会过来！"

"你看！"詹德利指着说。

一队骑兵穿过燃烧中的建筑，朝庄园而来。火光照亮了金属头盔，将他们的盔甲染成橘黄。其中一人高举长枪，枪尖有旗帜飘动。她觉得旗帜是红色的，但夜里实在分辨不清，四处火光冲天，任何东西看起来不是红就是黑或是橙。

火势不断蔓延，艾莉亚看到一棵树被火焰吞噬，火舌在枝叶间穿梭，大树仿佛穿上件件飘动的橙色长袍，与夜色形成鲜明对比。此时，所有人都醒了，要么上来协防城墙，要么忙着安抚下方吓坏的牲口。她听见尤伦高声下令。有东西撞上她的腿，她低头一看，竟是那爱哭的小女孩抱住自己大腿不放。"走开啦！"她把脚抽开，"你在这里干什么？快找个地方躲起来啦！笨蛋！"她一把推开

女孩。

骑兵们在门外勒住缰绳,"庄里的人听好了!"一名头戴高大尖刺盔的骑士朗声道,"以国王之名,立刻开门!"

"嘿,哪个国王啊?"老雷森吼回去,他立刻被渥斯一巴掌打得闭嘴。

尤伦爬上大门旁的雉堞,把褪色的黑斗篷绑在一根木棍上。"下面的人听我说,"他叫道,"镇上的人都走光啦!"

"那你这老头又是谁啊?是不是贝里伯爵手下的胆小鬼啊?"头戴尖刺盔的骑士说,"索罗斯那蠢胖子在里面么?问他喜不喜欢这些火!"

"我这儿没这人!"尤伦吼回去,"只有守夜人征用的几个小子。咱们和你们的战斗没关系!"他高举木棍,让对方看清斗篷的颜色。"你瞧,这是守夜人的黑衣!"

"我瞧是唐德利恩家的黑色!"手握旗帜的人喊。在全镇大火的照映下,艾莉亚清楚地看出了他旗上的标志:红底金狮。"贝里大人的家徽就是黑底紫色闪电!"

艾莉亚突然想起自己拿血橙丢珊莎的脸,把她那件蠢笨的象牙色丝衣染得都是果汁的那个早上。之前的比武大会上有个南方贵族,姐姐的蠢朋友珍妮被他迷得神魂颠倒,他的盾牌上便有个闪电标志,而且父亲还派他去把猎狗哥哥的首级带回来。这些都像是千年前的事了,好像是发生在另一个人身上,发生在另一个时空……发生在首相之女艾莉亚·史塔克身上,而不是孤儿阿利。阿利怎会知道这些宫廷逸事?

"我说你眼睛是不是瞎啦?"尤伦挥舞手杖,抖动披风。"这上面哪来天杀的闪电?"

"现今是晚上,所有旗帜看起来都是黑的,"尖刺盔骑士表示,"开门,否则你们就是和叛贼为伍的土匪!"

尤伦啐道："你们的头儿是谁？"

"是我。"众人让开路来，房舍焚烧的火光在他战马的铠甲上阴暗地闪烁着。这人生得矮胖，盾牌上有个狮身蝎尾兽图案，精钢胸甲上则有华丽的涡形纹饰。他的面罩打开，里面是张苍白的猪脸。"我乃国王之手暨凯岩城公爵泰温·兰尼斯特大人的封臣，亚摩利·洛奇爵士。我们尊奉真正的国王，乔佛里陛下。"他的声音高而尖细，"以国王之名，我命令你们立刻开门！"

放眼四望，全镇皆已陷入火海。夜空中满是浓烟，跳动的火苗掩盖了天上的繁星。尤伦皱眉道："我看没必要。你们想把这小镇怎么样，不干我的事，但放过咱们。咱不是你的敌人。"

用你的眼睛看，艾莉亚真想朝下面的人大喊。"他们难道看不出我们既不是贵族也不是骑士吗？"她小声说。

"阿利，我觉得他们根本不在乎。"詹德利小声回答。

于是她注视亚摩利爵士的脸，用上西利欧教的方法。他说得没错。

"既然你们不是叛贼，就把门打开。"亚摩利爵士叫道，"我们只需确定你们诚实无欺，立刻离去。"

尤伦嚼着酸草叶，"跟你说了，这儿除了咱们没别人，我跟你担保。"

头戴尖刺盔的骑士大笑，"乌鸦的话能信吗？"

"老头，你莫非迷路啦？"一名枪兵嘲笑他，"长城在北方，离这儿可远得很呐！"

"我再命令你一次，以乔佛里国王之名，立刻开门，以示忠诚！"亚摩利爵士喊。

尤伦想了很久，嘴里嚼个不停。最后他啐道："不行。"

"哼，既然你违抗君令，便是自承叛党，穿没穿黑衣都一样。"

"放过这些孩子！"尤伦吼道。

"小子和老头都得死。"亚摩利爵士慵懒地握拳举手，立刻有一支长枪从他身后的火光和阴影里暴射而出。原本瞄准的定是尤伦，但中枪的却是他身旁的渥斯。矛头贯入喉咙，血淋淋地从后颈爆出。渥斯抓住枪身，无力地往后一倒，跌下走道。

"攻上城墙，把他们通通杀光，"亚摩利爵士的语调听来颇感无聊。更多长枪射过来，艾莉亚连忙抓住热派的外衣后背把他拉倒。墙外传来盔甲碰撞声、刀剑出鞘声、枪盾交击声，夹杂着咒骂和奔马铁蹄。一根火炬高高飞过众人头顶，重重砸在庭院泥地上，火苗立即蔓延开来。

"拿武器！"尤伦大喊，"大家散开！护住各段城墙！寇斯、乌瑞格，你们去守侧门。罗米，把渥斯身上的枪拔出来，接替他的位子！"

热派想抽出短剑，却把剑掉在地上。艾莉亚捡起来塞进他手中。"我不会用剑。"他两眼发直。

"很简单啦！"艾莉亚的话说到一半就卡在喉咙，因为她看到一只手攀上了胸墙。她就着小镇燃烧的火光看到那只手，清晰无比，时间在那一刹那仿佛不再流动。那手指很粗，结了茧，指节间长满粗粗的黑毛，拇指指甲里还有泥巴。恐惧比利剑更伤人，她心中默念。一顶圆盔出现在手后面。

她用力向下一砍，缝衣针那由城堡铁匠打出来的精钢剑刃正中对方攀爬的指节之间。"临冬城万岁！"她尖叫。鲜血喷溅，手指分家，刚出现的脸来去匆匆。"后面！"热派大喊。艾莉亚立刻旋身，只见另一个没戴头盔的大胡子，用牙齿咬住短刀，双手攀爬。他的腿刚跨过胸墙，艾莉亚便持剑朝他眼睛戳去。缝衣针没碰着他，他往后躲开，摔下了城墙。希望他摔个狗吃屎，咬断自己的舌头。"看着他们，不要看我！"她对热派吼。随后又有一个人想

215

爬上他们这段墙，男孩便死命挥舞短剑砍他的手，直到那人松手坠落。

亚摩利爵士没有梯子，但庄园的围墙乃是粗石砌成，很容易爬。敌人似乎永无止尽。艾莉亚每砍倒、刺落、推下一个人，就又有一个爬上城墙。戴尖刺盔的骑士也登上了防御工事，但尤伦用黑旗缠住他盔顶的刺，趁那人拉扯斗篷时，利落一刀，刺穿了他的铠甲。艾莉亚每次抬头，便看到更多火把飞进庄园，在她眼底印下长长的火舌。她看到红旗上的金狮，想起了乔佛里，恨不得他也在场，好让她用缝衣针一剑刺烂他那张充满讥笑的臭脸。有四个士兵拿斧头劈门，却被寇斯一个个射死。道柏和另一人在走道上扭打跌倒。罗米趁那人不及起身，用石块把他的头砸个稀烂，他得意地怪叫几声，却发现道柏腹部插了把小刀，这才明白道柏也起不来了。艾莉亚跳过一具断手尸体，这人还是个大男孩，年纪看来和琼恩差不多。她相信这不是自己做的，但不敢确定。她听见奎尔向一名盾牌有黄蜂图案的骑士讨饶，却被对方手中的钉头锤打烂了脸。到处都是血、烟、铁和尿的味道，久而久之也便成了同一种味道。她不知眼前这个瘦巴巴的人是怎么爬上来的，但她和詹德利以及热派立刻扑了上去。詹德利砍落他的头盔，剑却断了。来人是个光头，少了几颗牙齿，生了一把灰斑胡须，看样子很害怕。她虽然可怜他，但还是下了手，口中一边喊："临冬城万岁！临冬城万岁！"热派则在她身边大叫："热派！"然后砍劈对方的瘦颈子。

瘦子死后，詹德利拿了他的剑，飞身跳进庭院继续战斗。艾莉亚环顾四周，发现许多钢铁阴影正在庄里跑动，火光在铠甲和刀剑上闪亮。她知道一定有人登上城墙，要不就是小门被攻破了。她往下跳到詹德利身边，用西利欧教的方式落地。刀剑声和伤者的哀嚎响彻夜空，一时之间艾莉亚愣在原地，不知该往何处去。四面八方都是死亡。

尤伦突然出现，用力摇她，朝她大吼，"小子！"他用他惯有的方式叫道，"你快走！这儿没救了，咱们输了！你们俩能救几个孩子算几个，快带他们出去！快去！"

"怎么出去？"艾莉亚问。

"走暗门，"他大叫，"谷仓下面！"

话音刚落，他又立刻持剑投入战斗。艾莉亚捉住詹德利的手臂，"他叫我们走！"她高喊，"从谷仓出去！"在头盔的缝隙中，大牛的眼睛映着火光。他点点头，随后两人把热派从墙上叫下来，接着找到绿手罗米。他躺在地上，小腿被枪刺穿，血流不止。他们还找到格伦，但他伤势太重，无法行动。当他们朝谷仓跑去时，艾莉亚不经意间瞥见小女孩坐在一团混乱中大哭，四周全是浓烟和杀戮。她抓住女孩的手，一把拉起来，其他人则继续向前跑。女孩不肯前进，打也没用，艾莉亚只得用右手拖她，左手握好缝衣针。前方的夜幕是一片暗红，谷仓着火了，她想。烈火正自一根落在稻草堆上的火把朝四处蔓延，她可以听见被困其中的牲口惨嚎。热派跑出谷仓，"阿利，快点！罗米已经走了！她要是不来就别管她！"

艾莉亚听了反而更倔强、更用力地拖起哭哭啼啼的小女孩。热派丢下她俩，转身仓促地跑进去……可詹德利回头来救她们。火光在他打磨过的头盔上闪闪发亮，那对牛角简直像在散发橙芒。他跑过来，一把抱起女孩，扛在肩上。"快跑！"

冲进谷仓，活像进了熔炉。四周浓烟密布，远处的墙壁从地板到屋顶成了一片火海。他们的驴子和马儿正疯狂地嘶叫乱踢。它们好可怜，艾莉亚心想。这时她看见了马车，还有铐在上面的三个人。尖牙死命想挣脱铁链，手腕被铐住的地方血流如注。罗尔杰则是喝骂不休，脚踢木板。"小子！"贾昆·赫加尔大叫，"好小子！"

打开的暗门近在咫尺，然而火势蔓延极快，以难以置信的速度吞噬着朽木和干草。艾莉亚想起猎狗被灼伤的恐怖面容。"通道很窄，"詹德利喊，"我们该怎么把她弄出去？"

"牵她，"艾莉亚说，"推她！"

"好心的孩子，善良的孩子。"贾昆·赫加尔边咳边唤。

"快把这操他妈的链子弄掉！"罗尔杰狂吼。

詹德利不理他们，"你先走，然后是她，我殿后。快！通道很长！"

"刚才是你劈柴，"艾莉亚想起来，"把斧头放哪儿了？"

"就在避难所外面。"他瞥了三个死囚一眼，"如果是我，宁可先救驴子。没时间了。"

"你带着她！"她喊道，"你带她走！交给你了！"说完她逃出燃烧的谷仓。烈焰挥动红热的翅膀，不断拍打驱赶着她。相较之下，仓外真是凉爽极了，但四面八方都是死人。她看见寇斯弃剑投降，却当场被杀。到处浓烟滚滚，她找不到尤伦，不过斧头果真如詹德利所说，就在避难所外的柴堆旁。她刚拔出斧头，便被一只铁手抓住。艾莉亚旋身，用力一挥，劈中那人两腿中间。她没看到对方的脸，只见他锁甲间汩汩流出的暗红血液。回谷仓是她这辈子所做过最艰难的事，浓烟如一条不停扭动的黑蛇，蹿出敞开的大门，她可以听见谷仓内可怜牲口的哀嚎，听见驴鸣、马嘶与人的惨叫。但她咬紧牙关，冲了进去，并把身子压低，因为底下的烟没那么浓。

一头驴困在大火之中，惊恐又痛苦地惨嚎，她闻到驴毛烧焦的臭味。屋顶也烧起来了，着火的木板和干草支离破碎，纷纷落下。艾莉亚伸手捂住口鼻，虽然因为浓烟的关系，她看不到马车，却可听见尖牙的狂叫，于是她朝声音的来源爬去。

很快，大车轮出现在眼前。尖牙死命一扯铁链，马车整个跳将

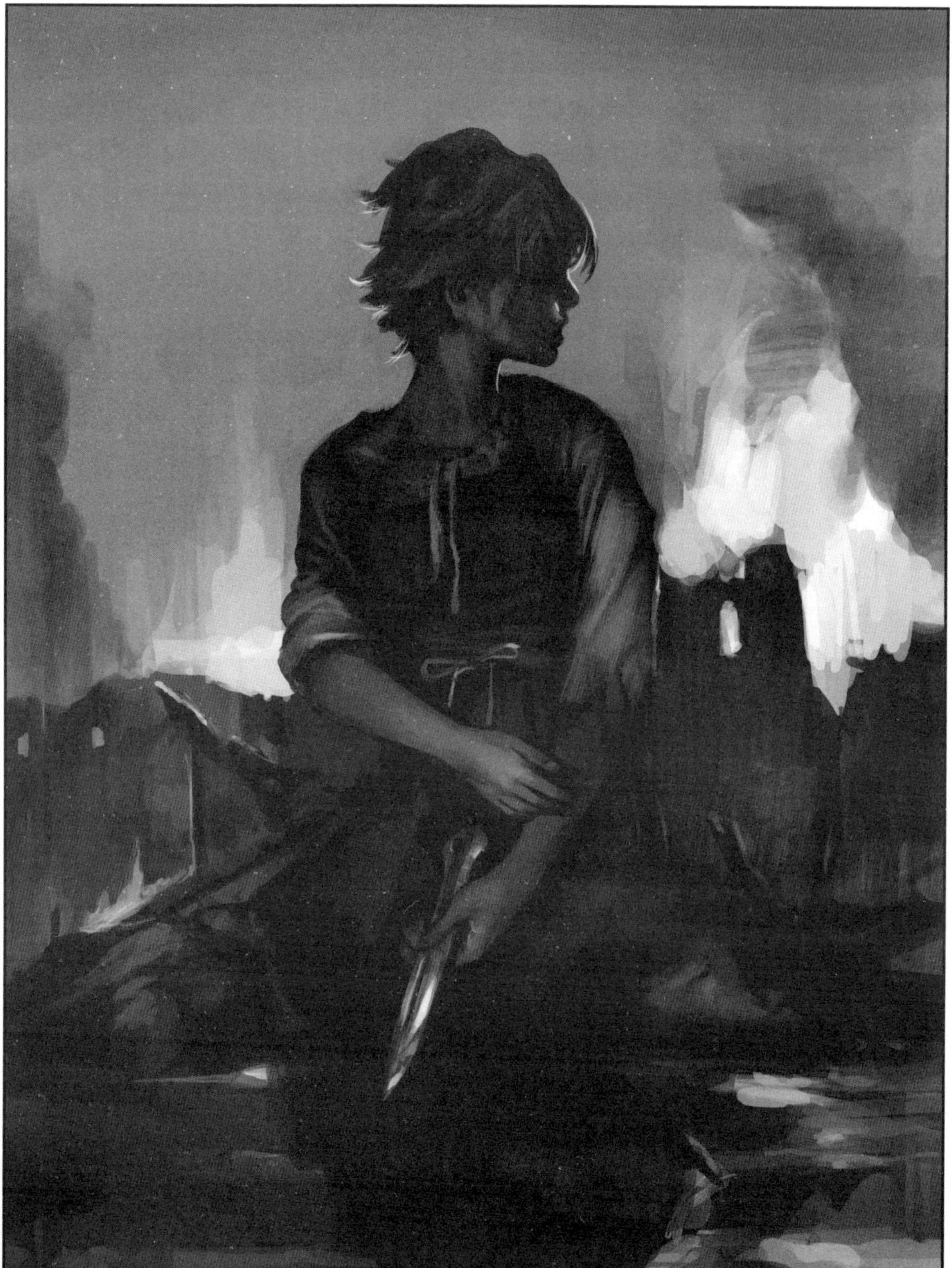

起来，移动了半尺。贾昆发现了她，但此刻四周已热得难以呼吸，遑论说话。她把斧头抛进车里，罗尔杰接住后高举过头，被烟灰染黑的汗水像小河般流下他无鼻的脸。艾莉亚边跑边咳，她听见斧头穿木的声音，一下接一下，没过多久，传来一声轰然巨响，碎木飞溅，马车底部完全裂开。

  艾莉亚翻个筋斗，滚入通道，掉了五尺落地。嘴里都是泥土，但她一点也不在乎，这味道不错，泥土、水流、虫子和生命的味道。地底的空气阴凉而幽暗，地上则唯有血腥杀戮、红色烈焰、呛人黑烟以及人畜濒死的惨叫。她挪动腰带，使缝衣针不妨碍行动，接着开始爬。爬下十来尺，背后传来巨响，有如庞然怪兽的咆哮，接着一团热气和黑烟从身后呼地涌至，其味犹如地狱。艾莉亚屏住呼吸，亲吻地道的泥土，痛哭失声。究竟为谁，她自己也不清楚。

提利昂

太后没耐性等瓦里斯。"叛国已是罪不容诛。"她怒气冲天地宣布,"而这根本是下三滥的恶棍行径,我用不着那个装腔作势的太监来教我如何处置恶棍。"

提利昂从姐姐手中接过信,互相比对了一下,信的内容完全相同,只是出自不同人之手。

"头一封由史铎克渥斯堡的法兰肯学士收到,"派席尔大学士解释,"第二封则是寄给盖尔斯大人的。"

小指头捻捻胡须,"史坦尼斯连他们都寄,那不用说,七大王国里每家贵族肯定都有一份。"

"我要把这些信统统烧掉,一封也不留。"瑟曦表示,"绝不能让任何一点风声传到我儿子或是我父亲耳中。"

"我看老爸而今听到的只怕不是一点风声而已,"提利昂冷冷地说,"想必史坦尼斯早就派了鸟去凯岩城和赫伦堡。至于把信烧掉,有什么意义呢?正所谓覆水难收,寄出去的信已经收不回来,何况说实话,信里写的其实没那么糟。"

瑟曦转身,睁大那双碧眼怒视他,"你到底有没有脑筋?你有没有看他写了些什么?他称我儿子为'男童乔佛里',还竟敢指控我乱伦、通奸和叛国!"

难道他说错了吗?瑟曦明知这些指控完全属实,却依旧作势如此,真叫人大开眼界。倘若我们打输了这场仗,她应该转行去演戏,她实在很有天分。"史坦尼斯需要借口来使他的叛乱合法化,你指望他写什么?'乔佛里王子乃我长兄之嫡子和合法继承人,我将

起兵与之争夺王位'?"

"我绝不许别人骂我娼妇!"

干嘛呀,姐姐,他可没说詹姆付你钱呢。提利昂装腔作势地读信,看到一些琐碎的文句……"奉承真主明光照耀,"他念道,"真是奇怪的措辞。"

派席尔清清喉咙,"这句话时常在自由贸易城邦的书信和文件中出现,它的意思就类似'写于诸神见证之下'。这里的'真主'指的是红袍僧信奉的神。我相信这是他们的习惯用法。"

"记得前几年瓦里斯说,赛丽丝夫人似乎着了红袍僧的道。"小指头提醒他们。

提利昂弹弹信纸,"看来她老公也有样学样了。我们正可以利用这点来对付他,就请总主教当众揭露史坦尼斯背弃正道诸神和合法国王的劣……"

"好好好,"太后不耐烦地说,"但我们先得阻止这龌龊东西继续散播、发布谕令,谁敢说起乱伦,或指称小乔为私生子,就把谁的舌头拔掉。"

"明智之举。"派席尔国师点头,学士颈链随之晃动。

"荒唐之至,"提利昂叹口气,"拔下一个人的舌头,非但不能证明他是骗子,反而让全世界知道你有多害怕他想说的话。"

"那你倒是说说看,我们该怎么做?"姐姐质问。

"什么也别做,由他们去说,过不多久自然烟消云散。只要稍有常识的人,都会把这事当成他们为夺权篡位所编造出的拙劣借口。史坦尼斯可有证据?明明就是空穴来风,他上那儿找证据?"提利昂朝姐姐露出他最甜美的笑容。

"话是没错,"她不得不说,"可……"

"陛下,您弟弟说得没错,"培提尔·贝里席十指交搭,"假如我们试图制止谣言,只会显得真有其事,还不如嗤之以鼻,反正不过是个可笑的谎言。同时呢，我们可以以其人之道还治其人之身。"

瑟曦打量了他一眼，"怎么个还治其人之身？"

"编个同样性质但更易取信于人的故事。史坦尼斯大人自结婚以来，大半时间都离他妻子远远的。我不怪他，换我娶了赛丽丝当老婆，也会这么做。不过呢，假如我们宣传她的女儿其实是和野男人偷生，而史坦尼斯戴了绿帽，您想想看……对于主子的种种丑闻，老百姓向来乐于采信，更何况是史坦尼斯·拜拉席恩这种心高气傲又严酷无情的主子。"

"他从不受百姓爱戴，没错。"瑟曦沉吟半晌，"所以我们用同样的方法回敬他，嗯，这主意不错。我们该把谁说成赛丽丝夫人的情夫呢？记得她有两个兄弟，还有个伯伯一直跟着她待在龙石岛……"

"亚赛尔·佛罗伦爵士是她的代理城主。"提利昂虽然极不愿意承认，却不得不同意小指头的计谋可行。史坦尼斯纵然疏远妻子，但只要事关名誉，他就像只刺猬一般敏感，况且他天性多疑。如果能在他和佛罗伦家族之间种下猜忌的种子，对他们有利无害。"我听说他们的女儿生了对佛罗伦家的耳朵。"

小指头慵懒地摆摆手，"有位里斯的贸易使节曾跟我说：'大人哪，史坦尼斯公爵一定非常疼爱他的女儿，瞧他在龙石岛的城墙上为她竖立了几百座雕像。''哎，大人，'我只好回答，'那都是石像鬼啊。'"他笑了笑，"亚赛尔爵士固然可以充当希琳的父亲，但据我的经验，越是离奇古怪的故事，越容易口耳相传。史坦尼斯不是有个头脑简单、脸带刺青、样子特别畸形的弄臣吗？"

派席尔大学士一脸骇然，张大了嘴，"您该不会暗示赛丽丝夫人跟一个傻子私通吧？"

"也只有傻子想跟赛丽丝·佛罗伦上床。"小指头道，"补丁

脸势必让她联想起了史坦尼斯。而且啊，最好的谎言里面往往会隐藏少许事实，足以令听者生疑。你瞧，这个傻子对公主死心塌地，和小女孩是形影不离，就连他们看起来也有几分神似，希琳不也一脸杂斑、半边麻木嘛？"

这下派席尔糊涂了，"但那是灰鳞病留下的后遗症，可怜的孩子，那场病小时候差点要了她的命啊。"

"我比较喜欢我的说法，"小指头道，"相信老百姓也会同意。知道吗？他们还相信女人怀孕时若是吃了兔肉，生出的孩子就会长耳朵呢。"

瑟曦露出她通常只留给詹姆的微笑，"培提尔大人，您真是坏到骨子里了。"

"多谢夸奖，太后陛下。"

"您说谎的本领果真炉火纯青。"提利昂补上一句，话中却没瑟曦那份热情。这家伙远比我所知的更危险，他心想。

小指头睁着他那双灰绿眸子，对上侏儒大小不一的眼睛，脸上神色没有丝毫不安。"我们都有些与生俱来的本事，大人。"

太后完全陶醉于复仇计划中，根本没注意两人的交流。"老婆跟弱智的弄臣出轨！这样史坦尼斯肯定成为全国上下的笑柄。"

"故事可不能由我们来讲，"提利昂道，"否则便像编造的谎言。"虽然事情的真假并不重要。

小指头再度提出解答，"妓女喜欢说人长短，而我手上正好有几家妓院。至于酒馆旅店之类，相信瓦里斯一定可以把谣言散播出去。"

"说到瓦里斯，"瑟曦皱眉，"他人在哪里？"

"太后陛下，我也一直纳闷。"

"八爪蜘蛛日夜编织他的秘密网络，"派席尔煞有介事地说，"诸位大人，我不信任这个人。"

225

"他可是常说您好话呢。"提利昂推开椅子，站了起来。事实上，他对太监的行动心知肚明，但不能让其他重臣知晓。"诸位大人，请容我先行告退，我还有事要忙。"

瑟曦立刻起疑，"国王的事？"

"这就不劳你操心了。"

"不行，我必须知道。"

"干吗不让我给你个惊喜呢？"提利昂道，"我正为乔佛里操办礼物。一条小链子而已。"

"他要链子做什么？他的金链银链多得戴不完，你莫非异想天开，打算借此收买乔佛里的心——"

"哎呀，何必呢？他的心是我的，就好比我的心是他的一样。而这条链子，相信有朝一日他定会格外珍惜。"他鞠个躬，摇摇摆摆地走出门去。

波隆候在议事厅外，准备护送他回首相塔。"铁匠们都在会客室，等候你大驾光临。"他们一边走过内庭，他一边说。

"等候我大驾光临？波隆，这句话我喜欢，你开口越来越像个朝廷命官了，接下来就要下跪接旨啰？"

"操你，侏儒。"

"哎，那是雪伊的活儿。"提利昂听见坦妲伯爵夫人从螺旋梯顶端亲切地呼唤他的名字，但他假装没注意，摆动双脚走得更快。"去把轿子准备好，事情办完我就出城。"两名月人部众守在门口，提利昂愉快地问候他们，接着想到要爬楼梯回卧房，不禁皱起眉头。每次爬这一大段路，总令他双脚酸痛。

卧室里，一名十二岁男孩正把衣服摊在床上，这是他的侍从，波德瑞克·派恩生性过于羞涩，以至于做事总有些鬼鬼祟祟的模样。提利昂始终怀疑父亲把这孩子交给他，根本就是个恶意的玩笑。

"大人，这是您的衣服，"提利昂一进门，男孩便垂下眼睛，视线盯着他的鞋子，嗫嚅着说。波德就是没办法鼓起勇气直视你。"待会儿接见客人要穿。还有您的项链，首相项链。"

"很好，过来帮我穿衣服。"外衣是黑天鹅绒料子，上面缀满了狮头形状的金色饰扣，那条项链则用只只实心金手串联而成，手指与手腕相扣。波德又为他披上一件深红的丝质金边披风，样式特别为他裁制，若给一般人穿，大概只能算短披风。

首相的私人会客室比国王的小得多，更无法与王座厅相提并论，但提利昂喜欢其中的密尔地毯、墙壁上的挂饰，以及某种私密的氛围。他刚进门，总管便喊："恭迎国王之手提利昂·兰尼斯特大人！"他也喜欢这种感觉。波隆招集的这群铁匠、武器师和五金商人一听纷纷跪下。

他爬上金色圆窗下的高位，示意他们起身，"各位师傅，我知你们事务繁忙，所以也不多废话。波德，麻烦你。"男孩递来一个帆布袋，提利昂拉开束带，将袋子里的东西倒出，金属在毛毯上发出模糊的"咚"的一声。"这是我吩咐城堡的锻工所打造的，类似的东西，我还要一千个。"

一名铁匠弯身仔细检视：三节粗大的钢链，彼此扭在一起。"非常刚硬的链子。"

"刚硬是刚硬，可惜太短。"侏儒答道，"跟我有点像。我要的成品比这长很多。对了，你叫什么？"

"回大人，大家叫我'铁肚子'。"这名铁匠个子不高，长得十分粗壮，身穿普通的羊毛衣和皮衣，但那双臂膀粗得像牛脖子一样。

"我要君临城里每一家铁铺都着手打造这种链子，然后串起来，其他工作统统放下；我要所有懂得打铁的人都投入这件工作，不管有没有出师，是不是学徒。当我骑马经过钢铁街时，我希望听到铁锤日夜不停地敲打。我还需要一个人、一个能干的人,来负责监督这件事。铁肚子师傅,你认为你是这样的人吗?"

"就算我愿意吧,大人,可太后要的那些盔甲和刀剑怎么办呢?"

另一个铁匠说话了:"太后陛下命令我们加紧制造盔甲刀斧,为数庞大,据说要给新募的金袍军用,大人。"

"那个不急,"提利昂说,"先把链子做好。"

"大人,求您原谅,可太后陛下说,谁要不能如期完工,就把谁双手打烂。"这位紧张的铁匠续道,"而且是用他自个儿的铁砧打烂哪,这是陛下的旨意。"

瑟曦,真有你的,想尽一切办法让老百姓爱戴我们啊?"这种事不会发生,我向你保证。"

"况且最近铁价越来越高,"铁肚子表示,"锻造这条链子需要大量生铁,以及烧火用的焦炭。"

"需要多少钱,只管找贝里席大人。"提利昂许下承诺,暗自希望小指头别让他失望。"此外,我会命令都城守备队协助你们搜寻生铁,倘若必要,把城里每一只马蹄铁都熔掉也行。"

这时有个年纪稍长的人走上前,他穿着华丽的银边锦缎外衣,外罩一件狐毛披风。他跪下来,仔细检视提利昂倒在地上的粗大钢链。"大人,"他语气沉重地宣布,"这充其量只能算粗活,毫无技艺可言,交给那些打打蹄铁、做做茶壶的寻常铁匠当然没问题,但我是个盔甲大师。大人您别嫌我自大,可这不是我们做的活。我们打出的宝剑削铁如泥,造出的铠甲般配天神,我们不做这种东西。"

提利昂歪头,用他那双大小不一的眼睛好好打量了对方一番。"盔甲大师,请问您尊姓大名?"

"回大人,小的名叫沙罗利恩。假如首相大人乐意,小人无比

荣幸为您打造一套符合您家族地位和官职的铠甲。"旁边两个铁匠听罢冷笑两声,但沙罗利恩浑然不觉地继续,"一套鳞甲,您觉得怎么样?鳞片镀上金,亮得像太阳,铠甲本身则漆上代表兰尼斯特家族的深红彩釉。头盔的话,我建议做成恶魔头的形状,外加两根长金角,等您骑马上战场,敌人看了保管落荒而逃。"

恶魔的头?提利昂懊恼地想,别人都把我当成什么了?"沙罗利恩师傅,我打算就坐在这张椅子上指挥战局,而我要的是精制铁链,不是头上长角。所以我这样说吧,您要么做铁链,要么戴铁链,何去何从您自己挑。"说完他站起身,头也不回地离开了。

波隆带着一群骑马的黑耳部众守在大门口的轿子边,"怎么走我告诉你了,"提利昂对他说,并让对方扶自己一把。他已经竭尽所能地喂养这个饥饿的城市——他调走几百名建筑投石机的木匠,令他们修造渔船,同时开放御林,供任何敢于渡河的猎人狩猎,他甚至派金袍军前往西、南两面征集食物——然而不论他骑马走到哪里,所见依旧是充满控诉和怨怒的眼神。好在轿子的帘幕将为他遮挡这一切,也让他有思考的余裕。

他们沿着曲折的夜影巷缓缓而行,朝伊耿高丘的坡脚前进。提利昂回顾起朝会的情形,姐姐被怒意所蒙蔽,忽略了史坦尼斯·拜拉席恩书信的重点。既然他手中没有证据,所有的指控自然都无足轻重,真正值得注意的却是他自称国王。这下蓝礼会作何感想?他们总不能并肩挤在铁王座上吧。

他漫不经心地将布幕拉开几寸,向外窥视街景。波隆在前开路,黑耳部众随侍轿子两侧,颈间挂着可怖的人耳项链。他看着路旁民众注视自己,便试图猜测哪些人是眼线,借此自娱。表面上可疑的却往往清白,我应该提防那些看起来无辜的人,他暗自决定。

他的目的地远在雷妮丝丘陵之后,街道又十分拥挤,所以走了近一个小时轿子方才摇晃着停下。提利昂原本打着瞌睡,但坐轿一停,他随即惊醒,揉揉惺忪睡眼,让波隆把他扶下来。

这栋房有两层,一楼是石材建筑,二楼则以木头建成,建筑物的一角拔起一座圆形塔楼。这房子许多窗户都镶了铅,大门口挂着一盏外表华丽、以深红玻璃装饰的镀金球形灯笼。

"原来是妓院,"波隆说,"你来这里做什么?"

"你来妓院做什么?"

佣兵大笑,"有了雪伊还不够?"

"以营妓的标准而言,她算是够了。不过我现下人不在军中,常言道:人小胃口大。听说这里的女人连国王都迷得住。"

"那小鬼年纪够大?"

"我指的不是乔佛里,是劳勃。从前他最喜欢这间妓院。"话说回来,乔佛里也差不多到了这个年纪,这可有意思了。"你和黑耳部的人想来点乐子的话,尽管自便,但我有言在先,莎塔雅这家店索价不菲,这条街上随便哪家都比这里便宜。总之你留个人在这里等我,到时候他要有办法把其他人都找到。"

波隆点点头,"没问题。"黑耳部众个个嘿嘿直笑。

进了门,一位身穿宽松丝衣的高大女人正等着他,她的皮肤色如黑檀,眼睛则是檀香木的颜色。"我是莎塔雅,"她深深一鞠躬,唱道,"您就是——"

"咱们别谈这个,名字是危险的东西。"空气中充满异国香料的气味,脚下的马赛克地板则是一幅描绘两女交欢的图案。"你这里很漂亮。"

"这是我致力追求的目标,很高兴首相大人喜欢。"她的声音有如流动的琥珀,掺杂了几许盛夏群岛的口音。

"头衔也同样危险。"提利昂警告她,"叫几个女孩出来给我瞧瞧。"

"乐意之至,您会发现她们个个温柔美丽,精通各种爱欲之

术。"她优雅地旋身开步,提利昂费力摆动只有她一半长度的腿脚,紧随其后。

他们走到一个装饰华丽的密尔屏风后,暗暗向外窥探。屏风上雕刻了奇花异草,以及梦寐闺女的图案。妓院大厅里有个老人正以笛子吹奏轻快的乐曲。一个留着紫色胡须、喝得醉醺醺的泰洛西人坐在摆满靠垫的壁龛里,爱抚膝上体态丰满的少女。他已经解开了她的蕾丝上衣,正拿杯子往她胸部倒酒,然后用舌头舔净。另有两个女孩坐在镶铅玻璃窗下玩瓦片棋,其中生雀斑的那位一头蜂蜜色秀发,发髻戴着蓝色花环;另一个皮肤平滑柔顺,有如磨亮的黑玉,生着一双深色大眼,以及小巧而尖挺的乳房。她们穿的宽松丝衣用珠子串成的饰带系在腰间,阳光从彩色玻璃窗流泻进屋,透过轻薄罗衫,勾勒出她们年轻曼妙的胴体曲线。提利昂顿时觉得胯下一阵肿胀。"如您不嫌弃,我推荐那位黑皮肤的女孩。"莎塔雅说。

"她好年轻。"

"大人,她已经十六岁了。"

给乔佛里正好,他想起波隆刚才的话,不禁这么想。提利昂的第一次年纪更小,他还记得头一次脱下她衣服时她那羞涩的模样。她有一头黑亮长发,还有能让人沉醉其中、无法自拔的蓝眼睛,而他果真如此。这是好久以前的事了……侏儒,你真是个无可救药的笨蛋。"这女孩……从你家乡得来?"

"大人,我的女儿体内虽流着盛夏国度的血液,却是在君临出生。"想必他的讶异形现于色,莎塔雅又续道,"我的民族认为在青楼卖笑并非羞耻之事,在盛夏群岛,娴于床笫技艺者受人敬重。许多贵族男女在春思来潮之后,便会进入花门柳户服侍数年,借以荣耀天上诸神。"

"这与天上诸神何干?"

"我们的肉体和灵魂都拜天上诸神所赐,不是吗?他们赐给我们声音,好让我们借由歌唱表示崇敬;他们赐给我们双手,好让我们通过劳动兴建庙宇;他们也赐给我们欲望,好让我们透过交合尊荣神灵。"

"记得提醒我将此话转告总主教,"提利昂道,"倘若那话儿也能做礼拜,想必我也是个虔诚之人。"他摆摆手,"我很乐意采纳你的选择。"

"我这就去把女儿叫来,请这边走。"

女孩在楼梯口与他相见,她比雪伊高,但比她母亲稍矮。她得跪下来,提利昂才能亲到她。"我叫爱拉雅雅。"和母亲不同,她只有极轻微的异国口音。"大人,请随我来。"她牵起他的手,走上两段阶梯,再穿越一个宽敞厅堂。两旁是众多紧闭的门扉,一扇门后传来欢愉的喘气与尖叫,另一扇门内则是嬉笑和低语。提利昂的那话儿硬了起来,紧紧贴上裤子。再这样下去可面子不保,他一边想,一边随爱拉雅雅步上另一座楼梯,来到角楼房间。这里只有一扇门,爱拉雅雅领他进去,然后锁上。房里有一张帷幕笼罩的大床,一个高大的衣橱(上面雕饰着香艳火辣的图案),以及一扇窄窗,玻璃镶了铅,绘成红黄钻石形态。

"爱拉雅雅,你真是漂亮,"两人独处后,提利昂对她说,"从头到脚,你身上的每一寸肌肤都令人惊艳,可是呢,如今你最吸引我的部位,却是你的舌头。"

"大人,我的舌头被调教得很好,从小就学会什么时候该用,什么时候不该用。"

"很好,"提利昂微微一笑,"接下来我们做什么?你可有好提议?"

"有的,"她说,"大人只需打开衣橱,便能找到想要的东西。"

提利昂轻轻吻了吻她的手，然后爬进空旷的衣橱，爱拉雅雅则在身后把橱门关上。他伸手在黑暗中摸索，寻找衣橱后的壁板，板子在他手下开始移动，然后整个被推到一旁。墙壁后空空的漆黑一片，但经过一阵试探，终于摸到了金属。于是他一手握住铁梯，一边用脚找到下面一级，开始往下爬。直到深入街道的地底后，原本垂直的井状甬道方才变为倾斜的泥土隧道，瓦里斯手持蜡烛，正在那里等他。

这个瓦里斯和原本那个他判若两人，他脸上有疤，头戴有刺钢盔，露出一小撮黑色胡茬，硬皮背心外套了锁甲，腰际系着匕首和短剑。"大人，莎塔雅的妓院您可满意？"

"满意极了。"提利昂表示，"你确定这女人值得信赖？"

"大人啊，在这个变幻莫测、诡谲难料的世界上，我什么都不敢确定。不过呢，莎塔雅对太后素无好感，她也知道之所以能除去亚拉尔·狄姆这个讨厌鬼，全是拜您所赐。我们走吧！"他迈开步伐朝隧道深处走去。

他连走路的方式都变了，提利昂察觉。瓦里斯浑身散发着劣酒和大蒜的味道，而非平日的薰衣草香。"我挺喜欢你这套新行头。"途中提利昂开口道。

"我的工作不允许我在大批骑士簇拥下穿越大街小巷，所以每次出城，我便扮成不同的身份，如此才能活得长久，继续为您效力。"

"我瞧皮衣挺适合你，下次你就该穿这身上朝。"

"大人，恐怕令姐不同意。"

"老姐会吓得尿裤子。"他在黑暗中微笑，"照我沿路看来，她的眼线没跟住我。"

"大人，听你这么说，我很高兴。令姐的手下多半也是我的人，只是她不知道罢了。若是他们笨手笨脚，被人发现，我可不会喜欢。"

"哎，若是这么憋住一身欲火，大费周章地爬过衣橱，结果半点用也没有，我也不会喜欢。"

"决不会没用。"瓦里斯向他保证，"他们的确知道你在这里，至于会不会有人大胆到装成恩客，闯进莎塔雅的妓院里来，我虽不敢说，但小心谨慎总是没错。"

"这妓院怎么刚好有个秘密通道？"

"通道是另一位首相挖的，因为自重身份，他不愿光明正大地来这里。对于这个通道，莎塔雅可是守口如瓶。"

"可你却知道。"

"小小鸟儿总往黑暗的通道里飞嘛。小心，楼梯陡着呢。"

他们从一间马厩后的暗门走出，大约在雷妮丝丘陵下穿越了三条街的距离。提利昂把门轰地一声关上，栏里有匹马嘶鸣开来。瓦里斯吹熄蜡烛，将其放上梁架。提利昂环顾四周，马厩共有一头驴和三匹马。他跛着脚走到那匹花斑马旁，看了看马的牙齿。"这是匹老马，"他说，"只怕一跑就要断气。"

"它的确不是打仗的料，"瓦里斯答道，"但用来代步足矣，且不会引人注目。其他几匹也一样，至于那马厩小厮，他眼中所见，耳中所闻，都只有动物而已。"太监从墙上挂钉处取下一件斗篷，斗篷是粗布织成，被太阳晒得褪了颜色，破旧不堪，唯有剪裁十分宽松。"希望您别嫌弃。"说着他为提利昂披上斗篷，将他从头到脚包裹住，还把兜帽拉下，让脸沉浸在阴影中。"一般而言，人只会看到自己想看的东西，"瓦里斯一边为他穿衣，一边说，"侏儒不像小孩那么寻常可见，所以他们眼中所见只是一个身穿旧斗篷的小男孩，骑着老爸的马，外出替他跑腿。话虽如此，您还是晚上来比较保险。"

"正合我意……往后一定采纳。此时此刻嘛，雪伊正等着我

呢。"他把她安顿在君临东北角的一座大宅,房子筑有围墙,离海不远,可他不敢去那里探望她,生怕被人跟踪。

"您骑哪匹马?"

提利昂耸耸肩,"就这匹吧。"

"我来为您配鞍。"瓦里斯自挂钉上取下鞍辔。

提利昂整整厚重的斗篷,焦躁地踱步。"你错过了一场很热闹的会议,史坦尼斯似乎自立为王了。"

"我知道。"

"他指控我老姐和老哥乱伦通奸,真不明白他是打哪儿知晓的。"

"或许他读过什么书,又看到劳勃私生子的发色,就像奈德·史塔克,还有之前的琼恩·艾林一样。又或许有人告诉他啰。"太监的笑声不若他寻常的咯咯笑,而是一种更深沉、更粗嘎的声音。

"比如说,你这种人?"

"你怀疑我?不,不是我说的。"

"就算是你说的,你会承认吗?"

"不会,但我既已保守了秘密这么久,何必把它讲出去?欺君冈上不难,但要瞒过草丛里的蟋蟀和烟囱里的小小鸟儿,可没那么容易。更何况那些私生子就摆在那里,大家不都看得到?"

"劳勃的私生子?他们怎么回事?"

"就我所知,他生了八个。"瓦里斯一边摆弄鞍辔,一边说,"不管孩子的娘头发是古铜色、蜂蜜色、栗子色,还是奶油黄,生下的孩子发色全黑得跟乌鸦一样……敢情他们的运气也和乌鸦的消息差不多。你瞧,乔佛里、弥赛菈和托曼从令姐的肚子里蹦出来时,每个人的头发都金黄得像太阳,事实不就显而易见了吗?"

提利昂摇摇头。她只需为丈夫生一个孩子,便足以驱散谣言……但话说回来,那就不像瑟曦了。"不是你说的,那是谁?"

"想也知道,铁定是个叛徒嘛。"瓦里斯紧了紧马鞍的肚带。

"小指头?"

"这我可没说。"

提利昂让太监扶他上马,"瓦里斯大人,"他坐在马鞍上说,"有时候我觉得全君临城里,就属你算我最好的朋友,可有时候我又觉得你是我最可怕的敌人。"

"这可奇了,大人。咱们真是彼此彼此。"

布兰

曙光渗进窗帘之前，布兰便已醒了。

临冬城到了许多客人，都是来参加丰收宴会的。今天早上，他们会在场子里练习戳刺矛靶。若是从前，他定会为此兴奋难耐，但那都是意外发生之前的事了。

而今一切都不一样。大小瓦德可以和曼德勒大人手下的侍从切磋枪技，却没有布兰的份，他得待在父亲的书房里，扮演王子的角色。"用心聆听，说不定你能从中学到统御他人的技巧。"鲁温师傅道。

布兰不想当王子，他一直以来的梦想是成为骑士：闪亮的铠甲，飘动的旗帜，持枪佩剑，身跨战马。为什么他要日复一日听老人家谈论这些他听着一知半解的事情？因为你是个残废，心里有个声音提醒他。安坐高堂的领主老爷有点缺陷没关系——大小瓦德就说他们祖父因为过于虚弱，上哪儿都得坐轿子——但骑马打仗的骑士就不同。说到底，这也是他职责所在。"你是你哥哥的继承人，是临冬城史塔克家族的代表。"罗德利克爵士说，他提醒他：从前当诸侯们前来觐见他父亲时，罗柏也都会在场作陪。

两天前，威曼·曼德勒伯爵刚从白港抵达，他先搭游艇，后乘轿子，只因他过于肥胖，无法骑马。他带来大批手下：骑士、侍从、小领主和他们的太太、传令官、乐师，还有个杂耍班子，旗帜和衣着耀眼夺目，五光十色。布兰坐在父亲的高背冰原狼扶手石椅上，欢迎他们光临临冬城，事后罗德利克爵士称赞他表现很好。如果事情到此为止，那该有多好，只可惜这只是开始。

"参加宴会是个不错的借口,"罗德利克爵士解释,"但他大老远跑来,绝不只为了吃片烤鸭喝口美酒。一定有要紧事需我们经手,才会这么大费周章。"

布兰抬头望向粗石屋顶。他知道,罗柏一定会叫他别再孩子气,他几乎能听到罗柏的话语,听到父亲大人的话语:"凛冬将至,而你已经快成年了,布兰,你有责任在身。"

过了一会儿,当阿多口中哼着不成调的曲子,满脸笑容地跑进来时,小男孩已经认了命。在阿多的帮助下,他梳洗一番。"今天穿那件白色的羊毛外衣,"布兰命令,"还有那个银胸针,罗德利克爵士要我穿得有领主的样子。"其实只要力所能及,布兰宁可自己更衣,但有些动作——比如穿裤子、系鞋带——很折磨人。有阿多帮忙,做起来就快多了。任何事只要教过一遍,他就能灵巧地完成。他虽然力量惊人,动作却十分温柔。"我敢打赌,你本来也可以当骑士。"布兰对他说,"若非诸神夺走了你的智慧,你一定会是个伟大的骑士。"

"阿多?"阿多眨眨那双天真无邪的棕色大眼,一脸茫然。

"是的,"布兰说,"阿多。"他指指墙壁。

门边的墙上挂了一个篮子,用柳条和皮带紧扎而成,上面挖了两个洞以让布兰的双脚伸出。阿多将手伸进背带,并把宽皮带紧扣在胸前,然后在床边蹲下来。布兰抓住墙上的铁把手,摇晃软弱无力的双脚,把它们放进篮子,伸出足洞。

"阿多!"阿多重复一遍,站起身来。马童高近七尺,骑在他背上,布兰的头几乎要碰到天花板。出门时,他刻意压低身子。有次阿多闻到烤面包的香味,便朝厨房奔去,把布兰的头撞出一个大洞,为此鲁温学士帮他缝了好几针。后来密肯从兵器库里拿了顶生锈的老旧头盔给他,这盔连面罩都没有,大小瓦德每次见了就大肆嘲笑,所以布兰很少戴。

他双手搁在阿多肩头,两人慢慢步下螺旋梯。外面的校场传来阵阵剑盾交击声和马蹄轰鸣,在他耳中都成了悦耳之音。我只看一眼,布兰心想,飞快地看一眼就走。

白港的贵族们将带着属下的骑士和教头在上午操练,在那之前,校场属于他们的侍从。他们的年纪从十岁到四十岁不等,布兰好希望自己是其中的一分子,想得心口隐隐作痛。

庭院里立了两个矛靶,每个皆以坚固的支柱为主干,撑着一根回转大梁,梁的一端是盾牌,另一端是加垫的撞槌。盾牌漆成红金两色,象征兰尼斯特的狮子被画得歪七扭八,且早被首轮上场的男孩刺得凹痕累累。

坐在篮子里的布兰刚一现身,立刻吸引了陌生人的目光,好在他早已学会忽略和容忍。他告诉自己,至少他视野良好,在阿多肩上的他比任何人都要高。他看见瓦德两兄弟正准备上马。他俩从孪河城带来上好护具,闪亮的银铠甲镂了蓝花。大瓦德的头盔是城堡形状,小瓦德则在盔顶系上一串灰蓝相间的丝带。他们的盾牌和外衣也不相同,小瓦德的纹饰分成四份,除了佛雷家双塔外,还有外祖母克雷赫家的斑纹野猪和母亲戴瑞家的农人。大瓦德的四份则包含了布莱伍德家的鸦树和培吉家的双蛇。想必他们对荣耀求之若渴吧,布兰一边想,一边看他们端起长枪,我这个史塔克能希求的却只有冰原狼的陪伴。

他们的灰斑战马行动灵敏,体格健壮,训练有素。两人并肩冲向矛靶,利落地击中盾牌,并在撞槌转过来前抽身跑开。小瓦德刺得较狠,但布兰认为大瓦德骑得比较稳健。如果能和他们一较高下,他宁愿舍弃无用的双脚。

小瓦德抛下断裂的长枪,瞥见布兰,便勒住缰绳。"哟,这匹马可真丑!"他对阿多说。

"阿多不是马。"布兰道。

"阿多。"阿多说。

大瓦德跑到堂弟身边,"是啊,他不比马儿聪明,大家都知道。"几个白港来的小伙子互相推挤,笑出声来。

"阿多!"阿多一脸笑容,看着两个佛雷家的男孩,对他们的嘲弄毫不知情。"阿多阿多?"

小瓦德的坐骑嘶了一声。"你瞧,他们在聊天呢。说不定'阿多'就是马语中的'我爱你'哟!"

"佛雷,你给我住口!"布兰只觉血气上涌。

小瓦德轻踢马刺靠过来,撞了阿多一下,使他退后两步。"我若是不住口,你又待如何?"

"小心他放狼咬你,堂弟。"大瓦德警告。

"随他来啊,我就想弄件狼皮披风。"

"夏天会一口咬掉你那颗猪头。"布兰说。

小瓦德用戴铁套的拳头往胸甲一敲,"难不成你的狼生了钢牙,可以咬穿我的铠甲和锁甲?"

"够了!"鲁温学士的话音盖过校场里的金铁之声,有如雷响。布兰不知他听见了多少……但明显足以使他勃然大怒。"你们语出威胁十分不妥,别教我再听见这样的话。瓦德·佛雷,你在孪河城也是这种态度?"

"没错,我高兴怎样就怎样。"小瓦德高高骑在战马上,愠怒地瞪了鲁温一眼,仿佛在说:你区区一个学士,凭什么教训我河渡口佛雷家的人?

"那好,你既身为临冬城史塔克夫人的养子,就不准如此。你们到底为什么吵起来?"学士轮流打量几个男孩,"你们一定要告诉我实情,否则我保证——"

"我们刚才和阿多开玩笑。"大瓦德承认,"倘若我们冒犯到布兰王子,我很抱歉。我们只是觉得好玩罢了。"他起码还知道不

好意思。"

小瓦德却还在闹脾气。"我嘛，"他说，"我也只是觉得好玩。"

布兰看到老师傅头顶光秃的部分涨得通红，鲁温似乎更生气了。"一位好领主应当安抚无助，保护弱小，"他对两个佛雷家的男孩说，"我绝不允许你们把阿多当笑料，开些残忍的玩笑，听见了没有？他是个好心肠的孩子，老实本分，尽忠职守，这些优点你们一项都没有。"学士伸手指着小瓦德，"还有，你给我离神木林远一点，若是敢找那几只狼的麻烦，你就等着瞧。"他袖子一甩，转身走了几步，又回头道，"来吧，布兰，威曼大人正等着呢。"

"阿多，跟上师傅，"布兰下令。

"阿多！"阿多说。他迈着大步，很快追上了老学士那双恼怒摆动着的腿脚，与之一同走上主堡石阶。鲁温学士拉住大门，让他们进去，布兰抱住阿多脖子低下了头。

"瓦德他们——"他开口。

"我不想再听，这事到此为止。"鲁温学士显得疲惫而烦乱。"你保护阿多做得没错，但你根本就不该到那里去。罗德利克爵士和威曼大人等了你很久，早餐都只好先开动。难道你还当自己是个小娃娃，事事都得我亲自操办吗？"

"不，"布兰羞愧地说，"对不起，我只想……"

"我知道你想什么。"鲁温学士的口气缓和下来。"布兰，我也盼着你的愿望能够成真。会议开始之前，你有没有问题？"

"我们是要讨论战争？"

"你什么都不用讨论。"鲁温的口气又锐利起来，"你只是个八岁的孩子……"

"我快九岁了！"

"八岁就是八岁。"学士坚定地重复，"除了礼貌的寒暄，什么都不要说，除非罗德利克爵士或威曼大人问你话。"

布兰点点头，"我记住了。"

"至于你和佛雷家小孩之间的事，我不会告诉罗德利克爵士的。"

"谢谢您。"

他们让布兰坐在父亲的橡木座椅上，正对长板桌，椅垫和坐褥乃是灰天鹅绒制成。罗德利克爵士坐在他右手，鲁温师傅则在左边，面前摆了笔墨和一叠空白羊皮纸，准备记录会议进程。布兰伸手越过粗木桌面，请求威曼伯爵原谅他的迟到。

"喏，不是王子迟到，"白港伯爵和颜悦色地回答，"而是其他人早到，就这么回事儿。"威曼·曼德勒笑声洪亮。难怪他没法骑马，因为他看起来比马还重。他不仅身材雄伟，而且话说个没完。他先恳请临冬城认可他刚指定的白港海关人员，只因从前的官员把税收暗中扣留下来输送君临，不肯缴给新的北境之王。"除此之外，罗柏国王也需要自行铸币，"他表示，"而重建白港的旧铸币厂最为合适。"他说，只要国王同意，他愿意全权负责此事，随后他又说明自己如何加强港口的防御工事，并把每一项修缮费用详细列出。

除了铸币厂，曼德勒伯爵还提议为罗柏建造一支舰队。"自'焚船者'布兰登烧掉他父亲的船队以来，我们北方几百年来都缺乏海军。只要给我充足的金钱，一年之内我就可以造出一支足以拿下龙石岛和君临的舰队。"

一听战船，布兰的兴致就来了。虽然没人问他意见，他却觉得威曼伯爵的主意实在很棒，他已经可以在脑海中勾勒出那幅景象了呢！不知双脚残废的人能不能指挥战舰？可惜罗德利克爵士只答应把提案送交罗柏决定，而鲁温师傅则是埋头奋笔疾书。

他们从上午直说到下午，中途鲁温学士派麻脸提姆去厨房端

来餐点，他们便在书房里吃了乳酪、烤鸡和褐色的小麦面包。威曼大人一边用他粗大的手指撕扯鸡肉，一边礼貌地询问他的堂妹——霍伍德伯爵夫人的近况。"您也知道，她原本是曼德勒家的人。或许，等她的悲伤告一段落，她会想再次冠上曼德勒的姓氏，您说是吧？"他咬口鸡翅，咧嘴笑笑，"说来正巧，我也当了八年的鳏夫，早该讨个老婆了，对不对啊，诸位大人？孤单单一个人，毕竟会寂寞啊。"他扔开骨头，伸手拿了一根鸡腿。"若是夫人想找个年轻小伙子，嗳，我家文德尔也没成亲呢。眼下他到南方侍候凯特琳夫人去了，不过等他回来，一定也想讨老婆吧。他是个勇敢的孩子，人又挺风趣，正是教她重唤青春的最佳人选，不是吗？"他操起外衣袖子，抹去下巴的油腻。

透过窗户，布兰听着远处的兵器交击，他对婚嫁之事毫无兴趣。我好想上场子比武。

等餐桌收拾干净，威曼伯爵方才提到一封泰温·兰尼斯特公爵的来信，内容涉及他在绿叉河被俘的长子威里斯爵士。"他情愿不收赎金，放我儿子回来，只要我从陛下身边抽回兵力，并发誓不再参战。"

"这毫无疑问，你直接回绝就是。"罗德利克爵士说。

"您不需担心，"伯爵向他担保，"罗柏国王的部属中要数我威曼·曼德勒最为忠诚，只是啊，我不愿儿子在赫伦堡那鬼地方待得太久，听说那里有诅咒呢。哎，其实这种事我向来也不信，可不怕一万，就怕万一嘛。您瞧杰诺斯·史林特什么下场，先是被太后擢升为赫伦堡伯爵，没两天又被她老弟扯了下来，听说被送去守长城啰。我在想，能不能尽快安排适当的人质交换？我了解威里斯，他一定不愿坐等战争结束。我这儿子可英勇，打起仗来跟獒犬一样凶猛。"

会议结束时，布兰的肩膀已经因为长久坐着不动而僵硬了。

当晚，他正要坐下来吃饭，却听宣示客人来访的号声再度响起。唐娜拉·霍伍德伯爵夫人并未带来大批骑士和臣属，只有她自己和六名面露疲态的护卫，卫士沾满灰尘的橙色制服上绣着驼鹿头徽章。"夫人，我们对您的遭遇深表遗憾，"当她来到他面前致意时，布兰开口道。霍伍德伯爵在绿叉河之战中被杀，他们的独子也在吒语森林一役遇害。"临冬城永远感念你们的贡献。"

"听您这样说，我很高兴，"她是个脸色苍白、神情涣散的女人，每根线条都镂刻着哀伤。"大人，我很疲倦，若您允许我稍作休整，我将感激不尽。"

"那当然，"罗德利克爵士道，"谈事情，明天有的是时间。"

第二天上午，大部分的时间都在讨论谷物、蔬菜和腌肉。一旦学城的学士们宣布初秋来临，北方的领主便知道把部分收成贮存起来……可究竟要存多少，就见仁见智了。霍伍德伯爵夫人本打算将五分之一的收成作为存粮，后来在鲁温学士的劝说下，同意把存粮增加到四分之一。

"波顿的私生子正在恐怖堡集结军队，"她警告他们，"希望他是准备率兵南下助阵，前往李河城与父亲会师。可当我派人询问他的意图，他却答说波顿家的人绝不回答女人的质问。好像他是正室所生，真有那个姓似的。"

"据我所知，波顿大人从没承认过这孩子。"罗德利克爵士说，"但说实话，我对此人所知不多。"

"没人了解他。"她答道，"他原本和母亲同住，直到两年前小多米利克死去，波顿没了继承人，这才把私生子接去恐怖堡。众人都说那孩子狡猾成性，还带了个跟班，凶残的个性跟他不相上下——大家叫他'臭佬'，据说他从不洗澡。这私生子和臭佬一同外出打猎，猎的对象可不是鹿。我听过关于他们的种种传闻，就算

以波顿家族的标准而言,这些故事都叫人难以置信。而今我的夫君和好儿子都已蒙诸神宠召,这私生子对我的领地真是垂涎三尺。"

布兰好想拨给伯爵夫人一百士兵,帮助她保卫自家权益,但罗德利克爵士只说,"垂涎归垂涎,倘若他敢做出任何逾越之举,我向您保证,我们会重重处罚他。夫人,对您和您领地的安全请勿挂虑……过些时日,待您的悲伤平复,或许可以考虑再续姻缘。"

"我早已过了生育的年纪,所有的美貌也都随岁月消逝殆尽。"她疲惫地浅笑着回答道,"但眼下男人们反而趋之若鹜,我年轻时可没有这种待遇。"

"您不中意这些追求者?"鲁温问。

"倘若陛下有令,我自当再婚。"霍伍德伯爵夫人回答,"然而'鸦食'莫尔斯是个酗酒成性的莽汉,况且年纪比我父亲还大。至于我亲爱的堂哥,曼德勒大人的床笫本已容不下他雄伟的身躯,我体质孱弱,只怕无法躺在他身下。"

布兰知道男人和女人同床共枕时,男人会睡在女人上面。让曼德勒伯爵睡在自己身上,大概就和被马压着差不多吧。罗德利克爵士朝寡妇同情地点点头,"夫人,您会有其他人选的。我们将设法寻找更般配您的人。"

"爵士先生,这样的人或许不需远求。"

她离开之后,鲁温学士微笑道:"罗德利克爵士,我看夫人她对您有意思。"

罗德利克爵士清清喉咙,看来有些困窘。

"她好悲伤啊。"布兰说。

罗德利克爵士点头,"悲伤而温柔。她为人客气,以年纪而论,还可算是十分貌美。纵然如此,她仍旧是你哥哥的王国的一大威胁。"

"怎么会?"布兰非常讶异。

鲁温学士作答："既然霍伍德家族没有直系传人，他们的领地势必成为众矢之的。陶哈家族、菲林特家族和卡史塔克家族都与霍伍德家族有过姻亲关系，已故的哈瑞斯大人的私生子更在深林堡作葛洛佛家族的养子。更棘手的是，虽然恐怖堡并无接收这块领地的资格，但两家地盘相邻，卢斯·波顿绝不会白白错过大好机会。"

罗德利克爵士拉拉小胡子，"依目前情形，陛下必须为她挑个门当户对的对象。"

"你为什么不娶她？"布兰问，"你自己也赞她漂亮啦，而且贝丝也该有个母亲。"

老骑士拍拍布兰的手臂，"王子殿下，多谢您的好意，但我只是一介骑士，况且年纪也大了。领地的事务，我或许可以为她管理几年，但等我一死，霍伍德伯爵夫人便会陷入同样的困境，届时连贝丝的前途都会大受影响。"

"那就让霍伍德大人的私生子继承吧，"布兰想起自己同父异母的哥哥琼恩，脱口便说。

罗德利克爵士道："这样的话，葛洛佛家会很高兴，霍伍德大人的在天之灵或许也会。但只怕霍伍德伯爵夫人会有异议，毕竟那孩子不是她的亲生骨肉。"

"尽管如此，"鲁温学士说，"我们还是得将其列入考量。唐娜拉夫人已过了生育期，这话她自己也说了，不由私生子继承，那还有谁呢？"

"我可以退下吗？"布兰听见楼下院子里侍从练剑的声音，他们打得热火朝天。

"当然可以，王子殿下。"罗德利克爵士说，"你今天的表现很好。"布兰一听高兴得脸都红了。原来当领主并不若他想象的那般无趣，而且与霍伍德伯爵夫人的会晤远比曼德勒伯爵来得简短，还剩数小时天光，可以让他探望夏天。只要罗德利克爵士和鲁温师

傅允许，他喜欢每天都花点时间陪陪小狼。

阿多刚踏进神木林，夏天便从一棵橡树下钻了出来，仿佛早知道他们要来。布兰瞥见树丛里还有一个黑瘦的身影，同样望着自己。"毛毛！"他出声唤道，"来吧，毛毛狗，到我这儿来！"可瑞肯的狼刚露个头，便倏然跑开。

阿多知道布兰喜欢的地方，于是把他带到高大心树下的水池边，以前艾德公爵便是在此跪地祈祷。他们抵达时，池中涟漪频频，鱼梁木倒影不住波动，可四周又没有风，布兰一时不解。

突然，欧莎哗啦一声从池里冲出来，连夏天都被吓得后退低吼。阿多跳了开去，沮丧地号道："阿多！阿多！"，直到布兰拍他肩膀，方才抚平他的恐惧。"你在这儿游泳？"他问欧莎，"不冷吗？"

"小子，我可是从小吮冰柱长大的。我喜欢这股冰冷劲儿。"欧莎游到岩石边，浑身滴水地爬上岸。她全身赤裸，肌肤凹凸不平。夏天爬过来朝她嗅嗅。"我打算探探水底。"

"这水池还有底呀。"

"说不定真的没有。"她嘻嘻笑道，"小鬼，你看哪里啊？没瞧过女人吗？"

"我看过啦！"布兰跟姐姐们一起洗过不知多少次澡，也见过女仆在热水池里的样子。但欧莎看起来不太一样，她身体结实，线条锐利，全身上下没有柔软的曲线。她的双腿全是肌肉，胸部却平坦得宛如两个空钱包。"你身上好多疤。"

"都是辛苦挣来的。"她拾起棕色连身裙，抖落上面的落叶，然后从头套下。

"跟巨人打仗吗？"欧莎宣称长城外仍有巨人存在。说不定哪天我也能亲眼见到……

"跟人。"她拿段绳子当腰带，"通常是和黑乌鸦，我亲手杀过一个。"她说着甩甩头发。到临冬城至今,她已经发长过耳,比起之前在狼林里打算抢他的那个她,模样柔和了许多。"今天我在厨房里听说了你和佛雷家那两小子的事。"

"谁说的?他们怎么说?"

她露出无奈的笑容,"他们说嘲笑巨人的小孩是蠢蛋,但巨人居然得靠残废来保护,这世界真是疯了。"

"阿多根本不明白他们在嘲笑他。"布兰说,"更何况他从不打架。"他记得小时候有次和母亲与茉丹修女一同逛市场,带上阿多帮忙拿东西,却把他走丢了,后来才发现他被一群男孩逼进巷子,他们拿棍子不停地戳他。"阿多!"他不断叫着,同时畏缩地后退,却始终没有出手反抗那群施虐者。"柴尔修士说他有颗善良的心。"

"是啊,"她说,"假如他愿意,他那双手满可以把人头从脖子上硬生生扭下来。总之呢,他最好多提防小瓦德那家伙,你们两个都要小心。他们管块头大的叫小瓦德,我看这绰号取得好。块头大,心眼小,天生一副贱骨头。"

"他不敢对我怎样,他虽然爱耍嘴皮子,其实心里怕死夏天了。"

"或许他不像看起来那么笨。"欧莎自己对冰原狼始终提心吊胆,她被捕那天,夏天和灰风把三个野人活生生撕成碎片。"谁知道呢?弄不好他真那么蠢,那就有苦头吃啰。"她扎起头发,"你还做狼梦吗?"

"没有。"他不想谈梦。

"作王子的撒谎应该高明些,"欧莎咧嘴笑道,"哎,你做什么梦是你家的事,我厨房里的工作可多着呢。我最好早点回去,免得盖奇又挥着那柄大汤匙大吼大叫。我先告退啦,王子殿下。"

她真不该提起狼梦,当阿多负他爬上楼梯、返回寝室时,布兰

心想。他努力抗拒睡眠,最后却仍旧进入梦乡,今夜,他又梦见鱼梁木睁大深邃的红眼凝望他,张开扭曲的木嘴呼唤他。从鱼梁木苍白的枝叶中,飞出那只三眼乌鸦,用嘴啄他的脸,用刀剑般尖锐的声音喊他的名字。

一阵突来的号声唤醒了他,布兰坐起身,感激噪音将他带离梦境。他听见马儿嘶叫和嘈杂的吆喝。又有客人来了,从声音听来,这批人还喝得半醉。他拉住铁把手,坐到窗边的椅子上。对方旗帜上的图案乃是碎链巨人,原来是从末江对岸的极北封地南下的安柏家人马。

隔天安柏家的两个首领前来会谈,这两人都是大琼恩的叔父,年事已高,但嗓门奇大,身穿白熊皮斗篷,胡子也是一般颜色。名叫莫尔斯的某次被乌鸦误当成死人,啄掉一只眼睛,所以戴了一颗龙晶做的假眼。在老奶妈的故事里,当时他一把抓住乌鸦,咬掉了它的头,因此大家叫他"鸦食"。至于他那瘦削的弟弟如何被称做"妓魇"霍瑟,她则无论如何不肯对布兰说明。

才刚坐定,莫尔斯便开口表示愿娶霍伍德伯爵夫人。"我们都知道,大琼恩是少狼主最得力的左膀右臂。还有谁比安柏家的人更适合保护这位寡妇的领地?而安柏家中又有谁比我合适呢?"

"唐娜拉目前仍在为夫守丧。"鲁温学士说。

"我这身毛皮底下,正有东西专治悲伤呢!"莫尔斯笑道。罗德利克爵士彬彬有礼地向他道谢,并表示一定将此事呈报伯爵夫人和国王陛下。

霍瑟要的则是船。"这阵子,野人不断从北方偷摸过来,以前从没有这么多。他们划着小船,横渡海豹湾,被海浪冲到咱们岸上。东海望的乌鸦太少,阻止不了他们,况且他们又像黄鼠狼一样躲得飞快。咱们需要长船战舰,哎,还要厉害角色来驾驶。大琼恩带走了太多壮丁,咱们一半的地就因为没人收割,白白糟蹋掉了。"

罗德利克爵士捻捻胡子,"你家领内有大片高松木和老橡树,曼德勒大人那儿则有大批造船师和水手。倘若你们携手合作,应该可以造出足够的船只防御两家海岸。"

"曼德勒?"莫尔斯·安柏哼了一声,"那坨猪油?我听说他的手下给他取了个'鳗鱼大人'的绰号。那家伙连路都走不大动,若你拿把剑戳进他肚子,真不知有多少条鳗鱼跑出来哟!"

"胖归胖,"罗德利克爵士道,"他人可不笨。你不和他合作,陛下唯你是问。"令布兰惊讶的是,这两个凶暴的安柏家人竟同意照办,虽然免不了一阵咕哝。

开会之间,深林堡的葛洛佛家人马也到了,还有来自托伦方城陶哈家的大批部众。盖伯特和罗贝特这两个葛洛佛把深林堡交给罗贝特的妻子管理,但前往临冬城的却是他们的总管。"夫人不克亲至,还请殿下见谅。她的孩子年纪尚幼,不堪旅途奔波,她又心地仁善,不愿抛下他们。"布兰很快发现深林堡真正做主的是这位总管,决非葛洛佛夫人。那人表示目前只能拨出十分之一的收成作为存粮,因为某个流浪巫师告诉他,在天气转冷以前,将会有一次"鬼夏"的大丰收。鲁温师傅对这位巫师很有意见,罗德利克爵士则命令对方立刻拨出五分之一,不得推诿。随后,他又向总管仔细询问霍伍德伯爵的私生子劳伦斯·雪诺的相关讯息。在北方,所有贵族的私生子都姓雪诺。那孩子将满十二岁,总管十分称赞他的机智和勇敢。

"布兰,看来你让那私生子继承的主意很有价值。"事后鲁温师傅说,"我相信有朝一日,你定能成为优秀的临冬城主。"

"不会,"布兰知道自己绝对当不上领主,正如他不可能成为骑士一样。"罗柏会娶佛雷家的女孩,你自己跟我说过,大小瓦德也这么说。他会留下后代,继承他统治临冬城的将是他们,不是

我。"

"布兰，或许如此，"罗德利克爵士说，"但你看看我，先后结婚三次，我的妻子却只为我产下几个女儿，而到如今也只剩了贝丝。我弟弟马丁本有四个身强力壮的儿子，却只有乔里长大成人。他遇害后，马丁的血脉便完全断绝。以后的事，谁也说不准啊。"

第二天轮到兰巴德·陶哈来开会，他提起气候的征兆和平民的愚钝，还谈到他的侄子非常渴望投身战事。"本福德自己组织了一队枪骑兵，全都是小孩，没一个超过十九岁，却个个自认是新的少狼主。我骂他们是群小兔崽子，他们反而笑我。这不，他们干脆自称野兔兵团，枪尖绑着兔子皮，嘴里唱着骑士道，骑马四处乱跑。"

布兰觉得这主意听起来真是棒透了。他记得本福德·陶哈是个身材高大、粗声粗气的男孩，以前常和父亲赫曼爵士来临冬城做客，跟罗柏和席恩·葛雷乔伊的感情都不错。但罗德利克爵士听了显然十分不悦。"倘若陛下需要援兵，他自会颁布诏令。"他说，"回去告诉你侄子，要他遵照父亲指示，留守托伦方城。"

"是，爵士先生。"兰巴德答道。随后他又提起霍伍德伯爵夫人的事，感叹她有多可怜，既无丈夫保卫封土，又无儿子继承家业。他提醒大家，他自己的夫人也出身霍伍德家族，是故去的哈瑞斯伯爵的亲妹妹，想必大家都还记得。"空旷的厅堂多么令人忧伤。我在考虑，是否把我的小儿子交给唐娜拉夫人收养，贝伦快十岁了，是个讨人喜欢的孩子，又是她的亲外甥。我相信他一定可以让她开心起来，倘若他想改姓霍伍德……"

"成为继承人？"鲁温学士提示。

"……这样他们的家业才能延续啊。"兰巴德说完。

布兰知道接下来该怎么办。"大人，非常感谢您的提议，"罗德利克爵士还没开口，他便抢着说，"我们会将此事呈报我哥哥罗柏，噢，还有霍伍德伯爵夫人。"

见他开口说话，兰巴德似乎很讶异。"谢谢您，王子殿下。"他口中这么说，布兰却从他淡蓝的眼底看到了怜悯，或许还夹杂了一点窃喜：幸亏这残废不是我儿子。一时之间，布兰好恨他。

不过鲁温师傅似乎满喜欢他。"贝伦·陶哈很可能是最佳人选。"兰巴德离开后，他对他们说，"他有一半霍伍德家的血统，如果让他冠上姨丈的姓……"

"……也还是个孩子。"罗德利克爵士说，"碰上莫尔斯·安柏或卢斯·波顿的私生子这类人，要守住领土恐怕力有未逮。我们必须审慎考虑，在罗柏做出决定之前，我们要给他最好的建议。"

"最后很可能回归现实，"鲁温师傅道，"看他当前最需要哪位诸侯。眼下河间地也归他统治，他可能打算把霍伍德伯爵夫人嫁给三河流域的贵族，借以巩固双方的联盟，或许布莱伍德家，或许佛雷家——"

"霍伍德伯爵夫人可以嫁给我们这里的佛雷，"布兰说，"她要两个也没关系。"

"王子殿下，你这样说太不厚道了。"罗德利克爵士轻声斥责。

大小瓦德难道就厚道了吗？布兰皱起眉头，低头看着桌子，不发一语。

之后几天，信鸦陆续带来其他诸侯不克前来的致歉函。恐怖堡的私生子不愿前来，莫尔蒙家和卡史塔克家则是族中头面人物均随罗柏南征，洛克大人年事已高、不便长途跋涉，菲林特伯爵夫人身怀六甲，寡妇望还有疾病肆虐，需要处理。最后史塔克家族的主要封臣都捎来信息，只剩多年不曾踏出沼泽一步的泽地人霍兰·黎德，以及居城离临冬城仅半日骑程的赛文家。赛文大人被兰尼斯特家俘虏，不过他十四岁的儿子却在一个清朗徐风的早晨，领着

二十四名枪骑兵来到临冬城。他们穿过城门时，布兰正骑着小舞在场子上打转。他策马快跑过去招呼，克雷对布兰一家兄弟姐妹向来友善。

"早上好，布兰！"克雷开心地唤道，"哟，现在该叫你布兰王子啦！"

"哎，随便啦。"

克雷笑道："有何不可?这年头，人人都想当国王当王子。史坦尼斯的信有没有送到临冬城啊?"

"史坦尼斯?我不知道。"

"他现在也是国王，"克雷说，"他指控瑟曦太后和她弟弟乱伦，所以乔佛里是私生子。"

"'孽种'乔佛里，"一名赛文家的骑士咆哮道，"有弑君者这种老爸，难怪他性情乖张。"

"可不是嘛，"另一人说，"诸神最痛恨的就是乱伦，瞧瞧坦格利安家什么下场。"

一时之间，布兰只觉呼吸困难，仿佛有一只巨手在捶击他的胸膛。他觉得自己正在下坠，连忙死命抓紧小舞的缰绳。

他的恐惧一定形露于色。"怎么了?布兰?"克雷·赛文说，"你不舒服吗?不过就是另外一个国王嘛。"

"罗柏会把他也打败。"他掉转小舞的马头，朝马厩走去，赛文家众人对他投以困惑的眼神，他却浑然不觉。他的耳中轰隆作响，若非被绑在马鞍上，很可能当下落马。

当晚，布兰向父亲的诸神祷告，希望一夜无梦。若诸神在天有闻，他们一定以他的请愿为笑料，因为他们送来的梦魇比狼梦更骇人。

"若是不飞，就只有摔死一途！"三眼乌鸦一边啄他，一边厉声尖叫。他哭着苦苦哀求，然而乌鸦全无怜悯之心。它先啄掉他

253

的左眼，然后是右眼，等他双眼全瞎，陷入黑暗，它又啄他额头，那恐怖的锐利鸟喙深深钻进头骨。他疯狂惨叫，直叫到肺部肿胀欲裂。疼痛有如利斧，把他的头颅劈成两半，可当乌鸦抽出沾满碎骨和脑浆的黏糊鸟喙时，布兰却又看得见了。眼前的景象，使他恐惧得屏住了呼吸，他正攀在一座好几里高的塔楼边缘，手指逐渐滑开，指甲扒着石砖，瘫软无用的蠢笨双脚正把他往下拖。"救命！"他大叫。一名金发男子出现在上方的天空中，把他拉了上去。"好好想一想，我为爱情做了些什么。"他轻声低语，随后把拼命踢腿挣扎的布兰抛入半空。

提利昂

"而今的睡眠不比从前啰，"派席尔大学士为凌晨的会面精神欠佳向他致歉，"我宁可天亮前便早早起身，也不愿辗转反侧，为未完成的工作揪心忧愁。"他话虽这么说，但瞧那低垂的眼皮，他似乎又快睡着了。

他们坐在鸦巢下通风的房间里，他的女侍送上白煮蛋、煮李子和燕麦粥。"非常时期，许多百姓连吃的都没有，我想自己也该一切从简。"

"令人钦佩。"提利昂承认，并敲开一颗棕色的大蛋，心里觉得这颗蛋还真像大学士布满斑点的秃头。"但我看法不同。我是能吃的时候尽量吃，以免明天吃不到。"他露出微笑，"说来，您的信鸦也这么早起吗？"

派席尔捻捻流泻至胸的雪白胡须，"那当然。等您吃完，我就叫人拿纸笔来？"

"不必了。"提利昂取出两封信，放在燕麦粥旁。这是两张卷得很紧的羊皮纸，侧面用蜡封好。"叫你的女仆下去，我们好说话。"

"孩子，你先退下。"派席尔命令，女孩急忙离开房间。"请问这些是……"

"寄给多恩亲王道朗·马泰尔的信函，"提利昂剥开蛋壳，咬了一口，似乎没加盐，"一式两份，事关重大，派你最快的鸟儿送去。"

"吃完早餐，我即刻处理。"

"现在就办,李子可以待会儿再吃,国家大事可等不得。眼下蓝礼大人正率军沿玫瑰大道北进,而谁也说不准史坦尼斯大人何时会自龙石岛起航。"

派席尔眨眨眼,"如果大人您坚持——"

"我很坚持。"

"我随时任您差遣。"学士蹒跚起身,颈链轻声作响。他的颈链粗大沉重,重量乃是普通学士项链的十数倍,互相串接,镶以宝石。在提利昂看来,其中黄金、白银和铂金的链条数目远远超过其他不值钱的金属。

派席尔动作很慢,提利昂吃完煮蛋,又尝过李子——李子煮得烂熟多汁,正合他胃口——这才听见扑翅之音。他站起来,看见清晨天际乌鸦墨黑的身影,便骤然转身,朝房间远端迷宫般的置物架走去。

学士的药品为数惊人:几十个蜡封的罐子,百余瓶塞住的小瓶,同样数量的白玻璃瓶,不计其数的干药草罐,每个容器上都有派席尔用工整的字迹写成的精确标签。此人真是井井有条,提利昂心想。的确,一旦你理解了分类依据,便会发现每种药品都摆放得恰到好处。都是些有趣的东西:甜睡花和龙葵、罂粟花奶、里斯之泪、灰蕈粉、附子草和鬼舞草、石蜥毒、瞎眼毒、寡妇之血……

他踮起脚尖,使尽全身力气向上伸展,好不容易够到一个放在高处、积满灰尘的小罐子。他看看上面的标签,笑着将之藏进衣袖。

当派席尔大学士慢吞吞地走下楼梯时,他已经坐回桌边,吃起另一颗蛋。"大人,办妥了。"老人坐下来,"这种事……是啊,是啊,办得越快越好……您说,事关重大?"

"噢,没错。"提利昂嫌燕麦粥太稠,且缺了奶油和蜂蜜。这阵子,君临城中已经很难吃到奶油和蜂蜜,但拜盖尔斯伯爵之赐,

城堡里的供应倒不缺。最近城堡中的粮食有一半是从他和坦妲伯爵夫人的领地运来。罗斯比城和史铎克渥斯堡位于王城以北，尚未遭战火波及。

"寄给多恩亲王本人，我……我可否问问……"

"最好别问。"

"如您所愿，"提利昂能感受到派席尔强烈的好奇，"或许……该让御前会议……"

提利昂拿起木匙轻敲碗沿，"好师傅，御前会议的职能是'辅佐'陛下。"

"是啊，"派席尔说，"而陛下他——"

"——年方十三，由我代为行事。"

"的确，您是当今首相，可是……您亲爱的姐姐，我们的摄政太后，她……"

"……她漂亮白皙的肩膀上背负了太多重责大任，我可不能无端加重她的负担，您说对吧？"提利昂歪歪头，审视着大学士。

派席尔急忙垂下视线，看着自己的早餐。有的人看了他那对大小不一、一绿一黑的眼睛便会不舒服；他很清楚这一点，因此善加利用。"啊，"老人对着自己的李子喃喃道，"大人您说得一点没错。为她省去这些……负担……您真是太体贴了。"

"我这个人别的优点没有，就是体贴，"提利昂继续吃起不甚可口的燕麦粥，"瑟曦毕竟是我亲姐姐嘛。"

"是啊，她还是个女人，"派席尔大学士道，"虽然并非平凡女子，但……女人终究内心脆弱，想一肩挑起国家大事，也真是不容易……"

得了，她是脆弱的白鸽？去问问艾德·史塔克吧！"知道您和我一样关心她，我实在备感欣慰。感谢您的盛情款待，不过我今天还有事要忙。"他扭扭腿，爬下椅子，"等我们收到多恩方面的回信,劳烦您立刻通知我啰!"

"照您吩咐,大人。"

"只通知我一个人哦!"

"啊……一定一定。"派席尔用布满老人斑的手抓着胡子,就像溺水之人伸手够绳子一样。提利昂看了满心欢喜,这是第一个,他想。

他跛着脚走进下层庭院,畸形的双腿因为走楼梯而酸痛。此刻,太阳已高挂天际,城堡里也活络了起来。守卫们在城墙上巡逻,骑士和他们的随从则以钝器练习战技。波隆就在广场附近,坐在一口井边,两个漂亮女侍合力提着一个装满毯子的柳条篮轻步走过,佣兵却目不斜视。"波隆,你真是没救了,"提利昂指指两个女孩,"大好春光就在眼前,你却光顾着看一群呆头鹅打架。"

"城里有一百间便宜妓院,花上几个铜板,我爱怎么干就怎么干。"波隆回答,"可哪天从这群呆头鹅身上学到的东西却可能救我一命。"他站起来,"那个穿蓝格子外衣,盾牌上有三只眼睛的小鬼是谁?"

"某位雇佣骑士,自称塔拉德。你问这干嘛?"

波隆拨开遮住眼睛的一绺头发,"这里面,属他最行。可你仔细瞧瞧,他的行动有一定的节奏,每次攻击都依相同的顺序使用相同的招式,"他嘿嘿一笑,"哪天他跟我对上,就会因此没命。"

"他已经宣誓效忠乔佛里,应该不会跟你对上。"他们一同穿过庭院,波隆放慢脚步,以配合提利昂的短腿。最近这位佣兵看来已有些人样:黑发梳洗整齐,胡子剃得干净,身上穿着都城守备队军官的黑色胸甲,一件兰尼斯特家的深红底金手披风自肩头垂下,提利昂任命他为自己侍卫队长的那天,送他这件披风作礼物。"今天有多少人请愿?"他问。

"三十多个,"波隆回答,"跟以前一样,不是来抱怨,就是

有事相求。对了,你的宠物回来了。"

他呻吟一声,"坦妲伯爵夫人来过?"

"她的随从来过。她再度邀请你去共进晚餐,说是备下一大块鹿腿肉,两只淋了桑葚酱的填鹅,还有——"

"——她女儿。"提利昂嫌恶地说完。自他抵达红堡的那一刻起,坦妲伯爵夫人便穷追不舍,轮番祭出鳗鱼派、野猪肉和美味的奶油浓汤当武器。她的女儿洛丽丝不但生得肥胖,柔弱而蠢笨,而且谣传三十三岁了还是个处女,可她不知怎的却认定侏儒少爷和自己女儿是天生绝配。"回复她,我很抱歉无法赴宴。"

"对填鹅没兴趣?"波隆一脸邪恶地笑道。

"干脆你去吃鹅,顺便把少女娶回家得了。或者换个人,叫夏嘎去。"

"如果是夏嘎,八成会吃了少女,把鹅娶回家。"波隆评估,"哈,不过洛丽丝比他还重。"

"这倒没错,"提利昂承认。他们走进两座塔楼间密闭通道的阴影下,"还有谁?"

佣兵略微正色道:"有个布拉佛斯来的钱庄老板,手上拿了些有模有样的借据,说要跟国王见面,谈谈归还欠款的事。"

"可怜虫,小乔能不能数过二十都成问题。叫他去找小指头,他会想办法打发掉。再来呢?"

"有个三河一带来的领主老爷,控诉你老爸的手下烧了他家城堡,奸了他老婆,还把他的农民全杀光了。"

"我们不是在'打仗'嘛?"提利昂心想这八成是格雷果·克里冈干的好事,不然就是亚摩利·洛奇爵士,或者父亲那群科霍尔恶狗。"他要乔佛里怎样?"

"赐给他新的农民。"波隆道,"他大老远走到这里,宣扬自己效忠王室,并要求补偿。"

"我明天找时间接见他。"无论对方的忠诚是出于真心,还是走投无路,一个听话的河间贵族终归有用。"给他弄个舒服点的房间,热好饭菜,再叫人送双新靴子去,要上好的,就说是乔佛里国王的心意。"慷慨的表示总不会错。

波隆简略地点个头,"还有一大群面包师、屠夫和菜贩子吵着要见国王。"

"我上回不是说了,我没东西给他们。"运进君临城里的食物少得可怜,其中还有多半供应城堡和军营。青菜、根菜、面粉和水果的售价同时飙升,提利昂根本不敢想象跳蚤窝的食堂锅里煮的都是什么肉。或许有鱼吧,他心里希望,因为河流与海洋都还在他们掌握中……至少在史坦尼斯公爵渡海之前是这样。

"他们要的是保护。昨晚有个面包师被人放在自己炉子上烤熟了,暴民说他面包卖得太贵。"

"真的?"

"现在他也没法否认。"

"他们……没把他吃了吧?"

"这倒没听说。"

"想来下次一定会,"提利昂沉重地说,"能提供的保护我都给了。金袍军——"

"他们声称有金袍军混在暴民里,"波隆道,"因此要求觐见陛下本人。"

"一群蠢蛋。"提利昂上次连声致歉,好说歹说把他们送走;换做他外甥,动用的可就是鞭子和长枪了。他真有点想撒手不管……但不行,他不敢这么做。敌人兵临城下是早晚的事,此刻他最不能容许的就是被城里的叛徒出卖。"告诉他们,乔佛里国王陛下业已体察他们的恐慌,将尽一切努力为他们改善环境。"

"他们要的是面包,不是承诺。"

"我若是今天给他们面包,明天来请求的人就会多上一倍。还有谁?"

"有个长城来的黑衣弟兄,总管说他带了个罐子,里面有只烂掉的手。"

提利昂有气无力地微笑,"真令人惊讶,怎么没人把它给吃了。我想我该见见他,不会刚巧是尤伦吧?"

"不,是个骑士,叫索恩。"

"艾里沙·索恩爵士?"在长城期间,他见过的黑衣弟兄里,数艾里沙·索恩爵士最不讨提利昂·兰尼斯特喜欢。此人不仅刻薄恶毒,而且极端自大。"仔细想想,我眼下可不怎么想见艾里沙爵士。帮他找个一年没换毯子的小房间,让他那只手多烂一点。"

波隆扑哧一笑,转头走开,提利昂则挣扎着爬上螺旋梯。当他瘸着脚穿过广场时,听见铁闸升起的声音,姐姐正带着大队人马准备出门。

瑟曦骑着白马,高高在上,宛如绿衣女神。"弟弟,"她喊道,口气没有丝毫热情。太后对于他整治杰诺斯·史林特的事很不高兴。

"太后陛下,"提利昂恭敬地鞠个躬,"您今早看起来真是明艳动人。"她头戴黄金宝冠,身披鼬皮斗篷,身后跟着大批骑马随从:御林铁卫柏洛斯·布劳恩爵士身穿白鳞甲,一如往常地皱着眉头;巴隆·史文爵士把弓斜挂在镶银马鞍上;盖尔斯·罗斯比伯爵的哮喘越来越严重;人群中还有炼金术士公会的火术士哈林,以及太后的新宠、他们的堂弟蓝赛尔·兰尼斯特爵士,他原本是她前夫的侍从,后来由于遗孀的坚持擢升为骑士。维拉尔和二十名卫士随侍护送。"姐姐,你这是上哪儿啊?"提利昂问。

"我到各城门视察新造的弩炮和喷火弩。我可不要别人以为我和你一般,对城防设施不闻不问。"瑟曦用那双澄澈的绿眸瞪

261

着他，纵使眼神充满轻蔑，依旧不减其美丽。"我接到报告，蓝礼·拜拉席恩已率部从高庭出发，眼下正带着重兵沿玫瑰大道北进。"

"瓦里斯也这么跟我说。"

"等下次月圆，他可能就到了！"

"以他现在这种悠闲的速度，不可能。"提利昂向她保证，"他每晚在不同的城堡欢宴，每到一个岔路口就开庭主持朝政。"

"而每一天都有更多士卒聚集到他旗下，据说他的兵力已多达十万！"

"的确是蛮多。"

"他身后有风息堡和高庭的势力撑腰，你这小笨蛋！"瑟曦朝下怒骂，"提利尔帐下所有诸侯都站在他那边，唯有雷德温除外——就这点你还得感谢我，只要我握有派克斯特大人那两个丑八怪双胞胎，他就只敢窝在青亭岛，还得暗自庆幸走运。"

"只可惜你让百花骑士从你的纤纤玉指间溜走了。总而言之，除我们以外，蓝礼还有别的事要操心，比如我们在赫伦堡的父亲，奔流城的罗柏·史塔克……如果我是他，我也会选择这样的策略，缓步前进，一边向全国展示自己的实力，一边观望等待。让对手去互相残杀，自己则静待时机成熟。倘若史塔克军打败我们，整个南方将如诸神洒下的恩惠一样，立刻落入蓝礼手中，不费他一兵一卒。假如我们得胜，他也可以乘虚而入。"

瑟曦余怒未息，"我要你命令父亲即刻率军来君临。"

除了让你安心，这一点用也没有。"我何时能'命令'父亲做这做那啦？"

她不理这个问题，"还有，你打算什么时候救詹姆出来？他一个人抵你一百个！"

提利昂傻笑道："我求你了，这秘密可千万别说给史塔克夫人

知道,我们没有一百个我可供交换哪。"

"父亲一定疯了才派你来,你连一无是处的白痴都不如。"太后一扯缰绳,掉转马头,快步跑出城门,鼬皮斗篷在身后飘动。她的随从急忙跟上。

事实上,蓝礼·拜拉席恩对提利昂的威胁,不及他老哥史坦尼斯的一半。蓝礼固然深受民众爱戴,但他从未率兵打过仗,史坦尼斯就不同了,此人作风严厉,冷酷无情,若有办法知道龙石岛上的情形就好了……然而不论他花钱招募多少渔夫前往该岛刺探,都没有半个人回来,就连太监宣称布置在史坦尼斯身边的密探也杳无音讯。是啊,有人在岸边看到里斯战舰的斑纹船身,瓦里斯还从密尔得到报告,有当地的佣兵船长前去龙石岛效命。倘若史坦尼斯从海上进攻的同时,他弟弟蓝礼率陆军攻城,那须臾之后,乔佛里的头就得挂在枪尖上了。更糟的是,我的头会插在他旁边。令人沮丧的景象。假如事态果真演变到那种地步,他得先想办法让雪伊安全出城。

波德瑞克·派恩站在书房门口,凝神研究地板。"他在里面,"他对着提利昂的腰带宣布,"在您的书房里面,大人,对不起。"

提利昂叹道:"看着我,波德,我受不了你看着我的裤褶讲话,看得我浑身不舒服,何况我那儿又没开口。谁在我书房里面?"

"小指头大人,"波德瑞克小心而飞速地瞄了他一眼,随即又匆忙垂下视线,"我是说,培提尔大人,贝里席大人,财政大臣。"

"你把他说得好像一群人。"男孩仿佛挨打般弯下身子,令提利昂觉得莫名的罪过。

培提尔伯爵坐在窗边,穿着李子色长绒毛外衣和黄缎披风,戴着手套,一只手搁在膝盖上,模样优雅而慵懒。"国王正拿十字弓和兔子作战，"他说，"过来瞧瞧吧，目前兔子占上风。"

提利昂得踮起脚尖才能看清楚。外面广场上躺了只死兔子，另有一只身上插了根弩箭，长耳朵不断抽搐，差不多就要断气。无数的箭支七零八落地斜插在硬泥地上，活像被暴风吹乱的稻草。"放！"乔佛里大喊，猎师便放开原本握住的兔子，兔子拔腿就跑。乔佛里用力扣下十字弓扳机，结果足足瞄差了两尺。兔子后脚站立，朝国王掀掀鼻子，小乔一边咒骂，一边扭紧弓弦，但他还不及重新上箭，兔子已跑得不见踪影。"再来一只！"猎师把手伸进兔笼，抓出一只棕色的，这次乔佛里急于放箭，差点射中普列斯顿爵士胯下。

小指头转过来，"小子，喜不喜欢罐腌兔肉？"他问波德瑞克·派恩。

波德盯着访客的靴子，那是一双染色的漂亮红皮靴，上面有黑色涡形装饰，"大人，是吃的吗？"

"嗯，劝你把钱投资在陶罐上，"小指头建议，"城堡很快会被兔子淹没，到时候我们一日三餐都得吃兔肉。"

"总比吃老鼠肉好。"提利昂道，"波德，你退下吧。对了，培提尔大人要不要先喝点什么？"

"谢谢，还是不用了。"小指头露出招牌式的挖苦笑容，"人家说：醉来饮袾儒，醒时守长城。我本就气色不佳，穿上黑衣那就太明显了。"

你不用害怕，大人，提利昂心想，我为你准备的可不是长城。他在一张堆满靠垫的高椅子上坐下，"大人，您今天看起来可真雅致。"

"听您这么说，我好难过，我可是努力让自己'每天'看起来都雅致哪。"

"这是套新衣服？"

"是啊，您眼光真不错。"

"李子色和黄色，是您家徽的颜色？"

"不是，但每天都穿得颜色雷同，总会烦的，得不时换换，您说对吧？"

"您那把刀子也漂亮极了。"

"是吗？"小指头眼里闪过一抹促狭，他抽出匕首，若无其事地看了一眼，仿佛是这辈子头一遭见到，"瓦雷利亚钢的，龙骨刀柄，可惜就是样式普通。您感兴趣的话，就送给您吧。"

"送给我？"提利昂意味深长地看了他一阵，"不，我觉得不妥，还是别给我的好。"他知道，这傲慢的混蛋，他不但知道，也清楚我知道，还认为我动不了他。

在这个世界上，假如说真有谁用黄金来武装自己，非培提尔·贝里席莫属，而不是詹姆·兰尼斯特。詹姆那套闻名天下的铠甲不过是镀金的钢板，可小指头，啊……提利昂对亲爱的培提尔所知越多，就越觉得不安。

十年前，培提尔伯爵被琼恩·艾林安插去某个海关小职位吃闲饭，结果他反以三倍于其他税吏的收入脱颖而出。由于劳勃国王花钱很厉害，所以像培提尔·贝里席这种可以把两枚金龙币磨一磨生出第三个来的人，自然成为不可多得的人才。于是小指头一路扶摇直上，入宫不过三年，便已成为财政大臣，列席御前会议。比起焦头烂额的前任大臣时代，如今王室岁入是过去的整整十倍……王室负债也相应地大幅增加。培提尔·贝里席是变戏法的高手。

噢，他的确聪明。他不是简单地收取税金，然后将之深锁国库，他的办法多着呢。他用种种国王的承诺来抵支债款，再将国库里的资金拿去运用。他购置货车、店铺、船只和房舍，在作物丰收时低价买入谷物，在粮食短缺时高价卖出面包。他从北方买进羊毛，自南方购入麻布，从里斯进口蕾丝，或储存起来，或四处流通,染色之后,继而卖出。金龙币仿佛自行繁衍般不断膨胀增加。小指头放款出去,连本带利收回来。

与此同时,他也逐渐培养自己的心腹。四库总管全是他的人,王家会计和王家度量员,就连三间铸币厂的负责人,也都是他提名的人选。除此之外,港务长、包税人、海关人员、羊毛代理商、道路收费员、船务长、葡萄酒代理商人等等,十个里面也有九个是小指头的人。他们大都家世普通,包括商人之子、小贵族,甚至有外国人,但以成就而论,这些人的能力远超前任的贵族事务官。

从没有人质疑过这些任命,何必呢?小指头对任何人都不构成威胁。他聪明伶俐,笑口常开,和蔼可亲,是每个人的朋友。不论国王或首相需要什么款子,他有求必应,况且他出身不高,只比雇佣骑士稍高一等,因此也不起眼。他没有藩属诸侯,没有众多仆从,没有雄城古堡,没有值得夸耀的祖业,没有高攀婚姻的本钱。

就算他是叛徒,我敢动他吗?提利昂心想。他不敢全然确定,尤其是在战火正酣的当下。时间一久,他自能用自己的人取代小指头的人担任要职,但现在……

下面的广场传来喊叫。"哈,陛下杀死了一只兔子,"贝里席伯爵解说道。

"想也知道是只迟钝的兔子。"提利昂说,"大人,您小时候在奔流城做养子,听说您和徒利家关系亲近。"

"可以这么说,尤其是和女孩子。"

"有多亲近?"

"我破了她俩的处子之身,够亲近了吧?"

这个谎——提利昂很确定这是撒谎——撒得全然若无其事,几可乱真。难道撒谎的人是凯特琳·史塔克?关于童贞被夺和匕首的事难道也是假的?提利昂活得越久,便越觉得凡事都不简单,而世间少有真相可言。"霍斯特大人的两个女儿对我都无好感,"他坦承,

"即便我有什么提议,她俩大概也不愿听。可是呢,假如从您口中说出来,那么同样的话,想必就是甜在心头啰。"

"那得看说什么话。如果您想用珊莎换您哥哥,请您去浪费别人的时间。乔佛里绝不肯放掉他的玩具,而凯特琳夫人也不至于蠢到拿弑君者仅跟你换一个女儿。"

"我准备把艾莉亚也还给她,我已经派人去找了。"

"找和找到是两码事。"

"大人,我会谨记您这句忠告。不过我真正的意思,是希望您前去打动莱莎夫人,对她,我开出的条件优厚得多。"

"莱莎比凯特琳听话,这没错……不过她的胆子也小,而且我知道她恨你。"

"她自认理由充分,我作客鹰巢城时,她坚称我是谋害她丈夫的凶手,对我的辩驳充耳不闻。"他微向前靠,"你看,假如我答应把杀害琼恩·艾林的真凶交给她,或许她会因此对我转变看法?"

这话让小指头坐直了身子,"您找到了真凶?我得承认,您挑起我的好奇了。您打算怎么做?"

现在轮到了提利昂微笑,"莱莎·艾林得先知道,我这人送朋友礼物,向来是心甘情愿。"

"您要她的友谊,还是她的军队?"

"两者都要。"

小指头捻捻修剪整齐的尖胡子,"莱莎也有自己的难处,明月山脉里的高山氏族越来越肆无忌惮,数目逐渐增加……装备也日益精良。"

"真叫人头痛。"提供装备的提利昂·兰尼斯特说,"不过这个忙我能帮,只需我一句话……"

"这句话的代价是什么?"

"我要莱莎夫人母子奉乔佛里为王,宣誓效忠,然后——"

"——出兵攻打史塔克和徒利？"小指头摇摇头，"兰尼斯特，你计划的漏洞在于：莱莎绝不会与奔流城作对。"

"我当然不会这么要求她。我们又不缺敌人，可以动用她的军队去对付蓝礼大人，或史坦尼斯大人——倘若他从龙石岛出兵的话。作为回报，我会还她一个公道，为琼恩·艾林主持正义，并恢复谷地的和平，我甚至会任命她那可怕的孩子为东境守护，继承先父的职位。"我要看他飞！男孩的声音在记忆里隐约回荡，"为确保我履行承诺，我还会把外甥女交给她。"

看到培提尔·贝里席那双灰绿眼眸里露出真正的惊讶，他颇感得意。"弥赛菈？"

"等她成年以后，便可嫁给小劳勃公爵。在此之前，她留在鹰巢城当莱莎夫人的养女。"

"请问太后对此有何看法？"小指头一见提利昂耸肩，当即大笑，"想也知道，兰尼斯特，你真是个危险的小家伙。不错，我可以在莱莎耳边对她这么唱，"他又露出那狡猾的微笑，目光浮现一抹促狭，"如果我愿意的话。"

提利昂点点头，不动声色，他知道小指头绝对沉不住气。

"好吧，"过了半晌，培提尔毫无愧色地接腔，"你打算给我什么好处？"

"赫伦堡。"

观察他脸上的表情变化实在有趣。培提尔伯爵的父亲是王国贵族中地位最卑微的一类，他的祖父更只是个毫无田产的雇佣骑士；他所继承的家业，只是五指半岛海滨一片狂风肆虐的岩岸。赫伦堡却是七大王国中最为丰饶肥硕的领地之一，占地广大，土壤肥美，壮丽的主城固若金汤，与国内任何城塞相比，都绝不逊色……与它相比，连奔流城都显得小巫见大巫——培提尔·贝里席便是在那里做过徒利家养子，可当他不知分寸地觊觎霍斯特公爵的千金时，立

刻被粗暴地轰出去了。

小指头花了点时间整理披风,但提利昂可以看见那双狡黠猫眼里闪过的饥渴。对方上钩了,他心里清楚。"赫伦堡是个不祥之地。"片刻之后,培提尔伯爵说,装出无趣的样子。

"那就把它夷为平地,依您的意思重新修建。不用担心经费,我打算让您总领三河流域,这些河间贵族已经证明了他们有多么反复无常,就让他们对您宣誓效忠吧。"

"连徒利家也一样?"

"假如我们胜利后,徒利家还存在的话。"

小指头的表情像极了刚偷咬一大口蜂窝的男孩,他很想提防蜜蜂,但蜂蜜却太过甜美。"赫伦堡及其所有领地、税赋,"他寻思,"如此一来,你就让我跻身于王国最显赫的贵族之林。大人,非我不懂知恩图报,可——您为什么要这样做?"

"先前在国王继位的危机中,您辅佐太后匡扶王上,立下汗马功劳。"

"杰诺斯·史林特不也一样?况且他也新近得到了这个赫伦堡——可一旦他没了利用价值,城便又被收了回去。"

提利昂笑道:"您可真尖刻,大人。您要我怎么说呢?我需要您去说服莱莎夫人,但我不需要杰诺斯·史林特来掌管我的军队。"他耸耸肩,"我宁可让您接手赫伦堡,也不愿见到蓝礼坐上铁王座,这不是再明显不过了吗?"

"此话有理。您知道,为了让莱莎·艾林同意这桩婚事,我很可能得再跟她上床。"

"我相信您一定胜任愉快。"

"我曾对奈德·史塔克说:如果你发现跟自己上床的原来是个丑女,最好的作法就是闭上眼睛,赶紧办事。"小指头十指交叠,看着提利昂那双大小不一的眼睛,"给我两周时间,结完手边事务,然后安排船只送我去海鸥镇。"

"没问题。"

客人站起身,"兰尼斯特,看来今天早上不仅令人愉快,而且获益良多……相信对你我而言都是如此。"他一鞠躬,大跨步走出去,黄披风在身后飘动。

提利昂心想:这是第二个。

他上楼回卧室,等待瓦里斯的到来。他相信对方迟早会出现,八成是傍晚,或许更晚,到月亮出来以后。他打算今夜去会雪伊,因而不希望等得太久。因此在不到一个小时之后,当石鸦部的盖特通知他脸上扑粉的家伙来访时,他颇觉惊喜。"您害大学士局促成那样,真是没心肝哟。"太监故作斥责,"提醒您哦,此人无法保守秘密。"

"怎么,乌鸦还嫌八哥黑?难道你就不想听听我给道朗·马泰尔的信里面写了些什么?"

瓦里斯咯咯笑道:"说不定我的小小鸟儿已经告诉我了哟。"

"哦?是吗?"他想听的就是这个,"你倒说说看。"

"迄今为止,多恩尚未卷入战事,道朗·马泰尔虽已召集诸侯,但仅止于此。可是,他对兰尼斯特家族的仇恨人尽皆知,世人多半认为他会投靠蓝礼大人。您打算劝他打消这念头?"

"这很明显,"提利昂道。

"唯一费人思量的,是您究竟拿什么去换取他的盟约。亲王是个重感情的人,至今都在为妹妹伊莉亚和她的小宝贝哀悼啊。"

"家父曾告诉我,为政之人,绝不能让私人感情影响政治之道……眼下杰诺斯大人穿了黑衣,这会儿朝中就有这么个重臣席位空着呢。"

"重臣席位的确不容小觑,"瓦里斯承认,"可要让一个心高气傲之人忘记妹妹惨死的悲剧,光这样足够吗?"

"何必忘记呢？"提利昂微微一笑，"我已许下承诺，交出杀害他妹妹的凶手，要死要活，随他高兴。当然啰，得等战争结束以后再说。"

瓦里斯精明地看了他一眼，"我的小小鸟儿告诉我，当有人找到垂死的伊莉亚公主时……她口中哭喊着……某个人的名字。"

"大家都知道的秘密，那还叫秘密吗？"但在凯岩城中，众人皆知杀死伊莉亚公主母子的是格雷果·克里冈，人们盛传他先杀了襁褓中的王子，手上沾满孩子的鲜血和脑浆，然后奸污了公主。

"您口中这个'秘密'可是令尊的部下。"

"家父会头一个告诉你：拿一只疯狗去换五万多恩士兵相当划算。"

瓦里斯摸摸扑粉的脸颊，"可是，万一道朗亲王不只要求凶手伏法，连背后主使者也要偿命怎么办？"

"叛军领袖是劳勃·拜拉席恩，归根结底，所有命令都是从他而起。"

"但劳勃当时并不在君临。"

"道朗·马泰尔不也一样？"

"所以了，用血债血偿安抚他的自尊，拿重臣职位满足他的野心，不用说，还要加上金银和封地。这提议的确诱人……然而再怎么诱人的甜点，都是可以下毒的。如果我是亲王，在伸手拿这块蜂蜜之前，还会有个要求，那，就是用来表示诚意的信物，确保不遭背叛的信物。"瓦里斯露出狡黠无比的微笑，"我很好奇，您到底把哪位送给了他？"

提利昂叹口气，"你早知道了，对吧？"

"哎，既然您都这么说了——呃，是托曼吧？毕竟您不可能把弥赛菈同时送给道朗·马泰尔和莱莎·艾林两人嘛。"

"以后记得提醒我，别跟你玩这种猜谜游戏，你会作弊。"

"托曼王子是个好孩子。"

"如果我趁他年少时，将他自瑟曦和乔佛里的魔掌中带开，或许他长大以后还会是个好人。"

"也是个好国王？"

"乔佛里才是国王。"

"倘若陛下有什么不测，托曼便将继承王位。托曼这孩子天生可爱，又是出了名的……听话啊。"

"瓦里斯，你的想象力也未免太丰富了。"

"大人，我就把您这话当恭维吧。总而言之，既然您对他如此礼遇，道朗亲王断无拒绝之理。我不得不说，您办得实在高明……除了一个小小的漏洞。"

侏儒大笑，"这个漏洞叫瑟曦？"

"国家大事哪比得上母子亲情呢？或许，看在家族荣耀和王国和平的分上，太后会勉强同意把托曼与弥赛菈其中之一送走，但两个都要？绝无可能。"

"只要别让瑟曦知道，她就无从妨碍。"

"万一计划在成熟之前，就被陛下她发现呢？"

"这个嘛，"他说，"我自然把告密者当死对头啰。"看着瓦里斯咯咯傻笑，他心里清楚：第三个也成了。

珊莎

"如果你想回家，今晚请到神木林。"

不论看了多少次，这两句话依旧与初看时无异。珊莎在枕头下发现了这张卷好的羊皮纸，却不知信是怎么来的，亦不知由谁送来。信上没有署名，没有封蜡，笔迹也很陌生。她把信纸贴在前胸，轻声自言自语："如果你想回家，今晚请到神木林。"

这究竟代表了什么？她该不该把信交给太后，借此证明自己乖巧听话？她不安地揉揉肚子。马林爵士用铁拳揍她所留下的深紫淤伤，如今只剩一片丑陋晕黄，但疼痛依旧。说来都是自作自受，她得学会更小心地隐藏自己的情绪，以免激怒乔佛里。先前当她听说史林特伯爵被小恶魔发配长城，脱口便道："希望他被异鬼抓去！"国王听了大为不满。

"如果你想回家，今晚请到神木林。"

一直以来，珊莎是多么努力地祈祷啊，这会不会是上天给她的回应？难道诸神终于派出真正的骑士来拯救她了吗？说不定是雷德温家的双胞胎之一，或是英勇的巴隆·史文爵士……甚至是她好朋友珍妮·普尔以前疯狂迷恋的贝里·唐德利恩，那个红金头发、黑披风上缀满星星的年轻伯爵。

"如果你想回家，今晚请到神木林。"

但这……又会不会是乔佛里恶毒的玩笑，就像上次带她上城去看父亲的首级？莫非这是精心布置、

证明她不忠王室的陷阱？倘若她真去了神木林，会不会发现伊林·派恩爵士静坐在心树下，手握巨剑寒冰，睁大那双惨白眼珠，

等她自投罗网？

"如果你想回家，今晚请到神木林。"

门开了，她连忙把信塞进床单，自己坐在上面。幸亏进来的只是那一头松塌棕发、生性羞怯的女侍。"你要做什么？"珊莎质问。

"小姐今晚可要洗澡？"

"嗯，就生个火吧……我有点冷。"天气虽热，她却全身发抖。

"照您的意思。"

珊莎满腹猜疑地看着这女孩。她发现信件了吗？难道是她把信放到枕头底下的？不太可能，这女孩看起来有些蠢笨，秘密送信的事不会交给这种人办。其实珊莎对她了解不多，太后每隔两周便调换她的女侍，以免她们交上朋友。

壁炉里的火生好之后，珊莎草率地向女侍道过谢，便命她退出去。这女孩和过去其他女侍一样很听话，只是珊莎觉得她的眼神不怀好意，想必这会儿便急着去向太后或瓦里斯打小报告吧。她坚信，所有的女侍都是派来监视她的。

独处之后，她立刻把信纸丢进火焰，看着羊皮纸卷曲焦黑。"如果你想回家，今晚请到神木林。"她挪到窗边，只见窗下有个矮小的骑士，盔甲被月光染得苍白，肩披厚重的白色披风，正在吊桥上来回踱步。从身高看来，定是普列斯顿·格林菲尔爵士。太后虽然同意她在城堡内自由出入，但若想在深夜离开梅葛楼，一定会遭他盘问。到时候她该怎么说呢？她突然很庆幸自己烧了那封信。

她脱去裙服，钻进被窝，却睡不着。"他"还在神木林吗？她不禁暗忖，"他"又会等多久？只给她一张纸条，却什么也不说，这样好残忍啊。百般思绪在她脑中不断回绕。

如果有人能告诉她该怎么做就好了。她好想念茉丹修女，还有她最要好的朋友珍妮·普尔。修女由于为史塔克家服务，因此和其

他人一样掉了脑袋。珍妮则在她与太后见面后便从她房里消失了，从此再无人提起，珊莎不知究竟出了什么事。她常常试着忘掉她们，但回忆总会突然涌现，泪水便跟着决堤。有时珊莎甚至会想起妹妹。如今艾莉亚一定已经安然返回了临冬城，成天跳舞缝纫，和布兰小瑞肯他们玩耍了吧！假如她心情不错，说不定还可以骑马到避冬市镇里去呢。珊莎也可以骑马，但只能在内城，多绕几圈就没意思了。

呐喊声传来时，她一点睡意也无。声音起初十分遥远，继而逐渐变大，那是无数人同时大喊的和声。她听不出在喊些什么。除此之外，还有马嘶声、沉重的脚步声和发号施令的呼喝。她爬到窗边，看见城墙上人影晃动，长枪和火炬忽隐忽现。回去睡觉，珊莎对自己说，这不关你的事，定是城里又起了骚动。仆人们都说近来城中时有动乱，躲避战火的难民不断涌进都城，很多人只能靠抢劫和谋杀为生。回去睡吧。

她探头一看，白骑士不见了，干涸护城河上的吊桥放了下来，无人守卫。

珊莎不假思索地转身跑向衣柜。哎哟，我这是在做什么？她边穿衣服边扪心自问。这真是疯了。她看到外墙上火炬通明，难道史坦尼斯和蓝礼终于前来杀乔佛里，以夺回哥哥的王位了吗？如果是这样，守卫一定会升起吊桥，切断梅葛楼与外城间的联系。珊莎披上一件浅灰斗篷，又拿了她平常切肉用的餐刀。如果这是个陷阱，那我宁愿死去，也不愿再受侮辱，她对自己说，接着把刀藏进斗篷。

她刚潜入黑夜，便有一队红袍剑士跑过无人防守的吊桥。她直等他们走远后才跟着快步冲过。院子里，士兵们忙着系剑带、装马鞍。她瞥见普列斯顿爵士站在马厩旁，正和另外三名身着月白披风的御林铁卫一同协助乔佛里穿戴盔甲。看见国王，她喉咙立时一紧，所幸他没发现她，而是一直高叫着要人拿剑和十字弓。

她越往城堡深处去，嘈杂声便越小。但她始终不敢回头，唯恐乔佛里正盯着自己……甚至尾随在后。盘旋的楼梯就在前方，其上窄窗溢出的光线在地面映落一条条明灭不定的光纹。走到楼梯顶端，珊莎已经气喘吁吁。她跑过一条阴影幢幢的柱廊，贴在一面墙上稍事休息。有东西从脚边擦过，把她吓得魂飞魄散。幸好那只是少了个耳朵、全身凌乱肮脏的黑公猫，它朝她吐口口水，跳了开去。

抵达神木林时，耳边的音响退变为微弱的金属碰撞和遥远的喊叫。珊莎拉紧斗篷，空气中充溢着泥土和树叶的味道。淑女一定会喜欢上这里，她心想。神木林有种原始的感觉，即便在这里，在都市中心的坚堡深处，你依旧可以感到古老诸神正用几千只看不见的眼睛凝视着你。

相比父亲信仰的古老诸神，珊莎更喜欢母亲的七神。她喜欢雕像和彩绘玻璃上的图案，燃香的气息，身穿长袍手捧水晶的修士，镶着珠母、玛瑙和天青石的祭坛，以及照洒其上、绚丽灿烂的七彩虹光。但她不能否认神木林的确有种特别的力量，尤其是在夜晚。帮帮我吧，她暗暗祈祷，为我送来友伴，一个愿为我挺身而战的真正骑士……

她走在树间，用手感觉粗糙的树皮，树叶拂过她的面颊。是不是来得太迟了？他不会这么快便离开吧？还是说他根本就没有来？她该不该冒险喊出声呢？这里好安宁，好平静啊……

"孩子，我还以为你不来了。"

珊莎旋身，一名男子从影子里走出，他体态笨重，脖子很粗，步履蹒跚，穿着深灰长袍，兜帽拉前遮住脸颊。但一道银色月光掠过，她一见他红肿的皮肤和下面琐碎的血管，便认出他来。"唐托斯爵士，"她颤声道，心都碎了，"是你吗？"

"是啊，小姐。"他靠过来，她可以闻到对方呼吸中的酸败酒

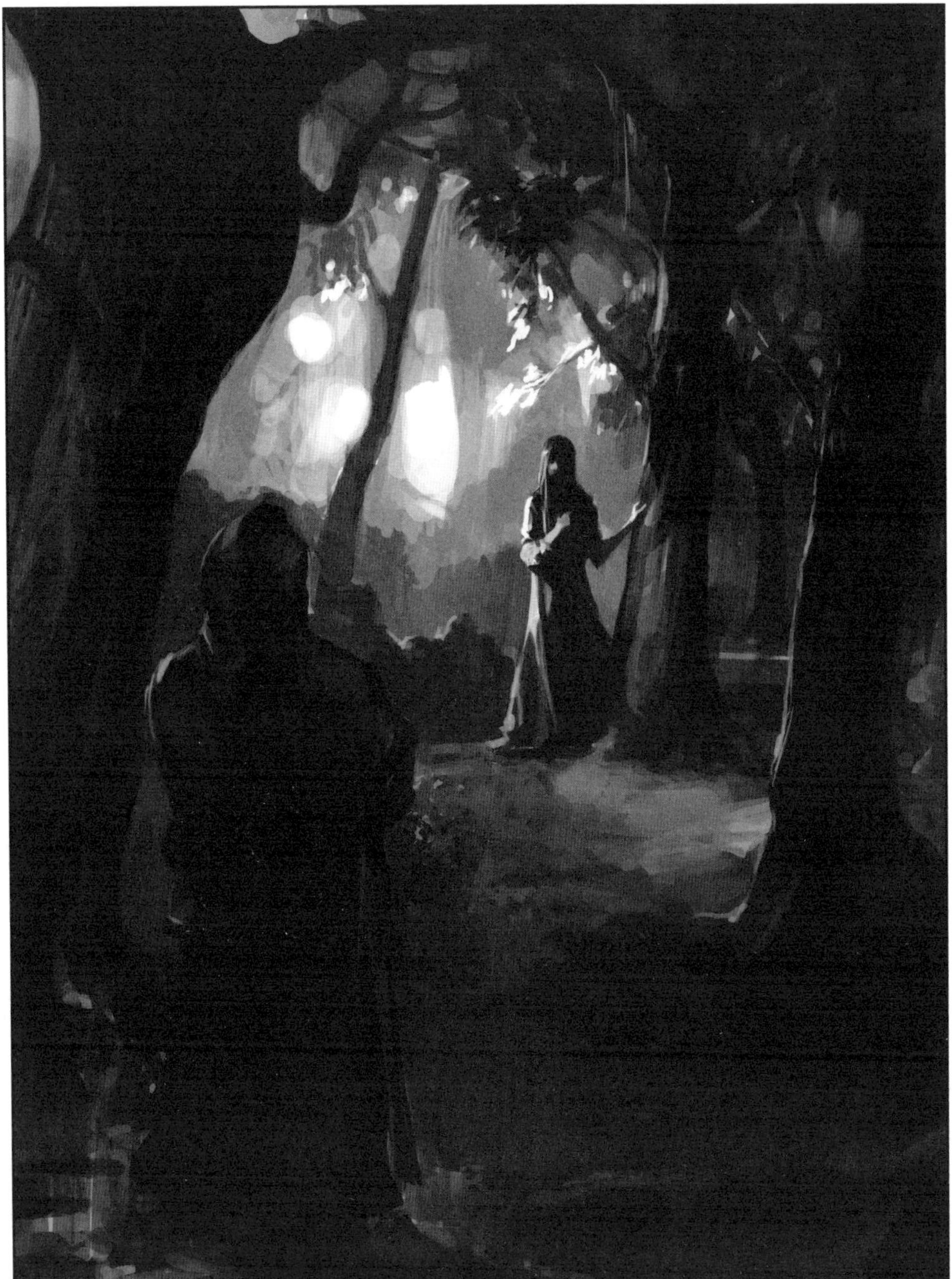

臭。"是我。"说罢他伸出手。

珊莎连忙后退。"别碰我！"她把手伸进斗篷，握住暗藏的餐刀。"你……你想怎么样？"

"我只想帮您，"唐托斯说，"正如您救我那样。"

"你喝醉了，对不对？"

"只喝了一杯，壮胆用的。我若是被他们逮着，准连皮都给扒了。"

那我又会有什么下场呢？珊莎不禁又思念起淑女。她可以嗅出其中真伪，一定可以，但她已经死了，被父亲亲手杀死，一切都是艾莉亚的缘故。她抽出短刀，双手握住，举到身前。

"您要拿它刺我？"唐托斯问。

"没错，"她说，"说！谁派你来的？"

"亲爱的小姐，没人派我来啊。我以骑士的名誉发誓。"

"骑士？"乔佛里已经宣布：他不再是骑士，而是弄臣，地位低于月童。"我向诸神祈求，希望他们派一位骑士来拯救我。"她说，"我日夜祈祷，为什么他们却送来一个烂醉的老傻子？"

"没错，都是我自作自受。可……我知道这听起来很怪，但是……我在身为骑士的这些年里，其实是个傻子，现在我真成了傻子，却觉得……却觉得我又重新找回了骑士的荣誉。这一切都是因为您啊，亲爱的小姐……因为您的恩泽和您的勇气。是您从乔佛里手中救了我。您不仅拯救了我的生命，更让我重新找回了自我。"他声音一低，"歌手们都说，从前有个傻子是古往今来最伟大的骑士……"

"佛罗理安。"珊莎轻声道，不禁浑身颤抖。

"好小姐，我愿当您的佛罗理安。"唐托斯谦卑地说，跪倒在她面前。

珊莎缓缓放低小刀。她头脑极其晕眩，仿佛整个人飘了起来。

要我把自己托付给这个酒鬼,实在太疯狂了,可如果我就此一走了之,机会还会有吗?"你……你准备怎么做?你要怎么救我出去?"

唐托斯爵士抬起头,看着她,"最难办的是如何带您出城堡。一旦出了城,就能找船载您回家。我得先凑够钱,然后打点相关事宜,如此而已。"

"那我们可以走了吗?"她问,心中不敢抱任何希望。

"今天晚上?不,好小姐,恐怕还不行。我必须先找出一个带您出城的稳妥法子,并等待时机成熟。这事不容易,也急不得。他们连我也监视着呢。"他紧张地舔舔嘴唇,"可不可以请您把刀子收起来?"

珊莎把刀子收进斗篷,"请起,爵士先生。"

"谢谢您,我的好小姐。"唐托斯爵士踉跄笨拙地起身,拂去膝上的泥土和落叶。"令尊是全国上下最为正直的人,但我却坐视他被斩首示众,什么也没说,什么也没做……可当乔佛里要杀我时,您,却为我挺身而出。小姐,我从来不是什么英雄,绝对无法与莱安·雷德温或'无畏的'巴利斯坦相提并论。我没有赢得任何一场比武会,也没有立过战功……但我确曾身为骑士,而您,让我终于明白了骑士的价值。我的命虽然微贱,但它是您的了。"唐托斯爵士伸手按住心树多瘤的树干,她看得出他正在发抖。"我发誓,以令尊信奉的诸神为见证,我一定送您回家。"

他发誓了!并且是在诸神面前立下的神圣誓言。"那么……爵士先生,我就把自己托付给您。可是,我要怎么知道何时出发呢?您还会送信给我吗?"

唐托斯爵士焦虑地四下张望,"太冒险了。只好请您常来这儿,常来神木林,找到机会就过来。这是最安全的地方,也是唯一安全的地方,别的地方都不行。不管你我的房间、楼梯间、场子里,即使我们独处也一样。红堡里的石墙都是长耳朵的,只有在这里，我们才能放心说话。"

"只有这里，"珊莎说，"我记住了。"

"还有，假如旁人在场时，我表现得冷酷无情，或是对您冷嘲热讽，甚至根本无动于衷，孩子，请您千万见谅。我有我扮演的角色，您也是一样。只需一个闪失，我们两人的头就会如令尊一样挂上城墙。"

她点点头，"我了解。"

"请您务必勇敢坚强……还要耐心等待，这比什么都重要。"

"我会的，"她保证，"可……请您……请您尽快……好吗？我好害怕……"

"我也一样。"唐托斯爵士有气无力地微笑道，"现在，您该回去了，以免引人注意。"

"你不跟我一道走？"

"最好别让任何人看到我们在一起。"

珊莎点点头，往前迈了一步……然后又紧张地转身，闭起眼睛，轻轻在他脸颊印上一吻。"我的佛罗理安。"她低声说，"诸神果真听见了我的祈祷。"

接着她便轻盈地经过临河走道，穿越小厨房和猪圈，愈加急促的脚步声被猪群的尖叫所掩盖。回家，她想，回家，他要带我回家。我的佛罗理安，他会保护我。歌颂佛罗理安和琼琪的曲子向来是她的最爱。相传佛罗理安长得也并不俊俏，只是没这么老。

她快步冲下螺旋梯，突然有个人从隐匿的门槛里蹒跚走出，珊莎一头撞进他怀中，失去重心，差点摔倒，好在一只戴铁套的手及时扣住她手腕，一个暗哑的声音同时响起："小小鸟，这楼梯可是又陡又高，难不成你想把我俩都害死？"他的笑声好似在锯石头。

"说不定你真想。"

是猎狗！"不，大人，请您原谅，我没有这个意思。"珊莎赶忙移开视线,但太晚了,他已经看到了她的脸。"请您不要这样,您把我弄痛了。"她挣扎着想脱身。

"大半夜的,小乔的小小鸟干吗从楼梯上飞下来啊?"见她不答,他便用力摇她。"你上哪儿去了?"

"神——神——神木林,大人,"她不敢撒谎,"我去为我父亲祈……祈祷,还……还为国王陛下祈祷,祈祷他平安无恙。"

"你以为我喝醉了,就会相信这种话?"他放开她的手,站在原地微微晃了晃身子,烧伤的恐怖面容印上明暗相间的条纹。"我看你也差不多是个女人了……脸、奶子,人也长高了,简直……唉,可你还是小笨鸟一只,对不?成天就只会唱他们教你的那些曲子……怎么不唱首给我听啊?唱啊,唱给我听,就唱那些骑士和淑女的歌。你最喜欢骑士,对不?"

她被他吓坏了,"大人,我只喜欢真——真正的骑士。"

"真正的骑士!"他语带讥讽,"我不是骑士,也不是什么大人,我打了你,你才记得我的吧?"克里冈晃了晃,险些跌倒。"老天,"他咒道,"喝太多酒了。小小鸟,你喜不喜欢喝酒啊?真正来劲的酒?男人只要一瓶酸酸的红酒,如血一般暗红的酒,就足够啦,哦,女人也一样。"他摇头大笑,"瞧我醉得像条狗似的,真该死。来吧,小小鸟,该回笼子了。让我带你回去,代陛下确保你的安全。"猎狗推了她一把,动作却意外的温柔,然后跟在她身后下楼梯。走到楼梯底部,他已复归静默,仿佛全然忘记了她的存在。

快到梅葛楼时,她警觉地意识到把守吊桥的铁卫换成了柏洛斯·布劳恩爵士。他戴着纯白高盔,听见他们的脚步,便僵硬地转过来。珊莎连忙避开他的视线。柏洛斯爵士是御林铁卫里最可怕的一位,人长得丑,脾气又火爆,天生双下巴,永远皱着眉。

"小妹妹,这家伙没什么好怕。"猎狗伸手重重按住她肩头,"癞蛤蟆上画斑纹,照旧不是真老虎。"

柏洛斯爵士揭起面罩,"爵士,您上哪——"

"操你个爵士,柏洛斯。当骑士的是你不是我,我只是国王的狗,记得吧?"

"陛下刚才就在找他的狗。"

"他的狗喝酒去了。今晚轮到你保护他,'爵士先生'。你和我的其他'弟兄'。"

柏洛斯爵士转向珊莎,"小姐,这么晚了,您为何不在房里?"

"我到神木林去为陛下祈祷平安。"这次的谎言说得比较圆润,差不多就像真话。

"外面吵成这样,你还指望她睡得着?"克里冈道,"到底出了什么事?"

"城门口来了群笨蛋,"柏洛斯爵士确认,"有人管不住舌头,把为提瑞克准备婚宴的事传了出去,于是那帮人渣便觉得自己也该出席宴会。陛下率兵出击,把他们赶跑了。"

"勇敢的小子。"克里冈努努嘴。

等碰上我哥哥,再来看看他有多勇敢吧,珊莎心想。猎狗护送她走过吊桥,登上螺旋梯,途中她道:"你为什么听任别人叫你是狗,却偏不肯让人称呼你为骑士?"

"因为与骑士相比,我宁可作狗。我爷爷是凯岩城的驯兽长,有一个秋天,泰陀斯大人碰上一头正追逐猎物的母狮。那母狮也不管他妈的自己是兰尼斯特家的标志,一口咬死了他的坐骑,差点把大人也吞了。幸亏我爷爷带着猎狗赶到,死了三条狗才把它赶跑,我爷爷还因此少了一条腿。兰尼斯特赏给他一块领地、一座塔堡,并收他儿子为侍从。我家的三黑狗旗正是代表被狮子咬死的那三条狗,背景则是秋天的黄草颜色。猎狗会为人而死,却绝不会骗人,而且,它一定自始至终正眼看人。"他托住她的下巴,抬起她的脸,指头把她夹得生痛。"这些事,小小鸟可做不到,对不?你看,我终究还是没有听到你的歌。"

"我……我会唱一首佛罗理安与琼琪的歌。"

"佛罗理安和琼琪?一个是蠢材,一个是婊子,饶了我吧。不过总有一天,我一定要你唱歌给我听,管你愿不愿意。"

"我很乐意为您献唱。"

桑铎·克里冈嗤之以鼻,"瞧瞧你,长得虽漂亮,却根本不会说谎。你知道,狗是可以嗅出谎话的。你好好瞧瞧这地方,再闻个仔细,他们全都是骗子……而且每一个都比你高明。"

艾莉亚

艾莉亚费尽力气,爬上最高的枝干,看见林间突出的烟囱,些许茅草屋聚集在湖岸,一条小溪注入湖中。岸边有座木造码头伸入水里,旁边是一间低矮的石顶长屋。

她继续向外攀爬,直到后来树枝有些承受不住她的重量。码头边没有船,但她可以看到从烟囱里升起的缕缕轻烟,以及马厩后半掩的马车。

有人。艾莉亚咬紧下唇,到目前为止,他们经过的所有地方都空荡无人、废墟一片,不管农田、村镇、城堡、圣堂、谷仓都是同样下场。兰尼斯特军能烧则烧,能杀就杀,甚至到处放火焚毁树林。好在树叶仍青,而且最近下过雨,因此火势没有扩散。"若是湖水可以燃烧,想必他们也不会放过吧。"詹德利这么说,艾莉亚知道他说的没错。他们逃出来的那天晚上,镇上的熊熊烈火璀璨地映在水面,仿佛湖真的烧起来了。

出事后第二天夜里,他们才好不容易鼓起勇气,偷偷溜回庄园的废墟。现场只剩焦黑的断垣残壁和遍地死尸,有些灰烬还在冒着苍白的烟缕。热派曾死命哀求他们不要回去,罗米则称他们为笨蛋,并发誓亚摩利爵士定会把他们抓起来杀掉。但当他们回去时,洛奇和他的人马早已离开。他们发现庄园大门砍倒,墙壁半塌,内里遍地死尸。詹德利只看一眼就受不了。"他们死了,全死了。"他说,"还被狗啃过,你看。"

"也可能是狼。"

"是狗是狼,还不都一样?反正这里是完了。"

但在找到尤伦之前,艾莉亚却不愿离开。他们杀不了他吧?她不断对自己说,他那么厉害、那么强硬,又是守夜人的弟兄。他们一面搜索尸堆,她一面对詹德利说。

那记致命的利斧把他头颅整个劈成了两半,但那把纠缠不清的大胡子,以及身上那件满是补丁、从不清洗、早已褪成灰色的黑衣又是那么醒目。亚摩利·洛奇爵士既没有埋葬对手,也没有埋葬自己人。四名兰尼斯特士兵倒在尤伦身边,艾莉亚想知道究竟死了多少人才把他击倒。

他本来要带我回家呢,他们一边为老人挖墓,她心里一边想。庄里死人太多,无法全部埋葬,但艾莉亚坚持无论如何都该为尤伦挖个坟。他本来向我保证,要把我安全带回临冬城呢。她很想哭,却又很想用力踢他。

随后詹德利想到了之前被尤伦派去塔楼的那三个人,他们虽然也遭到攻击,但那圆形的塔楼仅有一个入口,而且位于二楼,必须搭梯子上去,一旦楼梯被收进塔里,亚摩利爵士的手下就奈何不了他们。兰尼斯特家的人马虽然在塔底堆上干柴放火,但石头烧不起来,而洛奇又没耐心把里面的人逼出来。此刻詹德利一叫唤,凯杰克就开门出来。艾莉亚一听库兹建议他们继续北上、不能回头,心中便重新燃起返回临冬城的希望。

啊,眼前的村落虽然不是临冬城,但那些茅草屋顶代表着温暖和保护,说不定还有吃的。当然,这一切的先决条件是他们胆子够大,愿意冒险靠近。只要里面不是洛奇就好,可他骑马呀,早该走得远远的了。

她站在树上观望良久,盼望能看到些什么:一个人、一匹马、一面旗,任何能提供讯息的东西都好。有几次,她隐约见到一点动静,然而房屋的距离实在太远,无法确定。但有一回,非常清晰地,她听见了马的嘶叫。

天上满是飞鸟，大半为乌鸦。它们在茅草屋上空振翅盘旋，远处观之，大小和苍蝇无异。东边的神眼湖活像一片被太阳敲出的蓝，占据了半个世界。近来几天，他们沿着泥泞的湖岸缓缓前进（詹德利死也不肯接近任何道路，就连热派和罗米也觉得有理），艾莉亚时时觉得湖水似乎在呼唤她。她好想一头跃进平静的蓝湖，把自己洗个干净，游个泳、泼泼水，然后躺在艳阳下晒干。可她不敢在其他人面前脱衣服，连洗衣服都不敢。所以每天日落，她只能常坐在湖边岩石上，两脚垂在沁凉的湖水中。后来她把那双破烂不堪的鞋子丢了。赤脚走路起初很痛苦，但水泡会破，割伤会愈合，最后她的脚底硬得跟皮革一样。脚趾间满是湿泥的感觉很舒服，她喜欢肌肤与大地相连的悸动。

　　从这里看去，她可以见到东北方一座林木茂密的小岛。离岸三十码处，三只黑天鹅游弋水面，好一幅安详景致……没人告诉它们战争已经来临，焚毁的城镇和惨死的人们也与它们无关。她羡慕地望着它们，心里的一部分想变成天鹅，另一部分却又想杀一只来吃。她的早餐是橡子糊和一把甲虫。其实只要习惯，甲虫并不难咽，蠕虫就困难多了。但再怎么难吃，总比天天饿肚子好。甲虫很容易找，随便踢翻石头就有。艾莉亚小时候，曾有一次为了看珊莎尖叫，故意吃下一只甲虫，所以如今再吃没什么障碍。"黄鼠狼"也平静接受，可热派刚试着要吞，便把虫呕了出来。至于罗米和詹德利，则连试都不敢试。昨天詹德利抓到一只青蛙，和罗米分着吃了。几天前热派还找着一堆黑莓，他们立刻把整丛摘了个一干二净。但多数时候，他们得靠清水和橡子为生。库兹教他们如何用石头磨一种橡子糊，那味道糟透了。

　　她真希望盗猎者库兹没死，关于森林的知识，他懂的比其他人加起来还多，可那晚他在守卫塔收梯子时被人一箭射穿了肩膀。塔柏用湖边的泥巴和青苔为他敷伤，前两天库兹直说这伤不碍事，虽然他喉咙的血肉逐渐转黑，恐怖的红肿条痕从下巴一路长到胸前。后来有天早上，他没力气起身，第二天就死了。

他们堆石头做成他的坟墓，凯杰克拿了他的剑和猎号，塔柏则取走弓箭、靴子和短刀。两人离开时，把这些都带走了。起初他们以为这两人只是去打猎，不多久便会带着猎物回来喂饱他们。可他们等啊等，直到最后詹德利驱使他们上路。或许塔柏和凯杰克认为抛下这群孤儿不管，自己存活的机会比较大。说不定事实果真如此，但这并未减少她对他们的恨意。

树下，热派学着狗叫。从前，库兹教他们用动物的声音彼此联络，他说这是盗猎者的招牌技巧，可他还没教会便死了。热派学鸟叫实在笨透了，学狗叫稍好些，可也好不了多少。

艾莉亚跳向下面的树枝，同时伸出双手保持平衡。水舞者绝不会摔落。她着地很轻，脚趾弯曲，紧扣树枝。随后她走了几步，再往下跳到一根较大的枝干，接着双手悬吊在树枝上，一手接一手地向里爬，穿越密集的树叶，直到手脚触到主干。树皮摸起来很粗糙，她很快下了树，最后六尺高度一跃而下，着地滚翻。

詹德利伸手拉她起来，"你上去了好久。看到什么了吗？"

"一个渔村，不大，就在北边的湖岸。一共二十六间茅屋和一间石板屋，我数过了。我还看到半露的马车。那地方有人。"

听见她的声音，黄鼠狼便从灌木丛里爬了出来。这绰号是罗米取的，他说她长得很像黄鼠狼，其实根本没那回事，但他们总不能老叫她"爱哭鬼"吧，因为她后来总算是不哭了。她的嘴巴脏兮兮的，艾莉亚希望她别又去吃了泥巴才好。

"看到人了？"詹德利问。

"只看得到屋顶，"艾莉亚说，"不过有些烟囱在冒烟，我还听见了马叫。"黄鼠狼伸出双手，紧紧搂住她的腿，最近她经常这样。

"有人就有吃的！"热派道。他太吵了，詹德利一天到晚叫他放低音量，却不起作用。"说不定会分咱们一点！"

"说不定把咱们都宰了。"詹德利说。

"只要乖乖投降就行。"热派满怀希望地说。

"你这口气还真像罗米。"

绿手罗米坐在一棵橡树下，背靠两块粗厚的树根。庄里激战时，他的左小腿被一根长矛刺穿，等到第二天晚上，他只能扶着詹德利，单脚走路。可如今他连走都走不动了，他们只好砍树枝做担架。抬着他赶路不但辛苦，速度也慢，一有颠簸他就呻吟个没完。

"咱们非投降不可，"他说，"尤伦就该这么做，他应该听话开门。"

艾莉亚真是受够了罗米这番"尤伦应该投降"的评论。大家抬他走，可他整天说着这些，不然便是抱怨脚痛和喊饿。

热派附和："他们命令尤伦开门，还是以国王之名说的。只要以国王之名说的事，你就一定得照办。都是那臭老头的错，如果他乖乖投降，咱们就不会有事。"

詹德利眉头一皱，"只有骑士和贵族会互相俘虏，讨取赎金，他们才不管你这种人投不投降呢。"他转向艾莉亚，"你还看到什么？"

"如果是渔村，我敢打赌，他们一定会卖鱼。"热派说。湖里有的是鲜鱼，可惜他们没工具抓。艾莉亚试过用手，学习之前寇斯的把式，只是鱼的动作比鸽子快，水光反射又老害她看不清。

"有没鱼卖我不清楚。"艾莉亚拉拉黄鼠狼纠结一团的头发，心想还是割掉比较好。"湖边有乌鸦，那里肯定有东西死了。"

"一定是死鱼，给冲上了岸。"热派说，"乌鸦能吃，我敢打赌咱们也行！"

"咱们应该抓几只乌鸦，吃乌鸦才对！"罗米说，"咱们可以生个火,像烤鸡一样把它们烤来吃。"

詹德利皱眉的时候看起来很凶,他的胡子愈长愈浓密,黑如石南。"我说了,不许生火。"

"罗米肚子饿,"热派开始哀嚎,"我也饿。"

"谁肚子不饿啊?"艾莉亚道。

"你啊!"罗米啐了一口,"你这吃虫鬼。"

艾莉亚真想扬腿踢他的伤口,"我不是说过吗?你如果要吃我也可以给你挖。"

罗米露出作呕的表情,"我若不是脚成这样,早打几只野猪来吃了。"

"打野猪?"她嘲笑道,"你知道不?你得先有一根猎猪用的长矛,要有马儿和猎犬,还要有人帮你把野猪从窝里赶出来。"父亲以前就跟罗柏和琼恩一起在狼林里猎野猪,有一次他还带布兰去过,但从不准艾莉亚跟去,即使她年纪比布兰大。茉丹修女说打猎之事不适合淑女,母亲则答应她长大以后可以养只自己的猎鹰。如今她已经长大了,但要是有只猎鹰,铁定先把它吃掉。

"你懂什么打野猪?"热派说。

"起码懂的比你多。"

詹德利没心情听他们吵架,"你两个都给我安静!让我想想该怎么做。"他一思考便会露出痛苦不堪的神情,仿佛难受得紧。

"只有投降。"罗米说。

"我叫你别再说投降了!我们根本不知道那里的人是谁。弄不好可以偷点吃的。"

"若不是罗米脚受伤,可以叫他去偷。"热派说,"他以前在城里就是小偷。"

"而且很差劲,"艾莉亚道,"不然就不会被抓了。"

詹德利抬头看看太阳,"要溜进去最好趁傍晚,等天一黑我就

去瞧瞧。"

"不，我去，"艾莉亚说，"你太吵了。"

詹德利又开始皱眉，"那我们一起去。"

"应该叫阿利去，"罗米说，"他动作比你轻。"

"我说了，我跟他一起去。"

"那你们回不来怎么办?热派一个人又抬不动我，你也知道他抬不动……"

"还有狼咧，"热派说，"昨晚我守夜时听见的，好像就在附近。"

艾莉亚也听见了。昨晚她睡在一棵榆树的枝头，结果被狼嗥惊醒。后来她坐着听了整整一个钟头，只觉背脊发凉。

"你还不准我们生火吓它们，"热派说，"把我们扔下来给狼吃，这样不对！"

"谁把你扔下来?"詹德利嫌恶地说，"就算狼真的来了，罗米有长矛，你也在旁边。我们只是去看看，如此而已，我们会回来的。"

"不管碰到谁，总之投降就好。"罗米呻吟着说，"脚好痛，我想抹药水。"

"如果找到抹脚的药水，我们会带回来给你。"詹德利道，"阿利，我们走。我想在日落之前接近一点。热派，黄鼠狼就交给你了，别让她跟着我们。"

"她上回踢我！"

"你不把她看好，小心我踢你！"不等对方回答，詹德利便戴上钢盔出发了。

艾莉亚得小跑才能跟上，詹德利大她五岁，足足比她高上一尺，又生了双长腿。有好一阵子，他什么也没说，只满脸怒容地在树林里费力穿梭，发出很大的噪声。最后他终于停下脚步："我觉得罗米快死了。"

她并不惊讶,库兹也是这么死的,而他比罗米强壮许多呢。每当轮到艾莉亚抬他,她都能感觉他皮肤的温热,闻到他腿伤的臭味。"或许,我们可以找个学士……"

"学士只有城堡里才有,况且就算我们找到,人家也不会为罗米这种人脏了手。"詹德利低头避过一根低垂的树枝。

"不是这样的。"她很确定,不管谁找上鲁温师傅,他都会帮忙。

"他迟早会死,死得越快对其他人越好。我们应该丢下他,就像他刚才说的那样。如果今天受伤的是我或是你,你知道他一定早丢下我们不管了。"他们爬下一条陡峭的山沟,然后抓住树根爬上另一边。"我受够了抬他,受够了他满嘴投降的话。若他还能好好地站起来,我一定打得他满地找牙。罗米对我们一点用都没有,那爱哭的小妹也一样。"

"你别打黄鼠狼的主意!她只是肚子饿又害怕而已。"艾莉亚回头看了一眼,幸亏小女孩这次没跟来。热派一定照詹德利吩咐,乖乖把她捉住了。

"没用就是没用。"詹德利倔强地重复,"她和热派还有罗米,都只会拖慢我们的速度,最后害我们送命。这帮人里面,你是唯一有用的,虽然你是女孩子。"

艾莉亚整个人僵在原地。"我不是女孩子!"

"你本来就是,你以为我跟他们一样笨吗?"

"不,你比他们更笨。守夜人不收女的,这事谁都知道。"

"你说的不错。我不知道尤伦为什么收你,可他一定有他的理由。总而言之,你是女孩子。"

"我才不是!"

"那你把鸡鸡掏出来撒尿啊,快点!"

"我又不用撒尿,我想尿才尿。"

"你骗人,掏不出鸡鸡,因为你根本就没有。以前人多时我没注意,到现在才发现你每次都到林子里撒尿。热派可没这样吧?我也不会,如果你不是女孩子,那你一定是太监。"

"你才是太监!"

"你明知我不是。"詹德利微笑,"要我把鸡鸡掏出来证明吗?我可没什么好隐瞒的。"

"才怪!"艾莉亚急着避开这个鸡鸡的话题,脱口便说,"当初我们在旅馆,那些金袍子来抓你,你却没说为什么!"

"我要是知道就好了。我觉得尤伦知道,但他不告诉我。你呢?你为什么认为他们抓的是你?"

艾莉亚咬紧嘴唇,想起尤伦割掉她头发那天所说的话:这群人有一半连想都不想就会把你交给太后,以换来特赦和几个铜板。另外一半也会这么做,可他们会先操你几次再说。只有詹德利不一样,因为太后也在抓他。"如果你肯告诉我,我也就跟你说。"她小心翼翼地开口。

"我若是知道为什么,一定跟你说!阿利……你真的叫阿利吗?你有女孩的名字吗?"

艾莉亚瞪着脚边卷曲的树根,知道自己无法再隐瞒。詹德利猜出了真相,而她裤裆里也的确没东西。她要么当场拔出缝衣针杀了他,要么信任他。就算真的动手,她还不确定是否杀得了他,因为他不但有剑,更比她强壮许多。所以唯一的选择是说出实情。"不许告诉罗米和热派。"她道。

"不会,"他发誓,"他们不会从我这里知道。"

"艾莉亚,"她抬头看着他的眼睛,"我是史塔克家族的艾莉亚。"

"史……"他顿了一会儿,"国王的首相就姓史塔克,就是被杀的那个叛徒。"

"他才不是叛徒。他是我父亲。"

詹德利眼睛睁得老大,"所以你以为……"

她点点头,"尤伦本来要带我回临冬城。"

"我……那你就是好人家的……淑女了……"

艾莉亚低头看看自己,一身破烂衣裳,光溜溜的脚丫,破皮满茧。她看到趾甲缝里的泥巴,看到手肘上的伤疤。这副模样,我敢说茉丹修女一定认不出来。珊莎说不定行,但她会假装不认识。"我母亲是淑女,我姐姐也是,但我从来都不是。"

"怎么不是?你是大贵族的女儿,住在城堡里,对不对?而且你……老天,我不……"詹德利突然犹豫起来,似乎有些害怕。"刚才说那些鸡鸡什么的,不是我的本意。我还在你面前撒尿和……我……请您原谅我,小姐。"

"够了!"艾莉亚生气地大喊。他这是寻她开心?

"小姐,我也是懂礼仪的人。"詹德利道,倔强一如往常,"每次好人家的女孩跟着父亲上我们店来,师父就吩咐我单膝跪下,直等她们跟我说话才能开口,并且一定要称呼她们为'我的小姐'。"

"你若是改口叫我小姐,连热派都能发现!还有,你最好还是跟以前一样撒尿。"

"就照小姐吩咐。"

艾莉亚两手捶打他的胸膛,他被一块石头绊了一跤,扑通一声坐倒在地。"你这算哪门子的老爷千金啊?"他笑着说。

"就是这种!"她踢他侧身,他却笑得更厉害。"你爱笑就笑个够,我去看看村里有什么人。"太阳已经没入树丛,黄昏很快便会降临。这回轮到詹德利快步跟上了。"你闻到了吗?"她问。

他嗅了嗅,"死鱼?"

"你明知不是。"

"我们最好小心点。我从西边绕过去，找找有没有路。既然你看到马车，一定有路可走。你从岸边走，如果需要帮忙，就学狗叫。"

"那太笨啦，如果需要帮忙，我会喊的。"她箭步跑开，赤脚在草地上寂静无声。当她回头张望，发觉他正盯着自己，脸上是那个思考时标志性的痛苦表情。他心里大概认为不该让淑女出去偷东西吃吧。艾莉亚直觉地认定他会开始做蠢事了。

离村庄愈近，味道便愈浓烈。她觉得闻起来不像死鱼，与之相较更为恶臭难闻，她忍不住皱起鼻子。

林木开始稀疏，她改钻灌木丛，在矮丛间滑动，静如影。每走几码，她便停下来侧耳倾听。到第三次时，她听见了马的嘶叫，还有人的话音，味道也更加难耐。这是死人的臭气，一定是。先前看到尤伦和其他死者时，她已经闻过了。

村子南边生了一丛浓密的荆藤，她抵达那儿时，夕阳的长影已经逐渐消失，萤火虫纷纷出来了。越过篱笆，她看到茅草屋顶。她爬啊爬，找到一个开口，蠕动着、小心翼翼地钻了过去，没有让任何人发现。这时，她看到了恶臭的来源。

神眼湖的水轻柔地拍打浅滩，岸边立起了一长排刑架，都是用新伐的树木搭成的。早已不成人形的尸体倒挂在刑架上，双脚被铁链扣住，任由群鸦恣意啄食。乌鸦从这具尸体飞到那具尸体，每一只都伴随着成百的苍蝇。湖面若有微风吹来，离她最近的尸体便会轻轻摇动，仿佛要挣脱铁链。他的脸已被乌鸦和某种体型更大的不明动物咬去大半，喉咙和胸腔被活活撕裂，绿色发亮的内脏和扯烂的皮肉条在腹部的开口悬晃。一只手臂自肩膀被生生撕下，艾莉亚看见骨头散落在几尺开外，破裂断开，满是咬痕，上面的肉早被啃了干净。

她强迫自己看了一具尸体,又看一具,再一具,同时不断告诉自己要刚硬如石。这些尸体全都惨遭蹂躏,腐烂已久,她看了好一会儿才发现他们早在吊死前衣服便被扒光了。可他们看起来却不像没穿衣服的人,他们看起来根本不像人。乌鸦吃掉了他们的眼睛,许多脸庞也不能幸免。这排长长刑架的第六个,铁链上更是只剩了一只脚,随着微风轻轻晃动。

恐惧比利剑更伤人。死人伤不了她,但杀死他们的人却可以。绞刑架后方远处,两个身穿盔甲的人拄着长枪,站在水边的低矮长屋前,那间屋有石板屋顶。门前的泥地上插了两根长竿,上面挂着旗帜,一面红,一面颜色比较淡,可能是白或者黄,但两者都低垂着,加上天光渐暗,所以她不能确定那是不是兰尼斯特家的深红。我用不着见到狮子图案,这些死人就说明了一切,除了兰尼斯特,还会有谁?

这时,传来一声大喊。

两名长枪兵立刻转头,只见第三人推着一名俘虏出现在视线里。天色很暗,看不清长相,可犯人戴着一顶闪亮的钢盔,艾莉亚一见头盔上的双角,便知是詹德利无疑。你笨蛋笨蛋笨蛋笨蛋笨蛋!她心想。如果他还在身边,她一定再踢他一通。

三个守卫高声交谈,但她距离实在太远,听不出讲些什么,附近又有大批乌鸦怪叫着拍翅干扰。一名枪兵抢下詹德利的头盔,问了一个问题,并显然对答案不满意,便照着他的脸一挥枪柄,把他打倒在地。抓到他的人随后踢了他一脚,另一个枪兵则在一旁试戴牛角盔。最后,他们拉他起来,押着他朝那间长屋走去。当他们打开厚重的木门,立时有一个小男孩窜出,却被守卫一把攫住手臂,扔回屋里。艾莉亚听见里面传出啜泣,接着是一声凄厉痛苦的惨叫,她不由得咬紧嘴唇。

守卫把詹德利也推了进去,然后闩上门。就在这时,一阵清风

从湖面吹来,两面旗帜抖了一下,飘了起来。正如她所担心的,高的那根竿子的旗上绣着金狮子。另一面则是奶油黄,绣有三个油亮的黑色形体。是狗,她想。艾莉亚以前见过这些狗,但是在哪儿呢?

这不重要。重要的是詹德利被他们抓走了。不管他有多笨多倔强,她总得想办法救他出来。她不知这些人知不知道太后要抓他。

一名守卫摘下自己的头盔,改戴詹德利那顶,她见了火冒三丈,但她知道自己阻止不了他。她隐约听见各种尖叫从那栋无窗的仓库中传出,隔着石墙,显得很模糊,她不敢确定。

她又待了一阵子,看到守卫换班,人来人往,他们牵着马儿去溪边喝水,还有一队打猎的人从森林里回来,用木棍抬着一头鹿。她看着他们把死鹿清理干净、掏出内脏,在小溪对岸生起了火。肉香和尸臭奇妙地混杂在一起,她只觉空虚的肚子不住翻腾,泫然欲呕。一见有吃的,其他人纷纷从各间房子里出来,大多穿着锁子甲或硬皮衣。鹿肉烤好之后,最美味的部位被人送进某一间屋。

她原以为可以趁夜色摸进去救詹德利,没想到守卫点起了火把。有个侍从把面包和烤肉带给两名仓库守卫,之后又有两个人带酒过来,大家轮流传着酒袋喝。喝完以后,来人离开,可守卫仍旧拄着长枪留在原地。

眼看无机可乘,艾莉亚终于从荆棘堆里钻出,回到黑暗的树林,这时她的四肢全僵硬了。天已全黑,一弯银月在流云间忽隐忽现。静如影,她一边在林间行走,一边提醒自己。黑暗中她不敢奔跑,生怕被树根绊倒或迷路。神眼湖在左边,湖水缓缓拍打浅滩;右边徐风过林,树叶扑簌扑簌。远方传来狼的嗥叫。

当她从罗米和热派身后的树林走出来时,他俩吓得差点没尿裤子。"嘘!"她对他们说,同时伸手抱住跑过来的小女孩黄鼠狼。

热派睁大双眼瞪着她,"我们以为你们抛下我们不管了。"他手握短剑,正是尤伦从金袍卫士的军官手中取得的那把。"我们还以为狼来了。"

"大牛呢?"罗米问。

"被他们抓了。"艾莉亚小声说,"我们得救他出来。热派,你得帮我,我们摸过去杀掉守卫,然后我去开门。"

热派和罗米交换个眼神,"有多少人?"

"我看不清,"艾莉亚承认,"至少二十个,可门边只有两人。"

热派似乎要哭了,"我们打不过二十个啦。"

"你只对付一个就好,另一个交给我,我们把詹德利放出来就跑。"

"我们应该投降,"罗米说,"过去投降就没事。"

艾莉亚倔强地摇头。

"阿利,那就别管他。"罗米哀求,"他们不知道还有我们,我们只要躲起来,他们就会走的,你知道他们一定会走。詹德利被抓又不是我们的错。"

"罗米,你真笨,"艾莉亚怒道,"要是我们不救詹德利出来,你会死的。想想看,谁来抬你啊?"

"你和热派啊。"

"一直我们俩,没人帮忙?绝对行不通。我们这群人里最强壮的就是詹德利。算了,不管你怎么说,反正我要回去救他。"她看着热派,"你去不去?"

热派瞄了罗米一眼,再看着艾莉亚,又看向罗米。"好吧。"他不情愿地说。

"罗米,你看好黄鼠狼。"

他伸手抓住小女孩,拉到身边。"如果狼来了怎么办?"

"投降啊!"艾莉亚建议。

找路回村花了很长时间,热派在黑暗中一直跌跌撞撞,又不

时迷路，艾莉亚只好不断停步等他，然后再重新前进。最后她干脆拉起他的手，牵着他穿过树林，"安静地跟我走就好。"等他们首度看见夜幕中从村里传来的模糊灯火，她说："记住，篱笆另一边有堆吊死的人，不过他们没什么好怕，你要知道：恐惧比利剑更伤人。我们要很安静、很小心地行动。"热派点点头。

她当先钻进荆棘丛，压低身子走到另一边等他。热派爬出来时脸色苍白，气喘吁吁，双手和脸颊都被割得皮破流血。他刚要开口，艾莉亚连忙伸出手掩他嘴巴。接着两人匍匐前进，穿过整排刑架，在摇晃的尸体下方运动。热派从头到尾不敢抬眼，也不敢发出任何声音。

冷不防，一只乌鸦停上他的背，他禁不住倒吸一口气，"谁？"黑暗中突然传出一个声音。

热派一跃而起，"我投降！"他把剑丢开老远，惊起几十只乌鸦，纷纷厉声抱怨，振翅在尸体旁飞舞。艾莉亚抓住他的腿，想拖他躺下，但他使劲挣脱，挥舞双手，反而向前跑去，"我投降！我投降！"

她跳起来，拔出缝衣针，然而这时她已被团团包围。艾莉亚朝最近的人挥剑砍去，却被钢护手挡住，接着有人扑上来，把她拉倒在地，另一个人则把剑从她手中夺走。她张口便咬，咬到的却是又冷又脏的锁甲。"呵呵，凶狠的小家伙噢！"那人笑道，接着便是迎面一拳，他戴了铁套，差点把她的头打飞。

她浑身疼痛地躺在地上，他们就在旁边交谈，但艾莉亚耳鸣不已，无法分辨话语内容。她试着爬开，却觉得大地在脚下摇晃。他们抢走了缝衣针，这耻辱比皮肉之伤更令她痛苦，而皮肉之伤已经痛得要命。那把剑是琼恩送她的，教她使用的则是西利欧。

最后有人一把抓住她背心前襟，逼她跪下，热派也跪着。在他们面前是艾莉亚这辈子所见最为高大的人，简直就像从老奶奶故事里跑出来的怪物。她不知这巨人打哪儿冒出来的，只见他褪色的黄外衣上有三只奔跑的黑狗，他的脸则活如用坚石雕刻而成。刹那间，艾莉亚想起自己在何地见过这三犬标志了，那是君临比武大会当晚，所有参赛骑士都把盾牌挂在自己的营帐外。"那是猎狗的哥哥。"经过黄底黑狗的标志时，珊莎偷偷告诉她。"他比阿多还高大哦，到时候你一看就知道。大家都叫他'会走路的魔山'。"

艾莉亚低下头，对周遭事情朦朦胧胧，只听热派还在嚷着投降。魔山道："带我们去找其他人。"便转身离开。之后，她脚步踉跄地经过刑架上的死人，热派则对他们不断保证，只要不伤害他，他就烤热腾腾的派和水果饼给他们吃。有四个人跟着他们，一人持火把，一人拿长剑，另外两个挂着长枪。

罗米还在那棵橡树下，"我投降！"他一见他们便丢开长矛，高举双手，大声呼叫。他手上都是做学徒时染上的绿斑。"我投降！饶命啊！"

拿火炬的人在树下巡了一圈，"只有你一个？面包小弟说还有个小女孩。"

"她听到你们过来就跑了，"罗米道，"你们走路声音很大。"艾莉亚听了便想：跑啊，黄鼠狼，跑得越远越好，跑去藏好，永远不要回来。

"说！狗娘养的唐德利恩在哪里？我们招待你一顿热菜热饭。"

"谁？"罗米一脸茫然。

"我告诉你了么，这些他妈的小鬼跟村里的婊子一样啥都不清楚。妈的，浪费时间！"

一个枪兵走到罗米身边，"小鬼，你脚怎样啦？"

"伤了。"

"能走路吗？"他的声音有几分关切。

"不能，"罗米说，"你得背我。"

"背你？"那人随手操起长矛，刺穿男孩柔软的咽喉。罗米连再说投降的机会都没有，他抖了一下，便不再有动静。那人拔出枪尖，鲜血有如暗红的喷泉般涌出。"他叫我背他咧！"他咯咯笑道。

A SONG OF ICE AND FIRE

提利昂

他们告诫他要穿暖一点,于是提利昂·兰尼斯特穿上厚重的软垫长裤、羊毛外衣,罩上从明月山脉得来的影子山猫皮披风。那件披风原本是为他两倍身高的人穿用的,所以他穿起来长得夸张。下马后,唯一的穿法便是把披风在身上缠个好几圈,这让他看起来活像个斑纹毛球。

虽然如此,他还是很高兴自己接受了建议。漫长的地窖阴湿黑暗,寒气彻骨。提魅没走几步,稍稍感受到寒意,便决定退回上层去。此刻他们位于雷妮丝丘陵地底深处,就在炼金术士的公会大厅下方。潮湿的石墙上遍布硝石,唯一的光源来自火术士哈林小心翼翼地提着的那盏密封的铁条玻璃油灯。

小心翼翼……一定是为了这些罐子吧。提利昂拿起一个仔细端详,火红的圆罐,有如一个陶制的胖柚子。对他的手掌来说稍大,但他知道常人握起来刚好。陶土很薄很脆,所以术士告诫他不要用力,以免捏破。此外,陶土摸起来也很粗糙,掺了石子。哈林告诉他这是有意为之:"表面若是光滑,容易从手中滑落。"

提利昂稍微倾斜罐子,"野火"溶剂缓缓地向瓶口流动。他知道液体应呈浑浊的绿色,但光线太暗,此刻无法确定。"很稠。"他评论道。

"大人,这是因为地底的冷气,"哈林说。他是个脸色苍白的人,一双手又软又湿,态度极为谄媚。他穿着镶貂皮边的黑红条纹长袍,可毛皮看来有点稀疏,似乎还被蛾啃过。"温度升高之后,这种物质便会顺畅流动,就像灯油。"

"这种物质"是火术士对野火的称呼。他们彼此间以"智者"相称，也习惯不断暗示自己学识广博，希望别人认为他们是饱学之士，这令提利昂十分不耐烦。的确，他们的公会曾盛极一时，但在最近几个世纪，学城的学士已经渐渐取代了各地的炼金术士。如今这个古老组织的成员寥寥无几，也不再伪称有方子炼化金属……

……但他们确能制造野火。"听说，这东西水浇不熄？"

"正是。一旦着火，这种物质便会剧烈燃烧，直至燃尽。而且，它会渗进布料、木材、皮革甚至钢铁中，并使它们也着火。"

提利昂想起密尔的红袍僧索罗斯和他那把火焰剑：涂上薄薄一层的野火，长剑便可燃烧一小时。索罗斯每次比武都要换把新剑。劳勃很喜欢那家伙，甚至乐于提供新剑给他。"它们为什么不渗进陶土？"

"噢，怎么不会？"哈林道，"这下面还有个地窖，是我们专门存放旧罐子的地方。那些都是伊里斯国王在位时留下的东西——把罐子做成水果形状就是他的主意。这些水果真是非常危险呀，首相大人，而且，嘿嘿嘿，比过去更'成熟'，如果您懂我的意思。我们已把这些罐子蜡封，并在下层地窖灌满了水，即使这样……嘿，它们实在应该销毁，但君临城陷时我们有好多智者遇害，只剩少数助手，无法胜任这个工作。说实话，由于当时的混乱，我们为伊里斯王制作的东西有不少下落不明。去年我们刚在贝勒大圣堂下一间储藏室里发现了两百罐，谁也记不得这些东西怎么会放在那里，但不用我说，您也可以想见总主教大人有多惊慌失措。后来是我亲自监督，方才把东西安全转运出来。我把推车装满沙子，派出最得力的助手。我们只在夜间行动，我们——"

"——干得漂亮，我明白，"提利昂把罐子放回去。桌上全是这种罐子，整整齐齐，四个一排，朝幽暗的地底深处延伸。由近至远，有很多张这种桌子。"这些，呃，伊里斯先王的'水果'，还能使用吗?"

"噢,当然,当然能用……但要小心啊,大人,千万小心。存放时间一久,这种物质就会变得……嘿嘿嘿,不妨说'变幻莫测'吧。只需一丁点火,哪怕一点火星,都会立刻燃烧。即便只是温度升高,罐子也可能自行起火,所以绝不要让它们受日光照射,时间很短也不行。内部一旦起火,高热会使这种物质剧烈膨胀,陶罐顷刻间炸成碎片。如果旁边恰巧还有其他罐子,便会引起连锁反应,然后——"

"目前你有多少罐?"

"今早蒙西特智者刚把统计结果告诉我:眼下我们共拥有七千八百四十罐,这其中包括伊里斯王时代存留的四千罐。"

"那些烂熟的水果?"

哈林点头,"梅利亚德智者坚信我们一定能实现对太后的承诺——提供整整一万罐。我也深信不疑。"火术士得意洋洋,表情近乎猥亵。

那得敌人给你们时间。火术士严守野火的配方秘密,但想也知道,那是一道繁复危险且耗时的程序。他原本估计一万罐的承诺是吹牛,就如诸侯向领主发誓带一万兵力驰援,最后上战场的却只有一两百人一样。话说回来,倘若他们真能提供一万罐……

他不知该兴奋还是恐惧,或许两者皆有吧。"智者,希望你公会的弟兄们不要无谓地加班赶工,毕竟我们不需要一万罐有瑕疵的野火,一罐都不要……我们非常在意,不允许任何意外发生。"

"首相大人,请您尽管放心,绝对没有意外。这种物质都由训练有素的助手制作,操作地点乃是一串空旷的石室,每完成一瓶,即刻交学徒下送到此处。每间工作室上方都有一个装满沙的房间,天花板上则施展了,嘿嘿嘿,最强力的保护法术。石室一旦起火,天花板便会落下,沙将立刻熄灭火势。"

"粗心助手的下场就不用说了。"提利昂认为哈林口中的"法术"指的是"机关",他很想亲自调查这种屋顶开闭的工作室,看看究竟如何运作,但现在时机不对,还是等战争胜利后再说吧。

"我的弟兄们绝不会粗心大意,"哈林坚持,"不过呢,如果能允许我,嘿嘿嘿,实话实说……"

"啊,请便。"

"这种物质流贯我的血液,存在于每个火术士的心中。我们敬畏它的力量,但普通士兵……嘿嘿嘿,打起仗来往往头脑发热,只想大干一场,例如太后手下喷火弩的操作员便有可能……但是,任何一点小差错都会酿成灾难,在此,我务必再三强调。先父曾多次提醒伊里斯国王,我的祖父也是这么向老王杰赫里斯说的。"

"想必他们欣然接受,"提利昂道,"如果连都城都被他们烧了,总有人告诉我这个故事。好了,你建议我们多加小心?"

"务必非常小心,"哈林说,"非常非常小心。"

"这些陶罐……制作罐子的材料可充裕?"

"很充裕,大人,感谢您的关心。"

"既然如此,你不介意我带走几个吧。事实上,我想要几千个。"

"几'千'个?"

"在不影响制作进程的前提下,能给多少就给多少。听清楚,我只要空罐。请把东西分头交给各城门的守卫队长。"

"是,大人,可为什么……?"

提利昂朝他微微一笑,"你要我穿暖一点,我就穿暖一点。你要我务必小心,所以啰……"他耸耸肩,"我也瞧够了,麻烦你送我回轿。"

"首相大人,我,嘿嘿嘿,乐意之至。"哈林举起油灯,领路走向阶梯,"您能亲自来访真是太好了,这是我们,嘿嘿嘿,莫大的荣幸。这里已经很久不曾有首相造访,往上要数罗萨特大人,他本人就是我们组织的人呢。那是伊里斯王在位时的事,伊里斯国王对我们的工作向来很感兴趣。"

伊里斯国王利用你们来烧烤对头。詹姆老哥跟他提过几个疯王和他那群火术士走狗的故事。"相信乔佛里国王陛下一定也会深表关注。"所以我才想尽办法不让你们接近他。

"我们衷心期盼陛下也能莅临敝会视察。我向您尊贵的姐姐提过,我们将举办一场盛大的宴席……"

他们越往上爬,便越觉温暖。"在取得胜利之前,陛下禁止举办任何宴席。"这当然是我的意思。"陛下认为,倘若百姓未得温饱,任何人均无权独享美食。"

"大人,此议实乃,嘿嘿嘿,仁爱之举。那不妨……由我们几位智者代表众弟兄进红堡参见陛下。我们可以玩点小花活,让日理万机的陛下也能稍事休息一晚。本会历史悠久,野火只是我们诸多恐怖秘术之一。我们将呈给朝中诸君看的奇观可是庞杂繁复,数不胜数呢。"

"这事我会和我姐姐商量。"如果只是变变魔术,那他不反对,然而乔佛里每次当朝理事都爱叫人斗个"至死方休",他可不想让这小鬼动起火烧活人的念头。

走完楼梯后,提利昂甩开山猫皮披风,用手臂缠住。炼金术士的公会大厅是一座黑石砌成的大迷宫,哈林领他左弯右拐,最后来到"铁炬长廊"。这是一个漫长而回音缭绕的大房间,青绿的火焰在高达二十尺的黑铁梁柱周边雀跃舞动。闪亮的黑色大理石墙和天花板上鬼火闪烁,整个大厅浸沐在一片翡翠色的光芒中。这些巨型"铁炬"是为了欢迎他的到来,今天早上才点燃的,等他离开后,便会立刻熄灭——倘若他不知此事,印象定会更加深刻。野火非常昂贵,不容任意挥霍。

他们从面朝静默修女街的弯曲大阶梯上走出来，这里已近维桑尼亚丘陵底部。他向哈林道别后，便摇摇摆摆地走下台阶，与等候多时的提魅之子提魅以及随行的其余灼人部众会合。为达今天的意图，挑他们作护卫再合适不过。此外，他们身上的伤疤可以吓退城里聚集的贫民，在这非常时期尤为关键。三天前，刚有一群暴民聚集到红堡门前，叫嚷着分配食物。乔佛里的回应是万箭齐发，一下子杀死了四个，之后他从城上叫道："恩准你们享用死尸。"我们真是越来越受爱戴了。

提利昂看到波隆也在轿子旁，有些吃惊。"你来做什么？"

"给你送口信。"波隆道，"铁手报告诸神门那儿有急事，但不肯细说。还有，梅葛楼也在召你。"

"召我？"提利昂知道只有一个人敢用这个字眼。"瑟曦找我何事？"

波隆耸肩，"太后命你即刻返回城堡，到她的居室见她。是你那乳臭未干的堂弟传的口信。呵，嘴上长了几根毛，就自以为成熟。"

"几根毛，一个爵位。别忘了，他现下可是蓝赛尔'爵士'。"提利昂知道除非事关重大，杰斯林爵士不会轻易催他过去。"我先瞧瞧拜瓦特那边。通知我老姐，我回来立刻去见她。"

"她可不会喜欢。"波隆警告他。

"很好。瑟曦等得越久，就会越恼怒，越恼怒就会越犯蠢。与其在她好整以暇、狡计盘算的时候见她，不如等她恼怒犯蠢以后。"提利昂把摺好的披风扔进轿子，随后提魅扶他上轿。

提利昂穿过诸神门内的市集广场，平日里，这里总是挤满叫卖蔬果的农民，如今却一片空荡。杰斯林爵士在城门口等他，举起铁手粗率地行了个礼。"大人，您的表弟克里奥·佛雷爵士刚从奔流城赶到，打着和平的旗帜，带来罗柏·史塔克的信件。"

"和平条件?"

"他是这么说的。"

"真是我的好表弟,快带我去见他。"

金袍卫士把克里奥爵士拘留在城门楼中一间无窗的警卫室里,一见他们进来,他立刻起身:"提利昂,见到你真是太高兴了。"

"表弟,这话对我可稀罕哟。"

"瑟曦也来了吗?"

"我姐姐刚巧有事要忙。这是史塔克的信?"他从桌上拿起来。"杰斯林爵士,请你退下。"

拜瓦特点头离开。"我的使命是将议和条件呈给摄政太后。"关门之后,克里奥爵士道。

"我将亲自呈上,"提利昂瞄了一眼罗柏·史塔克随信附上的地图,"我们不要着急,一件一件慢慢来。表弟你先坐,休息片刻,你看起来面色不佳,有些憔悴哪。"事实上,他的状况的确糟糕。

"可不是嘛。"克里奥爵士在一张长凳上坐下。"提利昂,河间地区一片混乱,尤其是神眼湖和国王大道周围。河间地的领主烧掉自己的作物,企图困死、饿死我们,令尊的征粮队则每到一座村落就纵火焚烧,并追杀其中的百姓。"

这就是战争之道:贵族被俘等人来赎,百姓却只能引颈待屠。感谢诸神,让我生为兰尼斯特。

克里奥爵士伸手拨拨稀疏的棕发,"即便打着和平的旗帜,我们还是两次遭到攻击。都是些披盔甲的豺狼,饥肠辘辘,只等着蹂躏弱小。他们原本是哪一边的人,恐怕只有天上诸神知道,总之眼下这帮家伙是独立行动了。我的队伍死了三人,还有六个人受伤。"

"敌方动向如何?"提利昂把目光转回史塔克的条件。这孩子

要的可不少嘛,半壁河山,释放俘虏,索要人质,父亲的剑……哦,当然,还有两个妹妹。

"那小鬼在奔流城无所事事,"克里奥爵士道,"想必不敢与你父亲照面。他的兵力日渐减少,河间领主都回去保卫各自的属地了。"

这就是父亲的意图?提利昂卷起史塔克的地图。"这些条件不成的。"

"可否请你至少同意用史塔克家的女儿交换提恩和威廉?"克里奥爵士可怜兮兮地问。

提利昂想起来,提恩·佛雷是对方的弟弟。"不行,"他温和地说,"但请你放心,我们会提出相应的战俘交换。就让我和重臣们及瑟曦商量一番,然后让你带着我们的条件返回奔流城。"

显然,他的情绪并未好转,"大人,我认为罗柏·史塔克不会轻易屈服。想要和平的是凯特琳夫人,不是那小鬼。"

"而凯特琳夫人心中所想唯有她的女儿。"提利昂从板凳上起身,手拿信件和地图。"我让杰斯林爵士帮你张罗食物和衣物。表弟,你看起来委实需要恶补一觉。等我们商议有了结果,我再来通知你。"

提利昂在城墙上找到杰斯林爵士,他正观看着下方广场上操演中的数百新兵。由于大量难民涌入君临,许多人自愿加入都城守备队,借以换取温饱和军营里的一张稻草床。等战争开始,这群乌合之众能有多少战斗力,提利昂可不抱任何幻想。

"你找我来,做得很对。"提利昂道,"我把克里奥爵士交给你了,请满足他的一切需要。"

"他的随从呢?"都城守备队司令问。

"给他们提供食物和干净衣服,找个学士替他们疗伤。但不准他们踏进城里一步,清楚吗?"君临城的现况绝不能传到罗柏·史塔克耳中。

"非常清楚,大人。"

"哦,还有一事。炼金术士公会将把大批陶罐送到各个城门,你就用这些罐子来训练喷火弩和弩炮的操作员。将罐子装满绿色颜料,操练装填和发射。谁把颜料洒出来,就把谁撤掉。等他们熟悉了颜料罐,就改装灯油,叫他们先点燃油罐,之后再发射。待他们运用自如,不伤自身,打仗时就可使用野火。"

杰斯林爵士用铁手挠挠脸颊,"高明。不过我对炼金术士的屎尿没有好感。"

"彼此彼此,但我有什么用什么。"

回轿之后,提利昂·兰尼斯特拉上帘幕,又拿个靠垫枕着。瑟曦若知他拦截了史塔克的信件,一定大为不满,但父亲派他进城是来管事,不是来哄瑟曦开心的。

在他看来,罗柏·史塔克实在给了他们一个黄金机会。就让那孩子坐等在奔流城,梦想着和平可以轻易换取吧。提利昂会提出自己的和平条件,刚好足以让北境之王保持希望。就让克里奥爵士磨破他瘦小的佛雷屁股,充任信使来回奔波。与此同时,他们的堂叔史戴佛爵士正在凯岩城整备兵器、训练新军,等他准备完毕,便可与泰温大人前后夹击徒利和史塔克。

若劳勃的两个弟弟也这么听话就好了。虽然蓝礼·拜拉席恩军队的行进速度慢如冰川,但他那支南境大军仍旧日渐朝东北方逼近。除此之外,提利昂每夜都睡不安稳,唯恐接到史坦尼斯公爵的舰队驶进黑水湾的消息。哈,如今野火还算充裕,然而……

街上的喧哗打断了他的思绪,提利昂谨慎地从帘幕间向外看去。他们正行经鞋匠广场,大批民众聚集在皮制天棚下,倾听一位"先知"大放厥词。从那身未经染的羊毛衣和当腰带系着的麻绳看来,他不过是乞丐帮的弟兄。

"堕落啊！"那人厉声尖叫，"这就是警告！这就是天父之鞭！"他指着空中那道模糊的红色伤痕。从这个角度看去，远处伊耿高丘上的城堡正好在他身后，彗星则如预兆般高悬于塔楼上。真会营造舞台，提利昂心想。"我们变得臃肿、肮脏、腐化。姐弟在国王的寝床上苟合，乱伦的后代在王宫里随着畸形小魔猴的笛声翩翩起舞。高贵的淑女与小丑通奸，生下恐怖恶物！就连总主教也忘记了诸神！他用香水泡澡，享用鳗鱼和云雀，越吃越胖，却坐视他的子民挨饿！傲慢先于祈祷，蛆虫统治城堡，黄金就是一切……这些都必须终止！腐烂的夏天即将结束，嫖客国王受到天罚！他被野猪开膛破肚，可怕的臭气直冲云霄，一千条蛇从他肚子里钻出，嘶嘶叫着咬人！"他再度伸出干瘦的手指指着彗星和城堡。"看哪，那就是上天的预示！诸神在呐喊，要我们自我净化，否则便把我们自世间完全抹除！沐浴正义之酒，否则便会烈火焚身！烈火焚身！"

"烈火焚身！"虽然有人附和，却被嘲笑的声浪掩盖。提利昂听了稍觉安心，下令继续前进。灼人部众趋前清出道路，轿子像暴风雨中的船只般剧烈摇晃。好个"畸形小魔猴"。不过那混蛋对总主教的评价倒没错，上次月童怎么说他来着？"主教大人敬拜七神，信仰虔诚，难怪一旦腹饥，便要为七神各吃一餐。"想起弄臣的笑话，提利昂不禁微笑。

让他欣慰的是此后直到红堡，都没碰上其他事故。提利昂爬楼梯回塔顶房间，觉得比晨间多了几分希望。时间啊，我需要的就是时间，把事情拼凑起来的时间，只等铁索完工……他打开书房门。

瑟曦从窗边旋身，裙裾在纤细的臀旁摆荡，"我召你，你竟敢不来！"

"谁准你进我的塔？"

"你的塔?这是我儿子的王城！"

"算是吧，"提利昂很不高兴。待会儿定要教训克劳恩，今天负责把守的是他的月人部战士。"事实上，我正准备去找你。"

"是吗？"

他关上门，"怎么，不相信我啊？"

"当然不相信，而且我有充足的理由。"

"我好伤心。"提利昂一瘸一拐地走去餐具柜倒酒。他不知还有什么事比和瑟曦谈话更容易让人口干舌燥。"如果我冒犯了你，我想知道原因。"

"行了，你这恶心的烂蛆！弥赛菈是我唯一的女儿，你以为我真的会任你把她当作一包燕麦般地卖掉吗？"

弥赛菈，他想，好啊，既然蛋已经孵化，咱们就来瞧瞧鸡是什么颜色。"怎么叫当作一包燕麦呢？弥赛菈是堂堂公主，从某种意义上讲，她生来就要做这种事。你该不会打算把她嫁给托曼吧？"

她一挥手，打翻他手中的酒杯，酒洒了一地。"光凭这句话，我就该拔了你舌头，管你是不是我弟弟。乔佛里的摄政王是我，不是你，而我绝不同意把弥赛菈装船卖给这个多恩人，就像当年我被卖给劳勃·拜拉席恩一样！"

提利昂甩甩手指上的酒滴，叹道："有何不可？去多恩总比留在这里安全。"

"你是笨到无可救药，还是真的丧心病狂？你我都很清楚，马泰尔家族不喜欢我们。"

"是的，马泰尔家族极端憎恨我们。即便如此，我依然认为他们会同意。道朗亲王对兰尼斯特家族的恨意只能追溯到上一代，可多恩人与风息堡、高庭间的战争已经持续了上千年。对我们尤其有利的是，蓝礼把多恩领的支持视作理所当然。弥赛菈现年九岁，崔斯丹·马泰尔则是十一岁，我已提议，等她年满十四，两人即刻成婚。在此之前，她以贵宾的身份留在阳戟城，受到道朗亲王妥善的

保护。"

"她是人质。"瑟曦抿紧嘴巴。

"她是贵宾，"提利昂坚持，"说穿了，我想马泰尔对弥赛菈绝对比乔佛里对珊莎·史塔克要好。我有意安排亚历斯·奥克赫特爵士作她的护卫，有御林铁卫随侍在旁，相信谁也不敢轻视她的身份。"

"若哪天道朗·马泰尔决意要我女儿的性命来为妹妹复仇，亚历斯爵士又有何用？"

"马泰尔是个重荣誉的人，绝不会加害九岁女孩，尤其是如此天真甜美的弥赛菈。只要她在他手上，他定会信赖我们履行承诺，何况我们的条件很优厚，谅他无法拒绝。弥赛菈只是其中之一，我还提议交出杀害他妹妹的凶手，允诺他重臣之位，边疆地上数座城堡……"

"太多了。"瑟曦自他身边踱开，裙裾婆娑，焦躁有如母狮。"你不但给得太多，而且未经我同意，决无效力可言。"

"我们急需拉拢多恩亲王，若是给得少了，只怕他会不屑一顾啊。"

"太多了！"瑟曦坚持，旋身回来。

"换你怎么给？你两腿中间那个洞？"提利昂也火了。

这一回他瞧清楚了掴来的耳光，"啪"的一声，他的头被打歪到一边。"亲爱的好姐姐，"他说，"我向你保证，这是你最后一次动手。"

姐姐笑道："小家伙，少来威胁我。你以为有父亲那封信就万事无恙？不过一张薄纸，艾德·史塔克也有过一张，你瞧他什么下场。"

艾德·史塔克可没有都城守备队撑腰，提利昂心想，也没有高山氏族，更没有波隆招募的佣兵，我却三者皆有。至少他心里这么希望，因为这意味着信任瓦里斯、杰斯林·拜瓦特爵士和波隆三人。史塔克大人当初可能也抱着同样的感觉。

但他什么也没说。聪明人不往火盆上浇野火，于是他又倒了一杯酒。"你倒是想想，倘若君临不幸城破，弥赛菈岂能安全？届时，只怕蓝礼和史坦尼斯会把她的头跟你的头挂在一起。"

瑟曦哭了。

就算征服者伊耿当下骑着巨龙冲进房间，手中还抛着柠檬派耍把戏，提利昂·兰尼斯特也不会更惊讶了。自他们在凯岩城的孩提时代过后，他便再没见姐姐哭过。他有些笨拙地向她靠近一步。姐姐哭时，作弟弟的就该去安慰……但这……这是瑟曦啊！他试探性地伸手拍她肩膀。

"不准碰我！"她边说边扭身躲开。他不该觉得难受，可是，这却比任何一记耳光更教他疼痛。瑟曦满脸通红，难丑又恼怒，喘着粗气，"不准看我，不准……这样看我……不准你这样！"

提利昂恭敬地转头，"我不是想吓你。真的，我跟你保证，弥赛菈决不会出事。"

"骗子，"她在他背后说，"我不是三岁小孩，少拿空洞的承诺来敷衍我。你不是号称能救出詹姆吗？哼，他人在哪里？"

"在奔流城吧，我想。他有专人看守，安全无虞，正等着我想法子救他出来呢。"

瑟曦吸吸鼻子，"我是男人就好了，那样我根本就不需要你们，也不会发生这些事。詹姆是怎么回事，竟然落入那小鬼手中？还有父亲，算我蠢笨，居然信任他，眼下需要他的时候，他究竟在哪里？究竟在做什么？"

"他在打仗。"

"躲在赫伦堡的高墙后打？"她轻蔑地说，"真是奇怪的战法。说穿了，这是逃避！"

"你应该多动脑子。"

"那你说是怎么回事?为何父亲和罗柏·史塔克两人各据一座城池,却什么也不做?"

"他们不就在等吗?"提利昂道,"双方都在等对手行动。等待有两种,狮子是摇着尾巴好整以暇,小鹿却是吓得不敢动弹,怕得魂飞魄散,不管朝哪边跑,最后都会被狮子吃掉,而且它自己心知肚明。"

"你敢确定,父亲是那只狮子?"

提利昂嘻嘻一笑,"喏,不就画在咱家旗帜上吗?"

她没笑,"若今天被俘的是父亲,我敢跟你保证,詹姆绝不会坐视不管。"

"詹姆会不顾一切浪掷兵力,派他们去奔流城的坚壁下白白送死,异鬼都知道那不可能成功。他从没耐性,跟你一样,我亲爱的老姐。""咱们凡夫俗子,总不能个个都像詹姆那么英勇,好在赢得战争还有别的办法。你瞧,赫伦堡固若金汤,且位置极佳。"

"而你我都清楚,君临并非如此。当父亲和那史塔克小鬼玩狮子捉鹿的游戏时,蓝礼正率军从玫瑰大道杀来,随时可能兵临城下!"

"都城这么宏伟,总不会一交战就告陷落。从赫伦堡到此,是笔直迅捷的国王大道。蓝礼还来不及架好攻城器械,父亲便会从后夹击。打个比方,父亲的军队好似铁锤,我们则是铁砧,光想想都觉得美妙。"

瑟曦用一双碧眼盯着他,虽然仍有戒心,却渴望相信他的保证。"若罗柏·史塔克出兵呢?"

"赫伦堡离三叉戟河的渡口很近,正好阻止卢斯·波顿率北军步兵渡河与少狼主的骑兵会师。不拿下赫伦堡,史塔克军便到不了君临,而即使加上波顿的步兵,要攻下这座噩梦般的城堡,他的兵力也不够。"提利昂露出最迷人的微笑，"而与此同时呢，父亲将在肥沃的河间地休养生息，我们的史戴佛叔叔则在凯岩城集结新军。"

瑟曦怀疑地看着他，"这些事，你又怎么知道?父亲把他的打算全给你说了?"

"不，我只是看了看地图。"

她的眼神立刻转为嫌恶，"你这小恶魔，刚才这些花言巧语全是你这颗畸形脑袋掰出来的，对吧?"

提利昂喷了一声，"亲爱的姐姐，我倒是问你，若不是我军节节胜利，史塔克怎会请求停战呢?"他拿出克里奥·佛雷爵士送来的信。"你看，少狼主开出了条件。当然，这些条件不能接受，但好歹是个开始。你要不要过目?"

"当然。"转眼她又变回太后。"信怎会落到你手上?应该给我才对。"

"哎，首相这双手是做什么用的?不就是为陛下您排忧解难吗?"提利昂递出信，刚被瑟曦打过的脸颊还隐隐作痛。随她去打，只要她同意与多恩的婚事，这又算得了什么?他有预感，此事会成。

除此之外，告密者也水落石出了……嘿，要来个瓮中捉鳖。

布兰

小舞披一身雪白的羊毛衣,衣上绣着史塔克家族的灰色冰原狼纹章;布兰穿着灰马裤,白上装,袖子和领口镶了松鼠皮。他的胸前别着白银和锃亮黑玉制成的狼头胸针。其实他本想带上活生生的夏天,而非戴只银狼,可惜罗德利克爵士不准。

起初,低矮的石阶让小舞踌躇不前,然而布兰一加催促,它立刻轻松地越了过去。在橡木和钢铁制成的大门内,八列长桌占满了临冬城的大厅,一边四列,中间空出走道。人们接踵摩肩地挤在长凳上。"史塔克万岁!"布兰疾跑而过,人们纷纷起立,高声呼喊,"临冬城万岁!临冬城万岁!"

他已经够大,知道他们欢呼的对象并非自己——他们是在庆祝丰收,庆祝罗柏和他的节节胜利,他们祝福的是他的父亲大人和他的祖父,祝福的是八千年来所有故去的史塔克。虽然如此,他仍旧感到十分骄傲。穿越大厅这段时间,足以使他忘记自己是个残废。最后他跑到高台,在众目睽睽之下,欧莎和阿多替他解开皮带和环扣,将他抱下小舞,放到父亲的高位上。

罗德利克爵士坐在布兰左边,他女儿贝丝陪在他身旁。瑞肯坐在布兰右手,一头杂乱的褐发已经太长,披散在白貂斗篷上。自打母亲离开,他便拒绝任何人为他修理。前次为他理发的女侍反被他咬了一口。"我也要骑马,"阿多带走小舞时,他说,"我骑得比你好。"

"你不行的,别说话了,"他告诉弟弟。这时,只听罗德利克大喝一声,全场肃静。接着布兰提起嗓子,以他长兄——北境之王罗柏的名义欢迎他们,请求他们为光辉的胜利和慷慨的丰收感谢新旧诸神。"愿此福运连绵不绝。"他结束讲话,举起父亲的银杯。

"连绵不绝!"白蜡酒杯,陶杯和镶铁角杯相互交碰。布兰的酒里掺了蜂蜜,还加了肉桂和丁香,喝起来甘甜可口,却比他以前喝的饮料浓烈许多。他咽下酒汁,只觉无数热辣而弯曲的手指在胸腔蜿蜒,放下杯子,脑袋一片眩晕。

"做得好,布兰,"罗德利克爵士对他说,"艾德大人一定会为你骄傲。"下首桌边,鲁温师傅也点头赞许,这时,仆人们把饭菜端上来了。

布兰从未见过如此丰盛的宴席,菜肴一道又一道,目不暇接,起初他还打算每道菜都加以品尝,但很快便打消了这念头。人们端上韭菜烤野牛腿,塞满胡萝卜、培根和蘑菇的鹿肉派,涂了蜂蜜和丁香的羊排,五香鸭子,胡椒野猪肉,烤鹅,烤鸡串和鸽子串,大麦炖牛肉,冰冻水果汤。威曼大人从白港带来二十箱封在盐和藻类里的海鲜:白鲑和螺蛳,螃蟹和蚌贝,以及蛤,鲱鱼,鳕鱼,鲑鱼,龙虾和七鳃鳗。四处都是黑面包、蜂蜜蛋糕和燕麦饼干,芜菁、豌豆和甜菜,大豆、南瓜和红色大洋葱,还有烤苹果,浆果饼和烈酒煮梨。每张桌子的盐碟旁都搁着轮轮雪白的干酪,一壶壶加了香料的热葡萄酒和冰镇秋麦酒则在席间传来传去。

威曼大人手下的乐师们热情而优雅地演奏着,然而竖琴,提琴和喇叭的乐音很快被一片欢声笑语,觥筹交错和厮打争抢剩食的狗们的吠叫所淹没。歌手们唱得悦耳动听,他们依次表演了《铁枪》、《焚船》和《狗熊与美少女》,然而全场似乎只有阿多在听。他凑到笛手旁,单脚蹦跳不休。

喧哗声逐渐增大,组合成持续不断的轰隆吼叫,好似一场大型合唱,教人头晕脑涨。罗德利克爵士隔着贝丝的卷发和鲁温师傅交谈,瑞肯则欢快地朝瓦德兄弟尖叫。布兰不愿佛雷兄弟坐上高台,

但师傅提醒他：他们不久后就是他的亲戚了。罗柏很快要跟他们的姑妈成亲，而艾莉亚会嫁给他们的叔叔。"她不会的，"布兰说，"艾莉亚才不会。"但鲁温师傅不理会他的抗议，最后这两人还是坐在了瑞肯身边。

每上一道菜，仆人们都先端给布兰品尝，作为最高领主，他有权选择任何菜肴中喜欢的部分。所以等端上鸭子时，他已经彻底吃不下了。之后每道菜他都只好点头示意，挥手放走。假如某个餐盘闻起来实在诱人，他便指名送给高台上某位贵族，鲁温师傅之前特地指导过他：这是友谊和荣宠的姿态。他送了些鲑鱼给可怜又忧伤的霍伍德伯爵夫人，把野猪肉赐给喧闹的安柏家人，一盘浆果填鹅给了克雷·赛文，一只巨龙虾特意端给了马房总管乔赛斯——他不是贵族领主也非特邀宾客，但小舞全赖他细心调教，布兰方才得以乘骑。他还差人把糖果给阿多和老奶妈带去，不为别的，只因他爱他们。罗德利克爵士提醒他也该送点什么给他的养兄弟，于是他给小瓦德挑了煮甜菜，给了大瓦德黄油芜菁。

下方的长凳上，临冬城堡的人们，避冬市镇的平民，附近村镇的来客以及来访贵族的跟班随从们混坐在一起。其中既有许多布兰从未见过的脸孔，也有许多他认识的人，然而在他眼中，他们都显得同样陌生。他远远望着他们，好似坐在卧房的窗边探看下方的庭院，一切的一切都是虚无的一部分。

欧莎游走席间，替人斟酒。兰巴德·陶哈的某位手下把手滑进她裙子，却立刻遭她当头一壶，酒壶粉碎，众人哄堂大笑。密肯倒真把手伸进了某个女人的胸衣，但对方并不介意。布兰看着法兰拿骨头逗他的红母狗，老奶妈用满是皱纹的手指撕热派皮的动作瞧得他呵呵直笑。高台桌旁，威曼大人向一盘热气腾腾的鳗鱼发动猛攻，仿佛那是仇敌的军队。他好胖啊，罗德利克爵士不得不特地下令制作一把极宽的椅子供他入席，不过他总是笑口常开，乐呵呵的，布兰不由得暗自喜欢上了这人。可怜的霍伍德伯爵夫人坐在他身边，面色惨白，犹如一尊石雕，无精打采地拨弄着眼前的食物。桌子另一边，霍瑟和莫尔斯正在斗酒，角杯交碰，一如骑士格斗。

这里太热，太吵，四处都是快醉的人。布兰感觉到灰白毛衣下的身子好痒，他好渴望到别的地方，只要不留在这里就行。神木林里多么凉爽。热泉中蒸气升腾，鱼梁木的红叶沙沙作响。那里的味道比这儿鲜活，月亮快要升起，我的兄弟将为它歌唱。

"布兰？"罗德利克爵士道，"你怎么不吃？"

白日梦活灵活现，好长时间布兰都弄不清自己置身何方。"我待会儿再吃，"他说，"肚子撑了。"

老骑士的白须上沾满红酒。"你做得很好，布兰。不止是今天，你接见他们时的表现也很称职。我相信，总有一天，你会成为一位出类拔萃的领主老爷。"

我想当的是骑士。布兰拿起父亲的酒杯，又吮了一口香料蜜酒。手里有东西抓握的感觉真好。栩栩如生的咆哮冰原狼头雕在杯子侧面，镀银的口鼻压着他的手掌，布兰忆起父亲大人最后一次拿它饮酒的情景。

那一夜，为了给来到临冬城的劳勃国王和他的宫廷接风洗尘，举行了盛大的欢迎宴会。当时仍是夏天，父母同劳勃、王后和王后的兄弟们一块儿坐在高台。班扬叔叔也在那儿，全身黑衣。布兰和兄弟姐妹们则与国王的孩子们同坐，有乔佛里、托曼还有弥赛菈公主。整个宴会期间，小公主都用崇拜的眼光打量着罗柏。只要没人注意，桌子对面的艾莉亚便开始做鬼脸；珊莎则全神贯注地听王家竖琴师弹唱骑士的歌谣；而瑞肯则不停询问为何琼恩不和他们在一起。"因为他是个私生子，"最后布兰只好悄声告诉他。

一切都恍若隔世。一切都不知被哪个残酷的神灵从云端中伸出巨掌，擎上霄汉，一扫而空。女孩们被关起来，琼恩去了长城，罗

柏和妈妈在打仗,劳勃国王和爸爸进了坟墓,或许班扬叔叔也……

就算坐在下方长凳的,也早非故人。乔里死了,过世的还包括胖汤姆、波瑟、埃林、戴斯蒙、从前的马房总管胡伦、他儿子哈尔温……他们和爸爸一起去了南方,茉丹修女和维扬·普尔也去了。剩下的人又和罗柏一起上了战场,布兰知道,他们之中很快也会有人死去。他并非不喜欢稻草头、麻脸提姆、俏皮话等等新人,但他更怀念老朋友。

他来来回回地巡视长凳上那些或快乐或忧伤的脸庞,心里却不知在明年、在未来还能不能见到他们。他应该要哭的,然而却忍住了。他是临冬城的史塔克,是父亲的儿子,是哥哥的继承人,几乎就要长大成人了。

大厅尽头,门突然打开,一阵寒风刹时吹进,火炬陡然发亮。酒肚子领着两位新客人走进来。"这位是黎德家族的梅拉小姐,"体态浑圆的卫士用洪亮的声音盖过席间喧哗,"这位是她的弟弟,玖健,他们从灰水望而来。"

人们纷纷自酒杯和餐盘上抬头打量来人。布兰听到小瓦德朝身边的大瓦德咕哝:"吃青蛙的。"罗德利克爵士起身,"欢迎之至,朋友们,请与我们共享丰收的盛宴。"仆人们急急忙忙赶来,搭长高台上的餐桌,端来凳子和椅子。

"他们是谁?"瑞肯问。

"泥人,"小瓦德轻蔑地答道,"都是些强盗和胆小鬼,他们吃青蛙,牙齿都是绿的。"

鲁温师傅蹲到布兰身边,在他耳畔叮嘱:"请你务必热情接待他们。唉,我以为他们不会来……你知道他们的来头吗?"

布兰点头。"泽地人。从颈泽来。"

"霍兰·黎德是你父亲的密友,"罗德利克爵士插话,"这两位想必是他的子嗣。"

来客穿越大厅走道的过程中，布兰确定比较高的那位真是女士，虽然从着装上一点也看不出。她穿着磨旧的羊皮马裤，无袖上衣外罩青铜甲胄。虽然年纪与罗柏相仿，却苗条得像个小孩，长长的褐发扎在脑后，几乎没有胸部。她一边细臀上挂着一张编织精巧的网，另一边则挂了把长长的青铜短刀；腋下夹有一顶锈迹斑斑的老旧大铁盔，一柄捕蛙矛和一面圆皮盾绑在后背。

她的弟弟比她小了好几岁，没带武器。他一袭绿衣，从头到脚，连靴子的皮革都是绿色。待他走近，布兰发现他的眼睛也有青苔的色彩，只是牙齿和旁人一般洁白。两位黎德都是矮小身材，瘦得像把剑，连布兰都不比他们矮多少。他们单膝跪在高台下。

"尊贵的史塔克大人，"女孩道，"千百年来，我族皆对北境之王誓言忠贞。如今尊王再现，父亲大人特命吾等前来，代表全体人民，向您再次宣誓效忠。"

*她看着我呢！*布兰意识到，必须说点什么。"我哥哥去南方作战了，"他说，"如果方便的话，您的誓言就对我说吧。"

"我们将灰水望的忠诚献给临冬城的主人，"他们同声说道，"我们将炉火、心灵和收获都奉献与您，大人。我们的宝剑、长矛和弓箭听从您的召唤。请您怜悯我们的困苦，帮助我们的窘迫，公正平等地对待每个人，而我们将永远追随于您。"

"我以大地和江河的名义起誓。"绿衣男孩道。

"我以青铜和钢铁的名义起誓。"他姐姐说。

"我们以冰与火的名义起誓。"他们齐声完成。

布兰想说点什么。*我是不是也该对他们起誓？可他们这套誓词从没人教给他听过呀*。"愿汝之凛冬短暂，盛夏长驻，"最后他道，用了一句常用的祝词。"请起，我是布兰登·史塔克。"

女孩梅拉首先起立，并扶起弟弟。男孩则一直盯着布兰。"我们给您带来了礼物，有鱼，青蛙和野禽。"他说。

"谢谢。"布兰不知遵照礼节自己是否得吃青蛙。"请你们尽情享用临冬城的酒肉。"他试图回忆泽地人的习俗,他们教过他的。相传他们世代居于颈泽深处,甚少离开沼泽。这些人都很穷,以捕鱼和捉蛙为生,住在茅草和芦苇编织的小屋中,躲藏于沼泽深处隐蔽的浮岛上。据说他们是懦弱的民族,不仅惯用淬毒的武器,而且常常躲着对手打游击,不敢面对面地战斗。然而在布兰出生之前,霍兰·黎德却成为了父亲最坚定的伙伴之一,协助他为劳勃的王冠浴血奋战。

那男孩玖健,入席时好奇地环顾大厅。"冰原狼在哪儿?"

"在神木林里,"瑞肯答道,"毛毛不乖。"

"我弟弟很想见它们。"女孩说。

小瓦德高声叫道:"最好别让它们见你,否则咬你一块肉。"

"只要我在,他们不会咬人。"他们想见小狼,布兰觉得很开心。"夏天从来就不会,他还会把毛毛狗赶开。"对两位"泥人"他很好奇,以前他从未见过这个民族。虽说父亲年年岁岁都给灰水望的领主写信,却从未召见一个泽地人。他想跟他们多说话,可惜大厅实在太喧哗,除了坐在身边的人,远处什么也听不清。

坐在身边的是罗德利克爵士。"他们真的吃青蛙?"他问老骑士。

"是啊。"罗德利克爵士说,"吃青蛙、鱼、蜥狮,以及各种各样的野禽。"

他们那里或许没有牛羊吧,布兰心想。于是他指令仆人为他们送去羊排,烤野牛肉片和整盘的大麦炖牛肉。看来他们相当满意。女孩发现他注视着她,便报以微笑。布兰红了脸,别开头去。

又过了许久,当所有甜食上完,人们就着大杯夏日红咽下去之后,仆人们便清空残羹剩食,把桌子推到墙边,留出跳舞的空间。音乐愈加狂放,鼓手们参加进来。霍瑟·安柏亲提一只镶银巨战号,待歌手们唱起《终结长夜》——说的是守夜人与异鬼的黎明之战——这歌谣时,他用力吹奏应和,全厅的狗跟着狂吠。

两个葛洛佛的人欢快地奏起木竖琴和笛子。但第一个动手的是莫尔斯·安柏。他伸手抓住一位路过的女仆,将她手中的酒壶打飞在地,摔得粉碎。在扔满灯芯草、骨头和面包屑的石地板上,他引领着她,旋转着她,把她在空中抛来抛去。女孩欢快地尖叫,又因旋开提起的裙子而羞得满脸通红。

其他人很快加入。阿多开始自顾自地跳舞,威曼大人则邀请小贝丝·凯索做伴。别看他那么胖,动作却优雅依然。他跳累之后,克雷·赛文便接替他和孩子舞蹈。罗德利克爵士走向霍伍德伯爵夫人,但她说声抱歉,离开了。为了礼节,布兰观看很久后,方才召唤阿多。他又热又累,刚喝的酒让他满脸晕红,而跳舞却让他感伤。毕竟,这又是一件他再也办不到的事啊。"我想离开了。"

"阿多。"阿多吼道,同时跪在地上。鲁温师傅和稻草头合力把他抱进篮子。临冬城的居民对这样的景象早已司空见惯,可对外人而言,无疑还很新鲜。想必有些客人的好奇心会超过礼仪的约束,布兰感觉得到他们的目光。

好在他没有穿越走道,而是从后门出去,经过这道领主门时布兰连忙低头。厅外昏暗的走廊里,马房总管乔赛斯也在进行一场特殊的骑乘活动。他把一位布兰不认识的女人推到墙边,裙子卷上腰际。女人一直咯咯笑闹,可眼见阿多停下来关注,便开始尖叫。"别管他们,阿多,"布兰告诉他,"带我回房。"

阿多负着他,攀登蜿蜒的阶梯上了塔楼,在密肯钉的铁把手边跪下。布兰抓着把手移回床铺,然后阿多替他脱掉裤子鞋袜。"你可以回去参加宴会,但千万别打扰乔赛斯和那个女人。"布兰道。

"阿多。"阿多回答,不住点头。

当他吹灭床头的蜡烛,黑暗便像一张柔软而熟悉的毯子盖住了

他。微弱的乐声，从百叶窗外飘进。

此时此刻，童年时代父亲给他讲的故事突然浮现于脑海。有一次，他问艾德公爵御林铁卫是不是七国上下最优秀的骑士。"再也不是了，"他答道，"但曾经，他们是奇迹，是全世界最光耀的战士。"

"他们之中谁最强？"

"在我所见过的骑士中，最为出色的是亚瑟·戴恩爵士，他的佩剑名为黎明，乃是用坠落陨石的核心锻造而成。人们尊他为拂晓神剑，若不是霍兰·黎德，爸爸本来也要死在他的手上。"父亲露出悲伤的神色，也不再言语。布兰真希望当时能问个明白。

他入眠时满脑子骑士梦，他们穿着闪亮的铠甲，握着宛如星火的宝剑相互砍杀，但当梦境真的到来，他却又回到了神木林。来自厨房和大厅的气味是如此浓重，好似根本不曾离开宴会。他在树下巡游，弟弟紧跟着他。夜色如此鲜活，充满了人类玩耍的嚎叫。这声音让他烦躁不安。他渴望奔跑，渴望捕猎，渴望——

突然，钢铁的碰撞让他耳朵竖立。弟弟也听见了。于是他们穿过矮树丛，朝发声之地飞奔而去。在苍白的老家伙脚边，他们跃过寂静的水面，追逐陌生人的气息，那是人类的味道，混合着皮革、泥土和钢铁的嗅觉。

找到入侵者时，他们已进了树林；来者是一名女性及一名年轻的男性。对方身上没有一丝一毫恐惧的气息，即使朝他们展示洁白的利牙也不管用。弟弟发出低吼，来者仍不却步。

"他们来了，"女性说。是梅拉，体内的某个部分低语道，那是迷失在狼梦中的男孩的朦胧呼唤。"你知道他们有这么大？"

"他们成长后会更大，"年轻的男性道，他睁大那双绿茵茵的眼睛，无惧地望着他们。"黑的那只充满恐惧和愤怒，可灰的那只更强……比他自知的更强……你能感觉到吗，姐姐？"

"不能，"她说，一只手滑上那柄长长的棕色短刀。"小心，玖健。"

"他不会伤害我，只因今日并非我的死期。"男性径直朝他们走来，毫无惧色。他朝他鼻子伸出手，触碰的感觉如盛夏清风一样温柔。然而随着手指的抚摩，四周的树林却逐渐融化，大地喷出烟雾，整个世界狂笑着开始旋转。他晕头转向，不断坠落，坠落，坠落……